蔡文姬

作者 張雲風

目錄

【序言】苦難鑄就堅強

吳玟

上世紀六〇年代，讀過六幕歷史話劇劇本《蔡文姬》，劇中截取曹操派遣使臣贖蔡文姬歸漢一段史事，著力反映漢、匈民族友好的主題，明顯帶有那個時代的印記，政治氣味過於濃厚。本世紀初，讀過三十二集電視連續劇劇本《曹操與蔡文姬》，劇中回避蔡文姬十六歲喪夫孀居這重大史實，混淆時間、地點、人物年齡等概念，描述蔡文姬與曹操、董祀、匈奴左賢王之間的感情糾葛，有點像「四角戀」；曹操與蔡文姬未能成為夫妻，雙雙遺憾，在曹操彌留之際，蔡文姬到病榻前為之彈琴，劇本寫道：「一個拋卻了權欲的曹操在文姬心中復活了，那，將是她來世的愛人。」嚴格地說，這只是利用幾個歷史人物的名字編造的故事，虛假近乎荒誕。近日讀到學者、作家張雲風先生新創作的長篇歷史小說《蔡文姬》書稿，不由心中一喜，眼睛一亮：相對而言，這才是歷史的蔡文姬，真實的蔡文姬，經歷了各種苦難而又堅強不屈、堅韌不拔的蔡文姬。

蔡文姬的事蹟，主要見於《後漢書．列女傳》。《後漢書．蔡邕傳》以及《悲憤詩》、《胡笳十八拍》中也透露了一些資訊。張先生的小說以此為骨架，參閱有關資料，尊重史實，同時虛構幾個人物，進行合理演繹，在東漢末年波譎雲詭的社會大背景下，講述了一個關於蔡文姬的完整故事，塑造了一個血肉豐滿的蔡文姬的藝術形象。小說內容豐富，結構緊湊，脈絡清晰，文筆流暢，代表了張先生歷史小說創作的最新成果。

閱讀小說《蔡文姬》，給人突出的印象和有益的啟示是：苦難鑄就堅強（**堅強包含堅定、堅毅、堅韌與堅忍**）。蔡文姬出身書香門第、孝悌之家，父親蔡邕集經學家、史學家、文學家、書法家、音樂家於一身，學富名高，譽滿天下。她自幼耳濡目染父親的人品與才學，並隨父親學詩學琴，因而「博學有才辯，又妙於音律」。但是她生不逢時，皇帝荒淫，外戚與宦官專權，軍閥混戰，異族入侵，時局動亂而又混亂。這決定了她顛沛流離、淒風苦雨的人生，蹇促乖舛，苦難重重。她五歲時就跟隨父親流放朔方，繼「亡命江海，遠跡吳會」。十一歲喪母。十五歲有過一次短暫的婚姻，未滿一年就喪夫守寡。孀居期間爆發十常侍之亂和董卓之亂。董卓以誅家滅族相威脅，強逼蔡邕二次為官。她不得不跟隨父親再次播遷，到洛陽到長安。王允殘酷殺害蔡邕。李傕、郭汜等更生禍亂。蔡文姬在逃難途中被匈奴騎兵擄掠，淪落匈奴整整十二年。十二年像一場夢魘，遭逼婚遭綁架，險些葬身火海，險些淪為奴隸，飽受屈辱，九死一生。她曾悲憤問天：「天何配我殊匹」？她無限想念祖國和家鄉，「悲深兮淚成血」。當曹操派遣使臣贖她歸漢時，她悲喜交加，決定回歸，但必須捨棄兩個親生兒子。母子生離死別，那場景撕心裂肺，此後又陷入日夜想念兒子的巨大痛苦之中。蔡文姬歸漢，老家已無一個親人，「煢煢對孤影，怛吒糜肝肺」。匈奴左賢王遭仇家殺害。曹操於是賜婚，命屯田都尉董祀娶蔡文姬為妻。她的第三次婚姻又遇波折，董祀獲罪將被處斬。她拼力營救，蓬頭跣足向曹操求情。忽又傳來噩耗，不是親娘勝過親娘的巧姨死在匈奴，而巧姨之死竟是她所生的混血兒赫朗凶狠與乖戾造成的……

從小說中可以看出，但凡女人所能經歷的苦難，蔡文姬幾乎都經歷了，而且她個人的苦難是和國家的苦難、人民的苦難、民族的苦難緊密聯繫在一起的，怵目驚心。苦難容易使人消極沉淪，萎靡頹廢。但對智者強者而言，苦難是一筆寶貴的財富，它可以錘鍊意志與品質，使人變得更加堅強，奮發進取，有所作為。蔡文姬屬於智者強者，面對重重苦難，沒有被嚇倒和壓垮，而是勇敢地承受苦難，並用淚水用心血用生命進行創作，用詩歌和音樂形式吟詠苦難、展示苦難，最終創作出《悲憤詩》、《胡笳十八拍》兩部豐碑式的經典作品，因而名垂青史，世代流芳。

中國史聖司馬遷名言：「西伯（**周文王**）拘而演《周易》；仲尼（**孔子**）厄而作《春秋》；屈原放逐，乃賦《離騷》；左丘（**左思明**）失明，厥有《國語》；孫子（**孫臏**）髕腳，《兵法》（**《孫臏兵法》**）修列；不韋（**呂不韋**）遷蜀，世傳《呂覽》；韓非囚秦，《說難》、《孤憤》；《詩》三百篇，大氐聖賢發憤之所為作也。」（**《報任安書》**）印度詩人泰戈爾名言：「只有經歷地獄般的磨練，才能擁有創造天堂的力量；只有流過血的手指，才能彈奏出世間的絕唱。」（**《飛鳥集》**）蔡文姬用苦難鑄就堅強，憑藉堅強在文學、音樂領域取得卓越成就，生動印證與詮釋了這兩段名言。她的故事有力揭示，生命的真諦在於堅強，生命的光彩因為堅強而愈發璀璨奪目。

小說《蔡文姬》除了蔡文姬外，還塑造了蔡邕、衛氏、趙小巧、曹操等人物形象。特別要說說曹操。這個人物在《三國演義》中是「奸逆」、「漢賊」，在戲曲舞臺上多是個白臉角色。郭沫若先生在為曹操翻案時指出：「從蔡文姬的一生可以看出曹操的偉大。她是曹操把她拯救了的。」（**《談蔡文姬的〈胡笳十八拍〉》**）張先生的小說根據這一觀點，描寫曹操不僅在政治上、軍事上、文學上是「非常之人，超世之傑」，而且很有人情味，重友情重人才，確實是他把蔡文姬從苦難深淵中「拯救了」的。可以這樣說，如果不是曹操，那麼蔡文姬就不可能歸漢，當然也就不可能產生《悲憤詩》、《胡笳十八拍》那樣震古鑠今的傳世之作。

小說《蔡文姬》致力於描繪歷史文化，底蘊比較厚重。前半部分圍繞蔡邕，寫經學、史學、文學、書法、音樂；後半部分圍繞蔡文姬，寫文學、音樂，著重寫《悲憤詩》、《胡笳十八拍》從源起到問世的全過程，寫「三曹」與「建安七子」，寫建安文學與建安風骨。書香琴韻，琳琅滿目。立足於中原大地描寫黃河流域文化，南寫長江流域文化，北寫塞外匈奴文化，三大地域文化熔於一爐，從中可管窺中華文化萬千氣象之一斑，蔚為大觀。小說在謀篇布局上精於剪裁。在蔡文姬生活的那個時代，發生過許多重大歷史事件，如黃巾起義，外戚、宦官、軍閥禍亂，王允用貂蟬實施連環計，曹操統一北方，赤壁之戰，曹丕改朝換代，等等。這些事件構成主人公生活的大環境，不能不寫，但又不宜多寫。為此，小說中運用側寫手法予以處理，以提到點到為原則，寫得概括而簡約，避免了喧賓奪主現象的出現。小說中描寫的若干細節，我曾有過懷疑。如王充的《論衡》果真是經蔡邕之手流傳的麼？丁廙果真作過一篇《蔡伯喈女賦》麼？曹操果真將三個女兒同時嫁給漢獻帝為貴人麼？「建安七子」中的五人果真是死於同一年的瘟疫麼？蔡文姬果真有個侄兒叫蔡襲麼？等等。經查閱典籍發現，這些細節均有記載，白紙黑字，確鑿無疑。這體現了張先生歷史小說的一貫風格，宏觀上與微觀上都尊重歷史，注重準確地傳播歷史知識。記得《韓非子．外儲說》記述一件事：「客有為齊王畫者。齊王問曰：『畫孰最難者？』曰：『犬馬最難。』『孰易者？』曰：『鬼魅最易。』夫犬馬，人所知也，旦暮罄（現）於前，不可類之，故難；鬼魅，無形者，不罄（現）於前，故易之也。」犬馬是實物，天天可見，畫得像與不像，有據可憑，所以難畫；而鬼魅之類，無形，誰也沒有見過，胡畫一氣，無所謂像與不像，所以易畫。這個道理同樣適用於歷史小說創作。尊重歷史，在此前提下用藝術手段展現歷史，等同畫犬馬；為迎合流行的噱頭，隨心所欲編造歷史或「戲說」歷史，等同畫鬼魅。前者展現的歷史真實可信，後者則把歷史弄得面目全非。二者孰難孰易、孰優孰劣？答案不是明明白白麼？

長篇歷史小說《蔡文姬》即將由大地出版社出版。這裡，我熱忱推薦這部小說。小說主人公的經歷會告訴你：人生的本質絕非享樂，而是苦難；苦難並不可怕，它可鑄就堅強。寶劍鋒從砥礪出，梅花香自苦寒來。當你生活中遭遇困難甚至不幸的時候，當你事業上遭遇挫折甚至失敗的時候，切莫怨天尤人，切莫自暴自棄，而應選擇堅強。堅強是一種信念，一種精神，一種追求，一種動力，一種生活度態，它能帶領你促使你跨越坎坷，攀上成功之梯，創造生命的精彩與輝煌。

二〇一七年二月於臺北

第一章

蔡家愛女

大儒蔡邕耽擱了婚事

西漢中期，哲學家董仲舒把孔子創立的儒學思想，改造成「儒術」，寫成三篇文章，合稱《天人三策》，獻給漢武帝，建議「獨尊儒術，罷黜百家」。漢武帝採納了這一建議，儒學（實際上是「儒術」）便成為中國封建社會的統治思想，儒學研究成為一門大學問，由此產生了眾多博學多才、造詣高深的大儒。東漢末年的蔡邕就是其中一位，集經學家、史學家、文學家、書法家、音樂家於一身，名滿天下。這位大儒，就是本書主人公蔡文姬的父親。蔡文姬之所以能成為傑出的女詩人、音樂家，各方面皆受到父親的深刻影響。

蔡邕字伯喈，兗州陳留郡陳留縣圉里（今河南開封杞縣圉鎮）人。父親蔡棱任新蔡（今河南新蔡）令，母親袁氏出身名門。叔父蔡質任陳留縣尉，主管社會治安；叔母衛氏，一個性格爽朗、爭強好勝的女人。蔡質和衛氏生有兩個兒子：蔡睦和蔡谷。圉里蔡家，把孝廉當作傳統家風，兄弟之間和睦友愛，絕不分家。這在當地傳為美談。

蔡邕三四歲時就學習認字，七八歲時就能讀寫兒童啟蒙識字課本《急就章》裡的一千三百多個字，並開始讀《孝經》和《詩經》。圉里庠序的老師不敢收這個學生，說：「這孩子，我不敢教，也教不了。」蔡棱因此只好自己當老師，教兒子讀書。他找來一本傳抄的《說文解字》，作為兒子讀書的工具書。蔡邕利用這本工具書，不僅讀懂了《孝經》和《詩經》，而且讀完了家中的大部分藏書，內容涉及天文、地理、歷史、文學、藝術、數術等各個方面。他喜愛歷史，喜愛文學，同時喜愛藝術，尤愛寫字和彈琴，因而一生中與書法與琴藝結下了無法割捨的特殊情緣。

蔡邕十六歲那年，父親突然病故，給他留下的遺囑是：「傳承家風，清白做人。」朝廷給蔡棱賜了個貞定公諡號，所以蔡棱的喪禮至為隆重。按照禮制，蔡邕為父親守喪三年，在老蔡家祖墳塋地搭個草棚居住，桉照《禮記》的規定，「斬衰（一級喪服），苴杖（藤木喪杖），居倚廬，食粥，寢苫（草鋪），枕塊（磚瓦）」，過著苦行僧一樣的生活。每天早、晚兩次祭祀父親，其他時間都用於讀書、寫字、練琴。三年除喪，他已從少年變成青年，學問、書法、琴藝水準遠遠超過了同齡人。

蔡邕除父喪時十九歲，正是娶妻成家的年齡。可他的心思全放在治學上。這期間，他的叔父蔡質由陳留縣尉升任陳留郡尉。陳留郡治所陳留，就是陳留縣縣城（今河南開封陳留鎮），那裡住著一位高人橋玄，繼承祖上巨額家產，富甲一方，特別崇尚儒學，開辦一所儒學庠序，聘請博士胡廣為老師，系統教授《五經》，培養高級儒學人才。庠序每五年招收一期學生，每期只招收六人，學生必須是品學兼優，有志於終生研究儒學者。蔡質徵得嫂子袁氏的同意，抱著試試看的態度，帶著蔡邕去見橋玄、胡廣，請求讓侄兒上這所儒學庠序。胡廣見蔡邕個頭高高的，面龐圓圓的，眼睛大大的，挺討人喜歡；問了一些問題，發現他書讀很多，問一知二，又擅長書法和琴藝，不由大喜，說：「孺子可教也！」蔡邕從此進了儒學庠序，師從知識淵博的胡廣，接受系統的正規的儒學教育。五年裡，他每天閱讀《五經》，背誦《五經》，聽老師講解《五經》，和同學討論《五經》，完全成了個《五經》迷，也就成了個《五經》通。在此基礎上，胡廣講解關於儒學的幾個基本理論問題，如孔子儒學思想的核心是仁，支撐仁的根基是孝，仁與孝的關係，孝與忠的關係等等。蔡邕及其同學，聽了胡廣的講課，都有一種醍醐灌頂、茅塞頓開的感覺。

蔡邕在儒學庠序，每天的作息都是固定的：卯初起床，亥正睡覺，除上課、早讀、晚讀外，還要用半個時辰練書法，半個時辰練琴。練書法多在早晨，尋找一處地上鋪有青磚的街道，用大毛筆蘸水，在青磚上寫大字。若遇雨天，就在住處用小毛筆寫小字。輪流運用篆書、隸書兩種書體，寫來駕輕馭熟，得心應手。練琴多在下午飯後，所練曲子是當時流行的《鹿鳴》、《伐檀》、《鵲巢》、《白駒》等，琴藝日趨精湛。庠序六個學生，都練書法和練琴。其中四人是三天打魚，兩天曬網，唯蔡邕、王允日復一日，堅持不懈，二人因此成為最好的朋友。王允字子師，太原郡祁縣（今山西祁縣）人。他和蔡邕同歲，同學五年，老師一樣，讀的書一樣，練的書法練的琴曲也一樣，但學業、書法、琴藝水準，都比不上蔡邕，這使他每每生出嫉妒之心。

蔡邕二十五歲時，在儒學庠序學習期滿，告別橋玄、胡廣，告別同學，回到圉里家中。這時，他還算不上大儒，但對儒學尤其是對《五經》已很有研究，講述起來頭頭是道，並往往有獨到的見解。叔父蔡質最為高興，拍著侄兒的肩膀說：「好小子，你比你爹和我強啊！」袁氏最關心兒子的婚姻大事，擬託媒人說媒，不想卻又病倒了，一病就是三年，蔡邕的婚事也就被耽擱了。

蔡邕把侍奉母親作為第一位大事。母親病重時，他曾七十天不解衣帶，孝名遠近傳揚。求醫問藥無效，袁氏還是病故了。蔡邕又搭個草棚居住，再守喪三年，一靜一動，皆遵禮制。這三年裡，蔡邕一面守喪，一面讀書、練字、練琴，學問、書法、琴藝水準又上了一個台階。

蔡邕除母喪時三十一歲，早已是四個侄兒的大伯了。他的堂弟蔡睦娶妻何芬，生了兩個兒子：蔡振、蔡興。蔡谷娶妻葛蘭，也生了兩個兒子：蔡飛、蔡翔。蔡棱死後，蔡質為一家之長。蔡質和衛氏非常操心蔡邕的婚事。可蔡邕還是說「不急，不急」。他的不急，使婚事又耽擱下來，一耽擱就又是四年。

天上掉下個老姑娘

圉里蔡家是個殷實之家，祖上傳下一百多畝土地，一個院落房屋，蔡質當官有俸祿，蔡睦、蔡谷經營土地收成不錯，所以一家人的生活足可以說是豐衣足食。蔡邕過了而立之年，也開始掙錢了。他的書法很有名氣。有孝子為亡父亡母立墓碑，往往請他書寫碑名，然後刻石。書寫一方碑名，孝子付潤筆費三千緡錢。蔡邕的文章寫得好。又有孝子請他代寫碑文，一併刻石，潤筆費合計八千緡錢。東漢流通貨幣是銅製的五銖錢，一枚銅錢為一緡，俗稱一文錢。黃金還不是流通貨幣，但可當作貨幣儲存，鑄成銅錢狀，但中央無方孔，像圓圓的餅，通稱金餅。一枚金餅重約半兩，合一萬緡錢。這樣，蔡邕每年靠書寫碑名、代寫碑文，就能掙數十萬緡錢，比蔡睦、蔡谷經營土地的收入多得多。他把掙得的錢全部交給叔母，再向叔母要回少許錢，用來購買書籍和古董。

蔡邕生性清高，不愛交往他心目中的俗人，收藏書籍、品玩古董成了一時的樂趣。尤愛古籍孤本，但凡見到，務要設法購買下來。他受東方朔、揚雄、班固、崔駰等人設疑自通的治學方法啟發，決心也走這條路子，斟酌百家之言，比較鑑別，肯定糾正是非，去偽存真。為此，他寫下一篇《釋誨》以自戒自勵，假託一個「務世公子」，向一位「華顛胡老」請教「安貧樂賤，與世無營」之道，「華顛胡老」引經據典，洋洋灑灑講出一番人生大道理來，中心意思是要加強自我修養，切莫戀貴貪財，還援琴而歌道：「練余心兮浸太清，滌穢濁兮存正靈。和液暢兮神氣寧，情志泊兮心亭亭，嗜欲息兮無由生。踔宇宙而遺俗兮，眇翩翩而獨征。」「華顛胡老」的話與歌，實是蔡邕自己的話與歌，表達了他的思想和心態。他的志向和理想在於不斷充實和完善自己，做一個堂堂正正，能「舒」能「收」的大儒。為了表明心跡，他寫了一副條幅懸掛在書房裡：「耕耘心上地，涵養性中天」。他認為，每個人的心靈都是一塊土地，每個人的性情都是一片天空，需要永不停頓地「耕耘」和「涵養」，土地才會肥沃厚實，天空才會蔚藍純淨。

蔡邕的琴藝也達到爐火純青的境界，而且從別人彈的琴聲中，能聽出那人的所思所想和心情心境。一天，鄰村一位老者壽辰，兒孫宴請賓朋，為之祝壽，專門邀請了受人尊敬的蔡邕。蔡邕前往赴宴，將到那家門前，忽聽到有人彈琴，聽著聽著，覺得奇怪，說：「嘻！這家人請我赴宴，而琴聲裡卻有殺氣，何也？」他不敢貿然前往，掉轉頭回家。有人告訴老者說：「蔡君前來，將到門前，又回去了。」老者及其兒孫，包括那個彈琴的人，忙快步追上蔡邕，詢問緣由。蔡邕如實相告。眾人聽了，全都感到驚訝。彈琴人笑了，說：「我以前彈琴，曾想起螳螂捕蟬，黃雀在後的故事：一隻螳螂前面有一隻鳴叫的蟬，蟬將要飛去，但還沒有飛起。螳螂為了捕到蟬，全神貫注，一進一退。螳螂後面另有一隻黃雀，黃雀為了捕到螳螂，也全神貫注，一進一退。我的心懸著，生怕螳螂捕不到蟬，又生怕黃雀捕不到螳螂。剛才彈琴，想起這個故事，表現在琴聲裡，恐怕就是殺氣吧？」蔡邕點頭，也笑著說：「這就對了，琴聲傳達心聲哪！」

這件事流傳很廣，經人添油加醋，甚至傳到皇宮裡，連專斷朝政的「五侯」也聽說了。當時的皇帝叫劉志，史稱漢桓帝，依靠單超、徐璜、具瑗、左悺、唐衡五個宦官之力，剷除了梁氏外戚，所以極度寵信宦官。單超等五人均任中常侍，同日封侯，故合稱「五侯」。「五侯」為討好皇帝，建議召蔡邕進京，專為皇帝彈琴。漢桓帝喜愛音樂，自然同意，立命陳留郡太守徐沉，派人護送蔡邕，趕赴京城洛陽。蔡邕上路，越想越覺得憋屈，自己的志向和理想是當一個大儒，而非琴師，此去若被皇帝留下，那麼「華顛胡老」的話和歌何以實現？他思來想去，陡生一計，暗暗咬破舌尖，口吐鮮血，聲稱患了急病。護送他的衙吏信以為真，慌忙又護送他原路返回，治病要緊，並將情況報告徐沉。徐沉據實轉奏皇上，蔡邕赴京彈琴一事遂不了了之。事後，他寫了一篇《述行賦》，記述這次中途夭折了的京城之行。

蔡質、衛氏埋怨侄兒，說他做了一件傻事，誤了大好前程。蔡邕說：「皇上召我彈琴，我彈好了，可任娛賓遺興的御用琴師，此非我所願。再則，皇上身邊，『五侯』驕恣，禍國殃民，和那夥閹豎為伍，亦非我所願。」蔡質、衛氏覺得侄兒的話不無道理，也就不再埋怨。他倆最著急的還是蔡邕的婚事，侄兒遲遲不婚，他倆覺得對不起死去的哥哥嫂嫂。直到蔡邕三十五歲那年，總算交上桃花運，天上突然掉下個老姑娘來。

蔡邕才華橫溢，創作的多篇賦文都是膾炙人口。其中有一篇《青衣賦》經人傳抄，流傳極廣：

金生沙礫，珠出蚌泥。歎茲窈窕，生於卑微。盼倩淑麗，皓齒蛾眉。玄髮光潤，領如蠐螬。縱橫接髮，葉如低葵。脩長冉冉，碩人其頎。綺繡丹裳，躡蹈絲扉。盤跚蹬蹀，坐起昂低。和暢善笑，動揚朱脣。都冶嫵媚，卓礫多姿。精慧小心，趨事如飛。中饋裁割，莫能雙追。《關雎》之潔，不蹈邪非。察其所履，世之鮮希。宜作夫人，為眾女師。伊何爾命，在此賤微！……

該賦描寫一個出身低微、美貌賢淑的青衣婢女，作者讚賞她愛慕她又思念她，文筆優美，感情真摯。正是這篇賦，促使蔡邕走進了婚姻殿堂。

陽春三月，豔豔紅日，煦煦東風，天氣變暖，萬物清和。這天，蔡邕正在書房讀書，蔡谷領來一位客人，說是來求字的。客人四十多歲，衣飾齊整，拱手說：「準確地說，我是代我們家小姐來求蔡君寫一幅字的。」接著自我介紹，說他姓鄔，是距圉里五十里外，考城縣（今河南開封蘭考）趙寨趙員外家的管家。趙員外是趙寨第一富戶，有個女兒叫趙玉玉，喜愛琴棋書畫，最愛讀蔡君的文章。她聽說蔡君的書法也是天下第一，所以讓趙員外派自己前來，求蔡君寫一幅字，就寫那篇《青衣賦》，奉上五兩黃金權作潤筆費。鄔管家說著，把十枚金餅放到桌上。

一幅字五兩黃金？蔡谷驚訝，嘴巴張得老大。蔡邕笑著說：「我的字，沒那麼值錢，五兩黃金太多了。」鄔管家說：「不多不多！在我們趙寨，人人都說蔡君是個大儒，墨寶堪稱極品，一字足值千金！」蔡邕大笑，說：「哦？我是大儒？一字千金？好啊，那我這輩子光寫字算了！」他停了停，又說：「鄔先生，這幅字我寫了，三天後來取就是。」

鄔管家告辭。蔡谷大喊大叫，全家人立刻都知道了這件事。一幅字五兩黃金，相當於一百多畝地全年的收入，真是不可思議！衛氏敏銳地捕捉到「趙家小姐」這一稱謂，忙找蔡邕，問：「趙家小姐求你寫字了？」蔡邕答：「是呀！鄔先生說，那小姐叫趙玉玉，考城縣趙寨趙員外家的千金。」

「趙玉玉多大？長相怎樣？結婚沒有？」

「鄔先生沒說，我哪知道？」

衛氏瞪了蔡邕一眼，說：「那你就不能問問？」蔡邕笑了，說：「我一個大男人，哪能問人家那樣的問題？」衛氏問明，鄔先生三天後將來取字，滿面笑容，關照蔡谷說：「鄔管家來取字，務要告訴我，我有話要問他。」

三天後，鄔管家取字來了。蔡谷出面，將客人請到堂屋落坐。衛氏大大方方，會見鄔管家，像拉家常似的，打聽起趙員外一家人，重點當然是趙家小姐，年齡，長相，性情，喜好，關鍵一點是結婚了沒有？鄔管家一一回答，頓使衛氏滿心歡喜，笑眼如花。

原來，趙員外家境富裕，妻子方氏生有一女一男，女兒就是趙玉玉。玉玉自小是個美人胚子，長大後更是雪膚花顏，美豔亮麗，而且識字，讀了很多書，喜愛琴棋書畫，前來說媒的媒婆踏爛門檻。玉玉心高氣傲，提出擇偶三條標準：相貌一流，品行一流，才藝一流。她十五歲那年，京城一位姓華的高官，帶領兒子登門求婚。華公子一表人才，正上太學，談吐文雅。玉玉見男方基本符合三個「一流」，答應求婚。華家立即下了聘禮，訂了婚約，並確定八月初娶玉玉過門。誰知就在婚期前十天，方氏突然患病身亡。玉玉悲痛，決意為母守喪，以盡孝道，要華家推延婚期。華家不許，說確定了的事哪能隨意更改？兩家於是發生爭執，最終不歡而散，婚約解除，趙家退還聘禮。玉玉為母守喪，遵循禮制，大門不出，二門不邁，只是讀書，待三年除喪時，已經十八歲。求婚者仍絡繹不絕，但無一人符合三個「一流」的。趙員外著急，要女兒降低標準。玉玉說：「不！若無合適人選，我就終身不嫁！」就這樣，一年又一年，玉玉成了個「剩女」。她弟弟趙正小她五歲，都結了婚有了兒子，而她二十五歲，仍是個老姑娘。

衛氏打聽到大概情況，心中暗喜。耳聽為虛，眼見為實。衛氏要對侄兒的婚事負責到底，第二天便讓蔡谷趕馬車，親自去考城趙寨進行了一次明查暗訪，果然如鄔管家所說，二十五歲，還是個老姑娘，美貌孝順，知書識禮。衛氏樂得一拍手說：「我的侄兒媳婦，就是她了！」蔡質休沐回家。衛氏跟丈夫一商量，決定聘請圉里最精明的馬媒婆，立即去趙寨為邕兒說媒提親。

從《青衣賦》到《協和婚賦》

鄔管家把取回的字交給趙員外，趙員外再交給女兒趙玉玉。那是一副條幅，隸書，豎寫。東漢蔡倫改進造紙術，造出了可以用於書寫的纖維紙，稱「蔡侯紙」。《青衣賦》正是寫在蔡侯紙上的，並裱褙在淡黃色帶暗花的絹上，上有細軸，下有粗軸，可捲可掛，古色古香。關鍵是字寫得漂亮，豐腴圓潤，雍容典雅，每筆每畫都精美絕倫。落款字體較小，寫的是：「書拙作《青衣賦》，玉玉小姐雅正。蔡邕伯喈丁未年（西元一六七年）於圉里。」其下鈐一方形印章，篆體「蔡邕伯喈」四字，印泥鮮紅，紅得耀眼。玉玉欣喜萬分，雙手放在胸前，激動地說：「啊！太美啦！」趙員外看字，也是讚不絕口，說：「五兩黃金，求得蔡邕一幅字，值！」玉玉問：「爹，蔡邕多大年齡？」趙員外說：「聽鄔管家說，約三十四五歲吧？」玉玉心中一動：人人都說蔡邕是個大儒，怎麼？才三十四五歲？

玉玉將條幅懸掛在閨房裡，直覺得滿房生輝。她站前站後欣賞條幅上的字，每個字都像飛舞的蝴蝶，盛開的花朵。夜間，這個老姑娘失眠了，所思所想都是蔡邕。她想，他的文章為何寫得那樣好？他的字為何寫得那樣好？聽說他的琴也彈得好，只可惜無緣欣賞，無法一飽耳福。他在《青衣賦》裡描寫的那個婢女是誰？他的初戀？他的妻子？蔡邕三十四五歲。玉玉既嫌這個年齡小，又嫌這個年齡大。嫌小，是因為堂堂一個大儒，至少也應有五六十歲呀！嫌大，是因為他肯定早結婚了，兒女都怕是一大群了。他若年輕些，沒有結婚，那麼自己和他倒是……玉玉想到這裡，不由面紅心跳，自己和他，怎麼可能呢？她長歎一聲，懊惱地化用屈原《離騷》裡的兩句詩，輕聲吟道：「長太息以掩涕兮，哀伊人之早婚。」

玉玉坐在梳粧檯前，托腮欣賞條幅，有點心不在焉，常常走神。這天，侍女小巧匆匆前來，沒頭沒腦地說：「小姐小姐，媒婆來了！」小巧也姓趙，十二歲，算來是玉玉的遠房堂妹，因家境貧窮，所以到趙員外家，當了玉玉的侍女。玉玉沒好氣地說：「什麼媒婆媒婆？咋咋呼呼的！」小巧一吐舌頭，說：「媒婆來給小姐說媒了，正和老爺說話呢！」「老爺」係指趙員外。

玉玉心中一喜，又有點緊張，緩和語氣，問：「媒婆從哪裡來的？」小巧撓頭，說：「那地方好像叫雨里，又好像是於里，反正有個魚字。」玉玉又是一喜：雨里？於里？魚里？莫不是圉里吧？她正欲命小巧再去打聽，她的爹領著媒婆進了閨房。媒婆正是蔡邕叔母衛氏聘請的馬媒婆。馬媒婆一見趙玉玉，那臉早笑成一朵花，說：「喲喲喲，好一個妙人兒！該不是嫦娥下凡，西施轉世吧？」

趙員外介紹馬媒婆。玉玉忙請馬媒婆坐。馬媒婆一落坐，立刻就說起男方來。大出玉玉意外又令她驚喜的是，男方正是大名鼎鼎，剛剛給她寫了一幅字的蔡邕！蔡邕本來就很優秀，經馬媒婆一張嘴一說，更是盡善盡美，無與倫比，比玉玉提出的三個「一流」還要「一流」。玉玉從馬媒婆口中，確知蔡邕今年三十五歲，生出一個疑問：這樣一個極品男人，為何至今未婚？馬媒婆好像覺察了她的疑問，直誇蔡邕是個大孝子，光為父守喪，侍奉母病，又為母守喪，就用了九年時間；其後全力治學，根本不考慮個人問題，所以遲遲未婚，他若想結婚，早就結了，哪會拖到今天？

玉玉的疑問消除了，面泛紅暈，心跳如鼓。趙員外笑瞇瞇地問：「玉兒，這個蔡邕，你看怎樣？」玉玉羞羞答答，說：「全憑爹作主。」馬媒婆撫掌大笑，說：「成了成了！老身說了大半輩子媒，從未見過這樣般配的金玉良緣！」

圉里方面，馬媒婆無須饒舌。因為女方的情況，衛氏盡知。蔡邕得知婚事已經說成，女方恰是求他寫字的趙玉玉，二十五歲，據說是才貌雙全。他雖然還沒見過趙玉玉，但總覺得自己和她離得很近很近，冥冥之中，好像有一根繩子，一頭繫著自己，一頭繫著她，繩子拉緊，自己和她就會成為夫妻。這，大概就是緣分吧？

接下來的事順風順水。馬媒婆乘坐蔡谷趕的馬車，來去奔波，一一進行納采、問名、納吉、納徵、請期、親迎等「六禮」程序。十月親迎之日，新郎蔡邕神采奕奕，去趙寨迎娶新娘。新娘趙玉玉紅衣紅裙紅面衣（蓋頭），登上披紅掛彩的馬車，一路吹吹打打，到了圉里。婚禮舉行。新郎新娘拜天地，拜高堂，夫妻對拜，送入洞房。入夜，新郎揭去新娘面衣。新郎見新娘，嬌嬌羞羞，美若天仙。新娘見新郎，偉岸帥氣，溫文爾雅。一切盡在不言中，急急領略枕席風光。鳳凰情，鴛鴦愛，巫山雲，高塘雨，翻覆顛倒，酣暢淋漓……

次日，蔡邕有感於已大婚，作了一篇《協和婚賦》，寫道：「惟情性之至好，歡莫備乎夫婦。受精靈於造化，固神明之所使。事深微以玄妙，實人倫之端始。考遂初之原本，覽陰陽之綱紀。乾坤和其剛柔，艮兌感其每腓。」進而用華麗辭藻描寫妻子之美：

其在近也，若神龍彩鱗翼將舉；其既遠也，若披雲緣漢見織女。立若碧山亭亭豎，動若翡翠奮其羽。眾色燎照，視之無主，面若明月，輝似朝日，色若蓮葩，肌如凝蜜……

玉玉讀賦，整個身心像浸糖裹蜜，甜美無比，幸福無比。

蔡邕娶了妻子成了家。蔡質、衛氏喜極而泣，他們可以告慰哥嫂的亡靈了。新郎陪伴新娘回門，蔡邕正式拜見岳父大人。趙員外見女婿，學富名高而又恭敬謙和，一百個滿意，一千個滿意。趙正和妻子范荃親熱地叫著姐夫，趙正還口口聲聲說，要跟姐夫學寫字學彈琴哩！

趙玉玉成了蔡邕的妻子，和丈夫朝夕相處，看他讀書、著文、寫字，又看他、聽他彈琴，如做夢一般，心滿意足。蔡家是禮儀之家、孝悌之家，家庭成員之間很和睦很友愛，也很寬容和包容。玉玉知書識禮，很快融入這個家庭。她知道怎樣孝敬叔父叔母，怎樣處理和蔡睦夫婦、蔡谷夫婦的關係，怎樣關愛侄兒蔡振、蔡興、蔡飛、蔡翔。因此全家人都很喜歡她，彼此誠信，親密無間。衛氏知道玉玉在娘家嬌生慣養，所以不讓她幹什麼重活粗活，只叫她幫助蔡邕抄抄寫寫，再就是趕快懷個寶寶，為老蔡家再添一口小人。誰知一晃三年，玉玉的肚子毫無動靜。衛氏著急，悄悄對蔡質說：「這兩口子，該不會有什麼毛病吧？」

這期間，東漢皇帝換人了。漢桓帝三十六歲駕崩，無子，十二歲的解犢侯劉宏被推上皇位，史稱漢靈帝。蔡邕視為恩師的橋玄、胡廣，應徵入朝，出任太傅、太尉、司徒等高官。新一代宦官曹節、王甫等任中常侍，取代「五侯」，扶搖直上，大紅大紫。橋玄改任司空，記起當年庠序的高才學生蔡邕，將其召為幕府成員，擬予重用。偏巧，河平縣長（東漢末縣令通稱縣長）出現空缺，橋玄於是推薦，讓蔡邕先出補河平長，去基層鍛鍊。蔡邕接到任命，頗為躊躇。叔父叔母高興，認為侄兒既然成家，就當立業，竭力鼓動接受任命。蔡質語重心長地說：「邕兒，你是通曉《孝經》的。《孝經》怎麼說來著？『夫孝，始於事親，中於事君，終於立身。』現在呀，是你事君、立身的時候了。古人常講修身齊家治國平天下，修身齊家是為了治國平天下，治國平天下就得事君，而立身往往又是事君的必然結果。立身通常包括立德、立功、立言三個方面。你在立德、立言上已很有建樹，缺的是立功。如何立功？就得事君，報效朝廷，報效國家，建立功業。《孝經》又說：『立身行道，揚名於後世，以顯父母，孝之終也。』為我們老蔡家光宗耀祖，全靠你啊！」

叔父一番話，說得蔡邕心裡熱烘烘的。他說：「那我就去當這個縣長？」蔡質、衛氏同聲說：「當！老蔡家有當縣令的傳統，當，就要當好！」蔡質接著補充說：「當好縣長，就是立功，那樣就有可能晉升，爭取調進京城，到皇帝身邊做事！」

建寧三年（西元一七〇年），蔡邕三十八歲，寫了一篇《辟司空橋玄府出補河平長》，對橋玄的推薦表示感謝，然後懷著立功的渴望，去河平縣走馬上任。妻子玉玉隨行。衛氏把玉玉拉到一邊，叮囑說：「你的任務，一是要照料好邕兒，再就是要趕快懷個寶寶，為老蔡家添一口小人！」玉玉含羞點頭，但心裡直犯嘀咕：我比誰都想懷個寶寶，可為何就懷不上呢？

寶貝愛女姍姍來遲

東漢時的河平縣（今河南輝縣）是個小縣，一千多戶，四五千口人。縣置縣長、縣丞、縣尉、縣監四人，算是地方父母官。縣衙再有衙吏、衙役十餘人，分別負責賦稅、徭役、徵兵、獄訟、賑災等事項，維護這個縣級國家機器的運轉。前任縣長因貪污受賄被免職，縣庫裡沒留下一文錢，還拖欠了衙吏、衙役半年的俸祿。蔡邕到任，第一件事是拿自己的錢，給衙吏、衙役補發俸祿。他的慷慨和仗義，立刻贏得了同僚及下屬的尊重與尊敬。蔡邕的文章、書法天下馳名。權貴、富裕人家死了人，都願出高價，請他寫墓碑名或寫碑文，如能做到，那是最大的體面與榮光。蔡邕預見到會出現這種情況，記著亡父「傳承家風，清白做人」的遺囑，認為在縣長任上寫碑名、碑文收潤筆費，有以權謀私之嫌，所以一到任就宣布一條禁令：凡有請寫碑名、碑文者，一概拒絕。

蔡邕在縣衙安下家。作為縣長，他可以也有條件聘用男傭女僕，照料自己和妻子的飲食起居。可是趙玉玉不讓，非要親自照料丈夫。這也難為她了。她在娘家是大家閨秀，衣來伸手，飯來張口，現在要買糧買菜，做飯洗衣，都得從頭學從頭做，很是不易。漢朝北方，人們的飲食習慣是每天吃兩頓飯，時間分別在辰時、申時左右。就是這兩頓飯，玉玉也做不好，煮飯夾生，炒菜不是鹽輕就是鹽重。但蔡邕不挑剔不嫌棄，喝著小酒，吃得津津有味。世上無難事，只怕有心人。漸漸的，玉玉技藝大進，煮、蒸、炒、煎、炸，日趨精熟，烹製的菜肴，色、香、味俱佳。蔡邕大加讚賞，說：「玉玉，你真行哪！有一天，我若在官場上混不下去，就退下來開個飯肆，你當大廚，我當跑堂，保證食客盈門，能賺大錢。」玉玉大笑，笑出眼淚，說：「那你我豈不成司馬相如和卓文君了？卓文君當壚賣酒，司馬相如的角色就是個跑堂的。」

蔡邕這個縣長不貪財不攬權，信任縣丞、縣尉、縣監，大小事務統統交由三人處理。縣丞、縣尉、縣監樂於充當大儒的副手，處理事務盡心盡力。這樣，蔡邕就有了充裕的時間做他的學問，當官和治學兩不誤。他又潛心研究起《論語》來，越研究越有心得，覺得這本書集中闡述儒學思想核心仁，並闡述禮和中庸，語言精練，內蘊厚重，警句格言，宛若珠璣。因此，他要寫一本書，專門論述《論語》的內容及意義，為其能成為儒學經典而盡一份力量。

河平縣位於陳留縣西北方向，縣城距離圉里約八十里。蔡邕和玉玉每隔數月必回一趟圉里和趙寨，看望家人。每趟回家，都會給家人各買一件禮物，表達心意。玉玉也下得廚房，烹飪出精美菜肴了。這使衛氏、何芬、葛蘭、趙員外等驚訝不已。衛氏最關心的是玉玉的肚子，怎麼還沒有動靜？玉玉紅了臉，說：「我年齡大了，怕是懷不上寶寶了。」衛氏說：「胡說！你還不到三十歲，哪能懷不上寶寶？」

轉眼到了熹平二年（西元一七三年）秋天，蔡邕和玉玉回圉里。玉玉和何芬、葛蘭說說笑笑，進了廚房，捲起衣袖，淘米洗菜，生火做飯。蔡邕有點不好意思，悄聲對衛氏說：「叔母，玉玉她，她，總算有了。」衛氏沒反應過來，說：「玉玉她有什麼了？」蔡邕指了指自己的肚子。衛氏恍然，說：「玉玉懷上寶寶了？」蔡邕點頭。衛氏立時眉開眼笑，直奔廚房，把玉玉拉了出來，按坐在圓杌上，說：「做飯不缺人手，你給我老老實實坐著，千萬別動了胎氣！」玉玉知道是丈夫說自己懷上寶寶了，面龐紅紅的，說：「叔母，不妨事，早著哩！」衛氏詢問，方知玉玉懷孕才兩個月。她算了算，產期應在來年四月二十日左右，果斷決定：再過兩個月，玉玉顯懷，那時得回家來住，安養保胎。家裡有自己、何芬、葛蘭三個女人，照料一個孕婦，綽綽有餘。蔡邕自然同意，他一個年過四十的大男人，哪懂孕婦的事情？

蔡邕和玉玉回河平。衛氏千叮嚀萬囑咐，全是孕婦應當注意的種種事項。半個月後，玉玉妊娠有了反應，而且反應十分強烈，水米不進，光是嘔吐，幾乎要把五臟六腑都嘔吐出來。沒過幾天，形神俱失，面頰消瘦蠟黃，連說話的力氣都沒有。蔡邕嚇得心慌意亂，趕忙派一衙役，到圉里告訴叔母。衛氏一聽，當天就由蔡谷趕馬車，趕到河平，見到玉玉，嚇了一跳：這才幾天，人竟成了這樣！玉玉見到叔母，眼眶發紅，想哭。衛氏拉著她的手，安慰說：「沒事沒事。女人懷孕和分娩，那是人生一大痛苦，是孕育和造就小生命的痛苦，再痛再苦也是值得的，要忍受要堅持。」衛氏見河平縣衙條件太差，決定把玉玉提前接回圉里。蔡邕疼愛、體貼妻子，學會騎馬，時時奔波在河平縣城與圉里之間。

玉玉回到家中，得到叔母、何芬、葛蘭最周到的照料。她們變著花樣，做各種好吃的，讓玉玉吃。玉玉吃了食物就嘔吐，不想吃不敢吃。衛氏用一種命令的口氣說：「人是鐵，飯是鋼。吃！吃了嘔吐，嘔吐了再吃！不僅是為了你，更是為了寶寶。你不吃東西，寶寶哪能長大？」玉玉心想，確是如此，所以就硬著頭皮，咬著牙吃，只有吃，才能落下一些營養，轉而輸送給正在發育的寶寶。五個月左右，玉玉的反應有所減輕，嘔吐不那麼厲害了。她的肚子一天天隆起，她能感覺到寶寶在腹中動彈，甚至用腳踢她。她高興，丈夫高興，全家人都高興。老蔡家又要添一口小人了。

玉玉產期預定在熹平三年（西元一七四年）四月二十日左右。衛氏為此早做了準備，縫製了小孩衣服，預約了圉里最有經驗的穩婆。蔡邕專門請了十天假，回家等待寶寶降生。可是，到四月底，玉玉仍無臨盆的跡象。眾人未免焦急起來。直到五月初五早晨，玉玉忽然腹痛。衛氏忙命何芬燒水，命葛蘭請來穩婆。玉玉腹痛一陣緊過一陣，發出呼喊。那呼喊近乎淒厲，讓人聽了揪心。許久，葛蘭傳出話來，說穩婆說了，大嫂年齡偏大，又是頭胎，難產。蔡邕一聽，一顆心提到嗓子眼，急得團團亂轉。玉玉仍在呼喊，大概用完了所有力氣，呼喊漸漸變成呻吟。蔡邕雙手攥成拳頭，暗暗說：「玉玉，你可要挺住，挺住啊！」

女人分娩的痛苦遠勝於懷孕的痛苦。一場折騰，經歷快兩個時辰，午正，房裡傳出嬰兒的第一聲啼哭。蔡邕由於緊張，一屁股跌坐在圓杌上，簡直快要崩潰了。

穩婆用襁褓包裹了小人，抱著向蔡邕報喜，說：「恭喜縣長大人，夫人生了個千金。」蔡邕看女兒，那麼小，眼睛閉著，「啊啊」啼哭，好像很委屈，不由心想：她是不願來到這個世界吧？蔡邕進房看妻子。玉玉面色煞白，死人一般。何芬守候在床邊，說：「大嫂身體單薄，出血很多，睡一會兒，就會緩過勁來。」

衛氏給了穩婆雙倍接生費用。穩婆叮囑了一些事項，告辭離去。衛氏懷抱娃娃，娃娃仍在啼哭。她命取來溫開水，用紗布蘸水，放在小人嘴邊。娃娃本能地吮吸紗布上的水，小嘴一動一動的，煞是好看。玉玉醒來，知道生了個女兒。衛氏將娃娃抱給玉玉看，說：「女兒好，女兒是爹娘的小棉襖。」玉玉看女兒，看得目不轉睛，快要落淚：女兒，女兒可是自己身上掉下的一塊肉啊！

小娃娃不停地「啊啊」啼哭，顯然是要吃奶。可是玉玉奶水尚未下來。衛氏吩咐葛蘭，用大米小米煮粥，取上面一層米油，用紗布蘸著餵小娃娃吃；同時將豬蹄和老母雞燉湯，讓玉玉喝，以利催奶。蔡邕有點手忙腳亂，無意碰到一張琴的一根弦，弦一震動，發出一聲悠揚的脆響。小娃娃好像聽到了脆響，猛地停止啼哭，睜開了眼睛。何芬驚呼說：「快看，小娃娃眼睛睜開了！」眾人看去，果然，小人眼睛黑白分明，兩粒豆大的黑眸，晶光閃閃，滴溜地轉動，打量著一個完全陌生的世界。蔡邕欣喜地說：「哎呀！我們的女兒，莫非對琴聲有感應能力吧？不然，為何琴弦一響，她就睜開眼睛了？」

女兒出生頭三天，吃的都是大米小米粥上面的米油油，吃得不合口胃，老是啼哭。第四天，玉玉奶水下來了。女兒噙著娘的乳頭，貪婪地吮吸，很香很甜，吃著吃著就睡著了，一副滿足、愜意的樣子。玉玉親著女兒的小臉，流下淚來，說：「都怪娘不好，讓你出生後四天，才吃到娘的奶水。」蔡邕給妻子擦去眼淚，說：「我、你、女兒，好像與姍姍來遲結上緣了。我三十五歲，你二十五歲，我們才結婚，婚姻姍姍來遲；我三十八歲才當縣長，仕途姍姍來遲；我四十二歲，你三十二歲，女兒才出生，女兒姍姍來遲；女兒在娘肚裡多待了半個月，出生好幾天吃不上娘的奶水，同樣是姍姍來遲。」玉玉笑了，說：「還真是這麼回事。對了，我們的女兒叫什麼名字？」蔡邕說：「你的名字叫玉玉，女兒的名字承『玉』而來，叫蔡琰吧！琰者，美玉也，也比喻美好的品德。」玉玉又去女兒小臉上親了一口，動情地說：「寶貝，你有名字了，叫蔡琰，娘的好琰兒啊！」

蔡邕還想到一層意思，但不好對妻子說。他們的女兒偏偏在五月初五出生，五月初五端午節，可是大詩人屈原飽受苦難，悲憤絕望，投汨羅江而死的日子啊！

蔡琰姍姍降生，是個女孩，給老蔡家帶來了歡樂。所有人都想抱抱她。叔爺爺蔡質、叔奶奶衛氏想抱抱她，叔父蔡睦、蔡谷想抱抱她，嬸娘何芬、葛蘭想抱抱她，就連堂兄蔡振、蔡興、蔡飛、蔡翔也都想抱抱她。她成了老蔡家的愛女，名副其實的寶貝疙瘩。蔡質說：「我們老蔡家陽盛陰衰，盼星星盼月亮，好不容易才盼來個女孩，金貴呀金貴！」衛氏則說：「我敢說，琰孫女金貴，必能給老蔡家帶來福氣與好運！」

蔡邕和趙玉玉的女兒蔡琰，成人後仰慕女史學家班昭（字惠姬），取字叫昭姬。八十多年後，晉武帝司馬炎建立晉朝（西晉），尊謚其父司馬昭為文皇帝，為避司馬昭名諱，蔡昭姬改叫蔡文姬。「蔡文姬」這個稱謂，是晉朝以後才使用的，蔡文姬生前，她自己及周圍的人，是不可以用這個稱謂的，若用，那就犯了常識性的錯誤。

第二章

福兮禍伏

老蔡家的福氣與好運

趙寨趙員外來看外孫女，趙正來看外甥女，帶來好多禮物。此外，趙員外還帶來了趙小巧。玉玉出嫁後，小巧由玉玉的侍女改當女僕。她十五歲那年，母親生病，無錢醫治。一個已有老婆、兒子的霍姓花花公子，看中小巧年輕，且有幾分姿色，願出三千緡錢，買她作外室。趙父為給妻子治病，狠心在賣女契約上摁了手印。那個姓霍的濫嫖豪賭，兩三年裡糟蹋完了全部家產，還欠了一屁股債。老婆領了兒子，跟別的男人跑了。債主催索賭債，姓霍的喪盡天良，竟要拿小巧頂債。小巧走投無路，痛哭流涕，求救於趙員外。趙員外給了姓霍的三千五百緡錢，贖回那份契約，燒了。小巧又回到趙員外家當女僕。期間，她的母親先死，父親後亡，她再沒有一個親人，聽說玉玉生了個寶寶，央求趙員外，讓她仍做玉玉的侍女，主要任務是看寶寶。這樣，趙員外就將她帶到了圉里。玉玉同情小巧的遭遇，也知她頭臉乾淨，手腳麻利，答應將她留下，還說她和小巧是同輩人，二人當以姐妹相稱。小巧這年十九歲，感動激動，直想跪地磕頭，硬被玉玉攔住了。這個趙小巧，心地善良，知恩圖報，此後再未嫁人，一心一意照料玉玉，陪伴和呵護蔡文姬，默默奉獻，始終無怨無悔。

衛氏說琰孫女必能給老蔡家帶來福氣與好運，這話很快應驗了。小文姬滿月後不久，朝廷有令，蔡質在郡尉任上頗有政績，著調進京城任衛尉，統領衛士守衛宮禁。接著朝廷又有令，蔡邕也調進京城任郎中，參與修撰漢史。叔侄二人同時升官，同時調進京城，到皇帝身邊做事，這是何等的榮耀！衛氏笑得合不攏嘴，安排這個家要分作兩部分，但不是分家。一部分，蔡質和她，蔡邕和玉玉、文姬、小巧，得去京城居住；一部分，蔡睦和何芬，蔡谷和葛蘭，以及蔡振、蔡興、蔡飛、蔡翔四個孫子，仍在圉里居住。圉里老家有房有地有祖墳，是全家的根，萬萬不可捨棄。衛氏又取出歷年來的積蓄，命蔡睦、蔡谷兄弟先去一趟京城，購買一處院落，作為幾口人到京城居住的新家。金秋八月，新任衛尉蔡質、新任郎中蔡邕及其家屬來到了京城洛陽。離開圉里前，全家人都到老蔡家祖墳塋地祭祀，告慰先靈。

東漢京城洛陽位於黃河南岸，背靠邙山，面對洛河，東西六里多，南北九里多，俗稱「九六城」。城垣巍峨，四向共開十二個城門。南向四門，由東向西依次為開陽門、平城門、小苑門、津門；北向二門，東為谷門，西為夏門；東向三門，由北向南依次為上東門、中東門、旄門；西向三門，由北向南依次為上西門、雍門、廣陽門。北面偏西部位是皇宮，包括南宮和北宮，雕樑畫棟，金碧輝煌。皇宮附近，都是王公大臣和達官權貴的府第，一家比一家豪華，一家比一家氣派。蔡睦、蔡谷購買的院落在京城東南旄門以內，距離皇宮約六七里，那裡的地價、房價，相對比較便宜。院落四周有圍牆，前面兩間門房，主體分作前院和後院，該有的設施都有。蔡質、衛氏等看了前院看後院，相當滿意。

這一家人在京城安了新家。蔡質、蔡邕叔侄次日，分別到衛尉署、郎中署報到，第一項差事就很光榮：隨漢靈帝車駕祭祀原陵（**東漢光武帝劉秀陵寢**）。皇帝出行的鹵簿，旌旗、斧鉞等遮空蔽日，車馬隊伍綿延二三十里，說不盡的鋪張，道不完的奢靡。叔侄二人回家，說起皇帝出行、祭祀的景象。衛氏讚不絕口，說：「瞧瞧，到皇帝身邊做事，就是不一樣，開眼界見世面了吧？」

文姬出生三個多月，長得真正像個小孩了，白白的，胖胖的，粉雕玉琢，袖珍玲瓏，像一件精緻精美的藝術品。蔡邕回家，迫不及待地要先抱抱女兒親親女兒，女兒已是他生命的一部分。玉玉生文姬難產，落下個心跳氣喘的毛病，幹不了重活。幸虧有小巧，從早到晚，忙裡忙外，把各樣活都幹了，從不知勞累和疲倦。

蔡邕調進京城的時候，胡廣已經亡故，橋玄由司空升任司徒，僅四個月，就因不滿宦官曹節、王甫等專權而被罷官，但他德高望重，仍有機會見到皇帝，提些建議。蔡邕到京城任郎中，就是橋玄向漢靈帝建議的。蔡邕登門拜訪橋玄。橋玄非常欣賞蔡邕的人品和才學，特別告誡他，務要提防大權在握的曹節、王甫等宦官，那些人是招惹不得的。

蔡邕任郎中，很快和另外幾位大儒結為好友，如光祿大夫楊賜，諫議大夫馬日磾，議郎張馴、韓說，太史令單颺等。他們經常在一起討論儒學，感觸最深的是年代久遠，儒學經典文字混亂，急需訂正。在印刷術發明之前，所有書籍都是傳抄本，傳抄在竹簡上或布帛上，有了紙以後，也傳抄在紙上。傳抄過程中必然會出現錯誤。以《五經》為例，每部書都有多種版本，錯別字姑且不說，更有一些俗儒，穿鑿附會，根據想當然，隨意刪除或增加文字，致使謬誤百出，不倫不類，誤人子弟，遺患無窮。鑑於此，蔡邕和幾位大儒聯名上書皇帝，從功在當代、利在千秋的高度，請求組織力量，訂正經典。他們考慮《論語》也應是儒學經典之一，所以請求訂正的不是《五經》，而是《六經》。漢靈帝一高興，批了個「可」字，並任命蔡邕為東觀著述，在東觀觀書校經，具體負責訂正《六經》事項，訂正後的《六經》要刻成石碑，作為標準的傳世範本。「東觀」，朝廷珍藏圖書典籍的地方；「著述」，著作郎的意思。

熹平四年（西元一七五年），蔡邕滿腔熱忱地擔負起觀書校經的重任。六部經典，每部確定一個權威版本為藍本，參閱其他版本，比較鑑別，去偽存真。重點在「校」上，一字一字，一句一句，絲毫不敢馬虎。各位大儒幫助審查，準確無誤，再由蔡邕將《六經》工整地書寫在大小統一的青石上。當時流行的書體叫八分書。它實是隸書的一種，產生於秦朝，據說是割程邈隸字的八分取二分，割李斯小篆的二分取八分，故名。東漢末，八分書筆劃繁雜，也不規範，蔡邕加以簡化，使之棄繁就簡，波磔鮮明，從而成為官方通用的文字書體，通稱漢隸。他用漢隸在青石上寫字，完全不同於在布帛上或紙上寫字，費時費力，直寫得頭暈眼花，腰酸背痛。寫好後，再由技藝高超的石匠，鑿刻文字成碑。那是一項細活，稍不小心鑿刻壞了，等於前功盡棄，還得重新在另外的青石上書寫，重新鑿刻。最後，蔡邕用較大的漢隸書寫《周易》、《尚書》、《詩經》、《春秋》、《禮記》、《論語》六部經典碑額，工匠鑿刻，石碑告成。石碑因是在熹平年間完成的，所以稱《熹平石經》。

《熹平石經》由四十六塊刻了《六經》的長方形石碑組成，每碑高一丈許，廣四尺，兩面刻，共二十萬多字，下有底座。石經竣工後，置放在開陽門外太學門前。這項浩大的文化工程，立即引起轟動。太學生及後儒晚學奉它為經學、書法的雙重典範，研習《六經》和練習書法，皆以它為標準。史載：「其觀視及摹寫者，車乘日千餘輛，填塞街陌。」試想，那是一種怎樣的盛況啊！

蔡邕觀書校經，用一支筆，促成了《熹平石經》的誕生。他很開心，即興創作了一篇《筆賦》：

> 昔蒼頡創業，翰墨用作，書契興焉。夫製作上聖立則憲者，莫隆乎筆。詳原其所由，究察

其成功，鑠乎煥乎，弗可尚矣。……書乾坤之陰陽，贊三皇之洪勳，敘五帝之休德，揚蕩蕩之典文。紀三王之功伐兮，表八百之肆勤。傳《六經》而綴百氏兮。建皇極而序彝倫。綜人事於晻昧兮，贊幽冥於明神。象類多喻，靡施不協。上剛下柔，乾坤之正也。新故代謝，四時之次也。圖和正直，規矩之極也。玄首黃管，天地之色也。

《熹平石經》使蔡邕名滿京城，譽滿京城。漢靈帝有旨，提升他為議郎，全力修撰漢史。蔡質在衛尉任上，業餘研究典章制度，撰成《漢官典職儀式選用》一書。漢靈帝覺得他亦有史學才能，提升他為尚書。蔡家叔侄又是同時升官，雙喜臨門。衛氏懷抱文姬，說：「我說琰孫女必能給老蔡家帶來福氣與好運，這不？文應驗了吧！」

文姬還不滿兩歲，已在學走路學說話了。她長得像玉玉，瓜子臉，丹鳳眼，柳葉眉，一對黑眸晶亮晶亮。她是全家的寶貝，也是全家的中心。她給老蔡家帶來福氣與好運，這個福氣與好運能持續嗎？能長久嗎？難說難說。

小文姬三四歲就學習認字和背誦古詩

蔡邕升任議郎，全力修撰漢史。所謂漢史，是指光武帝劉秀開國以後的歷史，即東漢的歷史。前面已有班固、陳宗、劉珍、李尤等史學家修撰過，稱《漢記》（史書修成後稱《東觀漢記》），但未完稿。蔡邕接著修撰，主要是修撰其中最困難部分「十志」，包括《律曆志》、《禮志》、

《樂志》、《郊祀志》、《天文志》、《車服志》等。蔡邕修史，多數時間在東觀，有時也在家中。他愛書籍，校經校的是書，修史修的是書，所以他讓蔡睦、蔡谷把圉里老家的部分書籍運至京城，又買了很多書籍，以致洛陽家中的藏書多達七八千冊。

熹平五年（西元一七六年），文姬三歲，會在地上跑了，並會叫爹叫娘叫爺爺叫奶奶了。小傢伙不老實，總愛讓娘拉著或抱著，從後院到前院，到爹的書房裡玩。蔡邕每次見到女兒，都是最快樂最開心的時刻。他會放下手中的筆，抱起女兒，指著書案上的文房四寶，跟她說：「瞧，這是毛筆，這是硯台，這是墨，這是紙，都是爹寫文章用的。」文姬去抓毛筆。蔡邕忙把毛筆讓女兒握著，再緊緊握著女兒的小手，蘸墨，在一張紙上畫了個大大的圓。文姬看那個圓，小臉笑成山茶花模樣。蔡邕則大笑，說：「瞧，這是我們家琰兒寫的第一個『字』！」玉玉也笑，說：「琰兒長大，肯定也會書法，沒準兒能勝過她爹。」蔡邕說：「勝過她爹，最好最好！」文姬又看到放在一邊的琴，伸出小手，要那張琴。玉玉取過琴，放到女兒面前。文姬雙手抓琴弦劃琴弦，琴弦發出聲響。她很得意，小臉更像山茶花，美麗動人。蔡邕說：「這是琴，用它可以彈奏出樂曲。」文姬好像聽懂了，說：「哦，哦，哦！」玉玉燦然而笑，說：「琰兒出生那天，是聽到琴弦震響睜開眼睛的，你說她對琴聲有感應能力。哎呀！琰兒長大，該不會跟你一樣，也是個音樂家吧？」蔡邕心情大好，提筆寫了一副橫幅，裱褙後懸掛在書房牆上：「有書有琴乃樂，無私無欲則剛」。

和蔡邕一道修史的還有議郎盧植、韓說、張華、劉洪等人。他們年齡相仿，志趣相投，聚到一起，書生意氣，每每慷慨激昂，議論朝政，不自覺地會牽扯到皇帝，牽扯到外戚與宦官。蔡邕說：「我看本朝是個很不正常很不景氣的王朝，最大的特點是小皇帝多。且看章帝劉炟以後，各個皇帝即位時的年齡：和帝劉肇十歲，殤帝劉隆一歲，安帝劉祜十三歲，少帝劉懿五歲，順帝劉保十一歲，沖帝劉炳二歲，質帝劉纘八歲，桓帝劉志十五歲，當今皇上劉宏（漢靈帝）十二歲。」張華說：「小皇帝登基，生母被尊為皇太后，臨朝聽政。皇太后都很年輕，缺智少識，掌握國家權力，所能依靠的，主要是她的父兄即外戚。皇帝長大，要奪回旁落的權力，所能依靠的，主要是身邊的奴才即宦官。於是外戚與宦官爭鬥，誰得勝誰得勢，這就是本朝忽而外戚專權，忽而宦官亂政的原因。」劉洪說：「歷朝歷代，單數本朝外戚專權、宦官亂政現象嚴重，出了多少個外戚集團與宦官集團！他們專權亂政，最遭殃的是百姓，有人形容是『虐遍天下，民不堪命』，我看此言不虛。」

議郎們憎恨宦官甚於憎恨外戚，所以最後往往痛斥宦官，痛斥巴結、討好宦官的那些大臣。當時的大鴻臚劉郃，想當司徒，曾請蔡邕向皇上推薦。將作大匠陽球想當衛尉，曾請蔡質向尚書台推薦。蔡邕、蔡質為官清正，以到京城時間短、資歷淺為由，一口拒絕。劉郃、陽球改而巴結、討好曹節、王甫，很快如願以償，一人當上司徒，一人當上衛尉。因此，這二人對蔡邕、蔡質恨得要死，而對曹節、王甫則感激涕零。議郎們對這些內幕知根知柢，還知陽球是中常侍程璜的女婿，所以在痛斥曹節、王甫時，少不了也痛斥劉郃、陽球之流。曹節、王甫透過無處不在的心腹、爪牙，早把議郎們的議論偵察得清清楚楚，認定又出現一夥「黨人」，「黨人」的頭領就是蔡邕。

蔡邕雖是大儒，但在官場上還是個新手，懷著「無私無欲則剛」的心態，意欲匡時濟世，一展抱負。為此，他在修史的同時，還多次上書皇帝，針砭時政，抨擊奸佞。最出名的是熹平六年（西元一七七年）上的《陳政要七事疏》，長篇宏論，就朝廷祭祀、官員職責、官員詮選、司法公正、社會風氣等七件事，系統陳述自己的見解，並提出中肯的建議。漢靈帝表示讚賞，命他隨時上書言事。蔡邕受寵若驚，滿口答應。曹節、王甫等暗暗發笑，說：「這個腐儒，老南瓜戴草帽，還真把自己當個人物了！」

這年夏天，一位客人登門拜訪蔡邕。二人見面，大笑著互相稱字，一稱「伯喈」，一稱「子師」，伸開雙臂，緊緊擁抱在一起。來客是王允，蔡邕上儒學庠序時的同窗。他倆分別二十年了，再見重逢，欣喜萬分。蔡邕手拉王允進書房落坐，喝茶說話。二人說起上學往事，說起亡故的胡廣，說起罷官的橋玄，說起流逝的歲月，感慨萬千。王允說，他曾任太原郡丞，因得罪了「五侯」之一的徐璜，所以被免職，在家閒居好多年了。二人說了政事又說家事。王允說他早就結婚，有三個兒子，大兒子都快結婚了。蔡邕說自己三十五歲才結婚，只有一個才四歲的女兒。王允大笑說：「伯喈兄，那你可得加油哦！像你這樣一個學富名高的大儒，總得有個兒子繼承父業不是？」

這時，小巧領著文姬經過書房門前。蔡邕忙抱過文姬，得意地對王允說：「這就是我女兒。」王允驚呼說：「呀！好漂亮好可愛，小玉人似的。」蔡邕吩咐女兒說：「這位是王叔叔，快叫叔叔。」文姬有點認生，怯怯叫了一聲「叔叔」。王允大聲答應，摸了摸文姬的小臉，又拉了拉她的小手，說：「哎呀，女兒真好！我回家，得讓賤內再生個孩子，一定要是女兒！」

文姬跟她爹一樣，三四歲就學習認字，從「一」、「二」、「三」、「人」、「大」、「小」等字認起。玉玉望女成鳳，同時教女兒背誦古詩。文姬最早背誦的古詩是《詩經》裡的《衛風．木瓜》和《周南．桃夭》，儘管不懂內容，但學娘的聲調，有抑揚，有頓挫，一派天真。每天晚上，全家人聚集在燈下，文姬必是主角，給叔爺爺叔奶奶和爹娘背誦古詩：

投我以木瓜，報之以瓊琚。匪報也，永以為好也。
投我以木桃，報之以瓊瑤。匪報也，永以為好也。
投我以木李，報之以瓊玖。匪報也，永以為好也。

桃之夭夭，灼灼其華。之子于歸，宜其室家。
桃之夭夭，有蕡其實。之子于歸，宜其家室。
桃之夭夭，其葉蓁蓁。之子于歸，宜其家人。

她吐字清晰，準確無誤，稚聲稚氣，還有節奏感和韻律感，總會惹得一片歡笑聲和讚美聲。玉玉還給女兒講故事，主要是童話故事和寓言故事。文姬通過聽故事，稚嫩的心田得到文化肥水的灌溉，比起同齡的女孩來，感知的人與事、人與物，要多得多。

文姬一天天長大。衛氏念叨著，玉玉應當再懷個寶寶。嘿！她的念叨管用，玉玉果然又懷孕了。這使全家人既高興又緊張。高興的是老蔡家又要增添人口，緊張的是玉玉會不會像懷文姬那樣，妊娠反應強烈，甚或難產？感謝老天爺，玉玉懷第二胎時，妊娠反應不怎麼強烈，次年六月分娩也算順利，她又生了個女兒。蔡邕本意是想要個兒子的，但既然是女兒，也很歡喜。他對妻子說：「你的名字叫玉玉，注定我們應有兩個女兒。小女兒的名字仍承『玉』而來，叫蔡琬吧！琬同琰一樣，也是美玉，也比喻美好的品德。」衛氏歡天喜地，說：「我們老蔡家有琰兒、琬兒兩個千金，定會有更多更大的福氣與好運哪！」

古語：「禍兮福所倚，福兮禍所伏。」這話深刻揭示了禍與福互相轉換的辯證關係，極富哲理意味。就在蔡琬剛剛出生之時，一場天大的橫禍突然向老蔡家襲來。

平地狂飆，晴天霹靂

那是光和元年（西元一七八年）六月，玉玉生了蔡琬，蔡邕修撰的「十志」基本完稿，好像又是個雙喜臨門。蔡邕滿心喜悅，去向皇帝敬獻「十志」。在皇宮鴻都門前，他見幾名工匠，正用掃帚蘸石灰水粉刷宮牆，掃帚從左往右刷或從上往下刷，中間多有空白處，不甚均勻，看去卻有張力，格外蒼勁渾樸。他忽然產生靈感：若用此法寫字，那會是怎樣的效果？他有了靈感，就急不可待要親筆試試，所以暫停敬獻「十志」，匆匆回家，取大毛筆蘸墨，像工匠刷牆一樣，飛快寫字，不時將筆輕輕一提，使筆劃有的部分呈枯絲平行狀，絲絲露白，與濃墨、漲墨產生對比。嘿！這樣寫的字飛動豪放，獨具情趣。此後，他給朋友多次演示用這種方法寫字，得到認可，人們都說他首創了一種獨特的書體，叫「飛白書」，簡稱「飛白」。飛白書對後世書法影響很大。唐朝書法家張懷瓘稱讚蔡邕「又創造飛白，妙有絕倫，動合神功，真異能之士也」（《書斷》）。

漢靈帝對蔡邕的博學多才非常欣賞。這年七月，鑑於各種災異頻發，人心惴惴，他命召蔡邕、楊賜、馬日磾、張華、單颺五人，到皇宮崇德殿，由中常侍曹節、王甫主持，詢問災異發生的原因，以及消除災異的方法。接著，漢靈帝又單獨召見蔡邕，賜予特權，要他大膽奏事，奏書皂囊密封，直接呈送皇帝。蔡邕受到皇帝這樣高度信任，歡欣鼓舞，油然生出一腔雄心和激情，連夜起草奏章，坦陳朝政得失。他認為婦人、宦官干預政事，是災異發生的主要原因；指斥曹節、王甫、劉郃、陽球等人，是禍國殃民的國蠹和尸位素餐的奸佞；指斥張顥、偉璋、趙玹、蓋升等人，貪贓枉法；舉薦幾位閒居的大臣，建議予以重用，其中包括橋玄。他按照約定，把奏書用皂囊密封呈送皇帝。漢靈帝很快看到了奏書，感慨良多，連聲歎息。偏偏起身如廁，曹節、王甫趁機偷看鋪展在御案上的奏書，發現上面竟有自己的名字，而且連上「國蠹」一詞，不由勃然大怒。但是，他倆不動聲色，而是指使同類程璜，當天就把奏書的內容全盤透露給了劉郃、陽球、張顥、偉璋等人；程璜又寫飛書（匿名信）四處張貼，誣告蔡邕結黨營私，就連蔡質也被牽扯上了。一時間，蔡邕奏書中所提到的國蠹和奸佞，迅速聯手，彈劾蔡邕、蔡質。曹節、王甫忠實代表一夥丑類的利益，蠱惑皇帝，說應順應「民心」，將蔡質、蔡邕治罪。漢靈帝完全忘記了自己說過的話，採納曹節、王甫的意見，命將蔡家叔侄逮捕下獄，罪名是：「阿附黨人，誹謗公卿」。

平地狂飆！

晴天霹靂！

當洛陽大獄獄吏通知家屬探監，並給囚犯送牢飯的時候，衛氏和玉玉驚嚇得幾乎暈厥。叔侄倆一是尚書，一是議郎，好端端的，怎會說下獄就下獄了呢？家中沒有男人，衛氏只得拋頭露面，探監兼送牢飯。玉玉流著淚也要去。衛氏說：「你還在月子裡，大獄那種地方，豈是你去得的？」衛氏在大獄裡，見到丈夫和侄兒同關在一間牢房，淚水滂沱，詢問到底是怎麼回事？蔡質、蔡邕均說自己得罪了仇家，仇家打擊報復以致如此。衛氏說：「現在該怎麼辦？」蔡質搖頭，說：「這回怕是凶多吉少，你得趕快讓蔡睦、蔡谷到京城來。」蔡邕說：「最好讓趙正也來，也好有個照應。」

衛氏是個有主見的女人，回家後即讓玉玉寫信，雇請隔壁鄰居一個跛腿的漢子，姓康，騎快馬，送往圉里。洛陽離圉里約三百多里。第二天夜間，蔡睦、蔡谷、趙正便風塵僕僕趕到京城。衛氏見了兒子，玉玉見了弟弟，訴說不甚清楚的事情原委，泣不成聲。三個男人一聽，肺都要氣炸了。蔡睦說要殺死爹和大哥的仇家，蔡谷說要約人劫獄，趙正說要找皇帝告御狀。誰都知道，這些都是氣話，無一句可行。

七月二十五日，蔡睦、蔡谷、趙正探監並送牢飯。曹節、王甫行動飛快，打著皇帝旗號，指示廷尉不用審訊，命將蔡家叔侄處以棄市（古代一種刑罰，將囚犯斬於鬧市並暴屍），二十七日行刑。老蔡家一家人嚇得魂飛魄散，呼天號地，無計可施。玉玉身子一軟，跌坐在地上，懷中的蔡琬「啊啊」大哭。趙正、小巧手忙腳亂，扶起玉玉，淚流不止。衛氏眼淚已經流乾，冷峻地說：「明天二十六，全家人都去探監、送牢飯，老少三代，就在大獄裡見上最後一面吧！」

那是多麼痛苦多麼悲慘多麼淒涼的一次見面哪！文姬時年五歲，剛是孩子開始記事的年齡。就像深深的烙印一樣，她牢牢記住了那次見面的情景——

洛陽大獄，漆黑的大門，門環上雕刻兩個怪獸頭像。進門後光線灰暗，氣氛陰森，處處散發出難聞的氣味。一間間牢房，豎立密密的粗糙圓木，有一個小門，門上纏繞鐵鍊，鎖著大鎖。文姬看到爹和叔爺爺了，二人都身穿灰衣，胸前和背後各有一個字，那字是個方框，方框裡一個「人」字。爹和叔爺爺蓬頭垢面，鬍鬚老長，神情麻木。叔奶奶和娘哭了，叔叔、舅舅、巧姨都哭了。巧姨在圓木間擺下大盤小碟牢飯，還斟下兩杯酒。娘和叔父、舅舅都雙膝跪地，請爹和叔爺爺吃些菜喝些酒。爹和叔爺爺無心吃菜喝酒，盯著全家每個人看，看得專注，看得深情。爹隔著圓木，伸出大手，替娘擦淚。他摸蔡琬的小臉，又摸文姬的小臉，雙唇顫抖，說不出話來，眼眶裡蓄滿淚水。獄吏凶神惡煞，大聲說：「探監時間已過，家屬且退！」哭聲，撕心裂肺的哭聲，生離死別的哭聲。叔爺爺抓緊時間向兩個叔叔交代後事，說：「快買兩口棺材，明天去鬧市收屍。天氣太熱，禮儀全免，當天大殮，利用晚涼，連夜運送靈柩回圉里，葬在老蔡家祖墳塋地，入土就好。切記，務要孝敬你們的娘，照顧好你們的大嫂及琰兒、琬兒。」叔奶奶向叔爺爺叩頭。爹向叔奶奶叩頭。娘、叔叔、舅舅向叔爺爺向爹叩頭。巧姨拉了文姬，也向叔爺爺向爹叩頭。獄吏又大聲催促家屬離開。一家人的哭聲驚天動地，響徹整座大獄……

蔡睦、蔡谷回家，當天買回兩口棺材。衛氏、玉玉默默垂淚，準備壽衣。一夜無眠。二十七日，蔡睦、蔡谷、趙正去鬧市收屍，拉回的卻只有蔡質的屍體。一打聽，方知棄市的只有蔡質，蔡邕免死，改為流放朔方了。這又是怎麼回事呢？

原來，曹節、王甫欺上瞞下，是非要置蔡家叔侄於死地的。蔡邕廣有人緣，好友盧植面見皇帝，誠懇為他求情。中常侍呂強，雖然也是宦官，但跟曹節、王甫迥然不同，正派耿直，也為蔡邕求情。他對皇帝說：「曹節、王甫之輩品卑人賤，讒諂媚主，佞邪邀寵，嫉妒忠良，有趙高之禍，掩朝廷之明，成私樹之黨。而陛下不悟，開國承家，小人是用。蔡邕忠孝，世人盡知，受人陷害，竟遭棄市。若此，陛下如何面對天下文人士子？」漢靈帝記起來了，蔡邕封囊奏事是自己特許的，言詞過激了些，但罪不至死，故而命傳旨，蔡邕由棄市改為流放朔方郡。至於蔡質，棄市就棄市吧，曹節、王甫的面子，還是要顧及的。

蔡質的屍體停放在正房堂屋。老蔡家得先顧死人。來不及縫製喪服，每人用白布纏在頭上，將幾縷麻線掛在脖上，權當披麻戴孝。蔡睦主事，小殮與大殮一併進行，並命蔡谷、趙正雇三輛馬車，太陽落山時，全家人即運靈柩回南里。衛氏叮嚀蔡谷，順便雇個人看護京城這個家。那個姓康的跛腿漢子自告奮勇，說：「老蔡家遭此不幸，人人同情。你們若信得過我，我負責看護你們的家。期間，若少一塊磚一頁瓦，拿我是問。」蔡谷以孝子身分跪地叩頭，說：「那就全拜託康叔了！這裡等同你的家，關鍵要看護好書房，書房裡的書，可是我大哥的命根子。」跛腿漢子年齡與蔡谷相仿，說：「我叫康進，你們直接叫我名字得了。」

仵作小殮後即大殮，封棺釘釘。斧頭敲擊鐵釘，發出巨大聲響，那鐵釘，就像釘在每個人的心上。忽然，大門外闖進一人，跌跌撞撞，放聲大哭，喊叫道：「叔父叔父！棄市的應該是我，是我，為何偏偏是你，是你呀！」他撲向靈柩，用頭猛撞靈柩，「咚咚」作響，額上立起幾個大泡，大泡破爛，鮮血淋漓。不用問，來人是蔡邕，身上還穿著大獄的灰色囚衣呢！

蔡邕是在死前一刻才知自己由棄市改為流放的。叔父卻被拉出牢房，拉去街市了。他心如刀割，拚命哭喊，要用自己的命換回叔父的命，可是無人理他。中午時分，獄吏長通知，說廷尉署的衙役，明天將會押解他去朔方。蔡邕忙問：「我叔父怎樣了？」獄吏長面無表情，說：「能怎樣？棄市唄，屍首由家屬拉回家去了。」蔡邕懇求獄吏長開恩，准許他回家去給叔父靈柩叩個頭。獄吏長板著臉，不准。蔡邕流淚哀求說：「蔡邕薄祜，早喪二親。年逾三十，鬢髮二色。叔父親之，猶若幼童，寧願自己受饑受凍，也要讓我吃飽穿暖。叔父待我恩重如山，我若不給他靈柩叩個頭，枉為人子，還不如一死啊！獄吏長，求你了，要不我先給你叩頭。」獄吏長敬重蔡邕的人品和才學，也為他的孝心所打動，伸手將他扶住，咬了咬嘴唇，硬是擔著干係，喚過兩個獄吏，吩咐押著蔡邕回家一趟，速去速回。

蔡邕用頭猛撞靈柩，早被蔡睦、蔡谷抱住。蔡邕掙扎著，跪地向靈柩叩頭，又給叔母叩頭。衛氏顫顫巍巍，陡然顯得蒼老了許多，坐在一張圓杌上，悲傷地說：「人在家中坐，禍從天上落，躲不及逃不過啊！你叔父死了，你還活著，也是不幸中之大幸。那東西，」她指了指放置在一邊的空棺材，說：「我要把它劈作柴燒掉！對了，聽說將你改為流放，是不是？何時動身？」蔡邕唏噓，說：「獄方通知，可能是明天。」衛氏說：「唉！我現在心亂如麻，得先回圉里葬你叔父，一時顧不上你，你先去吧，自己保重。玉玉和兩個孩子有我們照料，你儘管放心。」

玉玉懷抱蔡琬，看著丈夫，哭成淚人。衛氏說：「玉玉，你先別哭，快給邕兒收拾些衣服鞋襪，他在路上要用的。」玉玉抹淚，忙把蔡琬交給小巧，跑回房間。蔡邕滿臉是淚是血，看了看熟睡的蔡琬，改而面對驚恐、膽怯的文姬說：「琰兒，爹不在，要聽叔奶奶和娘的話，哦？」玉玉急急取來一個布包，布包裡有衣服鞋襪，有毛巾等洗漱用品，還放了些銅錢。趙正又往布包裡塞了兩枚金餅。蔡邕接過布包，看玉玉，玉玉還在月子裡，面白體瘦，一副弱不禁風的樣子。他心酸心痛，千言萬語無法傾訴。獄吏催促回大獄。蔡邕再跪地，向叔父靈柩叩頭，給叔母叩頭，起身，逐一擁抱蔡睦、蔡谷、趙正，親了親文姬和蔡琬的小臉，一步一回首走出院落。全家人將他送出大門，目送著他遠去。文姬猛地跑前幾步，舉手高喊：「爹——！」

這一聲喊，尖銳，淒厲，刺耳，長長的尾音盤旋在京城上空，迴響，迴響……

朔方，好遙遠好荒寒呀

除了蔡邕，老蔡家人運送靈柩連夜返回圉里，將慘死的蔡質埋葬了。沒有任何禮儀，所以只能說是埋葬，而不是安葬。衛氏恍恍惚惚，直到地面壘起一個墳頭，她才意識到她的丈夫已經長眠地下，和他再不能見面、再不能說話甚或發火吵架了。三年前，她隨丈夫、侄兒前往京城，多麼風光和體面；而今丈夫遭棄市、侄兒遭流放，福氣與好運變成災禍，這到底是為什麼呀？趙玉玉恍恍惚惚甚過叔母。幾天來她一直處在混沌與惡夢狀態中，叔父那樣一個好人果真死了麼？丈夫去鬼門關走了一遭，閻王爺將他放了？放到朔方去了？自己明明在京城，怎麼又回到圉里了？她想起來了，她正在坐月子，女兒蔡婉出生才一個多月呀！她聽到女兒啼哭忙給餵奶，可是女兒噙著她的乳頭吮吸，還是啼哭。她感到乳頭隱隱的痛，一摸乳房癟癟的，用手擠擠竟擠不出一滴奶水來。啊，女兒啼哭，是餓了呀！小巧看得真切，忙去告訴衛氏。衛氏一皺眉，說：「糟了，玉玉回奶了！」

「回奶」是指正在給嬰兒哺乳的女人，大苦大悲受了刺激，心力憔悴，分泌失調，加上營養缺乏，導致奶水回縮，嚴重者不會再有奶水。玉玉就是這樣的，從聽說叔父、丈夫入獄那一刻起，就驚悸、驚恐、驚惶，基本上沒睡過覺沒吃過食物，還不停流淚，能不回奶嗎？衛氏忙命何芬、葛蘭，仿效當初餵文姬的做法，煮大米小米粥，取上面一層米油餵琬兒。米油畢竟不是奶水，琬兒吃了還是啼哭。衛氏想方設法給玉玉催奶，毫無效果。葛蘭倒是有法，去娘家把她弟媳飼養的一隻奶羊牽了回來。奶羊吃草，每天能產三四斤奶。這樣，琬兒只好改吃羊奶了。琬兒也怪，玉玉、衛氏、何芬、小巧抱她，她總愛哭。只有到了葛蘭懷裡，馬上不哭，亮亮的小眼睛打量這打量那，很乖很乖。眾人都說琬兒跟葛蘭有緣。葛蘭說：「巴不得呢！我和何芬嫂子都想生個女兒，可就是不能如願。現在有了琬兒，不就是緣麼？」

趙正轉達爹的話，要玉玉回考城住些日子。玉玉回答說：「不！我要為叔父守喪，也替伯喈為叔父守喪。」衛氏看得出，玉玉心裡很苦很苦，她是在想念、牽掛遠在朔方，生死未卜的蔡邕啊！九月初，蔡邕捎回家信說他已到朔方。漢制，處以流放的官員大體上分兩類：一類，罪行重者，官員流放，家屬連坐也成罪犯，隨之流放；一類，罪行輕者，官員流放，家屬無罪，是自由人，可到流放地去，陪伴與照料官員。蔡邕屬於後一類。衛氏既心疼蔡邕，又心疼玉玉，果斷決定：讓蔡谷和趙正作伴，送玉玉、文姬、小巧去一趟朔方，或長住、或短住，全看蔡邕的處境和朔方的條件。玉玉當然求之不得，可襁褓中的琬兒又令她為難。衛氏說：「琬兒太小，且吃羊奶，恐怕得留在家裡，由葛蘭照管。你若帶在身邊多有不便，弄不好會要了她的小命的。」玉玉又流下淚來，要給葛蘭叩頭。葛蘭忙把玉玉扶住，說：「大嫂放心！家裡有奶奶，有何芬嫂子和我，我們會把琬兒照管好的。」文姬拍著小手說：「哦！我能見到爹囉，我能見到爹囉！」

蔡谷、趙正騎馬，雇了兩輛馬車，送玉玉、文姬、小巧長途跋涉到了朔方，找到蔡邕，租賃一個小小的院落，給他們安頓了個家。朔方地處黃河河套和陰山山脈之間。西漢武帝時構築朔方城（今內蒙古鄂托克旗西北），設立朔方郡。東漢末朔方郡名存實亡，郡中事務由五原郡（郡治今內蒙古包頭西）太守派人代管。朔方城內約有四五百戶人家，兩三千人口，一多半是朝廷流放的官員及其家屬。文姬在朔方共住了半年多，給她留下最深刻的印象是遙遠與荒寒。那裡民居一半是草房、一半是氈包，樹木花草很少，到處可見牛羊馬騾。從頭年十月到次年三月，基本上都是冬天。

整天颳北風和西北風，刀子似的寒徹骨髓。雪一下開就停止不住，風挾著雪，雪裹著風，縱橫奔突，呼囂肆虐，以致有民謠說：「朔方風雪大，閻王都害怕。大鬼嚇破膽，小鬼嚇掉牙。」文姬在朔方，第一次見到了匈奴人：男人，身材不高、胸寬腰粗、髮式怪異，愛在耳垂上戴一副大大的圓環；女人，肌膚黧黑、衣飾鮮豔、好動，愛唱歌愛跳舞，開朗而又開放。男孩，穿皮衣束皮帶，皮帶上插一把裝在皮鞘裡的匈奴彎刀，很神氣；女孩，愛穿紅色皮靴，戴紅絨圓形尖頂氈帽，帽沿向外翻捲，翻捲部分是長長的雪白的羊毛，非常好看。她看到很多小孩手拿一種樂器，放在嘴邊吹，嗚嗚呀呀，問爹，知道那叫胡笳。爹還給她買了一隻，介紹說：「胡笳是匈奴特有的樂器，通常有兩種樣式。一是原始胡笳，將蘆葦葉捲成雙簧片形狀或圓椎管形狀，首端壓扁為簧片，簧、管混成一體，吹奏發聲，聲音高而尖，但變化不多；一是木製胡笳，木製管身，三孔，蘆葉為簧，吹奏時管身豎置，兩手食指和中指分別按放三個音孔，可發出多種聲響，聲音渾厚、深沉，最善表達哀傷、淒婉的思想感情。」文姬在朔方見到了匈奴人，接觸到了胡笳，誰能想像得到，這年才五歲的她，若干年後竟會和匈奴人和胡笳聯繫得那樣緊密呢？

蔡邕以及另外兩位修史的議郎張華和劉洪同遭流放，美其名曰「戍邊」，要服苦役，挖土背土修築城垣缺口。他們喜歡大雪封門的日子，因為那樣就不用服苦役了。蔡邕珍惜這段時光，不忘著述，開始寫作《獨斷》和《月令章句》兩本書。當然，他最介意的還是修史，把「十志」書稿重新修改一遍，準備呈給皇上。小文姬當時並不知道，那年的除夕之夜，她的爹險些遭奸人殺害，那情景稱得上是命懸一線，驚心動魄。

朔方荒寒，荒寒朔方。朔方人好像沒有過年的概念，除夕這一天，晚上照例早早睡覺了。蔡邕一家人傳承圉里的習俗，吃罷年夜飯要守夜，要辭舊迎新。院落裡風在呼號，雪在狂舞。正房堂屋裡，一盞油燈明明亮亮，蔡邕坐在燈下疾書，起草一篇名叫《戍邊上章》的奏書，打算把「十志」鄭重呈送給皇上。玉玉、小巧在堂屋西房熱炕上，給文姬試穿新年的新衣新鞋，並給她一把嶄新的銅錢作為壓歲錢。文姬說要守歲到子正過後才睡覺，可到了亥時便哈欠連天，往炕上一躺便睡著了。約莫子初，忽然響起「咚咚」敲門聲。蔡邕警覺地問：「誰？」門外有人答：「京城送信的。」玉玉、小巧聽得清楚，好不心驚，院落大門關著，這人怎麼進來的？蔡邕起身進入西房，低聲說：「關好房門，別出聲！」然後，他轉身抽動堂屋門閂，打開大門。大門外閃進一人，黑衣黑褲黑面罩，手握一柄寒光閃閃的長劍，長劍直指蔡邕咽喉。蔡邕嚇得連連後退，說：「你要幹什麼？」黑衣人冷冷地說：「奉命取你性命！」蔡邕預料到這一刻總會到來，頹然跌坐在剛才坐過的坐墊上。西房房門打開，玉玉衝了出來，伸開雙臂，擋在丈夫面前，急急地說：「我是蔡邕妻子，願用自己性命換取丈夫性命！」小巧也衝了出來，伸開雙臂，擋在玉玉面前，說：「不！我姐和姐夫都是好人，好漢要取性命，就取我性命！」蔡邕慌忙起身，把玉玉、小巧拉至身後，說：「冤有頭，債有主。好漢，懇請行個方便，凡事衝著我來，別傷害我家人！」黑衣人舉著的長劍略略抖動，「哐噹」一聲滑落到地上，隨後摘去面罩。蔡邕驚呼：「蒯督察！怎會是你？」

是的，黑衣人正是蒯督察，姓蒯，平時負責管理流放官員的郡尉，稱督察。蔡邕當時才四十多歲，但身材高大，不修邊幅，鬍鬚老長，面相顯老，所以人多叫他老蔡頭。蒯督察說：「老蔡頭，實不相瞞，我是奉五原郡太守王智之命，來取你性命的。王智是誰，你知道嗎？他是中常侍王甫的弟弟。王智說，他又是奉了曹節、王甫、劉郃、陽球的命令，要殺死你的，指明要在今夜子正之前取你首級。我在王智手下做事，上司的命令，總得遵行不是？我姓蒯的不是好人，愛吃愛喝，愛嫖愛賭，但我還有人性有良心，喪天害理的事，無辜殺人的事，不幹，不能幹！你來朔方數月，我知道你是個大儒，是個好人。瞧你的妻子和妻妹，都不怕死，都護著他人，我若殺你，他娘的還算人嗎？」蒯督察見低矮的條桌上放著紙墨筆硯，好奇地問：「老蔡頭，除夕之夜還寫什麼呀？」蔡邕忙說：「我正給皇上寫奏書。」蒯督察更加好奇，說：「奏書？能否念幾句我聽聽？」蔡邕忙取了奏書，念道：「臣蔡邕所在孤危，懸命鋒鏑，湮沒土灰，呼吸無期，誠恐所懷隨軀腐朽，抱恨黃泉，遂不設施，謹先顛踣，科條諸志。……章聞之後，雖肝腦流離，白骨剖破，無所復恨，惟陛下留神省察。」蒯督察還是搖頭，說：「辭哀意切，只可惜是對牛彈琴。當今皇上被那麼多小人包圍著，忠奸不辨，妍蚩混淆，他能聽你的話嗎？你呀，真是個書呆子！老蔡頭，我不殺你，不等於王智不殺你，那人心狠手辣，怕是還會指派人來下手的，你得當心哪！好啦，姓蒯的沒有完成上司任務，就此告辭！」說著，俯身拾起長劍，轉身走向門外。

「蒯督察留步！」蔡邕大聲說。他迅速去書架上取六隻陶碗擺放在條桌上，又取一罎酒，朝陶碗裡斟酒，說：「蒯督察，我蔡邕這輩子沒敬重過幾個人，但此時此刻，我敬重你，特敬你三碗酒。第一碗，敬你善良；第二碗，敬你正直；第三碗，敬你仗義！看好，先乾為敬。」蔡邕逐一端碗，將三碗酒喝乾。蒯督察亦走至條桌前，將三碗酒喝乾，接著朝蔡邕一抱拳，說了聲「保重」，轉身，走出堂屋。蔡邕趕緊將大門關嚴，整個身子頂住門扇上，久久無語。這時，子正已過，院落裡風雪正緊。蔡邕、玉玉、小巧毫無睡意，守著熟睡中的文姬，在風雪中在驚恐中，焦急等待著新年的第一聲雞啼。

第三章

江南煙雨

蔡邕獲赦又亡命江海

新的一年是光和二年（西元一七九年）。蔡邕、玉玉、小巧在文姬跟前，閉口不談除夕夜間的事，避免她幼小的心靈受到傷害。蔡邕確知，自己雖然被流放，但宦官、權貴們仍緊盯著他，非要置他於死地不可。他對妻子說，最好能帶領小巧、文姬回圉里去。玉玉一聽就急了，淚水簌簌地說：「不！大不了是死，要死，就全家人死在一起！」玉玉生文姬時，落下個風淚眼毛病，又想念、牽掛蔡琬，雙眼見風就流淚。蔡邕一邊幫妻子擦淚，一邊歎氣說：「唉！讓你們跟著我白白送死，不忍心哪！」

蒯督察已離開朔方，不知去了哪裡，王智又派個姓蔣的人到朔方當了督察。從正月到三月，蔡邕活得提心吊膽，生怕蔣督察或別的什麼人，隨時隨刻都有可能來取他的性命。自己一死也就罷了，問題是還會牽累到妻子、女兒和小巧啊！四月，朔方天氣變得晴朗起來，天天可見太陽，偶爾還吹起東風或東南風。路上和房上的積雪開始融化，積雪融化後氣溫驟降，還是陰死鬼冷。房簷下懸掛的冰淩蔚為壯觀，長約尺餘，排列成陣，圓錐形，上粗下尖，像是鋒銳劍鍔和巨人獠牙，融化後凝結，凝結後融化，時時掉落在地上摔成多截碎塊，隨手取上一塊，對著陽光，只見通體透明，放射出彩色光芒，煞是美麗。這天，蔡邕懷抱文姬，正講冰淩形成的原因，劉洪、張華忽然來訪，滿面春風。蔡邕說：「看二位喜的！得是吃了四喜丸子？」張華說：「不！是吃了八喜丸子！」劉洪說：「你乾脆說吃了龍肝鳳髓得了！」蔡邕惶惑。張華一拍他的胳膊，說：「大喜事：皇上發了大赦令，我等獲赦，快回京城啦！」劉洪說：「陷害我等的那幾個國蠹、奸賊，全都下獄，王甫已經死啦！」這確實是大喜事，喜得蔡邕有點不大相信，不敢相信。張華、劉洪眉飛色舞，詳細講述喜事，並說宣詔使呂強已到五原郡，明天就到朔方來宣詔。蔡邕終於相信喜事是真實的，不由得把女兒舉過頭頂，歡呼說：「哦呵！大赦囉！大赦囉！」張華、劉洪離去。玉玉已聽到喜事，眼中淚光閃閃，說：「我昨夜做夢，又夢見琬兒了。」蔡邕說：「獲赦，我們就回圉里，很快就能見到琬兒！」

次日，蔡邕、張華、劉洪等十幾個議郎級囚犯，應召到蔣督察公寓開會。呂強由王智陪同到來。囚犯們都認識呂強，紛紛向前施禮；至於王智，幾乎無人理他。王智四十歲左右，是個大胖子，頭大臉大耳朵大，腰粗脖粗胳膊粗，相比之下，眼睛小得多，上、下眼皮之間，僅有窄窄的兩道縫隙。會議主要是呂強宣讀詔令，大意是皇恩浩蕩，大赦天下，念了一長串名單，蔡邕、張華、劉洪等均在其列；詔令說，自詔令宣讀之時起，他們就不再是囚犯，著令回京，擬任新職。呂強宣讀罷詔令，朝眾人拱手說：「恭喜各位獲赦，今後，我等還得同朝為臣哪！」蔡邕、張華、劉洪等朝他點頭，算是一種感激。會議到此本已結束，偏偏王智又拱手說：「各位大人在朔方，我王某作為地方官，關照不周尚請海涵。為表歉意，聊備薄酒權當賠禮，也算為之餞行吧！」他略一停頓，又說：「王某為人，才疏學淺，但歷來仰慕伯喈蔡大人的書法，篆書隸書飛白書，獨步天下，舉世無雙。故而有一不情之請，請蔡大人在回京城之前，賜一幅墨寶，務望賞光。」他也不問蔡邕同意與否，一招手說：「取文房四寶來！」蔣督察與一個衙吏抬過一張條桌，放在蔡邕跟前，桌上紙已鋪好，墨已磨好。王智瞇著縫隙一樣的小眼，媚媚地說：「蔡大人，請！」蔡邕微笑，鄙夷地瞟了王智一眼，提筆濡墨，不假思索，寫下個大大的篆字，然後把筆一扔，起身，背著雙手，邁著八字步，揚長而去。張華、劉洪見狀，相視一笑，也隨之離去。王智定睛看那個篆字，橫拐豎拐，筆劃很多，看了很久，才認出是個「蠢」字，頓時氣得臉色鐵青，惡惡地罵道：「賊囚犯，怎敢這樣戲我辱我！」呂強向前看那個字，暗暗佩服蔡邕的膽量與勇氣，轉頭看王智的狼狽，忍俊不禁，心裡說：「你是自討沒趣，活該！」

蔡邕、張華、劉洪同行，好不暢快。三人同去騾馬店，各雇了兩輛馬車。次日一早，蔡邕、玉玉、文姬、小巧乘坐一輛馬車，另一輛馬車裝載衣物、書籍等，到約好的地點，會合張華、劉洪兩家的馬車。三家人六輛馬車結伴，風馳電掣地離開了荒寒的朔方、風雪的朔方、冰冷的朔方。小文姬多年後還記得，她的爹那天最高興最開心，就像籠中的鳥又飛上藍天，池中的魚又游進大海一樣，藍天多麼高闊，大海多麼浩瀚啊！

流放獲赦的蔡邕，決定取道京城回圉里。他無意再見皇帝，所以把「十志」及《戍邊上章》交給張華、劉洪，請兩位好友代為敬獻，表明他參與修撰《漢記》，有始有終完成了承擔的任務，問心無愧。他到京城，是要拜訪恩師橋玄，他在官場上碰了一鼻子灰以後，仍需要得到高人的指點。老蔡家在京城的家，由跛腿漢子康進看護，樣子沒變。書房裡的書籍完好無損，尤使蔡邕感到欣慰。康進取來一串鑰匙要交給蔡邕。蔡邕說：「我們這次回家是路過，僅住一夜，明早還得走。家嘛，還得勞駕老弟看護。」

蔡邕安頓好妻子、女兒，就去拜訪橋玄。橋玄年逾古稀，鬚髮盡白，感慨地說：「都怪老朽錯錯錯，錯在將你引進官場，險遭殺身之禍啊！」蔡邕說：「不！恩師當初告誡過晚輩，要提防曹節、王甫等宦官。是晚輩有失檢點，過於鋒芒，以致重重摔了一跤。」他講述了流放期間的大概情況，說：「晚輩有心報效朝廷和國家，朝廷和國家卻是現在這樣子，讓人心寒。」橋玄搖頭說：「目前是君子道消，小人道長，老一代宦官七零八落，新一代宦官張讓、趙忠等又扶搖直上，沒法啊！」他接著問：「獲赦了，今後你作何打算？」蔡邕答：「遠離是非，埋頭治學。」橋玄說：「只怕王智之輩盯上了你，你想遠離也遠離不了，想埋頭也埋頭不了！」蔡邕默然。橋玄沉吟許久，說：「老朽不忍心看你的才學被人毀掉，所以建議你到江南去避避風頭。」

「江南？晚輩在江南無親無故……」

橋玄伸手止住蔡邕，說：「老朽早就看出北方遲早將會有大亂的一天，所以多年前就把小兒子橋匯送去江南，安家在吳郡治所吳城（今江蘇蘇州）的封橋，這也叫『狡兔三窟』吧！橋匯在封橋已站穩腳跟，將『橋』字去掉『木』旁，改姓『喬』，叫喬匯。老朽可以寫信，介紹你和喬匯認識，並讓他關照你。江南乃魚米之鄉，山水秀美、人文薈萃，加上天高皇帝遠，你去那裡做學問，定會大有建樹的。」蔡邕欣喜，趕忙起身，說：「恩師待晚輩恩重如山，晚輩願去江南，權當亡命江海，以度殘生。」橋玄說：「伯喈言過了。你正處在不惑之年，來日方長，離『殘生』還早著哪！」他邊說邊取紙筆，寫了一信，交給蔡邕。蔡邕伏地，行了個跪拜大禮，含淚告別德高望重的恩師。

翌日一早，蔡邕重雇兩輛馬車，坐人載物，回歸圉里。當馬車停在老蔡家院落門前的時候，衛氏、蔡睦和何芬、蔡谷和葛蘭，快步迎了出來。蔡邕、玉玉、文姬、小巧跪地給衛氏叩頭，玉玉一眼看到葛蘭抱著的琬兒，起身，叫著「琬兒琬兒」，伸開雙臂想抱她。可是琬兒認生，嚇得哭了起來，玉玉見琬兒不認識自己這個娘也哭了。衛氏比九個月前蒼老了許多，慈愛地撫摸著文姬小臉，說：「回家就好，回家就好！」

蔡邕到家的第一件事是讓蔡谷領著去祖墳塋地，祭祀叔父。蔡質墳上已長滿青草。蔡邕跪在墳前，想起叔父如同父親，想起叔父無辜慘死，十個手指深深插進墳土裡，放聲大哭，涕淚滂沱，直想一頭也鑽到墳裡去。蔡谷好不容易勸住大哥。蔡邕嗚咽著說：「叔父其實是受我的牽累而遭棄市的呀！」他又到爹娘墳前叩頭，自責不孝，遭到流放，玷污了老蔡家的家風與名聲。

這一家人多年後又聚在一起吃飯了。琬兒已不那麼認生，也讓玉玉抱了。玉玉哭了笑，笑了哭，眼淚就沒有斷過。蔡邕忽然發現，四個侄兒，僅有蔡翔在，怎麼不見蔡振、蔡興、蔡飛？他把疑問提了出來。許久，蔡睦才說：「去年冬天，官府徵兵，振兒、興兒、飛兒都已成人，被徵去當兵了。」蔡谷憤憤地說：「不是徵兵，是抓兵、搶兵！光圉里就被抓走搶走三十多個年輕人！」蔡邕眼前浮現出蔡振、蔡興、蔡飛的面影，如鯁在喉，不知該說什麼。衛氏重重歎氣說：「唉！這世道、這年頭，跟誰說去！」

掌燈時分，蔡翔領了文姬去書房讀書。玉玉、何芬、葛蘭、小巧在一起說蔡琬。堂屋裡，蔡邕、蔡睦、蔡谷圍繞著衛氏，議決家事。蔡邕敘說了在朔方的經歷、獲赦情況，以及橋玄的指點，表明擬亡命江海以避禍端。衛氏黯然神傷，說：「一家人想過個團聚的日子總不能夠，邕兒要去江南，那就得快走，省得夜長夢多。你叔父已經不在了，你若再有個閃失，我沒法向你九泉下的爹娘交代啊！」蔡邕說：「叔母，侄兒在三兄弟中排行老大，卻未盡到老大的責任，快五十歲了，還事事讓你操心，實在慚愧。現在又要遠去江南，最憂心最牽掛的就是你老人家呀！」衛氏輕輕擺手說：「無妨。我有睦兒兩口子和谷兒兩口子照管，一時死不了。倒是你，出門在外，舉目無親，還得多當心多保重才是。」衛氏和侄兒、兒子當晚議決了三件事：一、蔡邕、玉玉、文姬去江南，蔡琬太小還得留在園里；二、小巧總得嫁人，去不去江南，得由她決定；三、江南千里迢迢，又是水路又是旱路，還得由蔡谷、趙正將蔡邕等送到目的地才讓人放心。蔡邕把議決的三件事告訴妻子，玉玉知道還得把琬兒丟下，淚流不止。可又有何法呢？她這個當娘的，根本顧不了正在吃奶的琬兒啊！

第二天，蔡谷趕馬車，送蔡邕、玉玉、文姬、小巧回了一趟考城趙寨。趙員外見到女兒、女婿、外孫女，喜極而泣。趙正聽蔡谷說，要他同去江南，高興得跳了起來。范荃說：「瞧你，都三十好幾了，心野的，光想在外面跑。」

蔡邕、玉玉當天返回園里。玉玉叫住正在忙碌的小巧，徵求她去不去江南的意見。小巧回答很乾脆：「當然去，姐姐和琰兒去那裡，我就去那裡。」玉玉說：「小巧，你才二十四歲，應當嫁人，我們不能太過自私，誤了你的終身哪！」小巧說：「我沒有終身。姐姐若要我，我跟隨姐姐和琰兒一輩子；姐姐若嫌棄我，我立刻走人，去尼姑庵當尼姑。」文姬緊緊抱住小巧一條腿，說：「不！我不讓巧姨離開我們！」玉玉又流下淚來，說：「巧妹妹，我永遠也不會嫌棄你，只是想你應該有自己的生活，不該老隨著我們東漂西泊，驚魂不定哪！」小巧說：「跟隨姐姐、姐夫、琰兒漂泊，我願意！」

五原郡太守王智謀殺蔡邕未能如願，請賜墨寶又遭奚落，心懷憤恨，恨不得把蔡邕打入十八層地獄。他的哥哥王甫已死，但王甫的一些狐朋狗友仍在，他向他們告狀，誣稱蔡邕流放期間，多次謗訕朝廷、辱罵宦官。於是陳留一帶又有宦官出沒，據說是要搜集蔡邕的「新罪證」。衛氏聽說此事，當機立斷：蔡邕在家中一天也不能多待，必須立刻去江南。

又是一場生離死別。蔡谷、趙正護送蔡邕、玉玉、文姬、小巧，忽兒乘車、忽兒坐船，踏上了前往江南的旅程。文姬和同齡女孩相比，算是個江湖人了。她才六歲，就在洛陽居住過，兩渡黃河，到過朔方，見過長城；而今又渡淮河，渡長江，到了錦繡江南。江南景色與北方迥異，河渠縱橫，池塘星羅，楊柳依依，芳草萋萋，百花綻放，鶯啼燕喃，到處可見竹林、木橋、小船、鵝鴨，荷花、菱角。啊！真美呀！

封橋，如詩如畫的水鄉

吳郡隸屬於揚州（治所壽春，今安徽壽縣），治所吳城濱臨太湖。太湖很大很美，上下天光、一碧萬頃、沙鷗翔集、錦鯉游泳、岸芷汀蘭、鬱鬱青青。臨湖而望，自有一種心曠神怡、超然世外的歡愉之感。隨口一問，人人皆知封橋；再問，人人皆知喬匯及喬家莊園。蔡邕等人雇乘兩輛馬車，到了喬家莊園外面，但見綠樹掩映、碧水環抱，水上橫架一座石橋，橋頭設一柵欄木門。有個僕人模樣的漢子，通過石橋向前詢問。蔡邕報了姓名，遞上橋玄寫的書信。那漢子快步回莊園通報。片刻，莊園主人率數名男僕前來迎接，老遠就抱拳作揖，大笑說：「伯喈先生駕臨寒舍，榮幸之至啊！」莊園主人正是喬匯，字聚仁，三十五六歲，中等身材，舉止瀟灑，一看就知是個精明幹練之人。蔡邕抱拳答禮，說：「亡命之徒打擾公子，慚愧慚愧！」喬匯說：「不然！喬匯常聽家父誇讚先生，喬匯亦略知先生的詩文、書法、琴藝，今日得見尊顏，天所賜也。」蔡邕含笑，介紹家人。喬匯擺手說了個「請」字，一行人穿越石橋，進入莊園。莊園裡竹木扶疏，花草繁茂。在一個寬敞、幽靜的庭院前，喬匯說：「這裡就是先生的住家。」眾人進入庭院一看，無不驚駭，因為庭院裡環境清幽，房屋整潔，設施齊全，遠遠勝過圉里的老家。男僕幫忙，將馬車上的衣物、書籍等卸下，搬進房裡。喬匯妻子許萱，帶兩個侍女前來看望客人。玉玉和許萱見面，異常親熱。許萱拉過羞羞怯怯的文姬，左右端詳，說：「瞧這閨女，這樣文靜秀氣，多討人喜歡！」

喬匯設宴為蔡邕接風。正房大廳，男人一桌，女人一桌，歡聲笑語親如家人。蔡邕說起自己亡命江海的緣由。喬匯朗聲說：「現在的官場，黑暗透頂。伯喈先生審時而退，我看是明智之舉。先生知道嗎？你的大名，在江南可是如雷貫耳啊！看看那些讀書人，誰不讀你的《述行賦》、《青衣賦》？誰不學你的隸書、飛白書？尤其是返回故里的太學生們，帶回《熹平石經》拓片，研讀《六經》和練習隸書，均以它為範本，影響可大啦！如今你到了這裡，等於到了自己的家，吃穿住用，我喬匯管得起。你呀，就安安心心做學問，把諸多不快、憂愁、煩惱統統扔到太湖裡去吧！」女桌上，許萱說起兩個兒子和兩個女兒。兩個兒子：喬明在京城上太學，喬亮在封橋上庠序。兩個女兒由兩個奶娘抱著，一叫喬窈，一叫喬窕，臉圓圓的，眼大大的，眸子亮亮的，玉娃娃似的，可愛極了。玉玉一問，方知是雙胞胎，上年六月生的。玉玉且驚且喜：喬窈、喬窕和蔡琬一樣大。說起琬兒，玉玉眼中泛起淚光。許萱忙安慰說：「姐姐別太傷心，等琬兒長大些，接到封橋來住就是。」話題轉到文姬身上。玉玉告訴許萱說，文姬正學認字寫字，還能背誦古詩。許萱笑著提議，讓文姬背誦一首古詩。大廳內於是一片安靜。文姬羞羞怯怯，背誦了《詩經．衛風．木瓜》。「匪報也，永以為好也。」恰好符合當天兩家人歡聚的主題，眾人拍手喝采，開懷暢飲，酒宴氣氛達到高潮。

蔡邕本意是要在封橋一帶租房居住。喬匯夫婦豪爽熱情，非讓他們一家住那個庭院不可，說兩家人住在一起熱鬧。喬匯不僅管住，還要管吃管穿管用，許萱甚至提出要給玉玉派兩個侍女。蔡邕竭力推辭，好不容易達成諒解：蔡邕一家住在莊園裡，但單獨開伙，若遇到困難一定提出來請主人幫助解決；至於侍女斷不敢要，文姬的巧姨事實上是起到了侍女的作用的。蔡谷、趙正在封橋住了數天，遊覽了吳城，決定返回老家。返回的前夜，蔡谷、趙正硬給哥哥嫂嫂、姐姐姐夫留下二十多枚金餅。

喬匯引蔡邕參觀他的書房，書房很大，藏書很多。喬匯說：「從現在起，書房就歸先生使用了。」蔡邕歡喜不盡，說：「那就太感謝了！」有了這書房，蔡邕如魚得水，參閱有關典籍，《獨斷》和《月令章句》的寫作速度大大加快。喬匯小兒子喬亮和另一個名叫顧小二的男孩，正上庠序，常到書房向蔡邕請教《六經》方面的問題，蔡邕熱心講解，直到二人完全理解了為止。顧小二沉默寡言，少年老成，領悟能力很強，引起了蔡邕的興趣和注意。

玉玉和小巧領著文姬，很快熟悉了環境。最深刻的印象是江南的多雨，尤其是夏季，幾乎每天都下雨。江南的雨跟北方的雨不同，雨滴很小，雨絲很細，下起來沒有聲響，如煙如霧，所以稱煙雨。庭院裡有一片竹林，幾株石榴樹、茉莉花和美人蕉花。煙雨落在竹葉上樹葉上花葉上，竹葉樹葉花葉翠綠翠綠，像是水洗過的一樣。她們各打一把絲綢面料小花傘，站在出入莊園的那座石橋上觀看煙雨。煙雨落在水面，水面濺起不易覺察的水花。煙雨落在碩大的碧綠的荷葉上，荷葉像個盤子，盛滿雨水，向一側一斜，雨水便倒在河水裡。荷葉間荷莖高挺，荷莖頂端荷蕾如拳，煙雨濛濛，荷蕾綻放，大朵大朵紅色與粉色的荷花，像是青春煥發的少女，鮮麗而嬌媚。河水中有很多魚在戲游，它們不時游到水面，張開圓圓的嘴承接雨滴，似有唼喋之聲，然後尾巴一搖就鑽到荷葉下面去了。從北方來到南方的兩個女人和一個女孩，還到封橋看了看。封橋實際上是個小鎮，有一條封河，封河上有一座古老的封橋，小鎮故而得名。封橋鎮依河傍水，每家都有一條小船。青石板路面街道，兩側店鋪密集，賣什麼的都有。最便宜的是鮮活的魚蝦、蜆蚌和螃蟹，你給頭戴斗笠、身披蓑衣的漁民兩三文錢，隨便往籃子裡裝就是了。江南多雨，但很少下連綿陰雨。通常在巳時左右，雨雲就會消散，太陽出來，光芒萬丈。陽光不像北方陽光那樣火爆、那樣灼熱，而是溫和的明媚的。在陽光的照射下，長長的柳條隨風搖曳，搖出綠色意蘊；百花競相盛開，花色豔麗，花香濃郁。黃鶯、畫眉等鳥兒齊齊飛了出來，在楊柳枝頭、在百花叢中嘰嘰喳喳，唱起清脆悅耳的鳥歌。啊！封橋，真是個如詩如畫的水鄉啊！

蔡邕和喬匯相見恨晚。每天晚上，二人都在書房裡喝茶，說天道地、評古論今、談琴棋書畫與吳越文化，思想、觀點總是驚人的一致。一天，蔡邕無意中說到顧小二，說這孩子挺聰明，也很勤快。喬匯說：「顧小二是吳城人，父親叫顧熙。我初到江南時，得到過顧熙的幫助，後來一場瘟疫，顧熙及長子死了。顧熙妻子孀居，生活維艱，我就把顧熙次子接到莊園來住，供他上學讀書。他今年十一歲，還沒有大名，所以按排行叫了顧小二。」蔡邕說：「我問過顧小二，他小小年齡，已能背誦《孝經》、《論語》，字寫得不錯，還想學琴。從他身上，我看到我少年時的影子，所以想教他學書學琴，使之成為有用之才。」喬匯大喜，說：「這樣甚好，顧小二若有出息，我也算對得起他父親了。」喬匯立即叫來顧小二，說明蔡邕的意思。顧小二憨憨的，有點靦腆。蔡邕說：「你這樣大了，尚無大名，怎行？我給你取個名字，和我名字『邕』同音，就叫『雍』吧！」顧小二瞬間有了大名叫顧雍，又能隨大儒蔡邕學書學琴，欣喜萬分、激動萬分，跪地叩頭，恍若做夢。

莊園裡原先只有喬亮、顧小二兩個男孩，庠序放學，喬亮愛去外面玩耍，顧小二不輕易出莊園。文姬進了莊園，自然而然成了顧小二的朋友。二人常去河邊看荷花看游魚，捉蝴蝶捉蜻蜓，文姬便把顧小二叫起小二哥來。顧小二這天告訴文姬說：「你爹給我取了個大名叫顧雍，還說要教我學書學呢！」文姬說：「是嗎？那我得改口叫你顧雍哥。」顧雍說：「別！你還是叫我小二哥好，那個大名，我還不習慣。」

轉瞬到了冬天。吳郡地處南方的北面，北方的南面，民眾不用取暖設備，睡木床或竹床，所以冬天還是很冷的。玉玉怕冷，嚇得不敢出門。蔡邕想到北方的土炕，徵得喬匯、許萱的同意，親自設計和指導，讓泥瓦匠在住處東、西房裡各盤了個土炕。小巧不時在炕膛裡燒點柴草，土炕老是熱的，整個房裡暖暖和和的。喬匯、許萱參觀後讚不絕口，也在臥室裡盤了個土炕。這一取暖方式流傳開來，當地很多人家都盤了土炕。

蔡邕一家人單獨開伙，保持著北方人的生活習慣。吳城人飲食，主食主要吃米飯和大米粥，大米粥裡有時會放些肉末，或加糖成甜粥，或加鹽成鹹粥，吃飯時用很小很小的碗，一碗一碗反覆盛很多次，也不嫌麻煩。而他們的飲食，主食主要吃麵餅和湯餅（麵條），也吃粥，吃的多是大米小米加紅薯乾或紅棗紅豆煮成的粥，吃飯時用大碗盛，實實在在，吃一大碗就飽了。玉玉尤愛吃湯餅，放些青菜，調成鹹的酸的辣的，吃來舒服。小巧到封橋後，學會做魚湯湯餅，湯白如奶，味道鮮美，玉玉也愛吃。菜肴，當地有不少名菜，如松鼠桂魚、響油鱔糊、蟹粉蹄筋、雪花蟹鬥、櫻桃肉、薰魚、魚巴肺湯、太湖蓴菜湯等。他們吃不慣這些大餐，更愛吃家鄉的獅子頭、魚香肉絲、梅菜扣肉、黃燜雞，大燴菜等，吃來過癮。小文姬適應能力強，愛吃封橋的湯圓。湯圓有皮有餡，皮是糯米麵做的，餡是生豬油切成小方塊煉出少許油，加上研碎的熟芝麻和糖。麵皮包進餡，小拳頭一般大，用開水煮，湯圓浮起，雪白雪白。盛一個放進小碗裡，帶點湯，用筷子夾著吃。啊！香、甜、油、黏、爽，好吃極了！文姬還愛吃封橋的金絲蜜棗、金絲話梅、金絲金桔、九製陳皮等，那是女孩子都愛吃的零食，美味可口，百吃不厭。

文姬跟隨父母從北方到南方，從朔方到封橋，地理空間上跨越了半個中國。這使她在不知不覺中開闊了眼界，增長了見識，對於她日後成為詩人和音樂家，無疑起到了很大的作用。

《女訓》，慈父對愛女的告誡

蔡邕一家人在江南歡度第一個新年。新的一年是光和三年（西元一八〇年），文姬七歲。一天，玉玉正式提出女兒應當接受系統教育了。古時女孩地位低下，不能進庠序上學，所能接受的只能是家庭的教育，爹娘的教育。蔡邕早就看出女兒自小聰慧，對古詩對音樂似乎很有天賦。她娘教她，她已能背誦很多篇古詩。同時，她對琴聲非常敏銳，只要一聽到琴聲，立刻就會安靜下來，凝神聆聽。時間一長，她竟能辨別出宮、商、角、徵、羽五根琴弦發出的不同聲響。一次，蔡邕彈琴，無意中彈斷商弦。小文姬聽出來了，說：「爹，琴上的商弦不響了。」蔡邕驚訝，故意扯斷徵弦。小文姬又聽出來了，說：「爹，琴上的徵弦不響了。」這丫頭，兩個小耳朵好靈敏哪！所以，蔡邕打算教女兒學詩學琴，但在此之前，先得教女兒學做人。為此，慈父為愛女專門寫了一篇《女訓》，讓玉玉教文姬閱讀：

心猶首面也，是以甚致飾焉。面一旦不修飾，則塵垢穢之；心一朝不思善，則邪惡入之。咸知飾其面，不修其心，惑矣。夫面之不飾，愚者謂之醜；心之不修，賢者謂之惡。愚者謂之醜猶可，賢者謂之惡，將何容焉？故覽照拭面，則思其心之潔也；傅脂則思其心之和也；加粉則思其心之鮮也；澤髮則思其心之順也；用櫛則思其心之理也；立髻則思其心之正也；攝鬢則思其心之整也。

文中有些生字生詞。玉玉耐心教耐心講。文姬小腦袋瓜最靈，認識了生字，弄懂了生詞。一個月後，蔡邕檢查，她竟能流利地說：「《女訓》是爹對女兒的告誡。文中說，心就像頭和臉一樣，需要認真修飾。臉一天不修飾，就會蒙上塵垢；心一天不修善，就會產生邪惡念頭。女人都知道修飾面孔，卻不知道修養心性，糊塗啊！臉面不修飾，愚人說她醜；心性不修養，賢人說她惡。愚人說她醜，她可以接受；賢人說她惡，她哪還有容身之地？所以你照鏡子的時候，就要想到心是否聖潔；抹香脂時，就要想到心是否平和；搽粉時，就要考慮心是否潔淨；潤澤頭髮時，就要考慮心是否安順；用梳子梳頭髮時，就要考慮心是否有條有理；挽髮髻時，就要考慮心是否與髮髻一樣端正；束鬢髮時，就要考慮心是否與鬢髮一樣整齊。」蔡邕欣喜地說：「好琰兒，你說得很好，很好呀！但你要知道，這篇《女訓》，對你現在和將來都是適用的。不論什麼時候，你都要記住：女人的內在美重於外在美，心靈美重於姿容美。什麼是內在美和心靈美？就是要有高尚的品德和豐富的學識。金玉其外固然重要，但錦繡其內更重要更可貴，懂嗎？」

文姬重重點頭，表示懂了。蔡邕說：「好，從現在起，爹要教你讀詩。你已能背誦《詩經》裡的一些詩篇了，很好。現在先把《詩經》放下，改讀漢朝的歌詩。」他取出一摞竹簡放在桌上，說：「這些歌詩，你先讀，讀熟了，爹會給你講解。另外，再給你一本《說文解字》，你讀詩不認識的字，按筆劃查這本書，一查就會明白那個字的讀音及意義。要學會自學，爹小時候就是靠《說文解字》，讀懂《孝經》和《詩經》等典籍的。」文姬看著那些竹簡，心裡打鼓。她背誦古詩，學認字寫字，本是無心之舉，如今爹娘要給予她系統教育，她還沒有這方面的心理準備。玉玉鼓勵女兒說：「琰兒加油，好好學，爭取超過你爹！」文姬做了個鬼臉，說：「娘，爹的才學，別人若能超過，那我爹還是我爹嗎？」蔡邕開懷大笑，說：「瞧我女兒，還挺會說話的。」

文姬利用《說文解字》，閱讀漢朝歌詩。她發現，漢朝歌詩與《詩經》裡的詩不同，大多五個字一句，讀來琅琅上口，通俗易懂。半年時間裡，她讀了三四十首這樣的歌詩，並能背誦，然後反覆默寫。她牢記著爹的話：「默寫是一種極好的學習方法，既能加深記憶，又能練習書法。」文姬學爹，寫字多寫隸書，寫得很規範，但誰都知道，女孩子是成不了書法家的。因此在書法方面，她沒有必要下太大的工夫。蔡邕和顧雍，並非傳統意義上的師生關係，蔡邕之所以教顧雍學書學琴，只因他認定顧雍是個可塑之才。顧雍先隨蔡邕學習書法，非常刻苦，庠序放學只要是晴天必拿一枝大毛筆，提一個小木桶，到石橋上用水寫字。夏季烈日，石橋上如火烤一般，他一寫就是半個多時辰，汗流浹背，從不叫苦。蔡邕有時到石橋上，手把手教他怎樣用筆，怎樣寫橫、豎、撇、點、勾、捺。這樣，顧雍寫出的字頓時豐滿雄健、虎氣生生。小文姬有時也到石橋上看顧雍寫字，還拿個小凳讓他坐著寫。顧雍朝她一笑，說：「不用。我蹲著寫，朝後挪動，方便。」蔡邕在洛陽觀書校經，曾創作一篇《筆賦》，那是描繪和讚美毛筆的。他到江南後，總結書法實踐，致力於書法理論研究，寫下兩篇著名論文。一篇是《筆論》，提出「書者，散也」的重要觀點，論述書法藝術的本質在於抒發情懷。一篇是《九勢》，論述運筆的方法與規則，闡明「力」、「勢」、「藏」三個美學概念：「力」是結字、運筆的基礎，「勢」指動態的方向性的運筆，「藏」指含蓄指蘊藉，突出線條張力，充分體現字的藝術美。喬匯讀了這兩篇論文，拍手稱讚，說：「伯喈先生的書法作品天下第一，書法理論亦獨具創見，真乃雙絕，雙絕呀！」

蔡邕落腳在喬家莊園，恰如橋玄所說，天高皇帝遠，沒有當官的束縛、沒有政敵的迫害，埋頭著述、寫字彈琴，心情大為輕鬆與愉悅。這天，他在喬匯書房裡讀了一會兒書、彈了一會兒琴，抬頭只見庭院裡石榴樹葉綠花紅，生機勃勃。兩隻美麗的翠鳥像是聽懂了他的琴聲，歡快地在樹枝間跳躍，呼應鳴叫。他會心一笑，停止彈琴，提筆寫下一首詩來：

庭陬有若榴，綠葉含丹榮。
翠鳥時來集，振翼修容形。
回顧生碧色，動搖揚縹青。
幸脫虞人機，得親君子庭。
馴心託君素，雌雄保百齡。

這首詩的詩題叫《翠鳥詩》，表達的正是他當時淡泊、恬適、舒暢的心境。文姬一蹦一跳，前來找爹，看到《翠鳥詩》，拿去找娘，叫道：「娘，娘，爹要和你活一百歲。」玉玉莫名其妙。文姬說：「娘看這最後一句，『雌雄保百齡』，爹是雄鳥，娘是雌鳥，『保百齡』，豈不是活一百歲麼？」玉玉讀詩，幸福地笑了，嗔怪道：「你個鬼丫頭，知道的還挺多！」

夏季天氣炎熱，戌時是納涼的最好時光。絢麗的晚霞漸漸隱去，月亮升上天宇，輕輕的風從太湖上徐徐吹來，有那麼一點清涼。竹林的竹子堅挺勁拔，石榴花和美人蕉花豔紅豔紅，空氣中瀰漫著濃烈的茉莉花香。吃罷飯了，沐浴過了，蔡邕和喬匯在書房裡聊天。許萱和兩個奶娘抱著喬窈、喬窕，來到玉玉所住的庭院。庭院裡，小巧早支好一張竹床，擺放幾張竹椅。文姬秀髮還未全乾，穿短袖著短裙，赤著腳，在竹床上蹦跳，竹床發出「吱吱」聲響。喬窈、喬窕一見，也要到竹床上蹦跳。嚇得幾個女人好不緊張，分別站在竹床四周，嚴加保護，生怕三個女孩一腳蹲空掉到地上摔著。不一時，文姬和喬窈、喬窕便滿身滿臉的汗，大叫大笑，樂不可支。兩個奶娘抱過喬窈、喬窕，小巧取來毛巾替喬窈、喬窕擦汗，又替文姬擦汗。五個女人在竹椅上落坐。文姬興猶未盡，站在竹床上，說：「我要給你們唱一支歌。」眾人叫好。文姬嬌羞地一笑，隨即唱了起來：

日出東南隅，照我秦氏樓。秦氏有好女，自名為羅敷。羅敷善蠶桑，採桑城南隅。青絲為籠繩，桂枝為籠鉤。頭上倭墮髻，耳中明月珠。緗綺為下裙，紫綺為上襦。行者見羅敷，下擔捋髭鬚。少年見羅敷，脫帽著帩頭。耕者忘其犁，鋤者忘其鋤。來歸相怨怒，但坐觀羅敷。使君從南來，五馬立踟躕。使君遣吏往，問是誰家姝。「秦氏有好女，自名為羅敷。」「羅敷年幾何？」「二十尚不足，十五頗有餘。」使君謝羅敷，「寧可共載不？」羅敷前致詞：「使君一何愚！使君自有婦，羅敷自有夫。東方千餘騎，夫婿居上頭。何用識夫婿？白馬從驪駒，青絲繫馬尾，黃金絡馬頭。腰中鹿盧劍，可值千萬餘。十五府小吏，二十朝大夫，三十侍中郎，四十專城居。為人潔白皙，鬑鬑頗有須。盈盈公府步，冉冉府中趨。坐中數千人，皆言夫婿殊。

文姬唱歌，唱的是封橋一帶軟軟的柔柔的綿綿的調子，而且還表演，做著動作，更有兩種聲音，有問有答，多個人物在歌中出現，言行各異，生動有趣。許萓第一個拍手，說：「呀！琰兒會唱我們這裡的《陌上桑》，真好聽！」其他人也拍手。玉玉挺納悶：這丫頭怎會用吳儂軟語唱當地的民歌呢？

是呀，這丫頭怎會唱當地的民歌呢？原來，喬匯家大業大，在吳城有珠寶店和絲綢店，在封橋有水田和桑田，專為喬家植桑養蠶的佃戶就有百餘家。莊園周圍有大片桑田，春、夏兩季許多大姑娘小媳婦身穿花衣花裙、肩背桑籃、手執桑鉤，每天都到桑田採桑。文姬由顧雍引領多次去看，只見她們一邊採桑、一邊唱歌，或一人唱、或多人唱，或兩人、多人對唱，很是熱鬧。文姬聽得出，她們唱的正是爹要自己閱讀的漢朝歌詩中的一首，詩題叫《陌上桑》。這首詩她已會背誦，於是跟著唱、學著唱。小孩心靈腦靈，沒多久便會用當地的調子，像模像樣地歌唱《陌上桑》了。

蔡邕和喬匯隱隱聽到文姬在唱歌，離開書房，來到庭院門前。文姬應許萓阿姨要求，又唱了一遍《陌上桑》。蔡邕歡喜，快步向前，伸開雙臂抱住女兒，笑著說：「好琰兒，爹該給你講詩了，講《詩經》，講《楚辭》，重點講漢朝的歌詩。」

詩樂基因之煙雨，浸潤稚嫩心田

文姬從七歲起接受系統教育，先聽爹講詩，繼聽爹講琴，歷時四年。別人家的女孩在這個年齡段，或嬌生慣養，遊戲玩耍，或為求溫飽，勞作持家，不大可能與文學與音樂結緣。文姬不同，她是大經學家、大史學家、大文學家、大書法家、大音樂家蔡邕的女兒，家境優越，爹娘期冀，從而有可能也有條件在少年時代就時時刻刻耳濡目染到詩歌與琴藝。加上她有這方面的天賦，因而詩的基因和樂的基因，就像霏霏煙雨，絲絲縷縷，點點滴滴，潤物無聲地浸潤了她稚嫩的心田，融進了她的血液中與骨髓裡。

蔡邕對女兒說：「爹給你講詩，首先要讓你知道詩的歷史源遠流長，早在春秋時期就產生了詩歌總集《詩經》。閱讀《詩經》，要理解和把握三個基本點。第一，『詩言志，歌永言』。這是《尚書》裡的話。『志』指人的志意、感情；『永』意為長、延長。兩句話是說，詩是用來表達人的志意、感情的，歌是延長詩的語言，徐徐詠唱，以突出詩的意義。兩句話把『詩』與『歌』並列，這是因為古代的詩屬於音樂文學，詩有樂曲，可以按樂曲演唱，演唱時詩就成了歌。比如《詩經》，原先每首詩都有樂曲，都可演唱，後來樂曲消失，歌詞流傳下來，這就是我們現在看到的《詩經》裡的詩篇。由於這個緣故，所以詩作為文學體裁之一，又稱詩歌；至於歌逐漸專指那些有歌詞有樂曲的歌曲，或人們隨意哼唱的歌曲。」

蔡邕說：「第二，『無邪』。這是孔子說的，原話是『《詩三百》，一言以蔽之：思無邪。』『無邪』指真情實感。孔子說《詩經》裡的詩可用一句話概括，那就是它們都是作者真情實感的自然流露。這一點很重要，作者沒有真情實感，空泛而論或無病呻吟，是斷然寫不出好詩來的。」文姬問：「『無邪』前面還有個『思』字，『思』是什麼意思？」蔡邕稱讚說：「嗯！問得好，說明你聽得很專心很仔細。『思無邪』的『思』，是個發語詞，沒有意義。」顧雍和文姬一起聽蔡邕講詩，說：「我們庠序的老師講『思無邪』，說是思想單純，像孩童一樣天真無邪。」蔡邕笑了，說：「你們老師只是從字面上解釋這句話了。其實，這句話出自《詩經．魯頌．駉》：『以車祛祛，思無邪，思馬斯徂。』描寫一匹強健的馬拉著車輛專心專意前行。孔子將『思無邪』一句提出來，用來概括《詩經》的底蘊了。」

蔡邕捋了捋鬍鬚，接著說：「第三，賦、比、興。這是《詩經》主要修辭方法，也是後世詩歌常用的修辭方法。『賦』是鋪陳敘述，直接表達感情；『比』是比喻，俗稱打比方；『興』是起興、發端，先詠他物以為所詠之物作鋪墊，兼有比喻、象徵、烘襯的作用。」蔡邕繼用總結性的語氣說：「琰兒，關於《詩經》，另有許多基本知識。爹只強調這三個基本點，是因為當今人讀詩作詩，都離不開這三條。詩要言志，詩要無邪，這是作詩必須遵循的原則。賦、比、興，則是詩人必須具備的最起碼最基本的功底，不懂或不會賦、比、興，那就別碰詩！」

文姬眨巴著眼睛，扭了扭耳朵，說：「爹，這也太難啦！你講的，我好多都聽不懂。」蔡邕說：「不難，那不所有人都成詩人了？難，不怕，要認真體會與琢磨，一天進步一點點，積以時日，自會有長進的。」

蔡邕給了女兒足夠的體會與琢磨時間，一年多後講《楚辭》。他說：「《楚辭》產生在戰國時期的楚國，代表詩人是屈原，屈原的代表詩作是《離騷》，另有《九歌》、《九章》等。屈原首

個時代的詩歌，漢朝自然也有漢朝的詩歌。漢朝的詩歌是什麼樣子？就是爹讓你閱讀，你已能背誦的那些詩歌。現在，人們愛稱它們為『歌詩』，意謂能歌唱的詩歌。」接著，蔡邕興致勃勃，很投入地講起漢朝歌詩。文姬因此知道：西漢武帝熱愛文學與音樂，設立一個樂府機構，負責採集民間歌謠和文人詩歌，配上音樂，在朝廷祭祀、慶典等場合演唱演奏。樂府所採集、整理的民間歌謠和文人詩歌，通稱歌詩（**魏晉南北朝時始稱漢樂府詩**）。漢朝歌詩包括兩大類，一類是樂府民歌，一類是文人創作的「古詩」。樂府民歌具有「言志」、「永言」、「無邪」的鮮明特點，感於哀樂，緣事而發，取材於自身或身邊的人和事，深情吟唱，道出了那個時代的真善美與假惡醜的對立，以及對於生與死的人生感悟。其中，《東門行》、《婦病行》、《孤兒行》等，描寫平民百姓的苦難與不幸，表達社會最底層的呼號與吶喊，很多人在貧困線上煎熬，在死亡線上掙扎，血淚斑斑，震撼人心。樂府民歌最明顯的藝術特色，是將《詩經》中「賦」的修辭方法，發展成敘事，在敘事中抒情。多首民歌有人物、有事件、有情節、有場景，通過敘述人物的語言和行動表現人物性格。語言樸素自然而帶感情，通俗化口語化，質而不俚，淺而能深，近而能遠。句式呈現出從雜言向五言過渡的趨勢。部分民歌句式為整齊的五言，所以又叫五言詩。文人創作的「古詩」，全都是五言詩，具體作者無從考證，習慣上以首句為詩題，如《行行重行行》、《青青河畔草》、《涉江采芙蓉》、《迢迢牽牛星》等。這類詩的主人公多是遊子思婦，表達的多是人生最基本最普遍的情感和思緒，離愁別恨、懷人思鄉、彷徨失意、及時行樂等，深刻揭示了文化人在社會思想大轉變時期，種種追求的沉淪與幻滅，心靈的覺醒與痛苦。「古詩」的思想內容比較消極，但藝術成就極高。長於抒情，善於烘托，沒有矯揉造作，更無刻意雕琢，寓情於景，情景交融，物我互化，詩境渾然天成；語言樸素精煉，描寫生動真切，如山間清泉，如千年陳釀。寫景抒情，多用疊字，有效增加了節奏美與韻律美。因此可以說，「古詩」在藝術上堪稱「天衣無縫，一字千金」。

蔡邕講漢朝歌詩，對女兒背誦的歌詩一一加以分析、評點，著重分析、評點了《陌上桑》和《迢迢牽牛星》。文姬覺得，經過爹一分析一評點，那些歌詩好像都有了生命，歌詩中的人物，生死歌哭活靈活現，似乎就在眼前。顧雍對蔡邕佩服得五體投地，大儒就是大儒，把歌詩分析、評點得這樣透徹這樣精彩，那該有多大的學問哪！

蔡邕在給女兒講詩的同時，還給女兒和顧雍講音樂。他說：「自三皇五帝以來，就有音樂。什麼是音樂？《禮記》云：『夫樂，清明象天，廣大象地，終始象四時，周旋象風雨。』象，象徵的意思，並非好像之『像』。樂有五聲：宮、商、角、徵、羽；樂有八音：金、石、絲、竹、匏、土、革、木。人們利用八音，製造出各種樂器；通過五聲，演奏出各種樂曲，這就是音樂。司馬遷說：『音樂者，所以動盪血脈，通液精神，而和正心也。』班固說：『聲樂蕩滌人之邪意，全其正性，移風易俗。』可見音樂對修身養性和端正社會風氣，起著重大的作用。音樂，從功能和地域劃分，可分為雅樂、雜樂、四夷樂三大類。樂器的種類則很多很多，如金製的有鐘、鎛、鐃，石製的有磬，絲製的有琴、瑟、箏、筑、琵琶，竹製的有笛、簫，匏製的有笙、竽，土製的有塤、缶，革製的有鼓，木製的有胡笳等等。你倆是要學琴的，所以我著重講琴藝。」

蔡邕、文姬、顧雍面前各放一張琴。蔡邕說：「琴的歷史最為悠久，傳說為伏羲氏所造。因此琴為眾樂器之首，從五帝開始，著名帝王和各個朝代的代表音樂，都是琴曲。你倆學琴，得先從彈、摁、劃、滑、撚、挑等基本指法學起，再學彈宮、商、角、徵、羽五聲，然後按照樂譜，把五聲連貫起來，彈出旋律。這樣由簡到繁、由淺入深，苦練基本功，用心體會與琢磨，日復一日，方能不斷提高技藝。」他一邊講解，一邊示範。文姬和顧雍跟著學，撥弦摁弦。

從此，喬家莊園裡，除了蔡邕、喬匯彈琴外，又有了文姬、顧雍彈出的琴聲。兩個少年喜愛音樂，又有領悟能力，所以琴聲漸漸有了旋律，漸漸鏗鏘成韻。蔡邕說：「古琴曲有的光有曲，只能彈奏；有的還有歌，既可彈奏又可歌唱。」在蔡邕的教授下，文姬、顧雍學彈的第一支琴曲叫《鹿鳴》。樂譜上是這樣介紹的：「《鹿鳴》者，周大臣之所作也。王道衰，君志傾，留心聲色，內顧妃后，設旨酒嘉肴，不能厚養賢者，盡禮極歡，形見於色。大臣昭然獨見，必知賢士幽隱，小人在位，周道凌遲，必自是始。故彈琴以諷諫，歌以感之，庶幾可復。歌曰：『呦呦鹿鳴，食野之蘋。我有嘉賓，鼓瑟吹笙。吹笙鼓簧，承筐是將。人之好我，示我周行。』此言禽獸得美甘之食，尚知相呼，傷時在位之人不能，乃援琴而刺之，故曰《鹿鳴》也。」蔡邕講解琴曲的內容，示範彈奏。文姬、顧雍學著彈奏，逐漸有了眉目，琴聲裡有了鹿鳴和瑟、笙的聲音。接著，蔡邕一面彈琴，一面歌唱，琴聲與歌聲融為一體，讓人彷彿看到一幅畫面：野鹿呦呦呼喚同伴，去到野外吃草；貴客佳賓盈門，鼓瑟吹笙熱烈歡迎……文姬、顧雍害羞，不好意思歌唱，在蔡邕的催促與鼓勵下，也跟著輕聲歌唱起來。琴聲歌聲，盡情盡興，那種感覺真好！

文姬在詩歌和音樂的薰陶下，一天天發育著成長著。她專心、刻苦學詩學琴，一來是出於喜愛，二來是爹娘「強加的任務」。一個女孩，為何要學詩學琴？學了之後有何用場？說實話，她當時是模模糊糊，從未認真想過。

第四章

書香琴韻

吳城刺繡，吳越爭霸

蔡邕一人是身穿簡單的喪服住進喬家莊園的。古人守喪，禮制規定三年。第二十五個月已進入第三個年份，所以禮制又規定，第二十五個月時可以除喪，算是三年。蔡邕、玉玉、文姬、小巧為蔡質守喪，到光和四年（西元一八一年）八月，已是第二十五個月。蔡邕堅持繼續守喪。玉玉、文姬、小巧則除了喪。文姬除喪，穿戴不再忌諱紅色，經玉玉和小巧一打扮，衣飾鮮豔格外漂亮，全身都透著靈氣。喬家喬窈、喬窕姐妹像是文姬的尾巴，追隨在她左右，姐姐長姐姐短地叫個不停。玉玉看到喬窈、喬窕，就會想起琬兒，眼淚流了何止千回！

古代女孩，學詩學琴等只是副業，主業是要學女紅，即做針線活，包括縫製衣裙、做鞋、繡花等，統稱婦功，列為女人「四德」（婦德、婦言、婦容、婦功）之一。玉玉的意思，女兒也該學女紅了。小巧提出異議，說：「瞧我們家琰兒，整天學詩學琴，還得練字，多辛苦！若再學女紅，那會把她累壞的！」玉玉一想也是，說：「那就先別學，不過這重要的一課，她日後得補上。」

玉玉和小巧是擅長女紅的，繡花繡得好。許萱更向她倆介紹一種絕技——吳城刺繡。吳郡吳城一帶，養蠶業、繅絲業非常發達，刺繡的水準也極高。刺繡的本質是繡花，但比繡花高了一個檔次。繡花只是在衣服、鞋面、被面、床單、枕套、手帕上繡一些花鳥而已，刺繡則全是大件，花樣繁富，色彩絢麗，美侖美奐。許萱曾引領玉玉、小巧，參觀封橋一家刺繡作坊。好傢伙，許多繡品懸掛在一面牆上，繡的是山山水水、花鳥蟲魚、亭台樓閣，車馬舟橋，還有各種人物，人與物無不唯妙唯肖，栩栩如生。據說，染製的絲線色彩有三四百種之多，別說繡，光看，就讓人眼花撩亂。針法有直針、平針、纏針、盤針、切針、接針、滾針、旋針、套針、擻和針等，變化多端。繡法更是巧奪天工，有一種雙面繡，繡品兩面的圖案一模一樣，不知是怎樣繡出來的。有一種技術叫「劈絲」，將一根絲線「劈」成多根絲線，利用線的粗細及紋理變化，繡在繡品不同部位，藉以表現物體形象的質感，其高難程度難以想像，令人歎為觀止。許萱是一位刺繡高手，繡的牡丹花葉子碧綠，花朵富麗，好像散發著濃香跟真花一樣。繡溜順的小貓、繡游動的金魚、繡奔跑的錦鹿、繡飛翔的仙鶴，構圖巧妙，針法勻稱，充滿美感和動感。她說：「在我們封橋，家家有刺繡，戶戶有繡娘。女孩子若刺繡技藝差勁，那是嫁不出去的。」玉玉、小巧有的是時間，於是便跟著許萱學起了刺繡。三個女人一面飛針走線，一面說東道西，說到有趣事，時時會發出爽朗的笑聲。文姬、喬窈、喬窕偶爾也會跑來看大人刺繡，而且裝模做樣也要刺上幾針，結果只會添亂，不是把繡針弄丟，就是把絲線扯斷，有幾回還刺破了手指。玉玉、許萱笑著說：「哎呀！你們還是滾得遠遠的好，省得在這裡煩人。」

喬匯在吳城是一位名人，與眾多政界人物、文人雅士俱有交往。大儒蔡邕客居喬家莊園，消息不脛而走，各類人等慕名而至，彼此相識，促膝交談，那是人生中一大樂事。若能聽到大儒彈奏一支琴曲或得到大儒一幅墨寶，那更是一大榮幸。還有人請蔡邕寫墓碑名寫碑文的，付給高額潤筆費。因此，蔡邕一家人的生計是有充分保障的。幾年裡，江南名士張紘、吳景、朱治、呂範等陸續到喬家莊園作客。喬匯設宴款待，每次都拉蔡邕作陪。這樣，喬匯的客人與朋友，也成了蔡邕的客人與朋友，彼此情投意合，親親熱熱。他們談得最多的自然是底蘊厚重的吳越文化，常會談到吳越爭霸及西施的故事。

光和六年（西元一八三年）初春的一天，喬匯招待客人張紘。張紘字子綱，江都（今江蘇江都）人，研究吳越文化造詣頗深。宴間，張紘請蔡邕就吳越爭霸問題講些看法。蔡邕推辭說：「不敢不敢。」喬匯說：「子綱先生是自己人，伯喈先生不必客氣，但講無妨。」蔡邕笑了笑，說：「那好，我且說說淺見。我在北方，主要是從《史記》的記載了解吳國和越國的，思想偏向於越國，覺得越王勾踐是個英雄，打了敗仗，國家將亡，他能忍辱負重，到吳國當奴僕，侍奉吳王夫差，爭取到返回越國的機會，又臥薪嘗膽，發憤圖強，十年生聚，十年教訓，最終滅了吳國，當了霸主，很了不起。到了江南後，我有幸讀到《吳越春秋》、《越絕書》等野史，野史的記載與《史記》的記載不完全相同，關鍵是還有西施這個人物，這使我的思想有所變化。人常說『春秋無義戰』，但戰爭也還是有對與錯、是與非之分的。吳越爭霸發生過兩次大戰：檇李（今浙江嘉興）之戰，越勝吳敗；夫椒（今江蘇蘇州附近太湖中）之戰，吳勝越敗。一個不爭的事實是，兩次大戰都是在吳國境內進行的，尤其是夫椒之戰，是越國軍隊侵入到吳國京城大門口打起來的。我據此認為，吳越爭霸，實是越國侵略了吳國，越國是侵略者，吳國是被侵略者，誰對誰錯、誰是誰非是很明確的。」

這番「淺見」，說得張紘、喬匯連連點頭。蔡邕飲了口酒，又說：「夫椒之戰，勾踐敗得一踏糊塗，險些亡國，這才有了夫差與勾踐之間的許多恩仇。勾踐回國後，又臥薪嘗膽、又實施美人計，把有著『沉魚』之美的西施送給夫差，命她執行秘密使命。西施只是勾踐利用的政治工具，只因是越國人，甘願為勾踐效力，喪失了自我，最終落得個悲慘結局，我看不足為怪。我要說的是夫差，頂天立地、堂堂正正，既愛江山、又愛美人。相比之下，勾踐缺少大丈夫氣概，有點窩囊、有點猥瑣，為了討得夫差的歡心，竟然口嘗夫差的糞便，多麼下作！越國和吳國都曾面臨亡國劫難，勾踐選擇了跪著生，而夫差選擇了站著死。僅此一點，就比較出夫差與勾踐人品人格的高下，所以我改而崇敬夫差的為人了。」

張紘、喬匯輕輕鼓掌，說：「伯喈先生論史，別有見地，令人耳目一新！」蔡邕抱拳，說：「姑妄言之，見笑見笑。」張紘朝蔡邕拱手，說：「我正編撰一本關於吳越爭霸的史書，內容涉及到夫差、勾踐、西施等人物，想請伯喈先生題一首詩，不知可否賞光？」蔡邕沉吟，說：「這……」喬匯替他答應，說：「這有何難？來人，文房四寶伺候！」

兩名侍女忙在一張桌上擺放文房四寶並磨墨。蔡邕推辭不得，走至桌前，提筆濡墨，略一思索，用他那特有的飛白書，寫下一首《詠史》詩來：

夫差真豪傑，勾踐不丈夫。
西施應有恨，偏助越滅吳。

落款：「蔡邕書」。喬匯首先喝采道：「詩的立意精絕，書法亦精絕，真乃雙精雙絕也！」張紘欣喜，激動地說：「太好了！有伯喈先生這幅墨寶壓艙，本人拙作，定將風光無限！」

三人繼續飲酒。張紘提出建議，伯喈先生應去會稽山一遊。他說：「會稽山是吳越文化的搖籃。那是個風水寶地，歷史上許多隱士隱居在山中，或著書立說，或收藏祖傳的絕世秘笈，奇珍異寶極多，《吳越春秋》、《越絕書》等，就是有人從山中淘得而傳布於世的。伯喈先生若去淘寶，沒準兒也會大有收穫。」一語說動有心人。蔡邕徵得妻子、女兒的同意，興致勃勃遊覽了會稽山，果然淘得異乎尋常的稀世珍寶，他因此又獲得旅遊家和探險家的美名。

神奇會稽山：《論衡》與《琴操》

江南四月，豔陽明媚，風光旖旎。蔡邕身穿青布長衫，背一個背包，帶一把雨傘，時而坐車，時而乘船，前往會稽山。會稽山地屬會稽郡，位於浙江以南。他在一個叫錢塘（今浙江杭州）的地方南渡浙江。浙江江潮名聞天下，八月中旬最為壯觀。蔡邕來的不是時候，未能欣賞到排山倒海、驚天動地的江潮盛景，略略感到遺憾。不一日，他到了會稽郡治所山陰（今浙江紹興）。山陰就在會稽山下，抬眼便可見會稽山鬱鬱蔥蔥、蒼蒼茫茫。此山原名茅山。夏朝開國君王夏禹一百歲時，到茅山召會諸侯，計功而崩，死於斯葬於斯，茅山遂改名為會稽山。「會稽」即會計（計算）的意思。秦朝始設會稽郡。東漢調整行政區劃，將會稽郡一分為二：南半部分仍稱會稽郡，治所山陰；北半部分新設吳郡，治所吳城。蔡邕買了些麵餅和兩袋食鹽裝進背包，怡然進山，鋪天蓋地的綠色撲面而來，綠得熱烈、綠得純淨、綠得奔放、綠得奇麗。置身其間，彷彿整個身心也是綠的，呼氣吸氣，都有一種綠油油、清涼涼、甜絲絲的感覺。山中鳥很多，百鳥飛翔，百鳥鳴叫，只有在會稽山才能領略到這充滿生機與活力的獨特景觀。

蔡邕沿著河谷旁的崎嶇山路進入深山，千岩競秀，萬壑爭流，古木參天，雲蒸霞蔚。河水清澈透明，不含一絲雜質。河谷的石頭經河水長期沖激，都呈圓形。很難看到太陽，山嵐瀰漫，分不清東西南北。深山裡零零星星住些人家，草房柴扉，有的就住在山洞裡。他們基本上都是先前隱士的後代，在山坡上種些糧食、蔬菜，靠山吃山，過著最原始最簡樸的生活。山外人進山，花上二三十文錢，山民們會提供一些食物和簡陋住處，表現出生性敦厚、待人熱忱的可貴品格。蔡邕進入深山多日，白天觀景，夜晚歇宿，餓了啃幾口麵餅，渴了喝幾口河水，只當是旅遊探險，倒也其樂悠悠。這天，他到了兩條河谷的交匯處。涉水過河，順著主河谷向前，山路比較平緩；拐向支河谷向右，山路相當陡峭。他思量一番，決定拐向支河谷，走那陡峭的山路。艱難跋涉十餘里，聽到狗吠聲，才見山崖上古槐蟠鬱，松竹掩映，住有三四戶人家。蔡邕敲了一戶人家的柴扉，出來一個年過六旬的老者，濃眉短髮，面相憨厚。蔡邕說明想要借宿，老者點頭，將客人讓進草房。蔡邕打量，草房算是兩間，臥室與廚房連在一起，沒有像樣的器物，床前一隻舊木箱倒很醒目，鎖著一把大大的黑鎖。蔡邕詢問，知道老者姓王，叫王夯。蔡邕取了五十文錢和一袋食鹽，稱王夯為王哥，請隨便做點吃的。王夯見了食鹽，很是歡喜。因為在深山裡，食鹽和糧食同樣珍貴。他手腳麻利，很快做出半鍋高粱米南瓜粥來。一隻小碟，放幾粒鹽，兌上水，用筷子蘸著，放進嘴裡舔舔，那就是吃的「菜」了。

深山裡酉正時分，天色黑定。草房裡只有一張床。蔡邕堅持，打個地鋪，將就著睡一夜就行。王夯點亮松脂油燈，詢問客人，知道客人姓蔡，是個讀書人，見過大世面，從吳郡吳城來到會稽山是為了旅遊和探險。王夯左看右看，認定姓蔡的客人，是個靠得住的正人君子，所以敞開心扉，向客人訴說了困惑他大半輩子的一件心事。他說，他的曾祖父也是個讀書人，花了三十年時間寫成一本書，然後去世。曾祖父死前把書交給他祖父，命他祖父到會稽山隱居，保存書，莫與外人交往。

他祖父照辦，帶著年幼的兒子，隱居到這個叫鬼頭崖的地方。從那時起，他曾祖父的書就是個秘密，除了他祖父、他父親外，無人知曉。他祖父去世時把書交給他父親，他父親去世時又把書交給了他。他小時叫小夯，成人後叫大夯，這年六十五歲，人叫老夯，保存書稿已四十多年，但不知書名，更不知內容。他最後說：「蔡老弟，我見你是個好人，所以想請你看看，告訴我：我家祖傳的書到底叫何名字？寫了什麼？不然，我死了也是個糊塗鬼呀！」

蔡邕怦然心動，說：「王哥既然信得過我，那我就看看那本書。」王夯答應，從腰間取下一把鑰匙，開啟木箱上的黑鎖。打開木箱，一股特殊的香氣瀰漫草房。王夯取出一個藍綾包裹，解開藍綾，露出兩摞整齊的竹簡。香氣正是從竹簡上發出的，年代久遠的竹香和墨香合成釅釅的、幽幽的書香，沁人心脾。他說：「這就是那本書。」蔡邕取了最上面的一片竹簡，就著燈光，只見上面用隸書寫著：「上虞王充著《論衡》」，論衡者，評說時事時論之天平也。」蔡邕是個大儒，聽說過王充這個人和《論衡》這本書，但當時根本就沒有人見到過《論衡》，當然也就不會有傳抄本流傳了。哎呀天哪！自己莫不是見到這本書的原稿了吧？他很激動，取了第二片竹簡，只見上面寫著目錄：《自紀》、《死偽》、《超奇》、《紀妖》、《訂鬼》、《問孔》、《非韓》、《刺孟》……蔡邕吃驚，眼睛睜得老大，光看目錄就知書的內容必定新奇，非同凡響。他取了第三片竹簡，只見那是《自紀》，飛快看了一遍，那是王充的自傳與自序。王夯緊盯著蔡邕，問：「怎樣？」蔡邕反問說：「王哥，你可知你曾祖父名字及祖籍？」王夯搖頭。蔡邕說：「這書上寫著，你曾祖父叫王充，字仲任，祖籍魏郡元城（今河北大名）。」王夯問：「魏郡元城在什麼地方？」蔡邕說：「在北方，離這裡很遠。王充祖父叫王汎，父親叫王誦，在北方與人結仇，南遷至錢塘居住，後又遷至上虞（今屬浙江上虞），所以王充說他是上虞人。王充出生時，孤門細族，家境貧寒，靠自學成才，後來到京城上過太學，結識了多位著名學者。他讀書很多，喜愛辯論，觀點大多與眾不同。學成後在幾個地方當過小官，不被重視。他因此厭惡官場，回家著述，歷時多年寫成這本書，約在七十歲那年去世。」王夯聽得目瞪口呆，原來他的祖上還有這樣的經歷！他看著那兩摞竹簡，說：「那我曾祖父這本書叫何名字？都寫了什麼？」蔡邕說：「書名叫《論衡》。『衡』是衡器天平。你曾祖父的意思是說，他的書是評說時事時論的天平，準確而公正。至於寫了什麼，我讀過以後才能告訴你。」蔡邕毫無睡意，就著油燈，當夜有選擇地讀了幾篇。這一讀，使他異常驚喜和興奮。書稿共八十五篇，約二十餘萬字，用隸書寫在規格統一的竹簡上，一片竹簡有十二支竹片，用牛皮筋連綴，竹片上兩面寫字，字跡工工整整。內容大多離經叛道、驚世駭俗、聞所未聞。第二天，王夯又問書中寫了什麼？蔡邕說：「此書內容非常豐富，關鍵是觀點又新又奇。比如說，它講天地萬物包括人，都是由『氣』構成的，根本不存在什麼天帝；比如說，它講人死無知，不會為鬼，不會致人禍福；比如說，它引用孔子、孟子等聖人的話，加以批駁，斥責那是『虛妄之言』，等等。總之，這是本奇書，奇書啊！」

王夯基本聽不懂蔡邕的話，不明白他為何這樣喜形於色。蔡邕忽然說：「王哥，讀書人寫書，都是為了讓人閱讀，傳於後世。你祖上傳下這本書湮沒在這深山老林裡，豈不可惜？」王夯憂鬱地說：「是啊，我老夯一輩子獨身，無兒無女，今後該把書傳給誰？我正為此發愁呢！」蔡邕本想買下《論衡》，但又覺得不妥，那本書是王夯祖上傳下的，自己佔為己有，很不道德。他想了想，說：「王哥，是不是這樣：我給你一枚金餅，將書抄上一份，帶到山外去傳布，這樣很多人就都會知道王充這個人和《論衡》這本書，而且人和書會傳播千秋萬代，你看如何？」王夯不大相信，說：「你說你將書抄上一份，給我一枚金餅？」他知道，一枚金餅是半兩黃金，合五千緡錢，到山外去，那能買多少糧食和食鹽呀！蔡邕說：「是，這就給！」他於是從內衣袋裡取出一枚金燦燦的金餅，遞給王夯。王夯接過金餅，欣喜地說：「行，你抄你抄！」

蔡邕背包裡裝有紙墨筆硯。接著十多天，他專心抄《論衡》，每天要抄兩萬字左右，睡覺只用一兩個時辰。越抄越興奮，因為書稿內容太吸引人了。當他把書全部抄完的時候，累得暈頭轉向，睡了整整一天一夜。十幾天裡，他吃的都是王夯做的高粱米南瓜粥，「菜」當然只是筷子蘸著的鹽水了。蔡邕邊吃粥邊問：「王哥，這鬼頭崖一帶還有沒有高人？」王夯說：「有，有個姓俞的，八十多歲了，還能彈琴。」蔡邕一聽，大感興趣，說：「是嗎？那我得去拜訪拜訪。」

蔡邕由王夯陪同，去拜訪姓俞的老人。沿著陡峭的山路，繼續向支河谷上游前行，約莫五六里，山崖上出現兩間草房。遠遠可聽到琴聲。那是信手彈的，沒有琴曲，旋律舒緩優美，像是藍天飄浮的一縷羽雲，像是池塘蕩漾的一圈漣漪，像是竹林間閃爍的一粒螢火，像是花瓣上凝聚的一滴露珠。蔡邕根據琴聲判定，彈琴人確是真正的高人。忽然，一根琴弦斷了。草房的柴扉打開，走出一位老人，鬚垂玉線，髮挽銀絲，面龐紅潤，精神矍鑠，朗聲說：「王夯小子，你給我引來了何方貴客，以致我的琴弦都斷了？」王夯憨笑。蔡邕趕忙向前深深一鞠躬，說：「晚輩拜見俞老伯。剛才聽老伯的琴聲，宛若天籟。」俞老人哈哈大笑，說：「哦？這樣評價老朽琴聲的，你可是第一人哪！請進！」

蔡邕、王夯進了草房。草房裡還有俞老人的老伴，頭髮雪白，滿臉皺紋，正將斷了的琴弦換上新弦。俞老人請來客落坐，面向蔡邕，說：「這位小兄弟想來也是個懂琴的，就請彈上一曲，讓老朽一飽耳福，如何？」蔡邕推辭不過，只好借用俞老人的琴。那琴係桐木製作，至少有百餘年歷史，暗紅色，光可鑑影。他調弦轉軫，凝神斂氣，手指撥弦摁弦彈出一曲。那是名曲《高山流水》，講述的是俞伯牙和鍾子期的故事，「巍巍乎志在高山」，「洋洋乎志在流水」，表達仁者樂山、智者樂水的曲旨，由樂山樂水引申出知音知心最為難得、最可寶貴的主題。蔡邕彈奏此曲，彈出了高山的巍巍之姿，彈出了流水的洋洋之態，讓人感覺到體會到知音知心就在眼前和身邊。俞老人聽得全神貫注，老眼中竟有淚光閃動。當蔡邕彈完全曲，餘音尚在嫋嫋的時候，俞老人大聲說：「老婆子，把我珍藏的寶貝拿出來！」

俞老人的老伴顫顫巍巍，從床下拉出一隻木箱，打開木箱，從中取出幾十片竹簡來。竹簡上也散發出醰醰的幽幽的書香。俞老人取了一片，遞給蔡邕，說：「小兄弟，你瞧這是什麼？」蔡邕一看，驚叫道：「呀！《琴操》！」俞老人說：「哦？你知道《琴操》？」蔡邕說：「只是聽說。聽說它記載了很多古琴曲，相當於古琴曲大全。但在本朝沒有人見過，皇家東觀也沒有收藏，都說已經失傳了，不想在老伯處能見此寶貝，真乃萬幸萬幸！」俞老人說：「是啊！老朽珍藏的這本《琴操》，很可能是天下孤本。名鞍配駿馬，寶劍酬壯士。現在，老朽決意將它贈送給你，由你帶出山去，傳布天下，造福世人，可好？」蔡邕驚得手足無措、喜得手足無措，說：「晚輩何德何能，老伯如此厚愛，我，我……」俞老人微笑，說：「你且坐下，讓老朽告訴你緣由。」

蔡邕重新落坐。俞老人捋了捋玉線一樣的長髯，說：「小兄弟剛才彈了名曲《高山流水》，老朽強烈感受到，你就是知心知音。不瞞你說，老朽也是俞伯牙的後人。俞氏子孫受俞伯牙影響，全都愛琴懂琴。這本《琴操》是我祖上傳下來的，一代一代，傳到我手裡，也已有六十多年了。六十多年來，我和老伴隱居在此，天天彈琴，琴聲裡融進風聲鳥聲、水流聲松濤聲，自覺有點水準。但跟你小兄弟一比，還是自愧不如啊！你的琴技，已達到爐火純青，盡善盡美的程度。那是一種境界，別人若想超越怕是很難很難。我和老伴已是耄耋之年，死後有一張琴陪葬，足矣！這本《琴操》若也陪葬，那就太可惜了。所以，我要把它贈送給你，不用問你姓名，也只有你，琴藝這樣高超的人，才配擁有它。」

蔡邕激動感動，更加手足無措，猛想起背包裡還有一袋食鹽，忙將食鹽取出，又取了一枚金餅，雙手呈送給俞老人，恭敬地說：「區區薄物，不成敬意。」俞老人說：「食鹽留下，金餅就不必了。」蔡邕說：「不！都得留下，權當晚輩的一片孝心，也使晚輩免去貪寶掠寶之嫌。」俞老人笑著說：「你這人，一看就是個正人君子。」蔡邕將食鹽和金餅放在桌上，隨後將幾十片竹簡，小心裝進背包，又向俞老人夫婦鄭重行了叩首大禮，深情告辭。

蔡邕遊覽會稽山，淘得《論衡》、《琴操》兩件寶物，內心喜悅，也很充實。他對不善言談的王夯說：「明天，明天我該出山，返回吳郡吳城了。」

曹娥江畔曹娥廟，曹娥廟前曹娥碑

次日早晨，蔡邕吃了王老頭做的高粱米南瓜粥，整理背包，準備出山。忽聽得有一種聲響，嗡嗡的鏘鏘的。他忙問王夯說：「這聲響從哪裡來？」王夯聽了聽，說：「這是隔壁老賀家，正燒柴做飯呢！」蔡邕急急地說：「走，去看看！」王夯老名其妙，跟在蔡邕身後，來到隔壁老賀家。老賀家也是兩間草房。賀妻做飯，灶膛裡燃燒著一截圓木，火勢旺盛，嗡嗡的鏘鏘的聲響，正是燃燒的圓木發出的。蔡邕一眼認出那是上好的桐木，顧不上跟主人招呼，伸手將圓木從灶膛抽出，又取水瓢，舀了幾瓢水，將火苗澆滅。水火相激，「嗤嗤」作響，圓木上冒出水氣和煙氣，散發出焦糊的氣味。再看，燃燒的一端已經焦黑了。

這事發生在一瞬間。老賀和賀妻還沒反應過來。蔡邕不好意思，說：「對不起，冒失了！我是見這桐木最適宜製琴，所以……」老賀六十多歲，在王夯家見過蔡邕，也稱他為蔡老弟，說：「沒事沒事。這樣的桐木，山裡多的是。後山原有一株桐樹，高約百尺，據說樹齡已過千年。前年一場雷擊，擊落好多樹枝。這截桐木，是我砍回來當柴燒的，不稀罕。」蔡邕輕敲那截桐木，聲音脆響，說：「這截桐木，我買了。」老賀說：「嗨！一截破木頭，什麼買不買的？蔡老弟要，扛走就是，若不夠，我再給你砍幾截回來。」蔡邕說：「不不，我就要這一截。」他一摸衣袋，衣袋裡尚有一枚金餅，取出遞給老賀，說：「這是我買桐木的錢。」老賀夫婦眼睛都直了：一截破木頭，竟值一枚金餅？賀妻生怕蔡邕反悔，向前接過金餅，催促老賀說：「還愣著做甚？快給蔡老弟把桐木扛過去呀！」

因為一截桐木，蔡邕當天沒有走成。桐木長約五尺，比大老碗的碗口還粗，重約六十多斤，如何帶走，成了難題。王夯是個熱心腸，說：「我送你出山。」蔡邕求之不得，拱手說：「那就太感謝王哥了。」他說他出山後要到山陰再到錢塘。王夯搖頭，說：「那樣太遠。從這裡往東，一天可到曹娥江邊，從那裡乘船往北，再一天便可到錢塘。」蔡邕歡喜地說：「啊？這樣近？那就走這條路線。」

第二天，蔡邕把隨身攜帶的幾件衣服、一雙新鞋及那把雨傘，都留給王夯。他背了背包，王老頭扛了桐木，雙雙出山。陡峭的山路，王夯如履平地，行走飛快。蔡邕連滾帶爬，趕不上他，一直是氣喘吁吁、大汗淋漓。當晚抵達曹娥江邊，恰有一艘滿載稻穀的貨船即將起錨駛往錢塘。蔡邕忙和船家交涉，要搭乘貨船。船家同意，講定船錢二十文，明天中午供應一頓午飯。蔡邕於是登船。王夯把桐木扛上船，放在甲板上。蔡邕非常感激王哥，翻遍背包，傾其所有，把剩下的五六十文錢，全部給了他，叮囑找一家旅肆，好好休息吃飯，明早回山。王夯連連點頭，但捨不得住旅肆花錢，只買了幾個麵餅，就又連夜回了鬼頭崖。

蔡邕累極了，在船艙的一個角落倒頭便睡，直到船家叫吃飯，他才醒來。醒來一看，已是次日中午，貨船正在途中，張一頁風帆，凌千層碧浪，兩岸青山疊翠，空中水鳥盤旋。船家供應的午飯是米飯，還有一碟炒青菜。蔡邕不記得何時吃過這樣的飯菜了，狼吞虎嚥，吃了個紮實。船家問他那截燒焦了的桐木有何用處？他說那是寶貝可以製琴，自已花了一枚金餅買的。船家撇了撇嘴，根本不信，心想花一枚金餅買一截破木頭，不是瘋子就是傻子。

蔡邕取出毛巾，就著江水洗了洗臉。他想起來了，喬匯曾給自已講過曹娥江。曹娥江原名舜江。上虞縣有個巫師叫曹盱，一次在舜江上施法，迎接潮神伍君（傳說伍子胥死後化作潮神，稱伍君），不幸溺水身亡。曹盱女兒曹娥十四歲，沿江號哭，尋找父屍，七天七夜沒有找到，亦投江而死。三天後，曹娥屍體緊抱著父親屍體同時浮出水面。時人認為曹娥是個孝女，遂將舜江改名為曹娥江，並在江邊建曹娥廟，立碑紀念。碑文出自青年文士邯鄲淳之手，四百四十二個字，概述曹娥事蹟，稱頌曹娥的孝行，文詞淒美，引得很多文人雅士前往，既是為了憑弔曹娥，更是為了欣賞碑文。蔡邕懇請船家在曹娥碑附近停一停，他想上岸去看看碑文。船家說那有什麼好看的，還是趕路要緊。蔡邕用近乎央求的口氣說：「求你了，我上岸只看一眼。要不，我再加你十文船錢？」

有錢好辦事。船家終於答應。蔡邕拱手，表示感謝。暮色蒼茫時分，船到曹娥廟附近。船家命夥計落帆拋錨，搭上跳板。蔡邕手持紙墨筆硯，飛快登岸，跑向曹娥廟。他想把曹娥碑碑文抄錄下來，可是天色已黑，無法看清碑文，只能用手撫摸，才明白了碑文的內容。碑文寫得確實不錯，淒美動人。他無法抄錄碑文，但要評價碑文，微微一笑，趁黑揮筆，用漢隸在碑的一側寫下兩句話八個字：「黃絹幼婦，外孫齏臼」。落款：「蔡邕題」。寫罷，快步跑回，急急登船。船家命起錨升帆，船又駛往北方。

蔡邕外出遊覽時，玉玉給了三枚金餅和五百緡銅錢。按正常情況，這些錢夠他用一兩年的，可是他一個多月就花得精光。主要是《論衡》、《琴操》和桐木，各花去一枚金餅。他又摸衣袋又摸背包，確信一文錢也沒有了，暗暗叫苦不迭：船到錢塘，拿什麼付給船家三十文錢？

船到錢塘是午夜過後，拋錨停泊。船家與夥計都睡覺休息，蔡邕這才想出了付錢之策。辰時左右，船家打著哈欠，催蔡邕付錢走人。蔡邕尷尬笑了笑，說自己身上已無一文錢。船家正欲發作。蔡邕伸手止住，說：「別別！錢，我會付的。」當著船家的面，他磨墨鋪紙，提筆用飛白書寫下兩行字：「神奇會稽山，孝義曹娥江」。落款：「蔡邕書」。他將寫好的字遞給船家，說：「勞你拿去書畫店賣了，賣的錢你我平分，付你船錢，綽綽有餘。」船家說：「這字也能賣錢？」蔡邕說：「當然能。」他手指硯台，說：「瞧見沒有？這硯台至少值五千緡錢，我的字若賣不出去，那麼這硯台就歸你了。」

船家疑疑惑惑，拿了字去最近的一家書畫店。書畫店掌櫃買賣書畫多年，見多識廣、經驗豐富，一見字兩眼放光，端詳審視確係蔡邕的飛白書真跡無疑。他問船家說：「你這幅字打算賣多少錢？」船家伸出食指，意思是一百文錢。他想，一百文錢，和那人平分，自已落五十文錢，比三十文錢多出二十文錢，也算是「綽綽有餘」了。掌櫃只當他想賣一千文錢，難以抑制內心的喜悅，高聲說：「蔡邕一幅字，一千文錢，成交！」夥計取來一千文錢。掌櫃將錢遞給船家，悄聲說：「還有這樣的字嗎？儘管拿來，本店統統收購！」

船家接過錢，做夢似的回到船上說了賣字的經過，蔡邕大笑，說：「你呀！你說想賣兩千文三千文錢，書畫店掌櫃也會如數給你的！」船家後悔不迭，悻悻地說：「這話，你何不早說？」不過，他還是心滿意足的，分五百文錢給蔡邕。蔡邕只收了六十文錢，說：「我有回吳城的船錢就夠了，剩下的錢全給你了。」船家歡天喜地，幫著蔡邕找到駛往吳城的貨船，並親自將那截桐木扛到貨船上，才和蔡邕熱情告別。

蔡邕乘船，順風順水，回到吳城，回到封橋，回到喬家莊園。顧雍正在石橋上寫字，看到蔡邕背著背包，扛著桐木，趕忙向前接過桐木，自己扛著。這一扛，方知桐木很重很重。時過一個多月，蔡邕出現在玉玉、文姬、小巧面前。只見他頭髮散亂，鬍鬚老長，滿身灰垢，長衫下襬破作兩片，雙腳大拇指將布鞋前端頂出兩個窟窿。文姬親熱地叫爹。玉玉知道丈夫外出受苦遭罪了，流下眼淚，蔡邕笑著說：「瞧，我不是好好的嗎？」

蔡邕回到家第一件事是沐浴，清洗頭髮，修剪鬍鬚，除去灰垢，換上乾淨衣服和鞋襪，這才感到神清氣爽。小巧早做好米飯和葷素六道菜，加上一壺酒。蔡邕飽餐一頓，伸展雙臂，感歎說：「哎呀！還是家裡好呀！」文姬問：「爹，這次遊覽會稽山，淘到寶貝沒有？」蔡邕說：「淘到了，淘到了，淘到兩件稀世珍寶。」玉玉問：「一端焦黑的桐木，也是從會稽山弄回來的？」蔡邕說：「當然是。因為它也是寶貝。」小巧給蔡邕泡上一杯茶。蔡邕邊喝茶邊講一個多月的經歷。玉玉、文姬、小巧、顧雍聽得心馳神往，好像也遊覽了神奇會稽山和孝義曹娥江……

金響玉振焦尾琴

蔡邕將淘得的《論衡》抄本和《琴操》原本，放在喬匯書房裡。書房裡增添了新的書香，釃釃的、幽幽的，令人陶醉。喬匯是讀到《論衡》抄本的第一人，一邊閱讀一邊驚呼，不知叫了多少個「奇」字。王充在《自紀》篇中自揚家醜，如實記載祖上的種種劣跡，他叫奇；王充在《自然》篇中否定天帝存在，說天地萬物包括人，都是由「氣」構成的，他叫奇；王充在《超奇》篇中推崇漢朝學者桓譚，說桓譚的《新論》可與孔子的《春秋》相比美，他叫奇。喬匯讀到《訂鬼》篇，又驚呼說：「呀！伯喈先生，你聽這段話：『凡天地之間有鬼，非人死精神為之也，皆人思念存想之所致也。致之何由？由於疾病。人病則憂懼，憂懼見鬼出。凡人不病則不畏懼。故得病寢衽，畏懼鬼至；畏懼則存想，存想則目虛見。』這不是說鬼根本不存在，而是人生病，胡思亂想想出來的嗎？奇，奇，奇！」他讀到《問孔》、《刺孟》篇，又驚呼說：「呀！這不是責難、批判兩個大聖人嗎？奇，奇，奇！」他沉默一會兒，讀到《物勢》篇，又情不自禁驚呼說：「呀！伯喈先生，你聽這段話：

『夫天地合氣，人偶自生也，猶夫婦合氣，子則自生也。夫婦合氣，非當時欲得子，情欲動而合，合而生子矣。』這等於說，父母生兒育女，完全是性欲衝動的結果，而非有意識的行為。這說法奇，奇，太奇啦！」

蔡邕了解全書內容，現在陪同喬匯閱讀，是重溫是品味。他說：「《論衡》的確是一本奇書。奇就奇在它敢於挑戰傳統，挑戰先賢，挑戰世俗，許多觀點讓人難以接受。」喬匯一些朋友也閱讀到《論衡》，並傳抄一些內容，以致《論衡》很快傳播到了江南及北方各地。《論衡》中許多內容反叛了漢朝儒學正統思想，衝擊了「天人感應論」，詆訾了孔子、孟子，所以東漢朝廷視它為「邪端異說」，列為禁書。魏晉以後，世人才逐漸認識到王充是一位傑出的唯物論者和無神論者，《論衡》是一部不朽的唯物主義哲學論著，在中國文化史上佔有崇高的地位。《論衡》在傳播過程中，《招致》篇僅存篇目，正文遺失，所以後世看到的全書，名為八十五篇，實為八十四篇。

《琴操》（「操」一稱「引」，意為樂曲）也是一本奇書，主要記載了《十二操》、《九引》、《河間雜歌二十一章》等四十多支古琴曲，每支古琴曲都有曲譜與歌詞，特別介紹了古琴曲的作者及來歷。最早的古琴曲是五帝時代的《箕山操》和《思親操》。《箕山操》係堯帝時賢人許由所作，《思親操》係舜帝所作，非常珍貴。另有周文王作的《拘幽操》，周公作的《越裳操》，周成王作的《儀鳳操》，周朝大臣尹伯奇作的《履霜操》等。這些古琴曲的產生，都有特定的時代背景與環境。《琴操》通過琴曲，把它們藝術地呈現在世人面前，可謂功德無量。《琴操》同時記載了西漢兩支琴曲《霍將軍歌》和《怨曠思惟歌》。因為《琴操》的記載，蔡邕及眾多琴家始知有這樣兩支琴曲。由於年代久遠，《琴操》的曲譜和文字有些殘損，蔡邕決定對它進行整理。

奇書《論衡》，奇中帶「邪」帶「異」；奇書《琴操》，奇中顯古顯雅。所以，蔡邕禁止文姬和顧雍觸碰《論衡》，只許他倆閱讀《琴操》。文姬和顧雍閱讀《琴操》，既增長了知識，又有曲譜可彈、歌詞可唱，如獲至寶，琴藝明顯長進。這時，蔡邕的心思和精力又轉移到了那截桐木上。

蔡邕熟讀典籍，知道伏羲氏最早製作的琴叫瑤琴，所用材料就是聚天地之元氣，集日月之精華的桐木。《琴操》中記載有古琴製作的規格。因此，他手持一把長尺、一根繩子，對照《琴操》的記載，將那截桐木量來量去，比比劃劃，還用粉墨做了許多記號。玉玉、文姬等詢問，方知他要用那截桐木製作一張名琴。為了製琴，他請來一位手藝精湛、經驗豐富的木匠充當幫手。

《琴操．序》記載古琴：「長三尺六寸，象一年三百六十日也；廣六寸，象六合（**上、下、東、西、南、北**）也。文上曰池，池，水也，言其平也；下曰濱，濱，賓也，言其服也。前廣後狹，象尊卑也。上圓下方，法天地也。五弦者，象五行（**金、木、水、火、土**）也。大弦者，君也，寬大而溫和；小弦者，臣也，清廉而不亂。周文王加文弦（**少宮弦**），周武王加武弦（**少商弦**），合君臣恩也。宮為君，商為臣，角為民，徵為事，羽為物。」琴的具體部位，又有金童頭、玉女腰、仙人背、龍池、鳳沼、玉軫、金徽等名目。蔡邕嚴格按照規格製琴，指點木匠，鋸解桐木，取中間一片桐木作為琴身。琴身長三尺六寸，其尾部有一片淡淡的焦痕，那是會稽山老賀妻子，把桐木當柴燒留下的痕跡。歷時兩個月，一張精美的七弦琴製成了。琴身保持桐木原色，淺淺的金黃色，表面平滑，光可鑑影。最奇妙的是那片焦痕，恰恰與桐木紋理融為一體，就像天然天生的一樣，襯托出琴身格外高雅與華貴。蔡邕一撥琴弦彈出旋律，金響玉振、音色純正、音韻鏗鏘，天籟之美無法形容。鑑於琴身尾部有一片焦痕，所以他給琴取了個樸實而別致的名字：焦尾琴。

蔡邕珍愛焦尾琴，專門製作一個精緻的琴盒裝放，非經允許就連文姬也不得擅自開盒碰琴。這年中秋節，張紘、吳景、朱治、呂範等又到喬家莊園作客，聽說蔡邕淘得奇書《論衡》，當即閱讀，也像喬匯閱讀時一樣，不停驚呼，拍案叫奇。晚上賞月。在清涼的荷池旁，在皎潔的月光下，男女分桌落坐，品嘗石榴和葡萄。蔡邕面向明月，焚香端坐，用他的焦尾琴彈了好幾首古琴曲，同時歌唱。幾首古琴曲都是從《琴操》裡挑選的，眾人從未聽過，琴聲歌聲，聽得如夢如幻、如醉如癡。許萱悄聲對坐在身旁的玉玉說：「最美的琴聲有八絕：清、奇、幽、雅、悲、壯、悠、長。八絕是一種境界，只有伯喈先生才能達到啊！」玉玉聽別人這樣稱讚自己的丈夫，心裡甜蜜蜜的。文姬聽爹講過：「琴家彈琴，心無旁騖，可以說是天馬行空無羈絆，海鯨搏浪任逍遙。琴彈到盡美盡善時，嘯虎不吼、哀猿不啼、天肅地靜，只有琴聲。」她想，此時此刻不正是這樣麼？天地之間除了琴聲外，還有什麼？就連那輪皎美的明月，也格外的圓格外的亮，它大概也在看爹聽爹彈琴吧？

蔡邕收勢，樂止歌止。張紘輕輕拍手，說：「古代有三大名琴。伯喈先生，你的焦尾琴一出，恐怕要改寫歷史，三大名琴應當改作四大名琴了。」喬匯說：「哦？子綱先生快講講，古代有哪三大名琴？」這個問題也正是眾人想問的問題。

「那好，我就講講。」張紘說：「第一大名琴是齊桓公的號鐘琴。此琴聲音洪亮，猶如黃鐘，故名。齊桓公精通音律，一次彈響號鐘琴，命數百名樂師奏樂唱歌附和。那場景非常壯觀，但唯有號鐘琴的聲音最響，旋律悲愴，幾乎壓住了全場的樂聲與歌聲。第二大名琴是楚莊王的繞梁琴。琴名源於『餘音繞梁』的說法。楚莊王自得此琴，愛不釋手，陶醉自樂，荒怠國事，曾連續七天不舉行朝會。王妃樊姬很賢明，規勸國王當以史為鑑，切莫玩物喪志，導致亡國亡身。楚莊王聽從樊姬的勸告，忍痛割愛，硬是命人把繞梁琴砸了。」蔡邕插話說：「《琴操》也記載了這個樊姬，記她作了古琴曲《列女引》。她確實是個賢明的王妃，對楚莊王稱霸起到了重要作用。」

「第三大名琴是前朝司馬相如的綠綺琴。」張紘接著說：「司馬相如家境貧寒，但擅長詩賦，名氣很大，一次為梁王寫了一篇《如玉賦》，梁王高興，就將自己收藏的綠綺琴贈給他。後來，司馬相如正是用綠綺琴彈了一曲《鳳求凰》，贏得卓文君的芳心，二人才結成美滿良緣的。」

「原來是這樣。」喬匯說：「號鐘琴、繞梁琴、綠綺琴，早成為歷史，俱往矣！現在只有伯喈先生的焦尾琴，堪稱名琴。」他停了停，又說：「伯喈先生為紀念焦尾琴的誕生，前幾日作了一篇《琴賦》。我，還有伯喈先生的女兒、小才女蔡琰，有幸最早讀到《琴賦》。蔡琰好記性，讀了幾遍就能背誦。現在就讓她背誦《琴賦》這篇美文，好不好？」眾人齊聲叫好。文姬沒有心裡準備，猝不及防，有點靦腆。玉玉催促文姬說：「快，背誦，背誦！」文姬就像一隻鴨子，被人趕著不得不上架，遂起身流利地背誦《琴賦》：

爾乃言求茂木，周流四垂。觀彼椅桐，層山之陂。丹華煒燁，綠葉參差。甘露潤其末，涼風扇其枝。鸞鳳翔其巔，玄鶴巢其岐。考之詩人，琴瑟是宜。爰制雅器，協之鍾律。通理治性，恬淡清溢。爾乃間關九弦，出入律呂，屈伸低昂，十指如雨。清聲發兮五音舉，韻宮商兮動徵羽，曲引興兮繁弦撫。然後哀聲既發，秘弄乃開。左手抑揚，右手徘徊。指掌反覆，抑案藏摧。於是繁弦既抑，雅韻復揚。仲尼思歸，《鹿鳴》三章。《梁甫》悲吟，周公《越裳》。青雀西飛，別鶴東翔。飲馬長城，楚曲明光。楚姬遺歎，雞鳴高桑。走獸率舞，飛鳥下翔。感激弦歌，一低一昂……

該賦直接提到一些古琴曲，還間接提到一些古琴曲，如「仲尼思歸」係指《將歸操》，「梁甫悲吟」係指《霹靂引》，「白鶴東翔」係指《別操》，「飲馬長城」係指《飲馬長城窟行》，「樊姬遺歎」係指《列女引》等。眾人又齊聲叫起好來，既誇蔡邕的《琴賦》寫得好，又誇文姬背誦得好。蔡邕說：「不好意思，這篇《琴賦》尚未寫完，該怎樣結尾，我還要斟酌哩！」

圓月明澈，清風徐徐。吳景忽然問：「伯喈先生，你最近是否去了曹娥廟？」蔡邕說：「去了，是從會稽山回來路過的。」吳景又問：「你是否在曹娥碑上題了字？」蔡邕一摸額頭，說：「哎呀！吳兄不提，我快把這事給忘了。我當時覺得邯鄲淳的碑文寫得不錯，所以題了兩句話八個字：『黃絹幼婦，外孫齏臼。』」

「黃絹幼婦，外孫齏臼」，眾人重複著，互相詢問，才明白是哪八個字，尤其是「齏臼」二字。吳景笑著說：「伯喈先生，你題的字，可把江南文人害苦啦！大家都在研究和探討，這兩句話是什麼意思？可誰也解答不了啊！」朱治、呂範說：「可不是？這兩句話傳得相當廣泛，到底是什麼意思嘛？」賞月的男人中，除蔡邕外，張紘最有學問，滿腹經綸，可面對這兩句話，也是一頭霧水，不知所云。蔡邕抱拳，大笑說：「這兩句話是隱語，是我用來評價邯鄲淳所作的碑文的，權當啞謎，至於謎底，還請各位細細揣摩吧！」

這以後，成千上萬的文人絞盡腦汁，揣摩揣摩，試圖破解啞謎，然而限於水準或方法不對，哪能破解得了？真正破解隱語的是曹操和楊修，可那已是三十多年後的事了。

第五章

喪母之痛

蔡文姬因娘生病而憂心和擔心

蔡邕四十七歲時「亡命江海、遠跡吳會（吳郡、會稽郡）」，轉眼四年過去，跨進知天命之年。蔡琰蔡文姬跟隨父親，已長到十歲。這四年，是她沐浴著江南陽光雨露，發育成長的四年，也是她學詩學琴，打下堅實基礎的四年。十歲的文姬，身材嬌小，長髮烏黑，瓜子臉，丹鳳眼，柳葉眉，兩個黑眸忽閃忽閃，嬌氣中透著秀氣和靈氣。她已認識四千多個字，利用一本《說文解字》，讀懂了《詩經》、《楚辭》中的很多詩篇。按照爹的指點，她讀詩的重點放在漢朝歌詩上。三四十首五言詩，讀得滾瓜爛熟，並能背誦，說出詩的思想內容和藝術特點。有時一邊背詩一邊默寫，通過默寫練習寫字，所寫的隸書規範齊整，端莊娟麗。她每天都要練琴，並輕聲歌唱。奇書《琴操》為她練琴提供了教材，她已能熟練地彈、唱五六支古琴曲了。莊園的人都稱她是小才女。喬窈、喬窕則把她當作偶像崇拜，整天纏著琰姐，要琰姐給她倆講故事。文姬講《守株待兔》，講《揠苗助長》，講《畫蛇添足》，講《濫竽充數》。喬窈、喬窕聽得入神，小臉如花，亮眸如星，同時會問一系列問題。比如文姬講《牛郎織女》，還背誦了古詩《迢迢牽牛星》。喬窈、喬窕會問：「牛郎織女怎會上天呀？」「牛郎織女住在銀河兩邊，離得遠嗎？銀河寬嗎？」「喜鵲怎會搭橋？搭的橋結實嗎？」「牛郎織女走在鵲橋上，萬一喜鵲飛開，橋坍了，他倆掉進河裡，怎麼辦呀？」這些問題，文姬回答不出，只能說：「我是講書上寫的，書上沒寫的，我也不知道。」

在喬家莊園，文姬和顧雍是最好的朋友。文姬初到莊園時，常和顧雍手牽著手到處亂跑。四年裡，顧雍已長到十五歲，個頭高高的，面相憨憨的，已是個大小夥子，書法、琴藝水準在文姬之上。隨著年齡的增長，「男女授受不親」，迫使二人再不能像以前那樣青梅竹馬、兩小無猜了。尤其是文姬，她得按《女訓》的要求，按淑女的標準，約束與規範自已的言行。文姬在十歲之前，性格是開朗、活潑的，從十歲起，性格逐漸變得內斂、沉穩了，並開始有了憂心和擔心的事，那就是她娘的身體大不如前，吃了好多藥，病情不見好轉，反而呈現出越來越重的趨勢。

文姬的娘趙玉玉，這年四十一歲。玉玉屬於晚婚女人，二十五歲結婚，三十二歲生文姬，三十六歲生蔡琬，落下個心跳氣喘和風淚眼的毛病。她到朔方去，不得不丟下琬兒；她到江南來，又不得不丟下琬兒。掐指算，琬兒應該六歲，而她這個做娘的跟女兒在一起的時間，總共才不過三個多月呀！不論在朔方還是在江南，琬兒令她牽腸掛肚，令她晝思夜想，有時半夜夢醒，想念琬兒，再也無法合眼，直到天明。她想像不出六歲的琬兒長成什麼模樣，她的心似乎被掏空了，淚也似乎快流乾了。

這些年來，蔡邕每隔兩三個月，都會寫信和閭里聯繫，向叔母請安、問候家人，自然會問及蔡琬的情況。蔡睦或蔡谷總會及時回信，說母親大安、家人都好、切勿掛念，特別要說蔡琬長得健康、活潑、可愛，務請大哥大嫂放心。故鄉遙千里，家書抵萬金。玉玉手捧家書，讀了又讀，流落的淚水，常把家書沾濕。她除了想念琬兒外，也想念叔母想念爹、想念弟弟趙正。好多次，她都想對丈夫說：「能不能回老家去探一次親？」可是話到嘴邊又嚥了回去。因為丈夫是為了避難才到江南來的，若回老家探親，萬一遇上宦官、權貴，那不是自投羅網嗎？玉玉曾想過許萱提的建議，把蔡琬接到封橋來。可這話，她同樣說不出口。因為葛蘭照管、撫養琬兒，喜愛琬兒的感情肯定不亞於自己，若讓琬兒離開葛蘭，那等於是從葛蘭身上割肉。那樣損人利己的事，她趙玉玉不能幹，絕不能幹！玉玉在想念女兒中忍著痛苦、受著煎熬。蔡琬是光和元年（西元一七八年）六月生的，那年是戊午年，俗稱馬年，所以蔡琬生肖屬馬。當年九月，玉玉丟下蔡琬，到朔方去，就對馬情有獨鍾，繡花時最愛繡馬，繡各式各樣的小馬，堅持每月繡一幅，並繡上婉兒的年齡與時間。第一幅繡的時間是：「琬兒一歲，光和元年九月」。第二幅繡的時間是：「琬兒一歲，光和元年十月」。就這樣，一個月繡一幅，最新一幅繡的時間是：「琬兒六歲，光和六年（西元一八三年）十一月」。所有繡品按年按月放在一起，共有六十多幅了呀！在為叔父守喪期間，她只能用素色絲線繡小馬，除喪後改用豔色絲線繡小馬，十多幅還是刺繡、雙面繡，那小馬繡得神態逼真、活靈活現，就像意欲脫離布料放開四蹄奔跑似的。六十多幅繡品，針針線線，滲透著凝聚著一位母親對於女兒的多少愛多少情，以及多少內疚與歉意啊！

從這年入冬起，玉玉心跳氣喘的毛病經常發作，表現在脈博上，跳動中突然停止跳動，片刻後又恢復跳動，導致心慌、渾身冒虛汗、大口大口喘氣。這種情形，以前每天只有一兩次，現在每天會出現六七次甚至十多次。蔡邕請來醫生給玉玉診治，醫生說，病人心臟功能衰弱，供血不足也不均衡，導致心律不齊。這種病，除了服用湯藥外，最重要的還是要注意飲食和休息，心情要放鬆，要高興要快樂。這話說來容易，做來很難。玉玉病了多年，吃飯少，睡覺少，腦子裡常想著琬兒，心情一直鬱悶，能放鬆能高興能快樂嗎？蔡邕憂心忡忡，守候在玉玉身邊的時間明顯增多。玉玉說：「我有小巧伺候就行了，你忙你的去吧！」文姬也常守候在娘的身邊。玉玉總是催她學詩學琴去，說：「你也忙你的去，莫要因為我的病，而誤了學業，懂嗎？」

這年臘月，江南氣候特別寒冷。連吹多少天的西北風，風勢凜冽，太陽偶爾露一下面就又鑽進厚厚的雲層。河渠池塘水面都結了冰，鳥兒待在巢中不想出來。這天，小巧伺候玉玉洗漱。玉玉從銅鏡中看到自己，穿著厚厚的棉衣，顯得很臃腫，面色蒼白、消瘦憔悴，原先很有神的眼睛如今卻空洞洞的，沒有一絲光彩。她忽然想到一個「死」字。她的姥姥她的娘，都是四十一歲時死的，她今年也是這個年齡，難道也該死了麼？不！她不想死，也不能死。因為她有個出色的丈夫和兩個可愛的女兒，她捨不得離開親人，更何況對蔡琬，她還沒盡到母親的責任哪！小巧端來一碗桂圓蓮子粥。玉玉吃了幾口，就不吃了。她要繡當月的小馬，讓小巧取來繃子和針線。她繡著繡著又犯病了。小巧一陣手忙腳亂，扶她半躺到炕上，撫胸口、搓脈搏、擦拭虛汗。一會兒，玉玉緩過勁來，但呼吸很不順暢。小巧要去書房叫回蔡邕和文姬。玉玉忙將她攔住，說：「別叫，他倆見我犯病的樣子會很難受的。來，你且坐下，我有話說。」小巧順從地坐到玉玉身邊。玉玉說：「小巧，有句話我早就想說了，可一直沒有機會。我記得我生琰兒那年，你就跟隨我照料我，一晃十年了。開始我把你當侍女看待，後來你融進我們這個家已成了這個家的一個成員。多虧你辛辛苦苦，勞碌操持，這個家才像個家，因此我非常感謝你。在來江南之前，我曾勸你嫁人。可你說你沒有終身，我若不要你，你就去尼姑庵當尼姑。這可把我嚇壞了，我、琰兒、你姐夫，其實都離不開你呀！這些年，我一直病病歪歪的，最近感覺特別不好。我知道我的病是無法治癒的，只是勉強拖延時日而已。我死不算什麼，可我放心不下你姐夫、琰兒和琬兒呀！所以我要你答應我：在我死後，你要嫁給你姐夫，代替我愛他疼他、關心他照顧他。你姐夫是個好人，值得你愛你疼、關心和照顧。我要你嫁給你姐夫，也是把琰兒、琬兒交給你呀！」

小巧是個很本分很知足的女人，聽了玉玉的話，只是搖頭，說：「姐，你胡說什麼呀？不就是有病嗎？治療就是，為何扯上『死』字？十年前，若不是趙員外救了我，姐收留我，我趙小巧怕早不在人世了，哪會活到今天？我說過，我沒有終身，不會嫁人，即便姐真有個三長兩短，我也不會嫁給姐夫。姐夫是太陽，我是螢火；姐夫是大山，我是塵埃。他和我不是一類人，所以他永遠是我姐夫，我不會愛他疼他但會關心他和照顧他。我還會照料琰兒長大，看著她出嫁，若有可能我還會替琰兒看寶寶，甚至會替琬兒看寶寶。這話我說到做到，絕不食言。」玉玉熟知小巧的為人，知她說的全是真話實話，眼圈泛紅，說：「那個姓霍的把你害苦了！我是覺得讓你一輩子單身，這不公平。」小巧淒然一笑，說：「像我這樣的女人，能活著就不易，哪敢奢望什麼公平！」

玉玉沒能說服小巧，夜間睡覺時改而勸說蔡邕，要丈夫在她死後務要娶小巧為妻。蔡邕一聽就急了，說：「好端端的，什麼死不死的？別胡說！玉玉，我要明明確確地告訴你，不論出現什麼情況，我都不會娶小巧為妻。她是你妹妹，也是我妹妹，琰兒的姨母，懂嗎？傳統禮教要女人從一而終，我認為男人也應從一而終。我蔡邕這一生，有你趙玉玉一人為妻，足矣！這，今生今世絕不改變！」

「伯喈！」玉玉異常激動，叫了丈夫的字，把頭依偎在丈夫胸前，淚水像是決堤的河水嘩嘩流淌。許久又說：「伯喈，你和小巧怎麼都是死心眼，一根筋哪？」

玉玉的病情日益加重，每天仍堅持繡小馬。那是她的精神寄託，通過這種方式她似乎可以看到琬兒的身影，聽到琬兒的聲音，觸摸到琬兒的小臉、小鼻手、小眼睛。邊繡小馬，邊想婉兒，眼淚又一滴一滴落到了圓圓的繃子上。文姬看到娘的樣子，很心疼，試探著問爹說：「爹，為了娘，我們能不能返回老家圉里去？或者，把蔡琬妹妹接到封橋來？」蔡邕將文姬的話跟玉玉一說，玉玉連連搖頭，說：「不可不可！返回圉里，你有可能落到宦官、權貴手裡遭遇不測；把蔡琬接到封橋來，那對葛蘭打擊太大，她會承受和我一樣的痛苦。」蔡邕歎氣說：「唉！你光想著別人，為何就不想想自己啊！」蔡邕把想帶家人回老家去的意思告訴喬匯。喬匯堅決反對，講述了他所知道的北方形勢——

當今皇上（漢靈帝）重用張讓和趙忠等十個新崛起的宦官，十人同為中常侍同封列侯，稱「十常侍」。張讓、趙忠賣官鬻爵，竭力斂財供皇上揮霍，皇上竟感激地說：「張常侍是我父，趙常侍是我母。」皇上荒淫，吏治腐敗，導致朝政黑暗、民不聊生，因此出了個叫張角的人創立太平道，鼓吹平等，秘密串連，發展教徒，準備發動起義推翻朝廷，回應者甚眾。喬匯最後說：「北方各地盛傳很快就會發生大事變，而且會大亂多年。此時此刻，先生豈能回北方去？」

蔡邕默然。他幾年前就聽恩師橋玄說過，北方遲早會有大亂的一天，沒料想這一天果真到來了。他忙寫信給蔡睦、蔡谷和趙正，詢問老家近況。奇怪的是，所有的信都被退了回來，理由是：時局混亂。郵驛不通。

趙玉玉病逝，北方發生大事變

趙玉玉不同於她姥姥和她娘，總算熬過四十一歲，跨進四十二歲門檻。新的一年是光和七年（西元一八四年）。新年過得冷冷清清。因為玉玉病情加重，文姬沒有穿巧姨縫製的花衣花裙花鞋，仍是平日衣著及妝扮。玉玉要繡新的一年的第一幅小馬，繡得很吃力很艱難。蔡邕預感到情勢不妙，心裡發慌。他擔心玉玉會死在寄居的喬家莊園，那對莊園很不吉利，所以提出要搬出莊園去住。喬匯為人仗義，擺手說：「我喬匯福大命大，沒有那麼多忌諱。」許萱也說：「越是這時，我們越不能讓你們搬到莊園外住，那像什麼話！」許萱每天都會前來看望玉玉，親熱地叫著姐姐，除了說些寬慰話，又能做什麼呢？

玉玉堅持繡完小馬，繡上時間：「琬兒七歲，光和七年正月」。她的心力已經耗完，徹底睡倒再也起不來了。水米不進，也無法再服用湯藥。幾天過後，便面色蠟黃、眼窩深陷、骨瘦如柴、形神俱失。正月最後一天夜間，庭院裡吹著北風，空中飄落零星的雪花。玉玉躺在炕上，自知生命到了盡頭，讓丈夫、小巧給自己擦拭身體，梳理頭髮，換上新的內衣和新的衣裙，移到一塊木板上躺著。文姬在一邊幫忙，強忍淚水。油燈發出昏黃的光芒，搖搖曳曳。玉玉要丈夫、女兒、小巧靠近自己，聽她交代後事。她的聲音很低，但很清晰。她說：「伯喈，我這輩子做你的妻子，很幸福很滿足，也有遺憾。遺憾的是沒能給你生個兒子，你的才學怕是無人繼承了。」蔡邕緊緊握住妻子乾瘦的手，說：「不！你給我生了兩個女兒，兩個好女兒。琰兒會繼承我的才學的，她學詩學琴，多有長進！字也寫得不錯。」玉玉想笑一笑，但已力不從心，說：「琰兒畢竟是女孩，長大是要嫁人的，生兒育女、相夫教子那才是本分。」她略一停頓，又說：「我再一個遺憾是生了琬兒卻沒有哺育她撫養她，日後要跟她說我這個娘對不起她，並把我繡的小馬交給她。」蔡邕眼中蓄滿淚水，說：「這都怪我不好，誤入仕途惹下禍端，讓妻兒擔驚受怕、骨肉分離、天各一方。」玉玉急急喘氣，又說：「我死在江南，注定要成為野鬼孤魂。路途遙遠，靈柩無法運回，隨便找個地方埋了就是。狐死首丘，葉落歸根，如有可能可將我的幾件衣物帶回圉里，埋在老蔡家祖墳塋地，建個小小的衣冠塚，表明我是蔡家的媳婦、蔡邕的妻子就夠了。見我爹和叔母，就說玉玉不孝，不能孝敬老人家了。」

「玉玉！」蔡邕淚水奪眶而出。玉玉喘氣更急，又說：「你們三人都是我的親人。伯喈，你除了善待琰兒外，也要善待小巧，小巧是個苦命女人。琰兒，你要照顧好你爹。小巧，我把琰兒交給你了，你還要和琰兒一起照顧好你姐夫。他已五十二歲，他，他……」玉玉說到這裡，只剩下最後一口油氣，雙眼快要閉上。蔡邕喊道：「玉玉！」文姬喊道：「娘！」小巧喊道：「姐！」玉玉好像聽到了親人的喊聲，快要閉上的眼睛又睜開一點點，輕輕呼喚道：「琬兒，琬兒……」聲音極小極細。再看，玉玉已經氣絕，雙眼永久地閉上了。

這時已過午夜，也就是二月一日凌晨。玉玉客死在喬家莊園，十一歲的文姬失去親愛的娘。蔡邕、文姬、小巧不好驚動莊園的人，沒有放聲大哭，只是守候在玉玉遺體旁默默流淚，直到天明。

莊園陸管家奉喬匯之命，全力辦理玉玉喪事。莊園有一處墳地，專葬無處歸葬的死者。陸管家徵求蔡邕的意見，玉玉只能葬在那裡了。按禮，死者應當停殯七日。蔡邕說：「別給莊園增添麻煩，就停殯三日吧！」玉玉死的當日，先小殮，接著大殮。當仵作將玉玉遺體放進棺材，準備封棺的時候，身穿白色衣裙，披麻戴孝，一直跪地流淚的文姬終於爆發了，撲向棺材，號啕痛哭，不讓封棺，她要多看娘幾眼。小巧、許萱滿臉淚水，好不容易才把文姬拉開。仵作封棺釘釘，文姬發出淒厲的哭喊：「娘——！娘——！」這哭喊聲撕心裂肺，令人肝腸寸斷。少年顧雍在場，看到文姬的樣子心裡生疼，偷偷抹淚。顧雍經歷過喪父之痛，知道文姬喪母痛之又痛，別人無法寬慰，更無法取代，就讓她聲嘶力竭地痛哭吧，這樣才能把內心的痛苦、悲傷，發洩和釋放出來。

二月三日出殯。喬匯、許萱、喬亮、顧雍及莊園的男傭女僕參加送葬。文姬一身重孝，白衣白裙、白帽白鞋，脖上披麻，雙手捧著喪杖，走在靈柩前面。她的身體那樣嬌小，那樣纖弱，但她走得堅定、走得沉穩，她要讓她的娘看到她正在成長，她不會倒下。在墳地，她跪在一邊，看著仵作將靈柩放進墓穴，然後填土，在地面壘起一個小小的墳頭。她沒有像封棺時那樣號啕痛哭。因為她的嗓子嘶啞，已經哭不出聲了。送葬的人漸漸離去。文姬、爹和巧姨在墳前擺幾樣祭品、焚幾炷香，她跪在地上行叩首禮，直到太陽落山時才返回莊園。

小巧遵從姐姐的遺囑，忠誠地擔負起照顧姐夫和文姬的重任。她精心做了可口的飯菜，可蔡邕、文姬吃得很少。她和文姬早就分炕睡覺，現在怕文姬害怕讓文姬睡到自己炕上，睡到裡面。文姬說：「巧姨，死了的是我娘，我不怕。」小巧誇獎說：「好琰兒，這樣想就對了！你娘那樣和靄、慈愛，在地下會保佑我們每個人的。」

文姬在巧姨的幫助下，收拾娘的衣物，一邊收拾、一邊流淚，她將娘平日愛穿的兩件衣裙、兩雙鞋，以及愛戴的一隻金簪、一隻銀釵、一對耳環、一副玉鐲放進一個木箱裡。放進木箱裡的還有一幅字，那是娘在結婚前，爹給娘寫的《青衣賦》。娘生前最愛這幅字，走到那裡帶到那裡，日日觀賞。文姬相信，爹總有一天會回圉里的，他們一定要把木箱帶回圉里，為娘建個小衣冠塚，滿足娘的遺願。

文姬為娘守喪，只穿黑、白、灰、青四種顏色的衣裙及布鞋，又學爹為叔爺爺守喪的樣子，在脖上繫幾根麻線算是披麻戴孝。她要為娘設一個靈位，蔡邕於是請木匠用桐木製作了玉玉的靈位，三四寸高，有底座，文姬親筆書寫：「亡母趙氏玉玉大人之靈位」。在此後的三年裡，文姬每天早晚祭祀娘，點燃一炷香向靈位叩三個頭，成為功課從未間斷過。

喪俗中有一項內容叫「做七」，共做七次，七七四十九天，喪事結束。那些日子裡，蔡邕因玉玉之死而悲痛而內疚。這是他「亡命江海，遠跡吳會」而造成的，他覺得實在對不起亡妻。玉玉死前說狐死首丘、葉落歸根使他很受震動。因此，他決定做完「七七」，即帶文姬回圉里，無論如何也要在老蔡家祖墳塋地給玉玉建個衣冠塚。他把決定告訴文姬和小巧。文姬、小巧求之不得。哪知「七七」做完，北方大事變發生了，他們想回圉里也回不成了。喬匯告訴蔡邕大事變的消息，情況大體上是這樣的——

冀州（治所高邑，今河北高邑）鉅鹿（今河北平鄉）人張角創立太平道，自稱教主，一稱大賢良師，與弟弟張寶、張梁等利用行醫方式四處傳道，發展教徒。活動地域遍及兗、豫、青、徐、幽、冀、荊、揚八州，教徒迅速發展到三十多萬人，實行軍事編制，共分三十六方，方設方長，統一歸教主指揮。光和七年正月，張角召集三十六方方長，在冀州重鎮鄴城（今河北臨彰西南）開會，提出「蒼天已死，黃天當立，歲在甲子（**光和七年為甲子年**），天下大吉」的口號，決定在三月五日舉行全國起義；規定起義軍將士頭上需裹黃巾，所以起義稱黃巾起義，起義軍將士稱黃巾軍。由於起義軍內部出現叛徒，朝廷根據叛徒的告密，在洛陽殺死黃巾軍一千多人。張角審時度勢，指示各方立即起義。於是，三十六方三十多萬黃巾軍，斬木為兵、揭竿為旗，呼嘯著吶喊著向各地官府發起猛烈攻擊。黃巾軍主力彙聚，進攻的矛頭直指洛陽。漢靈帝驚慌失措，急忙任用屠夫出身的國舅何進為大將軍，調集兵馬，防守洛陽四周八個關隘要塞，同時任用一大批將帥，率領重兵，鎮壓黃巾軍。喬匯講到這裡，搖頭說：「現在，洛陽周圍，以及兗州（治所昌邑，今山東金鄉）、豫州（治所譙縣，今安徽亳州）、冀州等地，州州烽火郡郡狼煙亂成了一鍋粥。大量百姓逃難，淪為難民，從江北逃到江南來。形勢怎樣發展，誰也說不清哪！」蔡邕把黃巾起義的消息告訴文姬和小巧，憂心忡忡。文姬忽然問：「爹，黃巾軍是好人還是壞人？」蔡邕說：「怎麼說呢？黃巾軍原先都是農民，是好人。他們起義反抗官府，還要推翻朝廷，所以朝廷和官府把他們當作壞人，抓呀殺呀，很凶惡很殘酷的。」文姬又問：「我叔叔、舅舅他們會不會參加黃巾軍？」蔡邕心中驟然一緊，無法回答女兒的話，因為他全然不知蔡睦、蔡谷、趙正以及蔡振、蔡興等到底會不會參加黃巾軍，只能模稜兩可地說：「我想，大概不會吧！」

封橋一帶也出現了難民，帶來各種含混不清的訊息。無人說得清訊息的真假，人人惶恐，惴惴不安。五月，喬匯長子喬明派人從京城趕赴封橋報喪，說爺爺日前病故。喬匯是個孝子，聞喪淚流滿面，向著洛陽方向叩頭，立命許萱收拾行裝，自己和喬亮次日即往洛陽奔喪。京城來人敘說來時的路線：繞道關中，經武關（今陝西丹鳳境）、襄陽（今湖北襄陽），經由漢水、長江到吳城，這條路線比較安全。喬匯說：「那就打個顛倒，還走這條路線！」蔡邕得知橋玄病故，心情沉痛。橋玄對他有知遇之恩、栽培之恩、提攜和庇佑之恩，因此他十分敬重這位恩師。當晚，他用最美的漢隸，恭敬為橋玄寫了墓碑名：「漢司徒橋公玄之墓」。並滿懷深情寫了碑文（後世稱《太尉橋玄碑》），稱頌橋玄「威靈振耀，如火之烈」，「疾華尚樸，有百折不撓、臨大節而不可奪之風」，「其拔賢如旋流，討惡如霆擊」。喬匯讀了碑文，異常感動，說：「知家父者，伯喈先生也！」

喬匯急急匆匆赴洛陽奔喪。蔡邕沉浸在妻子病故的傷痛與愧疚中，情緒低落又牽掛叔母、岳父等家人的安危，心急如焚。他在書房裡讀書和寫作，思想卻無法集中，常常乾坐著發怔發呆，有時竟趴在桌上睡著了。他偶爾也會把焦尾琴取出來彈上一曲，彈得最多的是《雉朝飛操》。《琴操》記載：「《雉朝飛操》者，齊獨沐子所作也。獨沐子年五十喪妻，出薪於野，見飛雉雄雌相隨，感之，撫琴而歌曰：雉朝飛，鳴相和，雌雄群遊于山阿。我獨何命兮未有家，時將暮兮可奈何，嗟嗟暮兮可奈何？」他邊彈邊歌，眼前浮現出玉玉的音容笑貌，那淚水像斷線珠子一樣滴落在琴弦上。

文姬自娘死後，好像一下子長大許多，盡量掩飾自己的悲痛與哀傷，努力和巧姨一起關心爹和照顧爹。給爹燒炕、整理被褥、洗衣服、打洗腳水等。這些事她過去沒有做過，現在得跟著巧姨一件一件學著做。蔡邕待在書房裡的時間越來越多，而且待到很晚很晚。文姬和巧姨常在半夜去書房硬把爹拉回來，看著他洗漱、上炕睡覺才肯離去。文姬在爹的面前，每每強作笑顏，其實內心很苦很痛。文姬心中的苦和痛，只有小巧明白。小巧發現文姬常在夜深之時，咬著被角偷偷哭泣，多次在睡夢中發出呼喊：「娘——！娘——！」

文姬試圖通過學詩轉移注意力，減輕心中的苦與痛。她閱讀和默寫漢朝樂府民歌，不知不覺總會讀、寫《婦病行》與《孤兒行》。本想轉移注意力，不料民歌中那個「病婦」、那個「孤兒」的苦與痛反而與她的苦與痛產生共鳴，使她更苦更痛。握筆的手瑟瑟抖動，嗚咽抽泣，泣不成聲，小巧趕忙奪過筆，說：「別寫了！」文姬撲在小巧懷中，痛苦地說：「巧姨，我想娘啊！」小巧取來琴，溫和地說：「彈一會兒琴吧，岔岔心！」文姬彈琴，彈不出輕鬆、歡快的樂曲，彈的都是低沉、憂傷的樂曲。

蔡邕淘寶淘得《琴操》後，文姬訂了個本子，專記《琴操》裡古琴曲的曲譜與歌詞。其中《怨曠思惟歌》，係前朝美女王昭君所作。《琴操》記載：王昭君赴匈奴和親後，「心思不樂，心念鄉土，乃作《怨曠思惟歌》，曰：秋木萋萋，其葉萎黃，有鳥爰止，集於苞桑。養育毛羽，形容生光，既得升雲，獲侍帷房。離宮絕曠，身體摧藏，志念抑沉，不得頡頏。雖得餧食，心有徊徨，我獨伊何，改往變常。翩翩之燕，遠集西羌，高山峨峨，河水泱泱，父兮母兮，道里悠長，嗚呼哀哉，憂心惻傷。」文姬彈得最多的就是這支琴曲。她像王昭君一樣，也思鄉思親，邊彈琴邊哼唱歌詞，如泣如訴，悽楚感人。小巧在一邊聽著，不停地抹淚擦淚。

蔡邕到江南後，最終寫成了《獨斷》、《月令章句》兩本書稿。文姬負責保管爹的書稿，從中獲得了大量的知識。《獨斷》分上、下兩卷，屬文史札記性質；《月令章句》是語錄體，屬集句釋義性質。蔡邕到江南後還寫了多篇詩文。文姬把它們與書稿放在一起保管。文姬的記憶力相當驚人。蔡邕的詩文及書稿部分章節，她爛熟於心，都能背誦，二十多年後還能準確無誤地默寫出來，真讓人難以置信。

文姬在守母喪，有時會想起朋友顧雍，想起他牽著她的手奔跑，一起去莊園外看採桑女採桑，聽她們高唱《陌上桑》的情景，想起他和她初學彈琴，並排而坐共同彈、唱《鹿鳴》的情景。只可惜受傳統禮教束縛，這一切已經成為歷史不可能再現了。文姬聽爹說，顧雍的書法和琴藝已有一定水準，他最愛彈的琴曲是《霍將軍歌》，常邊彈邊唱：「四夷既獲，諸夏康兮。國家安寧，樂無央兮。載戢干戈，弓矢藏兮。麒麟來臻，鳳凰翔兮。與天相保，永無疆兮。親親百年，各延長兮！」她想像，顧雍在彈、歌這支琴曲時，一定也會像霍去病那樣壯懷激烈，充滿喜悅與豪情吧！喬窈、喬窕時年七歲，像兩隻花蝴蝶，頭髮上各繫一條白綢，算是給從未見過的爺爺服喪戴孝。她倆還不很理解琰姐的喪母之痛，依然常來糾纏，要琰姐講故事。文姬不想讓小妹妹失望，總會強打精神，給她倆講郯子鹿乳奉親的故事，講老萊子戲彩娛親的故事。講著講著她又想起娘，淚珠大顆大顆滾落，泣不成聲。

這年從夏天到秋天，蔡邕有了個新習慣：踱步。在書房裡踱步，在庭院裡踱步，不時停下，遙望北方天空，接著就又踱步。文姬把這一發現告訴巧姨，小巧歎氣說：「他是在牽掛和憂慮北方的家人哪！唉！」文姬和巧姨聽說，封橋一帶也流傳開據說是黃巾軍傳唱的一則歌謠：「髮如韭，剪復生；頭如雞，割復鳴。官吏不必可畏，小民從來不可輕！」天哪！那些「小民」視死如歸，把殺頭當作割韭菜、割雞頭一樣，他們豁出去了，是要跟官府跟朝廷拼死命哪！

蔡文姬三個堂兄和外公死於大事變中

這是動亂的一年，令人提心吊膽卻又不知所措的一年。人們在驚恐、無奈中熬到臘月，忽然聽說改元了，朝廷已將黃巾起義平定，所以將光和七年改元為中平元年（西元一八四年），大赦天下。這時，喬匯風塵僕僕回到封橋，證實朝廷確實將黃巾起義平定了。通過喬匯講述，蔡邕了解了北方大事變的一個大概情況——

張角、張寶、張梁三兄弟坐鎮冀州鄴城，指揮全國起義。主要開闢兩大戰場：一是東戰場，由波才任統領，自豫州、兗州向洛陽推進；二是南戰場，由張曼成任統領，自南陽郡（郡治宛城，今河南南陽）向洛陽推進。黃巾軍衝擊官府，嚴懲官吏，攻城掠地，開倉濟貧，聲勢浩大。大將軍何進派出皇甫嵩、朱俊、盧植三大中郎將，率領數十萬官軍，全力鎮壓義軍。東戰場的戰鬥尤為慘烈。五月，皇甫嵩、朱俊十餘萬官軍與波才十餘萬義軍為爭奪潁川郡（治所陽翟，今河南禹縣）展開血戰，義軍先勝後敗，結果百分之八九十的將士，拋屍在血泊中。六月，南戰場義軍也受重創，張曼成及麾下四萬多將士全部陣亡。冀州共有義軍十八萬人。盧植進攻冀州受挫。八月，張角忽然病死，使義軍陷入群龍無首的狀態。皇甫嵩奉命支援盧植，十月擒殺張梁，十一月擒殺張寶，共殺害義軍將士十四五萬人。至此，轟轟烈烈的黃巾起義歸於失敗。

喬匯還講到兩點：一是朝廷平定的只是黃巾軍主力，各州郡仍有小股義軍活動，換個名號，如「黑山」、「黃龍」、「雷公」、「浮雲」等，打的仍是黃巾軍旗幟，神出鬼沒；二是朝廷稱黃巾軍為「黃賊」、「黃匪」，正搞秋後算帳，懲治「賊匪」家屬，重則斬首，輕則流放，可嚴厲啦！

喬匯的講述，蔡邕直聽得頭皮發麻，連打冷戰。兗州是東戰場的一部分，包括圉里和考城呀！圉里的家人怎樣？考城的家人怎樣？會不會……他不敢想，尤其不敢往壞處想，於是告訴喬匯說要攜帶女兒和小巧盡快返回老家去。喬匯先點頭後搖頭，說：「我贊同先生回老家去看看，但現在不行。現在北方還很亂，路上很不安全。等到來年開春吧，我派人護送先生回老家一趟。」蔡邕把喬匯的話告訴女兒，文姬暗暗歡喜。因為這樣，就可以將娘的衣物帶回老家，建個衣冠塚了。

不足一個月的中平元年匆匆而過，接著是中平二年（西元一八五年）。蔡邕、文姬父女急切盼著開春的到來，二月中旬，卻意外盼到蔡谷到了封橋。蔡邕驚訝，緊緊抱住堂弟，說：「好兄弟，哥總算見到你了！」文姬向前叫叔叔，早已是淚水婆娑、嗚嗚咽咽了。雙方都發覺氣氛異樣，蔡谷見文姬穿著喪服，小巧也戴著孝。蔡邕、文姬見蔡谷神色暗淡，滿面憂傷。蔡谷首先詢問，才知他的嫂子、文姬的娘玉玉病故已經一年了。蔡邕接著詢問，問及叔母、問及蔡睦和何芬、問及葛蘭和琬兒，問及陳留一帶黃巾軍的情況。蔡谷的回答含含混混。掌燈時分，蔡谷讓小巧關嚴門窗，這才講述了讓人心驚肉跳的一些事情。

蔡谷說話聲音很低，語速很慢。他說：「去年正月，陳留各地包括圉里在內，盛傳四句話：『蒼天已死，黃天當立，歲在甲子，天下大吉。』誰也不明白這是什麼意思。二月，忽有農民頭裹黃巾，手執棍棒、木叉之類，自稱是黃巾軍，起義造反了，要對抗官府，要推翻朝廷，弄得人心惶惶。一天夜間，院落門響。我哥開門，一個騎黑馬的黑衣人閃進門內。黑衣人是誰？居然是蔡振，我哥的大兒子，我的大侄兒！蔡振讓我哥叫醒娘、嫂子、我和葛蘭聚於堂屋，蔡振跪地給每個人叩頭。然後說，他在家中只能略待片刻，只能長話短說。他說：『爺爺冤死的那年冬天，我和弟弟蔡興、蔡飛被官府抓兵，抓到幽州（治所薊縣，今北京大興西南）去戍邊。我們三兄弟痛恨朝廷和官府，發誓要為爺爺報仇。為了不連累家人，所以改了姓名和籍貫。我叫柴震，蔡興叫柴星，蔡飛叫柴非，都說是青州（治所臨淄，今山東淄博）人。三年前，太平道教主張角在幽州傳道。我們三兄弟都加入了太平道，由於懂得一些軍事，跟隨張角到了鄴城當聯絡官。張角原本確定三月五日舉行全國起義，不想出了叛徒消息走漏不得不改變計畫，派人與各地聯絡宣布提前起義。我負責聯絡兗州，這才繞道回家來看看。蔡興負責聯絡豫州，蔡飛負責聯絡南陽郡。我們知道，黃巾軍主體是農民，沒有經過訓練，又是倉促起義，肯定對抗不了官軍，所以必然失敗。但我們不會後悔，更不會退縮，開弓沒有回頭箭，只能勇往直前！』蔡振這些話，把全家人嚇懵了嚇傻了。我哥急急地說：『振兒，不能哪！老蔡家講孝廉講忠義，造反殺頭的事不能幹哪！快，你把那個太平道給退了，回家來，把興兒、飛兒也叫回來，我們老老實實種莊稼當農民，行不行？』蔡振搖頭苦笑，說：

『爹，別想得太天真。老蔡家講孝廉講忠義，又有何用？他們怎樣對待爺爺了？怎樣對待大伯了？他們能讓我等老老實實種莊稼當農民嗎？造反殺頭有何要緊？大不了一死，腦袋掉了碗大個疤，二十年後又是一條好漢！』我哥和我、嫂子和葛蘭無法勸阻蔡振，又擔心蔡興、蔡飛，急得流淚。娘很嚴肅很冷峻，擺手說：『振兒、興兒、飛兒要為爺爺報仇也是一片孝心，就由他們吧！生死由命，人力是強求不了的。』蔡振再給全家人叩頭，說：『半年左右，起義自會有結果。到時候，我們三兄弟若沒回家，那就戰死在戰場上了。爹和叔叔千萬別尋找我們，那樣會引起官府生疑惹出麻煩的。我還有任務，恕我不孝，就此告辭。』蔡振說罷，出了堂屋，騎上黑馬，一溜煙地消失在夜色中。那一夜，娘、我哥和嫂子、我和葛蘭一夜沒睡，坐著流淚，直到天明。」

蔡谷講到這裡又悄然落淚了。他用手指擦了擦淚，又說：「去年夏天和秋天，全家人好揪心哪！聽到的都是黃巾軍失敗的消息。到了冬天，聽說黃巾軍徹底失敗了，振兒、興兒、飛兒沒有回家，說明他們已不在人世了。全家人傷心、悲痛，可又有何法？官府拉網似地追查、懲治『黃賊』、『黃匪』家屬，還好，我們家沒挨上『黃』字的邊。可這時又出了狀況，蔡翔離家出走了。他給我留下一張紙條，說蔡振二月回家說的那些話他偷聽了，他也要為爺爺報仇，並要為三個哥哥報仇，所以化名柴襄去投奔一個叫什麼『黑山會』的組織；他叮嚀我看完紙條就把紙條燒了，也千萬別找他，找也找不到。蔡翔出走，給娘的打擊太大太大。她說：『老蔡家怕是再沒有傳宗接代的男兒了。』不吃不喝不說話，在炕上睡了整整三天三夜！」

蔡振、蔡興、蔡飛、蔡翔，蔡邕的四個侄兒，文姬的四個堂兄，正是血氣方剛的年齡，忽然三人死了，一人離家出走。這，實在讓人無法接受。蔡邕直覺得心火突突，掄起拳頭，狠狠砸在桌上。桌上的油燈翻了滅了，燈油流淌。小巧趕忙收拾，重新點亮油燈。蔡谷接著說：「年後這一段時間，時局平穩些，官軍退了，追查、懲治『賊匪』家屬也放鬆了。娘說：『人死不能復生，活著的還得活著不是？』她知道你們在江南，得不到老家的音信肯定焦急，所以命我再來封橋看望你們，誰知玉玉嫂子竟……」蔡谷聲音哽咽，又用手指擦淚。文姬聽叔叔提到娘淚如泉湧，意欲岔開話題，問：「叔叔，我外公和舅舅呢？他們怎樣？舅舅為何沒和你一起來封橋？」

蔡谷聽文姬問這個問題，雙手抱頭，沉默良久才說：「趙員外，他，他也死了。」蔡邕、文姬、小巧同時失色，忙問：「這又怎麼回事？」

蔡谷沉痛搖頭，說：「去年五月，陳留、考城一帶處處駐有開往穎川的官軍。黃巾軍不擾民不害民，而官軍專門擾民害民。駐在考城的官軍，長官叫什麼皇甫嵩，聽說是個中郎將。此人下令把考城所有富戶都綁了票，讓兒孫交錢贖人，贖金五十兩黃金，限三天內交齊，不交就撕票，將富戶殺死。皇甫嵩說：『老子的軍隊要上前線殺黃賊黃匪，你等富戶難道不該勞軍，破費破費？』趙員外是趙寨首富，也被綁了票。趙正為救父親低價賣掉九成地產，湊夠五十兩黃金，交給皇甫嵩。趙員外被贖了回來，憤恨不平，跺腳大罵：『官軍，狗屁！都是害民軍、殃民軍！我趙老頭若年輕二十歲也會參加太平道，要你皇甫嵩一夥狗賊的狗命！』有人將這話報告皇甫嵩。皇甫嵩大怒，又把趙員外抓了回去，硬說他私通黃賊黃匪，把他殺了。」

文姬痛哭失聲，喊道：「外公！」小巧也抹淚喊道：「趙員外！」蔡邕又是一拳頭砸在桌上，桌上的油燈又翻了滅了。蔡谷繼續說：「趙正忍憤含恨，埋葬了趙員外。他也生了病，每說到官軍，都會恨得咬牙切齒。一個月前，我去趙寨看他，想約他一起來江南，可見他病得弱不禁風的樣子，哪還敢約他？哎——！」

蔡谷用一個長長的重重的「哎」結束講述。蔡邕、文姬、小巧除了流淚以外，不知該用怎樣的方式表達內心的痛苦、哀傷以及憤恨。許久，文姬起身，在娘靈位前的香爐裡點燃一炷香；又點燃一炷香，那是祭祀外公的；又點燃三炷香，那是祭祀堂兄蔡振、蔡興、蔡飛的。蔡翔生死不明，她只插上一炷香，但並不點燃。她撩起青布長裙，跪在蒲草編織的圓墊上，給娘叩頭、給外公叩頭、給蔡振、蔡興、蔡飛叩頭。香炷頂端五點紅光，紅光上方騰起嫋嫋香煙……

返回老家圉里，再添喪親之痛

老家的音訊令蔡邕坐臥不寧，寢食難安。他意識到，自己再不能「亡命江海，遠跡吳會」了，因為這實是一種逃避、一種懦弱。自己應當隨蔡谷回去，回到老家去和家人同甘苦共患難，哪怕受到迫害也要勇敢面對，寧可站著死，切莫跪著生。他把回老家的打算告訴喬匯，喬匯不再強行挽留，說：「先生回去，途中有蔡谷照應我也放心。不過先生請記好：喬家莊園大門始終為你敞開，恭候大駕隨時再次光臨！」

蔡邕一家無償住在莊園，五年多來所受的關照太多太多，他想給喬匯一些錢但又覺得不妥。經再三考慮，決定把《琴操》原本留給喬匯，那是天下孤本，珍貴無比。他最後一次指導顧雍練字練琴，親書「藝無止境」四字相贈，勉勵這個很有潛質的青年，任何時候都別驕傲自滿。文姬在巧姨的幫助下收拾行裝。最重要的行裝是爹的書稿文稿和焦尾琴，再就是娘的衣物。喬窈、喬窕得知蔡琰姐姐要回到很遠很遠的北方去，好生難過與不捨，問過無數遍：「琰姐，為何要回去嘛？為何要回去嘛？」

陸管家奉命用三輛馬車送蔡邕等去吳城。喬匯、許萱、喬亮、喬窈、喬宛、顧雍及好多男傭女僕為之送行。文姬跪地給喬匯、許萱叩了三個頭，拉了拉喬窈、喬宛的小手，含淚登車。蔡谷、小巧登車。蔡邕向喬匯、許萱深深一躬，說：「大恩不言謝，就此別過，倘若老天垂顧，或許後會有期。」喬匯向前握住蔡邕的手，說：「我只能祝先生保重珍重，一路順風。」蔡邕再向男傭女僕們拱手道謝，然後登車。馬車啟動，真情的告別聲響成一片。送行人中，顧雍悵惘若失。喬窈、喬宛改而問娘：「娘，琰姐為何要回去嘛？」

這裡需要提前說說顧雍和喬窈、喬宛三人的未來。顧雍隨從蔡邕學書學琴，恰如蔡邕所預料的那樣，大有出息。弱冠之年（二十歲），因品學兼優便出任合肥（今安徽合肥）長，此後仕途順利，魏、蜀、吳三國鼎立時官至吳國的丞相，封醴陵侯，成為著名的政治家。喬窈、喬宛長大後花容月貌，風情萬種，分別嫁給英雄人物孫策、周瑜為妻，史稱大喬、小喬，合稱「二喬」。文學作品中經常寫到這兩個美女，尤其是小喬。如唐朝杜牧《赤壁》詩：「東風不與周郎（周瑜）便，銅爵（銅雀台）春深鎖二喬。」宋朝蘇軾《念奴嬌》詞：「遙想公瑾（周瑜之字）當年，小喬初嫁了，雄姿英發。」

蔡邕、蔡谷在吳城告別陸管家，另外雇車到丹徒（今江蘇鎮江），在那裡北渡長江，取道廣陵（今江蘇揚州）返回老家。時而乘車，時而坐船，一路顛簸，一路風塵，途中景象觸目驚心。村落破敗、田地荒蕪，很多樹木遭砍伐，路邊河畔新墳挨著新墳，草叢中時時可見嚇人的骷髏被野狗野狼啃過殘破不全。進入陳留郡境，但見許多村落周圍灑滿石灰，燃有青蒿艾草，一些村口有人架起大鍋，將幾種藥材煮成藥湯，過往行人非服用不可。官府還貼出告示：提倡挖井，人畜飲水最好用井水取代河水。蔡邕、蔡谷一問，方知是為了防治瘟疫，當地正處於瘟疫流行時期。

三輛馬車停在圉里老蔡家院落門前。門前也灑有石灰，燃有青蒿艾草。蔡睦扶著手拄拐杖的衛氏迎了出來，何芬、葛蘭、蔡琬迎了出來。蔡邕跳下馬車，跪在衛氏面前叩頭，流著淚說：「叔母，蔡邕不孝，只顧自己亡命，不顧家人，罪該萬死！」文姬下車，跪地叩頭，叫了一聲「叔奶奶」，已是珠淚滾滾。小巧也跪地叩頭。衛氏一眼看到文姬穿著喪服，小巧戴著孝，聲音有點發顫，說：「玉玉她，她……」蔡谷代替蔡邕、文姬回答：「玉玉嫂子去年年初病故了。」文姬撲到衛氏懷中放聲大哭，衛氏抹淚。蔡睦、何芬、葛蘭跟著抹淚。只有蔡琬，好像沒有什麼反應。

衛氏顫顫巍巍，說：「回來就好，回來就好。」全家人回到堂屋。蔡谷命車夫卸下行裝，付了車錢，車夫趕著馬車離去。堂屋裡，蔡邕看著蔡琬，說：「這是琬兒吧？今年八歲了吧？」葛蘭一手拉著蔡琬，一手指著蔡邕，說：「這是你爹，親爹，快叫爹！」又指著文姬，說：「這是你琰姐，親姐，快叫姐！」蔡琬看了看身材高大的蔡邕，又看了看仍在啜泣的文姬，緊抿著小嘴，那個「爹」字和那個「姐」字怎麼也叫不出口。葛蘭催了多次均無效果，無奈地說：「這孩子！」

這也難怪蔡琬。蔡琬出生一個多月，爹就流放朔方，娘就回奶；兩個多月後，娘就丟下她，只帶著姐去了朔方。後來，爹、娘、姐又去了江南。她是靠吃羊奶長大的，自小就把蔡谷叫爹，把葛蘭叫娘，只聽說還有親爹叫蔡邕，親娘叫趙玉玉，親姐叫蔡琰，但只是聽說而已，根本沒見過他們。現在，她的親娘好像死了，眼前這個男人就是親爹？這個女孩就是親姐？不！她還無法接受這個事實，所以「爹」和「姐」二字就是叫不出口。蔡邕心中酸楚，親生的女兒，居然不認識自己，不肯叫自己一聲爹。文姬看蔡琬，發現妹妹長得像四年前的自己，眉眼之間，明顯帶有娘生前的印記。

話題集中在趙玉玉之死上。文姬、小巧解開行裝，取出玉玉生前繡的六十多幅小馬，遞給蔡琬，說明小馬的來歷。蔡琬只覺得小馬繡得漂亮，但還不甚理解親娘繡馬的愛心與深情。眾人有意回避蔡振、蔡興、蔡飛、蔡翔的話題，那個話題太過沉重沉痛，說了會讓人心碎、痛不欲生的。何芬、葛蘭端上一盆顏色黑紅的藥湯，給每個人盛了一碗，讓趁熱喝，說是預防瘟疫的。話題自然轉移到瘟疫上。蔡邕說：「聽說目前正流行瘟疫？」

「唉！」蔡睦先重重歎了口氣，說：「瘟疫，瘟疫勝過洪水猛獸啊！去年夏天，官軍鎮壓黃巾軍，聽說光在穎川郡雙方就死了十幾萬人。戰後，官府打掃戰場敷衍了事隨地埋葬死人，嚴重污染了環境，好多河渠、池塘裡都漂著死屍呀！於是造成瘟疫流行，從穎川郡向四周擴散，不可收拾。陳留郡各縣，考城縣最重；考城縣各地，趙寨最重……」蔡睦說到這裡，又重重歎了口氣「唉！」不往下說了。沉默，死一樣的沉默。蔡邕、文姬、小巧聽到「趙寨最重」四字，心頭發緊。許久，衛氏才說：「邕兒，琰孫女，還有小巧，我說一事，你們可得挺住！趙正、范荃和他們的兒子、女兒，一家四口，染上瘟疫，都死啦！」蔡邕、文姬、小巧如遭電擊，五內俱焚，直想放聲吶喊，問天問地：「怎麼會這樣？怎麼會這樣？」

衛氏把文姬摟在懷裡，說：「好孫女，想哭就哭出來，別憋著，哦？」她頓了頓，又說：「趙正自趙員外被官軍殺害後就病倒了，影響到范荃和兩個孩子，都病倒了。今年正月，蔡谷去過趙寨，想約趙正一起去江南，可趙正那樣子哪出得了遠門？就在蔡谷獨自去江南後數日，一場大瘟疫就傳到考城縣，傳到趙寨。首先遭殃的是那些體弱多病的人。結果，范荃和兩個孩子死了，趙正死了，趙寨和鄰近幾個寨子，共死了兩千多人，十室九空，慘哪！」

「舅舅——！舅母——！」文姬哭出聲來。蔡邕、小巧也是淚如泉湧。衛氏輕輕揮手，說：「葛蘭，去我房裡，把那個布包取來。」葛蘭取來一個灰色布包，遞給衛氏。衛氏說：「那個鄔管家，倒是身體無礙，是他張羅著埋葬了趙正一家四口。趙正斷氣前，把這個布包交給鄔管家，託鄔管家送到圉里老蔡家來。鄔管家轉達趙正遺言說：『這布包裡是我們趙家現有的全部家產，包括十五兩黃金，二十畝土地的地契。你可把布包送去圉里老蔡家，就說是我留給姐姐趙玉玉的，待蔡琰、蔡琬兩個外甥女長大出嫁，權當是我這個死鬼舅舅送的嫁妝吧！』可憐趙正，死的時候並不知他姐姐已經先他而死，而且已經先於趙員外而死了呀！」衛氏說到這裡，老淚縱橫，雙手哆嗦著打開布包，布包裡包的是三十枚金餅和幾張份地契。文姬號啕大哭，說：「舅舅，我娘不在了，你和外公不在了，我和琬妹要這黃金和地契做什麼呀？」蔡邕、小巧心如刀割。蔡睦、蔡谷、何芬、葛蘭垂淚，低頭無語。蔡琬受到氣氛的感染，眼裡也是淚汪汪的。院落裡，淅淅瀝瀝下起小雨，衛氏喃喃地說：「今天是三月穀雨，但願雨下得大些，讓這瘟疫別再蔓延，早點結束吧！」

說不完的痛苦，道不盡的哀傷，活著的人還得吃飯、睡覺。文姬和巧姨合住一個房間。夜深之時，文姬焚香祭祀娘，在香爐裡另點燃了四炷香，那是祭祀舅舅、舅母、表哥、表姐的。她跪地叩頭，心裡生出一份詛咒：該死的社會動亂，引發瘟疫流行！若非如此，舅舅一家怎會斷門絕戶啊！

老蔡家祖墳塋地。蔡邕先在爹娘墳前焚香供果，行叩首禮；再在叔父墳前焚香供果，行叩首禮。文姬、小巧亦行叩首禮。蔡邕再和蔡睦、蔡谷一起挖土為玉玉建衣冠塚，地面壘起小小的墳頭。蔡邕在墳頭上加最後一鍁土，默默地說：「玉玉，你的遺願實現了，就在老蔡家祖墳塋地安息吧！」文姬跪在墳前，哭得死去活來。小巧將她緊緊抱住。蔡琬也跪在墳前，葛蘭讓她哭泣她卻哭不出來，心裡還在想：趙玉玉是我親娘？她不是死在江南了嗎？為何要在這裡建個什麼衣冠塚？不懂不懂，就是不懂。

蔡邕、文姬剛回到圉里老家，就又增添了新的喪親之痛。父女倆已經經歷過很多很多，明白無論出現怎樣的情況，都得勇敢面對；人的雙肩固然瘦削，力量固然薄弱，但必須擔起人生的種種痛苦與磨難，奮力前行！

第六章

悲苦婚姻

衛仲道巧遇蔡文姬一見傾心

蔡邕、文姬回到圉里老家。老家缺少了玉玉，缺少了蔡振、蔡興、蔡飛、蔡翔，氣氛沉重而壓抑。衛氏年過花甲，已顯龍鍾老態。蔡睦、蔡谷、何芬、葛蘭經常想起兒子，鬱鬱寡歡。葛蘭不再讓蔡琬穿鮮豔的衣裙，並在她穿的鞋上縫了塊白布，說她也應為她娘守喪。小巧是個閒不住的女人，協助何芬、葛蘭幹起了各種家務活。當時這一家人最關注的還是瘟疫。瘟疫如果進一步肆虐的話，那麼全家可能要遷徙避禍。衛氏和蔡睦已在考慮，遷徙，又將遷徙到何處去呢？

謝天謝地，自穀雨一場雨後，又連下了好幾場雨。到了四月，勝過洪水猛獸的瘟疫基本止住，使得劫後餘生的人長長舒了口氣。蔡邕跟隨蔡睦、蔡谷到麥地裡幹活，勞作一天出幾身大汗，那感覺真好。越來越多的人知道這個大儒亡命多年又回到圉里，紛紛登門拜訪，又有人請他寫墓碑名與碑文了。他通常只答應寫墓碑名，收潤筆費三千緡錢；至於寫碑文，他很少答應。因為那要評價死者，評價如果失當是會惹出麻煩的。

蔡琬把小嘴抿得緊緊的，就是不把蔡邕叫爹，而叫大伯。不過，她倒是把文姬叫姐了，並把小巧叫巧姨。文姬很愛這個妹妹，把在江南給喬窈、喬窕講的故事重新講給妹妹聽，並教她認字、寫字、讀詩和彈琴。蔡琬沒接受過什麼文化教育，接觸了這個琰姐之後眼前才展現出一片新天地，也由衷地羨慕琰姐，琰姐僅比自己大四歲，而她的才藝像是天上的月亮和星星，可以仰望卻高不可攀呀！

文姬回到圉里，強忍喪母及喪親之痛，一面為母守喪，一面學詩學琴。她不滿足於僅學漢朝歌詩，又回過頭去讀了《楚辭》，發現屈原首創的騷體詩長於抒情，想像奇特，意境瑰麗，浪漫氣息很濃，讀來膾炙人口，迴腸盪氣。她把騷體詩與《詩經》進行對比，覺得騷體詩具有三個方面的特徵：一是句式上的突破，以六言為主，摻進五言、七言，長句句式大體整齊而又參差靈活，句中運用「兮」字增強了敘事、抒情的節奏美與韻律美。二是章法的革新，基本上是「有節無章」，詩人放縱思緒自由奔瀉，或陳述、或悲吟、或呼告、或斥責，情之所至，筆之所到，「憑心而言，不遵矩度」，然而它又有自己的章法，有發端、有展開，又有回環照應，脈絡分明。三是體制的擴展，敘事、抒情範圍極其廣闊，比如《離騷》展現屈原大半生追求理想、追求光明的戰鬥歷程，以及他在這一歷程中所經歷的種種歡樂、憂慮、痛苦、悲傷、失望與絕望，大容量大氣魄，長達三百七十二句，二千四百六十九字。文姬記得，爹曾告誡過她：「關於騷體詩，你會辨別會閱讀就足夠了，最好別學它。」她不明白其中的原因，還是深深喜愛上了騷體詩，並努力揣摩它的特徵及寫法。這一喜愛與揣摩，為她日後創作騷體詩《胡笳詩》打下了基礎。

這期間，文姬在爹的書房裡讀到了傳抄的史書《漢書》，知道了美女史學家、文學家班昭。班昭，字惠姬，扶風安陵（今陝西咸陽東北）人。出身於史學世家，其父班彪、其兄班固均為傑出的史學家。她自小受到良好的教育，亦愛史學。長大後既是個美女，又是個才女，十四歲嫁同郡人曹世叔為妻，不幸丈夫早逝，使她過早地成了寡婦。她為丈夫守喪，清守婦規，創作了《女誡》、《東征賦》等著名詩文。班固修撰《漢書》，未竟而卒。班昭奉旨入東觀，繼承兄業，續修班固沒有修成的「八表」及《天文志》等內容。正是班昭的「善後」，《漢書》才得以成為一部完整的史書，盛名可比《史記》。當時的皇帝漢和帝非常尊重班昭，稱她為「大家」，並讓皇后、貴人等視她為老師，班昭因此獲得「大家」的美譽。受班昭的影響，文姬也愛上了史學，不久便取字叫昭姬。

文姬為母守喪，彈琴總愛彈《怨曠思惟歌》等基調沉痛、哀傷的琴曲。蔡邕覺得女兒長期這樣有害身心，所以有意教她彈《高山流水》等琴曲；又從鬼頭崖俞老人信手彈琴受到啟示，教文姬不必彈固定的琴曲，只想著藍天白雲、想著湖光山色、想著晨曦晚霞、想著風和日麗、鳥語花香等美好物象，信馬由韁地彈出旋律來就行。文姬遵從爹的教授，採用這一彈法反覆練習，果然琴風有所轉變，旋律中多了些自然、輕鬆、爽朗、愉悅的成分。

歲月、時光是醫治、撫慰心靈傷痛的最好良藥，也是唯一良藥。倏忽到了中平四年（西元一八七年）二月，文姬守母喪期滿，除去穿了整整三年的喪服。她心頭的陰霾減輕了許多，在對鏡梳妝時，或面對蔡琬時，臉上也會浮現出久違了的淺淺的笑容。這年，她十四歲，身段苗條，長髮黑亮，瓜子臉、丹鳳眼、柳葉眉，兩個美眸晶光閃閃。她不夠頂級美女的標準，只能算是一般美女，清秀、素雅、文靜，若加上懂詩善琴的才藝，可以說是一般美女中的佼佼者。漢朝女孩，十四五歲是法定的結婚年齡。因此，文姬的婚嫁問題，提上了老蔡家的重要議事日程。

這年初夏的一天，陳留郡新任太守張邈專程到圉里拜訪蔡邕。張邈字孟卓，東平（今山東東平）人，快五十歲，心寬體胖，大腹便便。他原先在朝廷任侍中，敬佩蔡邕的人品和學識，彼此多有交往。他也崇尚儒學，很想仿效當年的高人橋玄也辦一所儒學庠序，擬聘請蔡邕和名士孔融任庠序老師，培養高級儒學人才。這次拜訪，正是為了商量辦學之事。太守出行，通常會有車馬儀仗，眾多隨從前呼後擁。張邈拜訪蔡邕，可不敢擺譜，僅乘一輛馬車，帶一名書吏和兩名衛士，算是輕車簡從。馬車停在老蔡家院落門前。蔡邕聽到通報，慌忙出門迎接。友人見面，互行揖禮，互相稱字，異常親熱。張邈身邊還有個青年，張邈介紹說：「他是我外甥，姓衛名仲道，剛從太學畢業，我帶在身邊充當書吏，讓他見見世面。」衛仲道忙向蔡邕行了個正規揖禮，說：「晚輩上太學期間，每天都研習、摹寫《熹平石經》，那是先生主持訂正、鑿刻的經典範本，影響了萬千學子。今日得見尊顏，真乃三生有幸。」蔡邕見衛仲道高高的瘦瘦的，斯文而有禮貌，頗有好感，笑了笑，迎請客人走向書房。偏巧，文姬和蔡琬姐妹笑盈盈從書房裡出來，恰和客人撞了個照面。文姬見客人是兩個生人，有點發窘，拉著妹妹站立一側，含羞垂首，禮讓客人先行。張邈從兩個女孩面前走過，並未介意。衛仲道從兩個女孩面前走過，多看了大女孩一眼，這一看不要緊，一是驚二是喜，不由心猿意馬，兩句古詩「騰騰」躍上腦際：「窈窕淑女，君子好逑。」

當天的拜訪時間不長。張邈敘說辦學宗旨，熱情聘請蔡邕出任老師。另一位老師孔融，蔡邕是認識的而且很熟，所以他原則上接受聘請。張邈告辭，步出書房，忽聽到後院傳來悠揚悅耳的琴聲。內行人一聽就明白，彈琴人是個女孩，琴藝嫻熟，很有水準。衛仲道仍想著那個大女孩，湊近舅舅耳邊低語數句。張邈微笑，問蔡邕說：「敢問誰在彈琴？」蔡邕答：「小女蔡琰。」張邈又問：「得是剛才在書房門前站立的那個大女孩？多大了？」蔡邕答：「正是，今年十四歲，自小跟我學詩學琴，還算聰明。」張邈連聲「噢噢」，到了大門外，再和蔡邕行揖禮，衛仲道亦行揖禮，登車離去。

太守張邈拜訪蔡邕，引起衛氏極大不安。衛氏憎恨官府，也害怕官府，擔心蔡邕和官府打交道會再遭到迫害。蔡邕寬慰叔母說：「我任庠序老師，教授儒學是培養人才，離它官府遠遠的，光栽花不栽刺，怕它做甚？」蔡睦、蔡谷也說：「是啊！大哥是當今大儒，滿肚子學問，老窩在圉里，太憋屈了。」

半個月後，突然來了個黃媒婆，說是來為蔡琰姑娘說媒的。衛氏、蔡邕一問，男方是圉里西南四十里衛寨的。衛氏欣喜，因為衛寨恰是她的老家。再問，男方竟是衛仲道，就是半月前到過老蔡家的那個青年。凡是媒婆都是伶牙利齒、巧舌如簧的，黃媒婆也是口若懸河，誇說衛家。她說：「衛寨衛家可是名門望族，祖籍河東安邑（今山西夏縣），前朝出了個皇后衛……」衛氏笑著說：「前朝出了個皇后衛子夫，出了個大司馬大將軍衛青，本朝出了個大儒衛暠，出了個護羌校尉衛瑤，是不是？」黃媒婆驚訝，說：「老太太怎會知道這樣清楚？」衛氏大笑，說：「告訴你，我就是衛寨人，也姓衛，說來還是衛暠的第四代孫呢！不過，我家那一支衛氏早沒人了。」黃媒婆一聽，輕拍一下嘴巴，說：「哎喲！瞧我這張破嘴，魯班爺跟前耍大斧，太丟人了！」她於是光說衛仲道，說他祖上幾輩都是當官的，他爹叫衛選，當過縣令。衛氏好像聽說過此人，論輩份，自己比衛選還高一輩呢！黃媒婆接著說，衛選妻子張氏，就是陳留郡新任太守張邈大人的妹妹。張氏生有一兒一女，兒子衛仲道，今年十八歲；女兒衛花，今年十二歲。衛仲道十歲那年，衛選患了肺癆，不治身亡。張氏再未嫁人，含辛茹苦撫養兒女。衛仲道上過太學，剛剛畢業，要人品有人品、要才學有才學，又有舅舅的刻意栽培，前程無量。黃媒婆最後說：「衛仲道說他到過貴府，見過蔡琰姑娘一面，一見傾心，發誓非她不娶，所以纏著她娘託我前來說媒。衛、蔡兩家門當戶對，若能聯姻，金玉良緣，打著燈籠也沒處找啊！」

蔡邕在這方面沒有經驗，不敢貿然表態。衛氏見多識廣，不說同意也不說不同意，說要商量商量，請黃媒婆先回，十天後來聽回話。衛氏就像當年操心蔡邕的婚事一樣，操心琰孫女的婚事也是周到細緻。第二天，她乘坐蔡谷趕的馬車，親自去衛寨明查暗訪，查得訪得黃媒婆所言，情況屬實。只有一點不很理想，就是衛仲道的娘生性強悍，相當厲害。衛氏細想，覺得這也正常。那個張氏年輕守寡，撫養一兒一女，千辛萬苦，為了自保，不強悍不厲害能行嗎？強悍、厲害，那是對外人；琰孫女若成為她的兒媳，對自家人愛猶不及，哪還會強悍、厲害呢？

衛氏對衛寨老家還是有感情的，所以同意衛、蔡兩家聯姻。蔡邕考慮衛仲道人還不錯，且是張邈的外甥，家中沒有什麼負擔，也就同意叔母的意見。十天過後，黃媒婆來聽回話，得到肯定的答覆，衛氏還喚來琰孫女，讓她過目。黃媒婆歡天喜地，嘖嘖稱讚，眉飛色舞地說：「果真是郎才女貌，金配玉，玉配金，絕配，絕配呀！」

準新娘有幸認識了曹操叔叔

古代男女婚姻取決於父母之命、媒妁之言，婚姻主角尤其是女方是沒有自主權的，只能服從安排。文姬從叔奶奶和爹口中，得知黃媒婆為她說媒的事，得知男方叫衛仲道，就是半月前在書房門口撞見的那個年輕人。她當時因為發窘，含羞垂首立著，根本沒敢看那個人。她只記得那人從自己和琬妹面前走過，好像高高的瘦瘦的，此外毫無印象。早知自己和那人有緣分，真該多看他幾眼哪！

黃媒婆來去奔波，「六禮」按程序逐一進行。老蔡家在痛苦、哀傷中沉悶多年後，又出現了一些喜氣。當年進行完納采、問名、納吉、納徵四項程序。就是說，文姬和衛仲道已經締結婚約，單等後兩項程序請期與親迎了。一旦親迎，她就是新娘，就是衛仲道之妻，就是衛寨老衛家媳婦了。對此，文姬感到忐忑、感到迷茫，甚至說感到恐懼。因為她的生理和心理，還沒做好進入婚姻殿堂的準備啊！

文姬的智力和才學遠遠勝過同齡女孩，不可否認的是身體發育卻比較遜色。或許是過多傷痛的緣故，她十三歲才來紅，比同齡女孩晚了一年多。她的身材修長，但偏瘦，腰圍過細。她的乳房剛剛隆起，但還很不豐滿，缺少誘人的魅力。多年來，由於有巧姨的照料，她的心思和精力都放在學詩學琴上，所缺的女紅課尚未補上，做飯炒菜之類的家務事大多還不會做，這樣出嫁後如何侍奉得了丈夫和婆母？她把忐忑、迷茫、恐懼悄悄告訴巧姨。小巧鼓勵說：「沒關係，可以學嘛！所有事情都是從不會到會，從生疏到熟練的。」文姬於是進了廚房，說要學做飯學炒菜。可是，不會生火、不會淘米、不會切菜，菜放到鍋裡用鍋鏟翻不動，炒著炒著一半菜焦糊了，另一半菜還是生的。文姬恨自己無能無用，急得想哭。小巧又鼓勵說：「這不能怪你，怪我，怪我平時沒讓你做這些事，若讓你做早就會做了。」其實，小巧是很擔心文姬的，文姬身體單薄，即便做家務事恐怕也是心有餘而力不足。她常暗暗對文姬的娘說：「玉玉姐，你在九泉之下可要保佑琰兒呀！」她聽衛氏提說過，衛仲道的娘張氏很強悍很厲害。因此，她已做了這樣的打算：必要時自己會去衛寨衛家，代替琰兒做家務事；玉玉姐既然把琰兒交給了自己，那麼自己就要時時陪伴她，全力保護她，絕不讓她被人欺侮，受半點委屈！

從一定意義上說，文姬已是名花有主了。小蔡琬調皮，在琰姐跟前已把衛仲道叫姐夫了。文姬羞得粉面通紅，假裝生氣，卻又忍不住想笑。十四歲的少女，豆蔻年華，正值花季，花光四射，花香濃郁，對愛情對婚姻充滿嚮往與憧憬。文姬也是這樣的，尤其是在夜深之時，睡在炕上總會遐想聯翩。她想像那個高高的瘦瘦的衛仲道，一定很英俊很瀟灑，一定很風流很儒雅。想著想著進入了夢鄉。她夢見那個高高的瘦瘦的衛仲道了，果然英俊、瀟灑、風流、儒雅！他朝她笑，他牽著她的手跑向野外，跑在綠油油的草地上，跑在鮮花盛開的小河旁。他緊緊擁抱她，他的嘴唇壓上她的嘴唇。他和她熱吻了。啊！那是一種多麼奇妙多麼夢幻的感覺！她的心跳加快，她的呼吸急促，血液好像沸騰了，兩個乳頭很脹很脹，從心底升起強烈的衝動與渴望。不知在什麼時候，不知在什麼地方，他和她身上的衣服不見了，赤裸裸貼在一起，纏在一起，生命之根進入生命之穴，進入進入再進入。啊！電光石火，山崩河決，靈與肉交融，她的肌膚、她的骨骼、她的五臟六腑、她整個身體麻了酥了溶化了，全溶化了，化作花朵、化作蝴蝶、化作雲、化作氣飄飄搖搖，騰上萬里晴空。她歡快無比，伸開雙臂，想大聲喊叫，一動彈，夢醒了，氣喘吁吁，香汗涔涔，一顆芳心仍「噗噗」急跳，伸手去兩腿間一摸，那裡濕漉漉黏呼呼的一片……

這是文姬第一次在夢中體驗、領略男女情事。她讀詩讀過很多愛情詩，由此懂得了明白了男歡女愛，原來是這樣銷魂蝕魄，這樣甜蜜甘美。她很害羞，側臉窺了一眼睡在另一張炕上的巧姨，見巧姨睡得正香不會覺察她的秘密，這才一吐舌頭偷偷地怯怯地笑了。

時間進入中平五年（西元一八八年），衛寨衛家迫不及待要迎娶新娘了。黃媒婆到圉里進行第五項程序請期，即確定親迎的日期。衛家提議三月十六日，說那是個大吉日，蔡家沒有異議。衛、蔡兩家於是都行動了起來，目標是共同的：務要把婚禮辦得熱熱鬧鬧、風風光光。新年剛過，一位重量級人物拜訪蔡邕。準新娘蔡文姬有幸與之認識，這對於她二十年後的生活將產生重大影響。這個人物就是曹操。

曹操字孟德，豫州治所譙縣人。本姓夏侯，祖上過繼給曹姓宦官做養子，故改姓曹。曹操宦官祖父曹騰，曾任大長秋，封費亭侯；宦官養父曹嵩，曾任五個月的太尉，襲封費亭侯。曹嵩致仕，全家人遷至陳留郡居住。曹操青少年時聰明機警、富於權術、任俠放蕩、不治產業，經常搞些令人啼笑皆非的惡作劇，時人都說他不會有什麼出息。獨有名士何顒認為他命相不凡，說：「天下將亂，非命世之才不能拯救，能安之者，其在君乎！」曹操暗暗得意，又去找名士許劭評價自己。許劭端詳他許久，說：「你呀，治世之能臣，亂世之奸雄。」曹操很滿意這一評價，弱冠之年即步入仕途，後拜騎都尉，參加鎮壓黃巾起義，因功升任濟南相（**相，漢朝封國所設的官職之一，地位相當於郡守**）。曹操治理地方，敢作敢為，施刑猛烈，全境肅然。大將軍何進看重他的才幹，擢其為東郡太守。然而他卻另有打算，稱病不就，退歸田里，讀書射獵，研究並注解起《孫子兵法》來。蔡邕當年在京城觀書校經，認識剛剛步入仕途的曹操。曹操對蔡邕的才學，則是佩服得五體投地。因此，曹操得知蔡邕亡命江海歸來，特意專程到圉里拜訪大儒。

曹操時年三十四歲，比蔡邕小二十二歲，稱蔡邕為伯喈先生。蔡邕說：「令尊曹公（**曹嵩**）在朝廷是我長輩，所以你我還是以兄弟相稱吧！」曹操說：「恭敬不如從命。對了，伯喈兄，這些年聽說你的傳聞可不少啊！聽說你流放朔方，九死一生；聽說你亡命江南，淘得奇寶，還在曹娥碑上題了什麼字；聽說你用燒焦的桐木製作了焦尾琴，成了天下名琴；又聽說你著述甚豐，佳作不斷……」蔡邕微笑，說：「人稱孟德弟為奸雄，果不其然，你對我的行止倒是瞭若指掌啊！」曹操亦笑，說：「知己知彼，百戰不殆嘛！」

二人在書房落坐。曹操說明來意，一要讀蔡邕的新作，二要看蔡邕淘得的奇寶，三要欣賞焦尾琴。蔡邕的文稿都是由女兒保管的，所以喚來文姬，文姬由此認識了曹操，把他叫叔叔。

文姬見曹操叔叔，中等身材，方臉寬額，眉眼間透著豪氣霸氣又有點狡黠。曹操看文姬，總的印象是清秀、素雅、文靜，及與交談方知她是個才女，大才女。她熟知蔡邕的所有著作及詩文，熟知《詩經》、《楚辭》、漢朝歌詩，熟知許多古籍，說來頭頭是道，如數家珍。令曹操驚訝的是，她還通曉歷史，讀過《史記》和尚在傳抄中的《漢書》，仰慕女史學家、文學家班昭。曹操面向蔡邕，感歎說：「伯喈兄，你有個好女兒啊！我的女兒中若有一人像琰侄女這樣，那我做夢也會笑醒的。」曹操讀了《獨斷》、《月令章句》片段，讀了《筆論》、《九勢》、《琴賦》等文章，讚不絕口。蔡邕讓文姬取出《論衡》、《琴操》兩書抄本，擺到曹操面前。曹操隨意翻了翻，兩眼放光，驚呼說：「哎呀！這兩本書，光聽說過，卻從未見過！」蔡邕簡約敘說了兩本書的來歷及內容。曹操一拍書案，說：「奇，奇，大奇也！這兩本書，我得借回去閱讀，細細品味。」

蔡邕設宴招待曹操，蔡睦、蔡谷作陪。曹操決定當天不回家了，就住在蔡邕書房裡。晚上，蔡邕取出焦尾琴，曹操一見，讚道：「果然是名琴！」一撥琴弦，又讚道：「珠圓玉潤，天下無雙！」他的興致很高，用焦尾琴隨手彈起《高山流水》來。文姬發現，曹操彈琴很投入很從容，有著宰相或將帥一樣的氣度與風範，不由心想：這個叔叔，日後絕非池中之物啊！曹操收勢，琴聲止住，笑著說：「嗨！就我這琴藝，真糟蹋伯喈兄的焦尾琴了！」蔡邕說：「不！孟德弟的琴藝還是很不錯的。」

應曹操所請，蔡邕彈琴。他先彈了孔子作的《猗蘭操》。此曲描寫孔子周遊列國，不受歡迎，一天乘車經過隱谷，見薌蘭獨茂，喟然歎道：「夫蘭當為王者香，今乃獨茂，與眾草為伍，猶如賢者不逢時，與鄙夫為倫也。」於是停車撫琴，唱道：「習習谷風，以陰以雨。之子于歸，遠送於野。何彼蒼天，不得其所。逍遙九州，無所定處。世人蔽暗，不知賢者。年紀逝邁，一身將老。」託辭於薌蘭，感傷生不逢時。他又彈了楚國野民卞和作的《退怨之歌》。此曲描寫稀世珍寶和氏璧的來歷。卞和將一塊玉璞獻給懷王，懷王認為是石頭，以欺君罪砍掉他左足；卞和再將玉璞獻給平王，懷王也認為是石頭，又以欺君罪砍掉他右足。卞和懷抱玉璞，哭於荊山之中，晝夜不止，雙眼流血。新任楚王命玉工解剖玉璞，果然得到美麗玉璧，價值連城。楚王遂將玉璧命名為和氏璧，並封卞和為陵陽侯。卞和辭封不就，隱歸山林，作了《退怨之歌》，曰：「悠悠沂水，經荊山兮。精氣鬱浹，谷岩中兮。中有神寶，灼明明兮。穴山采玉，難為功兮。於何獻之，楚先王兮。遇王暗昧，信讒言兮。斷截兩足，離余身兮。俯仰嗟歎，心摧傷兮。紫之亂朱，粉墨同兮。空山噓唏，涕龍鍾兮。天鑑孔明，竟以彰兮。沂水滂沛，流於汶兮。進寶得刑，足離分兮。去封立信，守休芸兮。斷者不續，豈不冤兮。」蔡邕邊彈邊唱，從卞和想到自己，從自己想到卞和，情之所至早已熱淚盈眶。曹操輕輕鼓掌，說：「世人常誇舜帝的《韶樂》如何如何，可是誰聽過？我以為，只有伯喈兄的琴聲和歌聲，才是真正的《韶樂》啊！」

蔡邕對曹操說：「琰兒自小隨我學琴，琴藝也還有點水準。」曹操忙說：「哦？那我得欣賞欣賞。」文姬遵從父命，亦用焦尾琴彈琴。她沒彈琴曲，只是信手彈出旋律。曹操聽著，又增加了一分驚訝。因為這個琰侄女的琴藝，肯定在自己之上。聽她手指下的那些旋律，舒緩悠揚，鏗鏘成韻，像風像雨，像霧像雲，像紅日冉冉升起，像皎月放射清輝，像蒼鷹凌空盤旋，像粉蝶翩翩飛舞，像桃花落在水面上靜靜流淌，像牧童騎在牛背上吹笛歸來。旋律將人帶入一種境界，一種自由自在的境界，心性空靈的境界，超凡脫俗的境界。曹操時而閉目，時而點頭，聽得心馳神往。當最後一個旋律餘音嫋嫋漸漸消失時，他又輕輕鼓掌，熱烈讚道：「好琴藝！真乃有其父必有其女！」文姬羞澀地說：「我正隨我爹學琴，琴藝尚欠火候，讓曹叔叔見笑了。」

那一夜，曹操和蔡邕在書房裡說話，說到政事也說到家事。曹操得知蔡邕喪偶，只有兩個女兒，歎息他的才學沒有兒子繼承。他得知琰侄女即將出嫁，婚期在三月十六日，又向蔡邕表示祝賀。他想給琰侄女送點結婚禮物，可身上並未帶錢。他對蔡邕說，他將把《論衡》、《琴操》兩本書帶回家去閱讀，很快就會歸還。蔡邕說：「不急不急，你慢慢閱讀，細細品味就是。」

第二天，曹操告辭回家。二十天後，他派專人將《論衡》、《琴操》送到圉里，歸還蔡邕。那人還帶來他送給琰侄女結婚的一份禮物：一對玉璧和兩萬緡銅錢。

無歡無愛的婚姻，難於啟齒羞於啟齒

三月十六日，風和日麗，鳥語花香。太陽剛剛升起，何芬、葛蘭、小巧就給文姬吃了早點，並讓她沐浴、給她梳頭髮、穿禮服。新娘禮服穿在緊身三重衣外面，通稱襦裙，上襦下裙，襦與裙是連著的。襦裙面料非緞即羅，色彩大紅，鑲有金邊，繡著牡丹、靈芝、祥雲等圖案。束一條寬寬的腰帶，腰帶彩繡，腹前有垂帶，垂帶呈長條狀，懸纓吊穗，垂至長裙下襬處，恰在精美的花鞋上面。一支玉笄綰住烏黑的長髮，長髮梳成高高的瑤台髻，髻上橫插一支金簪，斜插一支步搖和數支金釵。步搖上端小孔穿有金線，金線串著瑪瑙等彩珠，搖搖曳曳，光芒四射。耳垂上飾有綠玉耳璫，耳璫上亦有垂珠，稱珥。新娘這年十五歲，青春煥發，眉不描而黛，唇不塗而朱，只在額上飾一點梅花鈿，粉面含春，美眸如星。她對著銅鏡淺淺一笑，笑中有嬌有羞，就像山茶花綻放，鮮豔、亮麗、爛漫。蔡琬在一旁驚呼：「哇！我姐可真漂亮！」何芬、葛蘭、小巧笑著說：「你姐今天當新娘，能不漂亮嗎？」

蔡邕扶著手拄拐杖的衛氏來看文姬，蔡睦、蔡谷跟在後面。文姬起身撩起長裙，跪地行禮叫叔奶奶、叫爹、叫叔叔，聲音嗚咽，眼角濕潤。小巧趕忙將她扶起，用絲帕給她輕拭眼角。衛氏說：「好孫女，別哭。今天是你大喜日子，不能哭，哦？」蔡邕附和衛氏的話，強作歡喜狀，可眼角明顯也是濕潤的。

漢朝的婚禮傳承古俗，多在傍晚時舉行。午時之前，新郎衛仲道身穿禮服，胸佩團花，騎馬領了婚車，領了樂隊，親迎新娘來了。樂隊以鎖吶為主，吹得歡快熱烈。衛仲道進入老蔡家堂屋，給衛氏、蔡邕行叩首禮，給蔡睦、蔡谷、何芬、葛蘭行揖禮。隨來的司儀高聲喊道：「吉時已到，新娘登車。」文姬頭罩繡著富貴牡丹的紅綾面衣，一身火紅，由小巧攙扶，從閨房款款而出。衛仲道面對新娘行揖禮。文姬登上披紅掛彩的婚車。司儀又高聲喊道：「起——！」鎖吶吹得更加歡快熱烈。衛仲道上馬，婚車啟動。衛氏、蔡邕、蔡睦、何芬、葛蘭、蔡琬、小巧送別文姬，臉上帶笑，其實心裡想哭。尤其是小巧，一手把文姬拉扯成人，而今她卻成了衛家的媳婦捨自己而去，心中難受，直想大哭一場。娘家送親人的角色只能由蔡谷擔當。蔡谷領了一輛馬車，馬車滿載文姬的嫁妝，裝了六大四小共十個紅色木箱。申末酉初，婚車回到衛寨，立即拜堂。陳留郡太守張邈夫婦，連同衙署幾個官員出席婚禮，無形中提高了婚禮的規格檔次。文姬到了一個陌生的地方，四周都是陌生的人，糊裡糊塗地被人請下婚車，好像跨過一個燃燒得正旺的火盆，進入堂屋，在眾目睽睽之下，隨著司儀的喊叫聲，和那個叫做衛仲道的男人，一拜天地，二拜高堂，又夫妻對拜，被送入洞房。她端坐在床沿，頭上罩著面衣，看不到洞房是什麼樣子，但能感到洞房裡及床上，都是大紅色大紫色，挺喜慶的。衛仲道好像又出去了。對，外面已擺下好多桌酒宴，他肯定是向賓朋敬酒去了。文姬可以聞到酒香菜香，可以聽到歡聲笑語。天漸漸黑了，有人在洞房裡點亮了燈。又過了好長時間，衛仲道回洞房來了。有個女人遞給他一把玉如意，他用玉如意揭了新娘的面衣。那個女人又端來兩杯酒，讓新郎新娘各端一杯，右手臂相扣著喝了。那叫合巹酒，新郎新娘拜過堂，再喝了此酒，便是名副其實的夫妻了。那個女人說：「新人歇息，早生貴子！」掩了房門退去。文姬想到接下來將要發生的事情，有點羞澀，有點緊張。回眼看衛仲道。嘿！那人大概喝酒喝醉了，沒脫禮服沒脫鞋，竟然仰躺在床上睡著了。

文姬打量洞房。洞房是套間，裡間紅木床、粉紗帳、紅木箱、梳粧檯、一張圓桌、兩張圓杌，圓桌上放有茶壺、茶杯和一碟點心。她脫了禮服，卸去首飾，感到一陣輕鬆。好像渴了餓了，隨手倒了一杯水喝了，還吃了一小塊點心。仰躺在床上的衛仲道已是她的丈夫。她挪不動他的身體，只能給他脫了鞋，將他順放到床上，蓋上繡著鴛鴦圖案的被子。一拉被子，拉出許多紅棗、花生、桂圓、蓮子來。這有寓義，意思是讓新娘「早生貴子」。文姬也上了床，蜷縮在一角，雙手抱膝，近距離地觀察她的丈夫。她曾想像他很英俊很瀟灑很風流很儒雅，現在看出入很大。他的額頭不怎麼寬，眼泡有點脹，顴骨也顯得高了些。洞房花燭之夜通常都是男歡女愛，轟轟烈烈。這一夜文姬無歡無愛就這麼蜷縮著，時而睜眼，時而閉眼，直到天明。衛仲道醒來發現自己還穿著禮服，方知新婚之夜醉酒錯過良宵，懊惱不已。文姬已經下床，坐在梳粧檯前梳頭。衛仲道看她百般嬌羞、千般嫵媚，心裡有一股擁抱她親近她的衝動，但那衝動瞬間即逝，只好作罷。

衛仲道、文姬略略梳洗，到堂屋拜見張氏。堂屋共三間，張氏住東房，衛花住西房。張氏見文姬美美豔豔，只是單薄了些。文姬把張氏叫婆母，見她四十多歲，身材矮胖，三角眼，眉毛很粗，眉梢是外翹的，面相威嚴。衛花在場，親熱地把文姬叫嫂子，還對哥哥衛仲道擠眉弄眼。張氏有句口頭禪，總愛說「想當年，我們老衛家」如何如何。她第一次面對兒媳，便說：「想當年，我們老衛家可不是吃素的，仲道他爹當過縣令，風光得很呢！我三十多歲守寡，供仲道上了太學，又給他娶妻成家，不容易！蔡琰，聽說你出身大戶，知書識禮，好啊！不過你要記住，你現在嫁到衛家，第一位的任務是懷寶寶，給我生個大胖孫子，別讓我們老衛家斷了香火，懂嗎？」這「第一位的任務」嚇得文姬膽戰心驚。但她不敢反駁，只能怯怯點頭，說：「謹記婆母教誨。」

文姬從堂屋出來，察看院落，還有兩排廂房：東排三間，兩間是她和丈夫的洞房，另一間是書房；西排兩間，一間是廚房，一間是儲藏室。她在洞房外間，見到那十個木箱，便將木箱一一打開，請婆母、丈夫、小姑子看她的嫁妝。她的嫁妝相當豐厚，光金餅就有二十枚，合十兩黃金；金銀玉器和綾羅綢緞等，又價值二十兩黃金。共計三十兩黃金，比老衛家下的聘禮多出五倍以上。文姬只將一個小紅木箱移進洞房裡間，把另外九個木箱上鎖，九把鑰匙全交給婆母掌管。張氏歡喜，心想老蔡家嫁女，陪的嫁妝夠闊綽的；兒媳蔡琰把箱鎖鑰匙全交給自己，看來夠懂事的。

這天兩頓飯都是張氏做的，文姬只是刷鍋洗碗。倏忽又到晚上，衛仲道脫光衣服先上了床，催促妻子上床。文姬洗漱，吹滅了燈，寬衣解帶。衛仲道猛虎撲食一般壓到妻子身上，吻她摸她抓她，試圖大顯身手、一展雄風，然而生命之根卻是軟的，像霜打的茄子、像孩童玩的泥巴，流出少許穢物，根本進不了生命之穴。他很性急，越急越不行，越不行越急，累得呼哧呼哧直喘氣，最後像鬥雞場上鬥敗的公雞，蔫頭蔫腦，從妻子身上滾落到一邊。文姬且嬌且羞，心底升起衝動與渴望，頃刻戛然而止化作泡影，完全不明白是怎麼回事，想問又難於啟齒、羞於啟齒。睡到半夜，衛仲道試圖重來一次，結果還是不行，又羞又窘難堪至極。

三月十八日，新郎陪同新娘回門，乘坐衛氏族兄衛大川趕的馬車。新郎新娘給衛氏、蔡邕等行禮，轉達張氏送給老蔡家的禮物：十斤紅棗，十斤桂圓。衛氏、蔡邕高興，不知說了多少個「好」字。大凡新娘，完成了從女孩到女人的轉變，無不容光煥發，花意濃濃。但小巧從文姬臉上沒有看到這個跡象，文姬雖然也在笑，但那笑明顯是裝出來的，笑中甚至有悲苦有憂傷。小巧還注意觀察新郎，新郎的笑也很勉強，很不自然；而且新郎長相有「三薄」：眼皮薄、嘴唇薄、耳垂薄。她不禁想起考城老家流傳的說法：「男人三薄，命薄運薄。」她想把這話告訴文姬，或告訴衛氏、蔡邕、何芬、葛蘭，可是這話不吉利，說不得呀！新郎新娘吃了一頓飯，就又回了衛寨。小巧目送文姬乘坐的馬車遠去，鼻子酸酸的，不知為何眼淚流下來了。

十六歲小寡婦回娘家孀居

衛仲道新婚，經舅舅張邈批准，無須去衙署當書吏，權且在家歡度蜜月。他呢？床笫功夫不行，哪有什麼蜜月？他想像自己等同宦官，男人的自尊受到傷害，因而產生了巨大的精神壓力與心理負擔。問題還在於事關隱私不能聲張，除了妻子外，跟任何人都不能說及。文姬勸他查看醫書，衛仲道同意，從醫書上看到一種叫「陽衰」（現代醫學名叫陽萎）的病，大概就是自己的病吧？治療陽衰，重在滋陰壯陽，醫書上記有兩個偏方。一是雀兒藥粥：粳米加麻雀五隻，菟絲一兩、覆盆子二兩、枸杞二兩煮粥，空腹食用，一個療程一個月。衛仲道在文姬的幫助下，先捕捉麻雀，用長線繫住短棒，用短棒支撐篩子，篩子下灑些小米；人藏在書房裡，見麻雀落地吃小米，一拉長線，短棒倒下，篩子便將麻雀扣住。這方法挺管用，兩次扣住了兩隻麻雀。不想張氏發覺此事，斥責兒子兒媳合夥貪玩，沒個正經，不務正業，氣呼呼收走篩子，放了麻雀。衛仲道和文姬叫苦不迭，沒有麻雀，哪來的雀兒藥粥？另一個偏方羊腎韭菜粥：粳米加羊腎一對，羊肉二兩，枸杞二兩，文火煮粥。粥熟，加韭菜二兩，煮沸即可食用，一個療程三個月。衛仲道買回羊腎羊肉等，讓文姬煮粥，廚房內外全是羊羶氣味。張氏最聞不慣這種氣味，怒沖沖進廚房，不容分說將尚未煮熟的粥舀進盆裡端出去倒進了污水池，又喝令兒媳將鍋、盆洗涮多遍，直到再聞不到那種氣味為止。

衛仲道、文姬通過衛花，婉轉地對張氏說：「娘，我哥和嫂子捉麻雀、煮羊腎，是要為我哥治病。」張氏板著臉，把三角眼一瞪，翹眉梢一豎，說：「胡說！你哥今年十九歲，血氣方剛，哪有什麼病？都是你那個嫂子，剛過門就引壞你哥，胡亂騙人！」衛仲道孝順母親，文姬畏懼婆母，嚇得不敢吭聲。

文姬很快發現，丈夫除陽衰外，還患有一種病，症狀：胸悶胸痛、煩躁乏力、盜汗、咳嗽、兩頰赤紅等。衛仲道再看醫書，知道那種病叫「肺癟疾」（俗稱肺癆，現代醫學名叫肺結核），屬於一種「富貴病」，要注重飲食，加強調養，吃好的喝好的，還不能勞累。這病沒有什麼可隱瞞的，衛仲道如實告訴了娘。張氏一聽急了，因為她的丈夫、衛仲道和衛花的爹衛選就是患肺癆死的。醫書上記載治療肺癟疾的偏方很多，主要是食療，如燕窩百合羹、銀耳鴿蛋羹、胡蘿蔔蜂蜜湯、雞肝牡蠣瓦楞子湯、雪梨菠菜根湯等。張氏按照偏方給兒子做好吃的，不厭其煩。她說鯉魚湯、童子雞湯最有營養，所以買回鯉魚、童子雞，命兒媳殺了燉湯。文姬手持菜刀，見魚在地上活蹦亂跳，見雞雙腿被繩子綁著，黑亮亮的眼睛瞅著自已，哪敢下手？張氏沒好氣地說：「瞧你這出息！」一把奪過菜刀，先殺魚：用刀背將魚砸死，刮鱗、剖肚，取出魚的內臟，滿手血污，用清水清洗，兩手和魚身立刻洗淨了。再殺雞：掐住雞頭，拔去雞脖上一些毛，用刀一劃，雞脖子流出血來；倒提雞腿，讓血流完，將雞扔在地上；那雞還沒全死，撲打著翅膀，垂死掙扎；她命燒水，用煮沸的開水燙雞，然後褪毛，開膛剖肚，取出雞的內臟，又是滿手血污，再用清水清洗，兩手和雞身又立刻洗淨了。張氏殺魚殺雞，手腳麻利，一氣呵成。文姬看得心驚肉跳，面色煞白，身上起了一層雞皮疙瘩。

衛仲道患有兩種病。張氏只知其一，不知其二。她把兒媳娶進家門，就給兒媳規定了「第一位的任務」，所以特別注意觀察兒媳的肚子，看隆起沒有？她還常問兒媳：「這月來紅沒有？」她希望兒媳回答：「沒。」那意味著兒媳懷孕了，她快要抱大胖孫子了。可是事與願違，兒媳總是回答：「來了。」這樣，她對兒媳越來越不滿意，認為兒媳沒用，你幹不了家務活也就罷了，為何懷個孕也這麼難？轉眼到了秋天，她再審視兒媳看出了門道。她的理論是：女人要「三大」——臉盤大、乳房大、屁股大，這樣容易懷孕生孩子。她自己就是「三大」，所以生了四個兒女，存活兩個，死了兩個。你再看蔡琰，臉盤比巴掌大不了多少，乳房像兩個核桃，屁股平沓沓的沒有幾兩肉，這樣的女人哪會懷孕生孩子？她把這理論說給兒子閨女聽，說給左右鄰居聽，一個勁地歎氣：「哎喲！我們老衛家怕是要絕後了呀！」進而嘮嘮叨叨，旁敲側擊，連「不會生崽的母豬，不會下蛋的母雞」這樣的話都說出來了。甚至動過這樣的念頭：讓兒子休妻，休掉蔡琰，重新娶個「三大」媳婦，以利生兒育女，傳宗接代。

張氏對兒媳的不滿與日俱增，每天都是冷眉冷眼、冷言冷語。衛仲道很想把自己患陽衰病的事告訴娘，求她別責怪文姬。可那難言之隱，怎麼開口？文姬更是啞巴吃黃連，有苦說不出。男人不耕耘不播種，要她長莊稼結果實，怎麼可能？她是在傳統禮教的薰陶下長大的，牢記著爹所寫的《女訓》，面對婆母的冷落、訓斥乃至嘲笑只能忍受，默默忍受。小姑子衛花心地單純，經常站在嫂子一邊，搶白、頂撞她娘。一天，張氏又無端發火，數落兒媳，話很難聽。衛花看不過眼，衝著娘說：「我嫂子怎麼啦？沒惹你呀！你幹嗎這樣凶惡？活像個母夜叉！」張氏改而對女兒發火，還揚起手掌，衛花故意把臉湊向前，說：「你要打我？打呀，打呀！你若打我，我立刻就去投河，省得日後出嫁，遇到你這樣的婆母，受虐待受折磨。」張氏咬牙，想打衛花，卻又疼愛女兒，收回揚起的手掌，訕訕地說：「想當年，我們老衛家……哼！我怎麼生了你這麼個閨女？不孝，不孝！」

衛仲道的陽衰病一直未治，肺癆食療也不理想。冬至前後，他變得很消瘦，咳嗽加劇，而且咯血了。文姬心慌，無計可施，張氏也心慌，請來醫生。古時肺癆，無法治療。醫生察看病人咯的血知道病情已入膏肓，沒開藥方，只說了一句話：「繼續調養吧！」這實際上是說，衛仲道的病已不可救藥了！

衛仲道病重，文姬心痛，暗暗垂淚。張氏心煩，脾氣更加暴躁。誰也沒有心思過年，除夕那天，隨便吃了些飯菜就算是年夜飯了。晚上，文姬點亮了燈，侍奉丈夫半躺在床上，說想祭祀娘，她自出嫁以來還從未祭祀過娘呢！衛仲道說：「應該的，我也該給岳母亡靈焚香叩頭。」文姬於是打開那個小紅木箱，箱裡裝著她的幾件內衣幾件首飾，以及娘的靈位，一包香和一個小香爐。她取出靈位供奉在梳粧檯上，點燃一炷香插在香爐裡，香煙嫋嫋，香氣飄溢。文姬撩起長裙，跪地叩頭，說：「娘，現在是除夕之夜，琰兒給你焚香叩頭了。你的女婿衛仲道，久病未癒，你在地下可要保佑他啊！」她說到這裡，想到丈夫的病，凄然落淚。張氏在堂屋東房，聞到焚香的氣味，氣味是從兒子兒媳房中傳出的，氣不打一處來，向前使勁敲門，還喊叫著：「開門，開門！」文姬驚慌，只好起身開門。張氏進門，直奔裡間，一眼看到梳粧檯上的靈位及香爐裡的香，怒不可遏，指著兒媳斥道：「這是怎麼回事？你把什麼人的靈位供到我們老衛家了？」文姬怯怯地說：「我娘的靈位。」張氏咆哮道：「我說我兒有病總治不癒，原來是你娘的靈位作祟！人鬼共處一室，人能不生病嗎？老衛家能不絕後嗎？看我怎樣把這玩意兒摔碎！」她凶凶地惡惡地走近梳粧檯，抓起靈位高舉著就要往地上摔。文姬突然有了膽量和勇氣，大聲說：「你敢！」她隨手摸到一把剪刀，指向自己喉嚨，說：「你是我婆母，怎樣待我都可以，但不可以對我娘不敬。你若敢摔我娘的靈位，我立刻就死給你看！」

文姬的舉動，一下子把張氏給鎮住了。衛仲道從床上爬到踏板上，央求說：「娘啊，蔡琰在除夕之夜祭祀她娘是盡孝，沒有錯啊，是我同意的啊！」衛花聽到聲響衝進房來，帶著怒氣和哭腔喊道：「娘，你非要鬧出人命來，才甘心才安心是不是？」張氏也擔心會鬧出人命，不得不把靈位放在梳粧檯上，被衛花拉了出去。衛仲道猛烈咳嗽，吐出兩口鮮血。文姬扔了剪刀，跪到踏板上，抱著丈夫失聲痛哭。

這一家人在風波之後的寂靜中度過子夜，進入新的一年——中平六年（西元一八九年）。衛仲道受了刺激，病情急劇惡化，不停咳嗽、不停咯血，瘦得皮包骨頭，吃不進任何食物了。正月初六凌晨，這個年輕人停止呼吸，去了陰曹地府，撇下一個還不滿十六歲的小妻子。他和妻子實際上只有肌膚之親，而無房事之實。這，除了文姬，又有誰知情啊！

別人家都在過年，老衛家辦起喪事。圉里老蔡家接到喪報，所有人都驚呆了。文姬出嫁九個月零二十天就喪夫守寡，老天爺，你為何這樣殘忍！蔡谷、小巧當天就趕到衛寨，只見文姬穿著喪服，孤苦伶仃，跪在屍床前守靈，那樣嬌小、那樣單薄、那樣無助、那樣可憐，心如刀割，直想將她抱在懷裡給她足夠的溫暖與呵護。小巧告訴蔡谷，自己要留下陪伴和照顧文姬，不然她會崩潰的。那個衛大川出面料理，集合族人埋葬了死者。從守靈到大殮到出殯，文姬沒有哭泣、沒有流淚，她內心太苦太痛，幾乎不會哭泣，無淚可流了。張氏失去兒子，變得神經兮兮。她忽然發覺兒子屬相為狗（生於庚戌年），兒媳屬相為虎（生於甲寅年），硬說虎、狗相剋，是虎把狗「吃」了。她這樣想這樣說再也容不得兒媳，大罵道：「掃帚星，喪門星，你快給我滾回娘家去！」小巧詢問衛花，略知文姬所受的虐待與折磨，忍無可忍，果斷決定帶文姬回圉里。文姬回圉里，只用一方白綾包裹了她娘的靈位，價值三十兩黃金的嫁妝全都留在了衛家。

文姬歸來，鳩形鵠面，眼神空洞，走路都有些搖晃。可以說是弱不禁風。衛氏、蔡邕、蔡睦、蔡谷、何芬、葛蘭心痛，無法用語言寬慰這個遍體鱗傷的小女人。小巧照料文姬睡覺休息，不時給她餵點水和食物。蔡琬守在琰姐身邊，時時想哭。悲苦的婚姻，對文姬來說是一場惡夢、一場厄運、一場劫難。她渾渾噩噩睡了三天三夜，醒來時心情好轉了些，誰知又遭打擊，叔奶奶衛氏病倒了，而且病情迅速變重。衛氏病倒，一是因為年老，二是因為文姬。

衛氏這年六十六歲。她是個堅強能幹、閱歷豐富的女人。五十五歲時，丈夫蔡質遭棄市；六十一歲時，蔡振、蔡興、蔡飛、蔡翔四個孫子死了三個。她都挺過來了，冷靜應對，沒有倒下。唯獨文姬的婚姻讓她後悔和憤恨，她反覆自責，是她決定把文姬嫁給衛寨老衛家的，文姬的悲苦是她一手造成的。她說：「我對不起琰孫女，更對不起她娘趙玉玉啊！」蔡邕說：「叔母，琰兒的婚姻不能怪你，應當自責的是我。琰兒嫁給衛仲道，我是認可、同意的啊！」文姬醒來，緊挨衛氏坐著，拉著衛氏的手，說：「叔奶奶，我的婚姻不怪你，也不怪爹。要怪，就怪我命相不好，命該如此。」衛氏將琰孫女攬在胸前，老淚縱橫，哆哆嗦嗦，說不出話來。

二月二，龍抬頭。衛氏在這一天平靜地安詳地去世。彌留之際，留下遺囑，說：「老頭子在叫我，我要去了。老蔡家的家風還要堅持，兄弟不要分家。邕兒最好別進官場，當個平民百姓，做學問，相對安寧。睦兒兩口子和谷兒兩口子可以領養個男孩，傳承香火。琰孫女再嫁，琬孫女嫁人再不可草率，務要慎重。小巧已是這個家的一員，務要好好待她。」這個遺囑主要是對兒孫提出希望，樸實無華，真切感人。

衛氏的喪事辦得合禮而簡樸。文姬本來是穿著喪服的，現在又為叔奶奶守喪，一身雙喪，心如止水。她小小年齡，一次又一次經歷喪親之痛，心都麻木了，好像很難再起什麼波瀾。她還有爹、有叔叔有嬸娘、有妹妹有巧姨，她和他們還得生活下去，面對日後那些難以捉摸、無法預知的風風雨雨和溝溝坎坎。

第七章

驚世變亂

殺戮，殺戮，董卓坐收漁利

蔡文姬婚姻悲苦，十六歲就成了寡婦，回娘家孀居，內心很痛。她把自己的不幸歸結於命，從未責怪過叔奶奶，更未責怪過爹。她明白叔奶奶和爹的本意是希望她婚姻幸福的，怎奈自己命薄，不配享受幸福，命中注定要受苦難。叔奶奶已經故去。爹正為她的婚姻而感到悲傷與內疚。那麼自己該怎麼做呢？她覺得只能把苦把痛深深埋在心底，振作起來，和巧姨一起照顧好爹。爹已五十七歲，頭上白髮又增加了許多。自己這個當女兒的有責任有義務讓爹擺脫悲傷與內疚，生活得輕鬆些快樂些啊！

文姬回到閨里，又有機會接觸到詩和琴。她重新閱讀《詩經》、《楚辭》和漢朝歌詩，重溫爹講詩講過的知識，倍感親切。文姬又收集爹的文稿，發現爹又創作了多篇小賦，如《彈棋賦》、《圓扇賦》、《蟬賦》、《玄表賦》、《短人賦》、《瞽師賦》等。其中有一篇《漢津賦》，她最喜歡：

> 夫何大川之浩浩兮，洪流淼以玄清。配名位乎天漢兮，披厚土而載形。發源自乎九塚兮，引漾澧而東征。納湯谷之所吐兮，兼漢沔之殊名。總畎澮之群液兮，演西土之陰精。過萬山以左回兮，旋襄陽而南縈。切大別之東山兮，與江湘乎通靈。嘉清源之體勢兮，澹澶以安流。鱗甲育其萬類兮，蛟螭集以嬉遊。明珠胎於靈蚌兮，夜光潛乎玄洲。維神寶其充盈兮，豈魚龜之足收。於是遊目騁觀，南援三洲，北集京都，上控隴坻，下接江湖。導財運貨，懋遷有無。既

乃風蕭瑟，勃焉並興。陽侯沛以奔騖，洪濤湧以沸騰。願乘流以上下，窮滄浪乎天極。覰朝宗之形兆，瞰洞庭之交會。

蔡邕告訴文姬，上年秋天曾赴襄陽一帶遊覽，在漢江一個渡口，看到江水滔滔，奔騰咆哮，排山倒海的壯觀景象，遂作此賦。文姬讀賦覺得文筆雄健、視野開闊、想像瑰麗、氣勢磅礡、洪波巨浪、汪洋恣肆、席捲一切、蕩滌一切，個人的悲歡榮辱與之相比那是多麼渺小，多麼微不足道啊！

文姬每天還會彈一會兒琴，彈《琴操》裡的古琴曲。她過去彈琴，多半會邊彈邊唱；而這時彈琴，卻很難唱出聲了。蔡邕叮囑她，應當多彈些舒緩、歡快的琴曲。她也是這樣想的，可是彈著彈著往往走樣，旋律中總會不知不覺流露出憂鬱與哀傷的悲音。

趙小巧牢記趙玉玉死前的囑託，始終像親娘一樣陪伴著關愛著呵護著文姬，文姬也像熱愛親娘一樣熱愛巧姨。文姬回到娘家以後，小巧堅持讓她睡到自己炕上，睡在炕的裡面，生活上給予文姬無微不至的照顧，精神上給予文姬盡可能多的撫慰。一天，文姬來紅。小巧無意中說到衛仲道，說到他的「三薄」。文姬這才吞吞吐吐告訴巧姨，說衛仲道除患有癆病外，還患有陽衰病，根本做不了愛。而婆母張氏全不知情，只會斥責兒媳，甚至嫌棄自己是不會生崽的母豬和不會下蛋的母雞。小巧一聽，驚愕萬分，說：「這樣說，你至今還是處女身？」文姬含羞點頭。小巧一把將文姬攬在懷中，難以置信地說：「老天爺，怎麼會這樣？怎麼會這樣？」她停了停，又說：「那你該跟張氏說呀！告訴她實情呀！」文姬說：「那樣的事怎麼說得出口？她兒子都不說，我做媳婦的哪能說哪敢說？」小巧不禁流下淚來，說：「罪過，罪過！唉！你娘若是活著，又何至於此呀？」

蔡邕按照禮制為叔母守喪。他本想在祖墳塋地搭個草棚居住。蔡睦、蔡谷勸阻，說堂兄年事已高，大可不必拘泥於形式，風餐露宿。他這才未搭草棚，只在家中每天早、晚兩次焚香，行叩首禮，祭奠衛氏。他時時給文姬講詩講琴，讓蔡琬也聽講。蔡琬識字不多，對詩對琴缺少興趣。她的興趣在女紅上，繡花的技藝比姐姐強得多。她一直把蔡谷叫爹，把葛蘭叫娘，在感情上和蔡邕總有一段距離，只把他叫大伯。蔡邕見親生女兒從未叫過自己一聲爹，傷感而酸楚，但時間一長也就習慣了釋然了。

這期間，孔融拜訪過一次蔡邕。孔融字文舉，魯國曲阜（今山東曲阜）人，少有異才，四歲時將大梨讓給兄長吃的故事，非常有名。成人後勤奮好學，博覽群書，曾任侍御史，因與長官意見不合託病辭歸。張邈籌辦儒學庠序，孔融是擬聘用的老師之一。他告訴蔡邕，目前時局動盪，張邈已無心也無暇再辦什麼儒學庠序了。接著，曹操應大將軍何進徵召，出任典軍校尉，在趕赴洛陽途中路過圉里，給蔡邕講述了時局的一些最新情況，中心意思是皇帝昏庸荒淫，以何進為代表的外戚集團和以張讓、趙忠為代表的宦官集團爭權奪利，水火不容，一場血腥的殺戮不可避免。蔡邕是決意遠離政治遠離官場的，聽了曹操的講述不由又關注起時局來。須知，外戚和宦官歷來是附生在皇權肌體上的兩個毒瘤，毒瘤潰爛，社會動亂，國家和百姓又要遭受災難哪！

洛陽，時局的發展波譎雲詭，迅猛慘烈。四月丙辰日，三十四歲的漢靈帝在未立太子的情況下突然駕崩。他有兩個兒子：何皇后生的劉辯，時年十七歲；王美人（已被何皇后鴆殺）生的劉協，時年九歲。漢靈帝斷氣時，身邊只有張讓等宦官。張讓仇恨外戚，秘不發喪，極力謀劃立劉協為帝。兩天後，大將軍何進通過內線獲知內情悄悄入宮會見妹妹何皇后，草草舉行儀式讓劉辯登上皇帝位（史稱漢少帝），尊何皇后為皇太后，封劉協為渤海王（三個月後改封陳留王），由何進和太傅袁隗共決政事。張讓猝不及防，驚慌應對，假託聖旨，命時任車騎將軍的宦官趙忠統領本部兵馬討伐何進。何進麾下有司隸校尉袁紹、虎賁中郎將袁術、典軍校尉曹操、尚書盧植等統兵還擊，趙忠及千餘名兵馬喪生。洛陽大亂。何進打算誅殺所有宦官，張讓及其新副手段珪驚惶萬狀，哭哭啼啼地求救於何太后。何太后出於婦人之仁，百般庇護宦官。何進這時聽從謀士出的餿主意，居然要借用州郡豪強的力量給何太后施壓，逼她同意誅殺宦官。有識之士堅決反對。如曹操就說：「宦官之禍，古今皆有。若欲懲治，當除元惡，但付一獄吏足矣，何必興師動眾，宣召外兵？那樣，請神容易送神難，外兵賴在京師不走，必致大禍。」河南尹王允也說：「殺雞無須牛刀？憑大將軍之力，足以消滅張讓一夥，何必動用州郡豪強？」可是，何進剛愎自負，竟以大將軍名義發出文書，宣召并州（治所太原，今山西太原）牧董卓和雁門郡太守丁原率兵進京助滅宦官。

董卓字仲穎，隴西臨洮（今甘肅岷縣）人。年輕時好俠仗義，遊歷西北羌胡地區，結交部落酋長，養成了狂妄粗魯、目空一切的性格。歷任并州刺史、中郎將、并州牧。手下有四員悍將李傕、郭汜、張濟、樊稠，合稱「四大金剛」，其兵馬多為羌胡人。董卓本來就有不臣之心，忽接到何進宣召進京的命令，正中下懷。六月即率大軍向洛陽進發，行前還給皇帝上了一道奏書，聲稱「臣此鳴鐘鼓入洛陽，志在清除君側之惡，誅殺張讓等閹豎」。董卓率兵進京，有識之士再次提醒何進。如侍御史鄭泰說：「董卓乃豺狼也，此來洛陽，無疑是引狼入室，開門揖盜。」尚書盧植說：「董卓為人，面善心狠，一入禁庭，必生禍患，不若止之，免致亂象。」何進覺得也需要提防，於是派人通知董卓：駐軍澠池（今河南澠池），休整待命。丁原的兵馬則已進了洛陽，丁原出任執金吾，職掌社會治安。張讓、段珪意識到危險日日臨近，新仇舊恨，狗急跳牆，決定搶先下手，先殺何進。八月戊辰日，張讓、段珪略施小計，假託何太后名義，召何大將軍入宮議事。何進利令智昏，全不為備，結果慘死在宮中，身首分離。

袁紹、袁術等不見何進出宮，接著得到消息大將軍已被宦官殺害。二袁立即指揮本部兵馬，進攻南宮，誅殺宦官。張讓、段珪指揮同類守住宮門，拼死抵抗，袁術趁勢放起火來，頃刻間烈焰四起、火光沖天。洛陽百姓不知發生何事，嚇得關門閉戶，膽戰心驚。二袁兵馬突入皇宮的南宮大開殺戒，但見宦官一律誅殺，當夜及次日共殺死宦官二千多人，屍體橫陳，血流成渠。庚午日，張、段劫持了皇帝劉辯、陳留王劉協及何太后，通過複道逃往皇宮的北宮，盧植的兵馬尾隨追擊。二閹丟棄何太后，只劫持著劉辯、劉協，趁亂逃往小平津（今河南洛陽北），企圖北渡黃河。半夜時分，盧植率兵追到黃河邊上，二閹找不到渡河的船隻，只見無數火把步步逼近，上天無路，入地無門，沒奈何縱身跳進黃河投水而死。劉辯、劉協趁著夜色，胡亂奔走。天明時分，盧植找到他倆，他倆丟冠失履，狼狽不堪。袁隗、袁紹等眾大臣到來，找到一輛農家牛車載著皇帝和陳留王回宮。車駕前行數里，忽見一支兵馬呼嘯而來。為首一人，五十五六歲，身體肥胖，黑色兜鍪、黑色鎧甲，騎一匹黑色大馬，絡腮鬍鬚，眼露凶光，黑煞神一般。身後另有四將，亦各騎馬，膀大腰圓，面目凶惡。皇帝劉辯嚇得哆哆嗦嗦說不出話來，倒是劉協有些膽量，站在車上問話，知道黑煞神就是董卓，是從澠池趕來「保駕」的。劉協簡明扼要地敘說幾天來發生的變亂，董卓知道他是陳留王，年僅九歲，暗暗稱奇。從這一刻起，他就產生了廢漢少帝，立劉協為帝的念頭。董卓要以兵馬護送皇帝回宮，眾大臣反對，要他把兵馬退去。董卓大怒，用馬鞭指著袁隗、袁紹等人說：「諸公身為大臣，不能匡正王室，以致國家播蕩，皇上蒙難。今我董某前來保駕，焉有退兵之理！」他身後的四將即「四大金剛」，同時厲聲說：「就是！我等既來保駕，焉有退兵之理！」袁隗、袁紹等見董卓兵馬剽悍，不敢不從，於是董卓的驕兵悍將就耀武揚威地進了洛陽。

一場驚世變亂，源起於宦官與外戚的爭鬥，殺戮、殺戮，到頭來讓董卓坐收了漁利。此人是個野心家與陰謀家，是個惡魔，有兵有將，一旦得勢危害更烈，東漢王朝的亂世亂象越發不可收拾了。

惡魔濫施淫威，蔡邕二進官場

陳留郡人包括圉里老蔡家人，從四月到七月，只聽說皇帝換人了，由劉宏換成劉辯，劉辯的弟弟劉協封陳留王。這樣一來，陳留郡據說要改稱陳留國，全郡的百姓都將成為陳留王的佃戶。八月，陸陸續續有傳言說京城發生變亂，其慘烈程度駭人聽聞。接著就有兩名軍士到圉里傳旨，說是經司空董卓推薦著蔡邕任國子監祭酒，旨到即赴京履任。這又是怎麼回事呢？

原來，董卓進入洛陽，第一件事是軟禁皇帝，命令四大金剛嚴密把守京城的各個城門和皇宮的各個宮門，同時將皇家禁軍改編為「董家軍」。他帶到洛陽的兵馬只有三四千人，為了壯大聲威，夜晚時讓這些兵馬悄悄出城，天明時高舉大旗、擂響大鼓雄赳赳氣昂昂返回城內。連著三天，天天如此。洛陽官民瞠目咋舌，說不清他到底有多少兵馬。執金吾丁原手下有千餘名兵馬，由其義子呂布統領。呂布字奉先，五原郡九原（今內蒙古包頭西）人，身體雄壯，長相俊美，弓馬嫻熟，所使兵器是一枝方天畫戟，無人能敵。董卓看中他的武藝，針對其反覆無常、貪利好色的特點，派人用一匹赤兔馬作誘餌便說服他殺了丁原，改而拜倒在自己腳下成了自己的義子，任用為中郎將，封都亭侯，那千餘名兵馬自然也就姓了「董」。董卓自任司空自封郿侯，調整重要官員，完全掌控了軍政大權。他出身軍伍，左右皆為驕兵悍將，如今得勢急需拉攏一些文化人裝點門面，於是便想到名望極高閒居在家的大儒蔡邕，遂用皇帝名義頒旨任命蔡邕為國子監祭酒，職掌國學教育。蔡邕是知道董卓的，心想這個人在并州任職怎麼成司空了？怎麼推薦起自己當官了？軍士很神氣地做了解釋。蔡邕這才明白經過一場變亂董卓今非昔比，已經是個權勢熏灼的大人物了。蔡邕一則畏懼官場，二則不了解董卓，所以藉口正為叔母守喪，身體有病，婉言謝絕了任命沒有奉旨。軍士回洛陽覆命。董卓覺得大丟了面子，勃然大怒，罵道：「我的權力足以能將任何人誅家滅族。蔡邕算什麼東西？不識抬舉，擺三拿四，我要殺他只是一轉腳的事！」他立即給陳留郡太守張邈下了一道命令，率兵前往圉里，明確告訴蔡邕：或到京城任職，或誅家滅族，二者任選其一。

張邈上年帶領外甥拜訪蔡邕促成了衛仲道與蔡邕女兒的婚姻，然而這樁婚姻卻是不幸的，張邈愧見蔡邕。恰好，孔融仍在他的衙署，即將出任北海相。他於是請孔融代勞前往圉里轉述董卓的原話，勸說蔡邕好漢不吃眼前虧還是接受任命為好，否則他及家人必遭董卓毒手。蔡邕悲憤、痛苦，可又有何法？他得顧及堂弟夫婦、兩個女兒和小巧，以及整個蔡氏家族啊！權衡利害得失，他只能答應到京城履任。張邈將此結果報告董卓。董卓鼻孔裡哼了一聲，說：「哼！敬酒不吃吃罰酒！」

老蔡家再一次一分為二：蔡邕去京城，文姬、小巧同去。關鍵是蔡琬，去還是留？蔡琬態度鮮明：留在圉里，她要和爹蔡谷、娘葛蘭在一起。蔡邕儘管傷感、酸楚，但臉上還是裝出高興的樣子。蔡睦夫婦、蔡谷夫婦身邊需要有個孩子，所以蔡琬留在圉里也好。一家人去祖墳塋地祭祀逝者。蔡邕在爹娘、叔父叔母墳前行叩首禮，默默訴說此去京城的苦衷，特別對叔母說：「叔母，你有遺囑，囑我最好別進官場，可是現在受人所逼身不由己得進官場，實是違背你的遺囑，不孝不孝啊！」文姬在爺爺奶奶、叔爺爺叔奶奶墳前行叩首禮，又在娘衣冠塚前行叩首禮，珠淚滾滾，特別對娘說：「娘，我和巧姨隨爹去京城，你在九泉之下，千萬別離我們太遠，我們需要你的保佑啊！」

蔡谷陪同蔡邕、文姬、小巧，分乘兩輛馬車前往京城。家人分別之時，蔡邕格外難捨蔡琬，多想女兒叫自己一聲爹啊！可是蔡琬靜靜看著他，嘴角微動，好像想叫，但那個「爹」字最終還是沒有叫出口。馬車啟動。蔡邕坐在車上思緒萬千，他記得文姬出生那年自己四十二歲，升任郎中，一大家人同時進京，滿懷嚮往與憧憬，多麼喜悅多麼開心哪！然而，進京後又怎樣呢？厄運，禍殃，往事不堪回首！十五年後，叔父、叔母、玉玉及多個親人已長眠地下，自己根本不想進京，卻偏偏又進京了。這次進京，等待自己的是什麼？是福？是禍？說不清道不明，一片迷茫。老蔡家在京城東南旄門內的那個家，由於康進的精心看護基本上保持原樣，只是顯得陳舊些，有一種歲月流逝的滄桑感。這個家的主人重新歸來，康進相當激動，說：「我相信你們會回來的。這不？果然回來了。」蔡谷下車跟康進說話，蔡邕下車先察看書房，書房裡的書完好無損，使他感到欣慰。那副橫幅仍懸掛在牆上：「有書有琴乃樂，無私無欲則剛」。他輕聲念出次句，臉上微微發燙。「無私無欲則剛」，說來容易，做來很難，自己再到京城再進官場，不是有私有欲所致麼？有私有欲，想「剛」也「剛」不起來呀！小巧指揮車夫卸下行李，搬進後院。文姬收拾房間，對這個家好像有那麼一點點印象，但物是人非，那印象遙遠而又模糊。

蔡邕回到京城的第二天，打算入朝謝恩。忽有兩名軍士前來傳旨，宣布國子監祭酒蔡邕改任補侍御史。補侍御史又稱謁者，屬於諫官，官階比國子監祭酒高一級。蔡邕狐疑，不明白為何改變了任命。第三天，那兩名軍士又來傳旨，宣布補侍御史蔡邕改任持書御史。持書御史職掌機要文書，官階比補侍御史又高一級。蔡邕惶惑，為何又改變了呢？不想第四天，那兩名軍士再來傳旨，宣布持書御史蔡邕升任尚書。尚書職責是處理群臣奏書，參與決策軍國大事，官階比持書御史又高一級。東漢官制，稱謁者為外台，御史為憲台，尚書為中台。所以史書上記載蔡邕升官的史事說：「三日之間，周歷三台。」

蔡邕在三日之內，官升三級。蔡谷、文姬暗暗歡喜，蔡邕卻是眉頭緊鎖、滿腹憂愁。蔡谷問：「哥，皇上給你升官應當高興才是，為何反而悶悶不樂？」蔡邕搖頭，說：「谷弟，你不懂這裡面的玄機。眼下，不是皇上給我升官，而是董卓給我升官。董卓用這種近乎惡作劇的方式告訴我，只要我為他裝點門面，他會給我高官厚祿與榮華富貴；同時也是在用大張旗鼓的方式告訴眾多文人，讓他們仿效我，歸附、擁戴董卓同樣會得到高官厚祿與榮華富貴。」文姬聽了爹的話，不由變歡喜為吃驚，說：「哎呀！官場上的水怎麼這樣深？那個董卓也太陰險啦！」

蔡邕不論出任什麼官職總得入朝謝恩的，當然主要是謝董卓的恩。誰知謝恩未及進行，又有聖旨下達：尚書蔡邕改任巴郡（郡治江州，今重慶江北區）太守。出人意料的是，蔡邕對這一任命興高彩烈，臉上陰霾一掃而光，吩咐文姬、小巧說：「趕快將打開的行李重新封包，我們要到巴郡去！」蔡谷、文姬、小巧都不知巴郡在哪裡，更不知蔡邕為何急於要到那裡去。蔡邕說：「巴郡隸屬於益州（州治成都，今四川成都），瀕臨長江，離這裡很遠很遠。我到那裡任太守，就遠離了朝廷，也就遠離了董卓，天高皇帝遠，自會減少很多很多麻煩。」蔡谷忙說：「那好，我得送你們去巴郡。」蔡邕點頭，說：「行！我明天就入朝謝恩，後天就出發，省得夜長夢多，節外生枝。」

蔡邕興高彩烈，未免太早了。董卓的女婿李儒，小個子小眼睛小鼻子，乾瘦乾瘦的，問董卓說：「岳父大人為何要讓蔡邕出來當官？」董卓說：「為我裝點門面唄！」李儒說：「既然是裝點門面，那就該將他留在京城，留在大人身邊。如果讓他去任巴郡太守，又遠又偏，哪還能起到裝點門面的作用？」董卓大手一拍腦門，說：「對呀！我怎把這層意思給忘了？」所以，當蔡邕去向董卓謝恩的時候，董卓變卦了，大不咧咧地說：「伯喈呀，你不必去巴郡了，還是留在京城、留在我身邊吧！你學問大名聲大，去當太守太屈才了。那樣，別人會罵我有眼無珠，虧待了你這個大儒。所以我考慮再三決定任用你為侍中，為我斷決軍國大事，參謀參謀、顧問顧問，怎樣？若有精力，你還可以修史，那可是你的強項哦！哈哈，哈哈！」

蔡邕這是第一次見董卓。董卓自高自大、狂妄狂傲，給他留下深刻印象。他知道，董卓已經「決定」他任侍中，他只能接受，推辭或爭辯是白費口舌、毫無意義的。但他不想跟董卓靠得太近，於是說：「修史確實是我的強項，那我就重操舊業，爭取在有生之年，把《漢記》修完。」董卓說：「好啊！只要你留在京城，留在我身邊，做不做事，做什麼事，都行！」

蔡邕謝恩後快快回家，又是眉頭緊鎖、滿腹憂愁，把新的情況告訴蔡谷、文姬。蔡谷說：「董卓這樣做，又是何意？」蔡邕說：「無非還是利用我，為他裝點門面。」文姬說：「爹，要不，我們還回圉里去！」蔡邕苦笑，說：「傻琰兒，事情若那麼簡單，爹又怎會到京城來呀！」

蔡邕二進官場，見到了很多朋友和熟人，如楊賜、馬日磾、單颺、韓說、張華、劉洪等。他和他們交談，發現他們都很憂愁，憂愁風雨飄搖的劉漢江山；又都很憤恨，憤恨董卓野心勃勃，謀劃廢立皇帝，比王莽還要王莽。董卓謀劃廢立皇帝早是公開的秘密，他要廢掉何進擁立的漢少帝劉辯，改立年僅九歲的陳留王劉協為帝。他手中攥著個小皇帝，第一步專權專政，第二步取而代之，不費吹灰之力。袁紹、袁術、曹操、盧植等竭力反對董卓廢立皇帝，已憤然離開朝廷回老家去了。該發生的事情總要發生的。就在蔡邕二進官場的次月，九月甲戌日，董卓搬出漢少帝，舉行最後一次朝會。四大金剛統領千餘名甲兵，嚴密布防在南宮主殿崇德殿內外。董卓一身戎裝，由手持方天畫戟的呂布護衛，提劍步上金殿。他面向群臣，用不容置疑的語氣說：「我早說過，今皇帝闇弱，不足以君臨天下。現有策文一道，你等聽著！」李儒奉命宣讀策文：

孝靈皇帝（劉宏）其壽不永，早棄臣民。今皇帝（劉辯）承嗣，外戚宦官肆虐，海內側望。而皇帝天資輕佻，威儀不恪，居喪慢惰，衰如故焉；淫穢發聞，損辱神器，忝汙宗廟。皇太后教無母儀，統政荒亂，三綱之道，天地之紀，罪之大哉。陳留王協（劉協）聖德偉茂，規矩邈然，居喪哀戚，言不及邪，休聲美譽，天下所聞，宜承洪業，為萬世統。茲廢皇帝為弘農王，皇太后還政。奉陳留王為皇帝，應天順人，以慰生靈之望。

李儒讀罷策文。董卓呵斥漢少帝下殿，解除璽綬，面北跪地；同時喚出何太后，除去太后服飾。何太后和漢少帝母子淚眼相望，失聲痛哭。董卓再命冠冕一新的劉協登殿，坐上皇帝寶座（史稱漢獻帝）接受百官朝賀。正朝賀間，忽有一文一武兩位大臣，拂袖而起，高聲說：「董卓奸賊，擅行廢立，天理不容！」董卓一看，見是尚書丁管和越校尉伍孚，不由冷笑，呼喚呂布道：「我兒奉先何在？把這兩個不識時務的東西，拉出去砍了！」呂布答應，一手拖一人，拖出大殿，不一時，獻上兩顆血淋淋的人頭。龍座上的小皇帝和百官見狀惶恐失色、屏聲斂氣，董卓哈哈大笑，說：「瞧見沒有？誰若再敢放肆，丁管、伍孚就是樣子！」

蔡邕當天回家，心裡鬱悶，喝了很多酒，險些喝醉。他敬佩丁管、伍孚有血性有骨氣，拚著一死敢於直言。而自己呢？達不能兼濟天下，窮不能獨善其身，違心地為董卓裝點門面，硬氣話不敢說，硬氣事不敢做。唉！窩囊，窩囊呀！他已想好自己這個侍中絕不摻和政事，只管修史。張華、劉洪等人告訴他，十多年來《漢記》的修纂處於停頓狀態，半成品書稿包括蔡邕苦心修纂的「十志」都存放在東觀，無人過問。一天，他打算去東觀看看，途中卻遇見好幾撥士兵燒殺搶掠，肆無忌憚。他氣得臉色鐵青，轉身回家，邊脫長袍邊說：「不像話，不像話！」文姬問：「怎麼啦？」蔡邕說：「朝廷明文規定，軍隊包括皇家禁軍只能駐在城外，非經調遣不許入城。可現在呢？洛陽街頭處處可見軍隊，就連北宮也成了軍營。最可惡的是那些羌胡大兵殺人放火、搶掠財物、姦淫婦女，無法無天。這樣下去，怎麼得了？怎麼得了？」文姬說：「就為這事？你生氣又有何用？我和巧姨嚇得都不敢出門，就是害怕碰上那些大兵。」

文姬說了「出門」一語。蔡邕忽然想起一事，說：「對了琰兒，你王允叔叔的養女貂蟬姑娘，說要來拜訪你認識你。」文姬驚詫，說：「拜訪我認識我？」蔡邕說：「沒錯！事情是這樣的：我和王允，青年時代曾同學五年，算是同窗好友。黃巾起義那年他任豫州刺史，收養一個孤女為養女，取名貂蟬。」文姬說：「貂蟬這名字，挺好聽的。」蔡邕說：「『貂蟬』本是皇帝身邊侍從官帽子上的裝飾物，『附蟬為文，貂尾飾之』。王允給養女取這個名字，寄寓一個希望，希望能到皇帝身邊任職。很快，他的希望實現了，前些年任河南尹，近日改任代理尚書令。貂蟬知我大名，也知你隨我學詩學琴，很有才華，所以讓王允跟我說她要來拜訪你認識你。」

文姬還是驚詫不敢相信。自己從不和外人交往且在孀居守喪，沒沒無聞，而那個叫什麼貂蟬的姑娘居然知道自己，還要拜訪和認識自己，奇怪，奇怪，太奇怪了！

美貂蟬拜訪蔡文姬

不管文姬怎樣驚詫怎樣奇怪，貂蟬姑娘果真登門拜訪她來了。那是十二月初的一天，天寒地凍，滴水成冰。文姬在書房裡生起炭火，伏案寫字，練習書法。她寫字都是默寫，當天默寫的是爹的《筆賦》、《琴賦》。她最愛這兩篇賦，背得滾瓜爛熟，不知默寫過多少無遍了。忽然，康進叫她，說有貴客來訪。她未及離座，貴客已進書房，歡快地說：「蔡琰姐，我可見到你了！」文姬忙起身迎接，說：「哎呀，你就是貂蟬妹妹吧？」這個叫姐姐，那個叫妹妹，兩人四手相握，似乎早就相識，親親熱熱，全不生分。文姬看貂蟬，一身火紅，紅綾絨帽，紅緞披風，圓圓的臉也是紅撲撲的。貂蟬看文姬，身材修長，娉娉婷婷，青衣黑裙，長髮梳髻，瓜子臉、丹鳳眼、柳葉眉，未施脂粉也未戴首飾，神態端莊，氣質典雅。貂蟬打量書房，書房很大，書架上全是書，陶盆銅鼎，古色古香。火爐裡炭火正旺。貂蟬說：「這房裡挺熱的。」於是摘了絨帽和披風。文姬再看她，好身段、好衣飾、好姿色、好風采！她長得太美了，讓人不由想起《詩經》裡的詩句：「手如柔荑，膚如凝脂，領如蝤蠐，齒如瓠犀，螓首蛾眉，巧笑倩兮！美目盼兮！」貂蟬時年十三歲，果然是豆蔻年華，天生麗質，宛若清水芙蓉，天然、嬌媚、驚豔，光彩照人。這時，小巧給文姬提來一壺開水，見了貂蟬，驚喜地說：「天哪！世上竟有這樣美的小美人，莫不是仙女下凡吧！」

文姬熱情招呼貂蟬落坐，斟上一杯熱茶，說：「貂蟬妹妹，你怎會知道我這個小寡婦的？」貂蟬說：「曹操叔叔一次去我家，跟我爹說起蔡伯伯，也說起姐姐。當時我也在場，他說姐姐隨蔡伯學詩學琴學書法才華了得，前程無量。我是很敬仰蔡伯伯的，由此又知道了姐姐的大名。我跟爹說，我想拜訪姐姐認識姐姐。爹滿口答應，還說他和蔡伯伯早就是同窗好友，現在又同朝為官，兩家人應該多交往多走動。所以，我就冒昧拜訪來了。姐姐你說，你我是不是有緣？」文姬說：「原來是這樣。曹操叔叔也真是，抬舉我，我哪有什麼才華？對了貂蟬妹妹，聽說你是王允叔叔的養女，那麼你親爹親娘呢？」貂蟬臉上掠過一絲哀傷，說：「他們都死了。」文姬忙說：「對不起，我不該問這樣的問題。」

貂蟬起身看書案上鋪展著的《筆賦》和《琴賦》，是用工整的隸書寫的，字體豐腴圓潤、婉約娟秀，稱讚說：「琰姐，你的字寫得真漂亮！而我的字，寫得雞啄狗扒似的難看死了。」文姬說：「書法可是一門大學問，不勤學苦練是很難把字寫好的。」貂蟬輕聲讀那兩篇賦，讀得結結巴巴，不好意思地說：「姐，不怕你笑話，這上面好多字，我都不認識。」文姬在貂蟬面前，儼然是個大姐姐，說：「你還小嘛，一些字不認識，很正常。」貂蟬說：「我八歲那年到王家後才開始學認字寫字，接著就學詩賦學音樂學歌舞，學了幾年，學得頭比斗大，至今還沒入門。」文姬覺得這個小妹妹很率真，說：「一口飯吃不成胖子，學什麼都有個循序漸進的過程。比方我，從五歲起就隨爹學詩學琴學書法，十一年了也才略知些皮毛而已，其實和你一樣也沒入門呢！」貂蟬說：「姐過謙了不是？對了，我知道蔡伯伯是大書法家，還首創了飛白書，飛白書是什麼樣子？」文姬手指牆上懸掛的橫幅，說：「這就是我爹寫的飛白書。」蔡邕書房裡，原先懸掛的橫幅，上面寫的是「有書有琴乃樂，無私無欲則剛」兩句話。蔡邕迫於董卓淫威，不得不二進官場，看到次句覺得特別刺眼，好像是對自己的嘲諷，所以把橫幅取下燒了，重新製作一副橫幅，用飛白書寫了「低調」二字。貂蟬看橫幅，「低調」二字蒼勁渾樸，絲絲露白，驚呼說：「呀！這就是飛白書呀！」文姬說：「對，這就是飛白書，寫出的字飛動豪放，獨具情趣。這種書體，女孩子學不來，運筆缺少那種功力。」

貂蟬和文姬，第一次見面書法成為談話的切入點，進而談到詩歌、談到音樂、談到社會和人生，很是投機投緣。談話大多是貂蟬提問，文姬解答。文姬生活閱歷和文化知識比貂蟬豐富，所以解答提問簡潔明白，應對自如。貂蟬一雙美麗的大眼睛撲閃撲閃，聽得全神貫注，信服地說：「琰姐，你知道的真多，足以當我的老師！」文姬說：「哎呀！你可別高抬我，那樣我會摔下來，摔得鼻青臉腫甚或粉身碎骨的！」貂蟬笑了，笑得純真，笑得爛漫，說：「瞧姐說的！」貂蟬思想活躍，忽東忽西，忽南忽北，忽又回到那副橫幅上，說：「蔡伯伯乃當今第一大儒，可他偏把『低調』二字寫成橫幅，懸掛在書房裡，這是為何？」文姬輕聲歎氣，說：「說來話長。十多年前，我爹和我叔爺爺同時到京城當官，滿腔熱情和豪情，回應皇上倡議直諫言事、匡正時弊，結果得罪宦官與權貴獲棄市大罪。經人營救，我爹改為流放，叔爺爺卻慘遭棄市。我爹在流放期間又遭宦官與權貴暗殺，九死一生。幸遇大赦，為保性命只好遠走他鄉，去江南避禍多年。從那時起，我爹就決意遠離官場，專心治學，獨善其身。哪知一場大亂，董卓得勢掌握大權，他要用文化人裝點門面，竟以誅家滅族相威脅，非要我爹到京城當官。我爹為顧全家人和族人，不得不忍氣吞聲再進官場。他總結第一次當官的教訓，所以寫下『低調』二字，意在提醒和告誡自己務要記取第一次為官的教訓，低調做人、低調做事。」

「哎呀！蔡伯伯還有這樣的經歷呀！」貂蟬從蔡伯伯聯想到養父王允，又聯想到董卓，說，「蔡伯伯不想當官，可我爹光想當官，想當大官。最近當上代理尚書令，整天跟董卓在一起，時而喜時而悲，時而誇董卓時而又罵董卓。爹說，董卓是個殺人狂，殺人常殺出花樣，砍頭是輕的，還有燒殺、烹殺、凌遲的。前些日子洛陽監獄要處治一批囚犯，董卓想出一法，命搭一個三四丈高的木台，強迫囚犯從木台上往下跳。膽大敢跳且沒受傷的免死，編進他的軍隊；膽小不敢跳，以及跳下摔斷胳膊摔斷腿的一律斬殺。爹還說，董卓的軍隊到了那裡，那裡就遭殃。一天，李傕、郭汜率領兵馬路過陽城（今河南登封東南），恰逢當地祭社，上千人正舉行祭祀儀式。士兵們凶神惡煞地衝進場地殺死所有男人，砍下腦袋懸掛在馬脖下和車轅上；搶掠了所有女人載回洛陽，謊稱『攻賊大獲』，向董卓請功。董卓大喜，命人放火焚燒死人的腦袋，同時把搶掠的女人分賞給士兵作為婢妾。姐，你說，董卓這樣凶殘這樣猙獰，他還是人嗎？」文姬憤憤地說：「董卓不是人，是豺狼、是毒蛇、是魔鬼！還有呂布也不是人，殺了原義父又認了個新義父，助紂為虐，白披了一張人皮！」貂蟬又說：「我爹說董卓都快當皇帝了，私下把國號都定了，就是那個『卓』字。」文姬說：「這不奇怪。我爹說過，董卓廢了原皇帝，立了個小皇帝，就是為了自己當皇帝。他一旦當了皇帝，國家會怎樣？人民會怎樣？唉！想也不敢想啊！」

貂蟬剛剛說了董卓殺人和董卓快當皇帝，思想忽又跳到音樂上，說：「姐，聽說蔡伯伯親手製作了焦尾琴，甚過古代名琴號鐘琴、繞梁琴、綠綺琴，是嗎？」文姬說：「是。」她接著說了焦尾琴誕生的經過。貂蟬驚奇極了，說：「姐，我想看看那張琴，可以嗎？」文姬說：「我爹把焦尾琴看得很重，平時連我也不許碰的。今天，我就大膽取來讓妹妹看上一眼。」於是，她去書架上取下精緻的琴盒，開啟盒蓋，取出焦尾琴放在書案上。貂蟬滿眼放光，又一次驚呼說：「哎呀！這就是焦尾琴呀！」她伸展纖長的手指，輕輕撫摸琴身尾部的焦痕，焦痕恰與桐木紋理融為一體，渾然天成。她小心輕撥一下琴弦，琴弦震響，純正的音色和鏗鏘的音韻美得無法形容。她忙收回手指，說：「哎呀！我今天算是開眼界啦！姐，快把琴收起來，我怕萬一把它弄壞，沒法向蔡伯伯交代。」

文姬把琴收好，放回原處。貂蟬冷不丁又提出個新問題，說：「姐，你怎樣看待黃巾軍？」文姬腦海裡飛快閃過黃巾起義一幕，她的四個堂兄，三人參加黃巾軍，壯烈犧牲；一人離家出走，很有可能也參加了黃巾軍。所以她毫不猶豫地說：「我看黃巾軍，人人是英雄、個個是好漢！他們敢於造反、敢於挑戰皇權，表現了英雄氣概和無畏精神。秦朝怎樣滅亡的？那是陳勝、吳廣起義的結果。王莽的新朝怎樣滅亡的？那是綠林軍和赤眉軍起義的結果。官逼民反，不得不反。因此我認為，黃巾起義可與陳勝、吳廣起義，綠林軍和赤眉軍起義相提並論，後人寫史定會濃墨重彩記下黃巾軍的光輝業績與不朽功勳的。」

貂蟬聽了這話，神情異樣，美麗的大眼裡竟有淚光閃閃，伸手握住文姬的手，說：「琰姐，謝謝你！」文姬覺得奇怪，說：「怎麼啦？謝我做甚？」貂蟬又笑了，說：「我高興，高興！」

貂蟬神情異樣，那是有原因的。因為她本姓任，名紅昌，親爹乃黃巾軍戰士，叫任昂。任昂戰死在戰場上，朝廷和官府追查、懲治「黃匪黃賊」親屬。紅昌時年八歲隨娘郭氏逃難，顛沛流離。逃難途中，饑寒交迫，郭氏餓死，紅昌數日沒吃食物也氣息奄奄。豫州刺史王允率人打掃戰場救了紅昌一命，繼而發現她長相端正、乖巧可愛便將她收為養女，改名貂蟬。王允家境優越，經過五年調教貂蟬成為一個清純亮麗、風姿綽約的小美人。她很介意別人對黃巾軍的態度，文姬高度評價黃巾軍使她感動和激動，情不自禁地說出一句「謝謝你」來。貂蟬的出身是她的絕對秘密，即便對蔡琰姐也不能說破啊！

申末時分，康進通報說王府的馬車來接貂蟬，貂蟬談興正濃不想回去。文姬說：「妹妹請回，免得家裡人牽掛。我一個寡婦不便出門，歡迎你常來作客。」貂蟬說：「你不歡迎我也會常來的，因為我已把姐姐當作老師。」貂蟬告辭。文姬堅持把她送至院落門口，看著她登上馬車。貂蟬走後，文姬突然想起圉里老家的妹妹蔡琬。蔡琬比貂蟬小一歲，她近來還好吧？

晚上，文姬把貂蟬來訪的事告訴爹，特別說到董卓快當皇帝了，私下已把國號定為「卓」。文姬問：「爹，董卓急於篡漢，陰謀能得逞嗎？」蔡邕默想許久，說：「難！眾多的英雄豪傑和仁人志士絕不會容忍再出現一個王莽的！」

此後，貂蟬時時拜訪琰姐，看琰姐寫字、聽琰姐講詩、欣賞琰姐彈琴，對琰姐的人品、學識與才藝佩服得五體投地。轉眼到了年底，董卓決定新的一年改元為初平元年（西元一九〇年）。新年期間，京城洛陽死氣沉沉，大量民房被軍隊徵用，成千上萬的百姓露宿街頭，飽受饑寒。商鋪關門，市井蕭條，糧食奇缺，物價飛漲，每天都有人餓死和凍死。生活在社會底層的窮苦人都在哀歎：這日子怎麼過啊！元宵節那天，貂蟬又拜訪琰姐，並告訴琰姐一個好消息，說：「琰姐，你知道嗎？東方幾路豪強歃血結盟組成義軍，宣誓討伐董卓了！」文姬驚喜地說：「此話當真？」貂蟬從衣袋裡取出一頁紙，說：「你看這篇檄文。」文姬接過檄文，輕聲讀道：

漢室不幸，皇綱失統。賊臣董卓，稱釁縱害，禍加至尊，虐流百姓，大懼淪喪社稷，翦覆四海。我等糾合義兵，並赴國難。凡我同盟，齊心戮力，以致臣節，殞首喪元，必無二志。有渝此盟，俾墜其命，無克遺育。皇天后土，祖宗明靈，實皆鑑之！

檄文下署名五人：陳留郡太守張邈、兗州刺史劉岱、豫州刺史孔伷、東郡太守喬瑁、廣陵郡太守張超。文姬驚問：「好妹妹，這檄文從哪裡來的？」貂蟬說：「我爹任代理尚書令，各州郡文書都從他手上經過，昨天回家帶回這篇檄文，我偷偷抄錄一份給姐拿過來了。」文姬為衛仲道和叔奶奶守喪，平時是難得一笑的，現在卻笑了，笑得很燦爛，說：「好啊！英雄豪傑和仁人志士終於站出來討伐董卓了！」

蔡邕這天很晚才回家，臉上略顯喜色。文姬忙把檄文拿給爹看。蔡邕笑著說：「形勢又有變化。張邈等五路豪強，最早歃血結盟組成義軍，發布檄文討伐董卓。一石激起千層浪。他們的義舉迅速得到其他豪強的回應，現在已不是五路豪強，而是十一路。即原先的五路，再加上後將軍袁術、冀州牧韓馥、河內郡太守王匡、山陽郡太守袁遺、濟北相鮑信、虎賁大將軍袁紹、驍騎校尉曹操，他們的兵馬加起來共有二十萬，了不得啊！」文姬說：「曹操叔叔也是一路豪強？」蔡邕說：

「當然是！曹孟德乃非常之人，超世之傑，各路豪強討伐董卓，豈能少得了他！」

遷都長安，焚毀洛陽

豪強們聯手討伐董卓的消息風傳各地，洛陽民眾在黑暗中看到一線光明，暗暗高興。接著又有消息說各路豪強已在陳留郡聚集，確定義軍號稱「關東軍」。推舉袁紹為盟主，曹操為奮威將軍，自東向西分頭並進進攻汜水關（今河南滎陽境）。文姬知道，汜水關一稱虎牢關，是洛陽東面的一道屏障，問爹說：「爹，關東軍能攻克汜水關麼？」蔡邕心裡沒底，含糊地答：「我想應該能吧！」

那些日子，洛陽民眾感受到一個明顯變化：城裡的軍隊少了，都開到汜水關前線去了。冷不防，傳來一個特大喜訊：長沙太守孫堅自率兵馬討伐董卓，從長江以南打到長江以北，高歌猛進，所向披靡。董卓忙命胡將華雄率兵一萬迎戰孫堅，孫堅兵馬銳不可當，一戰便將華雄斬殺，全殲華雄兵馬，前鋒已抵大谷（今河南洛陽南），距離洛陽不過九十里。哎呀！這個喜訊太大啦！洛陽民眾歡欣鼓舞，奔相走告，急切盼望孫堅盡快打到洛陽，消滅董卓一夥丑類。

董卓八月廢立皇帝，立即把何太后、漢少帝鴆殺，清除了可能出現的隱患。十一月宣布自任相國，劍履上殿，入朝不趨，贊拜不名。小皇帝劉協年少無知，聖旨的發布、法律的制訂、官員的任免均由相國說了算。董相國大權在握，隨意支配國庫錢物，而且夜宿皇宮強令美貌宮女侍寢。他，實際上已成了不是皇帝的皇帝。沒料想新年伊始，關東軍聲勢浩大，尤其是孫堅兵馬強勁，華雄敗死使董卓嚇破肝膽，驚慌萬狀。他權衡利害，覺得最要緊的是要避開鋒芒保存實力，所以強行決定放棄洛陽，遷都長安（今陝西西安）。為了為遷都製造輿論，他命李儒編出「西頭一個漢（指西漢），東頭一個漢（指東漢）。若要無患難，鹿走入長安」四句歌謠廣為傳唱，意謂只有遷都才能免除「患難」。司徒楊彪、太尉黃琬反對遷都，董卓斷然將二人免職，改由王允任司徒，趙謙任太尉，全盤負責遷都事項。進入二月，大街上貼出露布宣布遷都長安，民眾還沒有反應過來，士兵又敲著大鑼，沿街沿巷反覆喊話：「爾等聽著：洛陽及京畿地區官民全部西遷長安，一人不留！膽敢抗命者，一燒房，二殺頭，絕不寬宥！」官民們全都傻眼了。洛陽及京畿地區官民至少也有二百萬，全部西遷怎麼可能？怎麼個遷法？洛陽城鄉紛紛亂亂，亂成一鍋粥。絕大多數官民懷戀故土，不願西去長安，特別是那些富戶，捨不得丟棄祖傳的家業，詛天咒地罵董卓。董卓狠狠地說：「哼！罵我？」他立命四大金剛帶領兵馬，捉拿富戶一千餘家共四五千人全部處死，抄沒家產充作軍資，並宣布：「凡反對遷都者，便是通敵，格殺勿論！」血腥命令，血腥手段，官民們除了西遷外，別無出路。

朝廷遷都長安，皇帝鑾駕先行，蔡邕被指定為陪駕官員之一。他匆匆回家，卻不知該怎樣安頓文姬和小巧。文姬很有主見，說：「爹去長安，我和巧姨當然也得去長安，照料爹伺候爹。爹顧不上我倆，還有康叔嘛，途中有他照應著就行。」康進原姓唐名進，幽州人，父母雙亡，七八歲時給地主家放牧，一次從山崖上摔下山谷，性命保住了但落下殘疾成了跛腿。他後來在地主家當長工和一個女僕相好，可那個地主貪財好色姦污了女僕，逼得女僕懸樑自盡。唐進血氣方剛，憤怒殺死地主，又放一把火將地主家房屋、財產燒了個精光，然後逃到京城，改姓康，靠出賣苦力謀生，直到結識了老蔡家人。他給老蔡家看護門戶已經十多年，住兩間門房，單獨開夥，忠實可靠，無形中已把老蔡家當作了自己的家。蔡邕、文姬和小巧也把他當作是自家的一個成員。康進把蔡邕叫蔡哥，說：「蔡哥放心，有我康進在，蔡琰和小巧去長安不成問題！」他提出，如果能有一輛馬車供文姬、小巧乘坐那樣最好。這在平時不是問題的問題，這時卻成了個大難題。因為千家萬戶都要西遷，最缺最缺的就是馬車！天無絕人之路。恰在這時，貂蟬來找蔡琰姐相約西去長安，結伴同行。蔡邕因此認識了貂蟬，驚歎貂蟬的美貌。貂蟬也認識了蔡邕，說到長安後要隨蔡伯伯學書法學琴藝。文姬說起馬車之事。貂蟬滿有把握地說：「嗨！這有何難？我爹負責遷都事項，說要分派給我家五輛馬車，我向他再要兩輛就是。」文姬忙向貂蟬道謝。貂蟬笑著說：「謝什麼？張口之勞嘛！」

馬車有了著落，蔡邕略略心安。他在東觀另有一大堆事情，主要是大量典籍及《漢記》書稿裝箱起運，需要他一一過目。因此，他在家只待了一會兒，就又急急去了東觀。文姬、小巧開始收拾行裝。吃的穿的住的用的，每件器物都想帶走，每件器物又不可能都帶走，取取捨捨，好難好難呀！沒有辦法，只能下狠心扔！最終，將所能帶走的東西分別裝進六個木箱。一個木箱裝必備的衣物。一個木箱裝蔡邕的書稿文稿和焦尾琴，以及玉玉的靈位。在文姬看來，這個木箱最關重要，必須時時帶在身邊，不容有任何閃失。另外四個木箱裝書籍。書房裡書籍很多，都是蔡邕的鍾愛和寶貝，但只能從中挑選少許珍貴的，尤其是古籍孤本裝箱帶走。文姬看到那樣多的書籍不得不丟棄，心裡好痛好痛，可又有何法呢？

二月庚辰日，漢獻帝鑾駕由司徒王允、太傅袁隗、侍中蔡邕等大臣陪同先行前往長安。太尉趙謙率五千兵馬護送兼有監視皇帝的重任，董卓裝模作樣帶領呂布騎馬為皇帝送行。皇帝鑾駕通過洛陽西向中門雍門，城門校尉任瓊、督軍校尉周泌跪地阻攔，痛哭說：「皇上，京師乃國家根本，萬萬不可丟棄啊！」漢獻帝表情木然。董卓早已震怒，呵斥說：「大膽賊徒，焉敢阻攔鑾駕，壞我大事！我兒奉先何在？快把這兩人殺了！」呂布唯義父命令是從，驅馬向前連搠兩戟把任瓊、周泌搠死，屍體挑去一邊。漢獻帝及陪駕大臣目睹這一幕，嚇得面色如土不敢正視。及至城外，董卓並不下馬，對漢獻帝說：「皇上儘管西去。老夫留在這裡，駐軍畢圭苑（今河南洛陽西），扼守函谷關，對付關東軍，包你平安無事。」

皇帝鑾駕西去，皇親國戚、達官權貴及一般官宦人家緊跟著離開洛陽。大量馬車用來載人載物。每家領到一面藍色小旗插在車轅上，表明車輛主人身分尊貴士兵不得騷擾。眾多車輛中，包括王允家五輛馬車和蔡邕家兩輛馬車，七輛馬車緊挨著首尾相接。蔡邕家兩輛馬車正是貂蟬向王允索要的，理由是她要和蔡琰姐結伴同行。王允視養女為心肝寶貝，有求必應，不能不給。文姬和巧姨乘坐一輛馬車，車上載兩個木箱。康進乘坐一輛，車上載四個木箱。小巧會過日子，在兩輛馬車空隙處塞了許多大包小包，包裡裝的全是糧食、乾菜以及鍋碗瓢盆之類。兩家七輛馬車的統領是王允第三個兒子王定，騎一匹馬高頭大馬陽剛帥氣、健壯英武。馬車啟動的前一刻，貂蟬登上文姬、小巧乘坐的馬車，說要和蔡琰姐談詩論琴。王定對貂蟬格外關照，他看貂蟬的眼神中明顯有濃濃的愛意和綿綿的情絲。

馬車到了城外，方知城外情形。寬闊的大道基本上分成三股：中間是馬車道，載人載物的馬車一輛挨著一輛，馳得很慢；馬車道兩邊是人流道，男男女女老老少少推著小車、挑著擔子、背著包裏，有的還牽著牛牽著羊甚至還抱著雞，形成兩股人流緩慢前行。隔不多遠就有一名士兵一手持刀或執戟、一手揮著鞭子，大聲吆喝謾罵，斥責那些行動遲緩跌倒在地的老弱病殘。滿地馬糞牛糞羊糞散發出臭烘烘的氣息。有人從道路的一邊橫行到另一邊，引起馬車停頓或碰撞。趕車的車夫多會憤怒訓斥道：「不要命！找死啊！」人流車流，行了一天也就是二三十里。日落西山，夜幕降臨，車流人流停了下來就地休息。二月的夜間，冷風颼颼，春寒料峭。馬車上的官宦人家，普遍備有被子、毯子、水和食品，過夜不算難場。可憐的是那些百姓，在樹林裡、在河溝旁、餐風露宿，饑寒交迫。半夜被凍醒，老人呻吟、小孩啼哭。文姬在封橋時是見過難民的，但那種景象遠不像現在這樣悲慘、淒涼。貂蟬回想起八歲那年隨娘逃難途中的見聞，如今的見聞和那年的見聞多麼相似！

天明，車流人流繼續向前流動。又前行一天，約莫酉時，突然有人高聲喊道：「看，洛陽起火了！」車流人流同時止住。馬車上的人全部下車回望洛陽方向，但見濃煙滾滾、火光沖天，偌大一片火海映紅半個天空。烈火吞噬著一代帝都，烈火吞噬著官民家園。貂蟬養母尤氏神情暗淡，說：「我們洛陽的家沒了，沒了！」文姬也在乎洛陽的家，但更在乎書房裡的書籍，說：「原想那些書籍只是丟棄而已，不曾想卻被火燒了，可惜呀！」一邊，有人失聲痛哭，進而破口大罵：「惡魔董卓！你個烏龜王八蛋，真該天打雷霹，千刀萬剮！」

熟悉內情的人都知道焚毀洛陽的命令是董卓下達的，董卓既然決定遷都，就不能讓洛陽完好地落在關東軍手裡，乾脆焚之一炬。這場大火燃燒了將近一個月，金碧輝煌的皇宮、莊嚴肅穆的宗廟、布局有序的官署、繁華熱鬧的街市以及所有民居盡成瓦礫和焦土。此外，董卓還命呂布帶領士兵挖掘洛陽一帶的皇帝、后妃陵寢，覓取寶物，所有的陵寢被挖開，奇珍異寶被掠盡。那夥士兵趁機挖掘普通百姓家的祖墳，不論舊墳新墳，見墳齊挖，破棺暴屍，觸目驚心。西遷的官民無法阻止董卓焚毀洛陽，還得繼續西行。數天後，多數百姓攜帶的食物吃光了，只能吃草根吃樹皮充饑。很多人餓死，道路兩旁橫陳著一具又一具屍體。過了函谷關，到了陝縣（今河南陝縣），湧動的人流變得稀稀落落。事後知道，約一百二十多萬人在西遷途中餓死、凍死或逃亡，最後只有八十萬人進入關中地界。貂蟬和文姬共乘一車，一路上既未談詩也未論琴，談的論的只是董卓的罪惡、社會的動亂、洛陽的大火、百姓的苦難，她倆的心情都很沉重。從何進到張讓到董卓，無休止的動亂、無休止的苦難，這動亂這苦難何時是個盡頭啊！

第八章

天坍地陷

蔡邕升官封侯，王允銷毀金人

長安地處關中腹地，南望秦嶺，北臨渭河，作為西漢的都城曾經盛極一時。城垣高峻雄偉，周長將近四十里，四向各開三個城門。城內，街道寬廣筆直，居民坊里密集。最醒目的是未央宮、長樂宮、建章宮三大宮殿群，以及桂宮、北宮、明光宮等，金碧輝煌，氣象崢嶸。東漢建都洛陽，長安又稱西京，宮殿建築、街市坊里雖顯破敗但仍保持著原先的規模與輪廓。如今，漢獻帝及洛陽八十萬官民突然到了這裡，頓時人滿為患。司徒王允全力安置，先讓皇帝住進未央宮，趙謙兵馬住進建章宮，再給皇親國戚、達官權貴及一般官員安排住所。他手中有權，將自家府第安排在未央宮和長樂宮之間，庭院很大，門樓前兩側各蹲一尊石獅，門楣上雕飾著醒目的「王司徒府」四字。蔡邕府第被安排在北宮北面的東市附近，一個小小院落，七八間房屋，門前沒有任何標識。蔡邕在長安東向清明門外接到文姬、小巧、康進乘坐的馬車，一顆懸著的心落了地。他和文姬感謝貂蟬及貂蟬的家人，然後告別。貂蟬說：「蔡琰姐，等安頓好了，我會去看望你。」

蔡邕引領兩輛馬車回家。長安這個家對文姬來說，足夠大了。因為從馬車上卸下的僅有六個木箱，又能佔多大地方？院落裡有廚房有水井，小巧很快地燒好了開水做好了飯。吃飯時，文姬、小巧說起西遷途中所見所聞。蔡邕眉頭緊鎖，憂鬱地說：「『若要無患難，鹿走入長安。』只怕入了長安，患難更多更重啊！」康進住院落兩間門房，還是看護門戶，還是獨自開夥。蔡邕住三間正房，一間是臥室，兩間是書房兼客廳。書房兼客廳裡只有四個木箱的書籍，空蕩蕩的。文姬、小巧合住兩間廂房，裡間住人，放間放物。放物，實際上是無物可放。因此，她倆去東市購買物品，吃的穿的住的用的都得購買。物品價格昂貴，據說比一月前貴了三倍以上。這也難怪，長安驟然增加了那麼多人，物品供不應求，價格焉能不貴？蔡邕跟在洛陽一樣，不想摻和政治，只想埋頭修史。修史的地方叫石渠閣，從洛陽運來的大量典籍及《漢記》書稿就堆放在那裡。他早出晚歸，發現長安不愧是周（西周）、秦、漢（西漢）朝古都，文化底蘊深厚，背街小巷有很多書肆，專賣廢舊書籍，其中不乏稀有珍品、古籍孤本。他歡喜不盡，每天必逛書肆，看中的書籍必買。這樣一來，他的書房很快又像個書房了，書籍不斷增多，不得不購買一些書櫃與書架。

蔡邕和女兒、小巧剛在長安安下家，忽有聖旨下達任命蔡邕為左中郎將。漢朝的中郎將由秦朝官職名稱「中郎」演變而來，職掌皇帝、皇宮護衛。東漢末年，中郎將之職授予範圍廣泛，也授予少數德高望重的文官。蔡邕任左中郎將就屬於這種性質，後世因此又稱他為「蔡中郎」。蔡邕正為無功升官而惶恐，忽又有聖旨下達封他為高陽鄉侯，食邑五百戶。古代官員獲得爵號，那是夢寐以求的天大榮耀足以光宗耀祖，告慰先人。但是，蔡邕卻高興不起來，因為他知道所謂聖旨其實是董卓所為。董卓給自己又是升官又是封侯，無非是要自己繼續為其裝點門面、裝足門面。蔡邕升官了封侯了，按規定應有一處像樣的府第。但他奉行「低調」原則，堅持就住已經安了家的小小院落，門前仍不飾任何標識。他的年俸由一千二百石穀米增加到一千五百石穀米，但他決定不領取那增加的三百石穀米，也不收取那五百戶佃戶的任何賦稅。他鄭重地對文姬和小巧說：「我們要牢記兩句話：一句是高處不勝寒，一句是無功不受祿。」

西遷的官民人到長安，心繫洛陽，指望關東軍能打垮董卓，讓他們能夠重返家園。然而，傳來的消息令人喪氣。據傳，孫堅的兵馬最早到達洛陽，撲滅大火，意外得到鎮國之寶傳國璽，心生異想，率部回長沙去了。又傳，十一路豪強兵馬隨之到達洛陽，政見不一，分歧極大，隨即散夥了。貂蟬由王定陪同前來看望文姬，十分驚訝蔡伯伯住所過分狹小和簡陋，根本不能叫府第。文姬說：「這樣挺好。我爹說，我們比那些遷來長安至今還風餐露宿的人，強多了！」貂蟬、王定敘說關東軍的消息。文姬感到身心冰涼，說：「我等這輩子怕是再也回不去洛陽，注定要當亡家奴了！」

從春季到夏季，最操勞最煩心的人當數王允。漢獻帝抱怨未央宮設施陳舊，董卓和趙謙三天兩頭索要軍餉，皇親國戚和達官權貴嫌府第小嫌物價貴。還有安置在關中各地的洛陽百姓，受當地人排擠，打架鬥毆的事例層出不窮。最要命的是缺錢缺物，國庫早已空空如洗，沒有一文錢一匹布一粒糧了。王允硬著頭皮，把情況如實報告董卓，董卓回覆兩條指令：一是關中農民，每戶租稅增加五成；二是廢除五銖錢，新鑄小錢。鑄錢需要大量的銅，銅從何來？董卓說：「把未央宮前的金人銷毀，不就有銅了？」王允只能執行董卓的指令，宣布增加租稅。關中農民的租稅本來就很沉重，陡然又增加五成，不堪重負，罵聲載道，有的地方發生了抗租風潮。王允接著銷毀金人，新鑄小錢。所謂金人，實是銅人。秦始皇統一天下，為防止人民造反，下令收繳全國兵器聚於咸陽（今陝西咸陽）熔鑄成十二個金人，各高三丈，重量超過萬斤。漢朝時，十二個金人被挪放在未央宮門前成為長安的一大景觀。這天，王允帶領多名工匠，準備開錘砸毀金人。猛然間竄出一人，大吼道：「不許砸，不許砸！」王允看那人，原來是左中郎將、高陽鄉侯蔡邕，蔡邕身後還有幾位年老官員馬日磾、張華、劉洪等。蔡邕脫去官服，袒露胸膛，伸開雙臂，背靠金人，大聲說：「金人是珍貴文物，銷毀不得！你等要砸，就朝我身上砸，把我砸死算了！」工匠見狀，不敢開錘。王允雙眼死瞪蔡邕，心中怒火騰騰升起。

王允和蔡邕年輕時算是同窗好友，其後的關係一直不錯，但是近來交往出現了芥蒂。芥蒂源起於兩件事。一是上年九月，董卓廢立皇帝，那篇仰承董卓鼻息臭名昭著的廢立冊文就是出自王允之手（王允當時任代理尚書令）。王允問心有愧，最怕史書上會記載此事，使他落下千古罵名。一天，他私下對蔡邕說：「伯喈兄，你修《漢記》能否高抬貴手，通融通融，別記那篇策文？」蔡邕不冷不熱地說：「哎呀王大人，你該知道董狐（春秋時晉國太史）、司馬遷吧？他們修史記事，可都是直書不隱的呀！」這等於不肯通融，斷然拒絕了王允的無理要求。二是蔡邕升官封侯。王允不稀罕蔡邕升官，因為他已任司徒，官位僅次於董卓；但他稀罕蔡邕封侯，因為他早想封侯卻遲遲未能如願。既當官又封爵，最好當大官封顯爵，這是古代官吏的共同渴望與追求。王允想，我這個司徒負責遷都勞苦功高，你董相國應該看到呀！你要封侯，首先應該封我，怎麼也輪不到他蔡邕呀！王允心胸比較狹隘，早年上儒學庠序時就嫉妒蔡邕的才學，如今更嫉妒蔡邕封侯。這兩件事，促使他非常忌恨起蔡邕。而這天，蔡邕和馬日磾等出面，公然阻撓銷毀金人，在他看來這是無理取鬧，是故意搗亂！他強壓怒火，拱手說：「蔡大人及各位大人，銷毀金人亦非王某所願，可是不銷毀又怎解燃眉之急？眼下時事艱難，危機重重，國庫已沒有一文錢。原先的貨幣廢除了，急需鑄造小錢，若不銷毀金人，哪有鑄造小錢的銅？所以……」蔡邕不等王允說完，吹鬍子瞪眼睛，大聲說：「王司徒王大人，你該知道這十二個金人是文物、是國寶，自鑄成至今已經四百多年！你就忍心把它們銷毀？誰銷毀，誰就是歷史罪人哪！再說，鑄了小錢就能解決危機？廢舊錢、鑄新錢會引發通貨膨脹，物價飛漲的呀！那樣，別說百姓，就連我們這些當官的恐怕也沒有好日子過啊！」馬日磾、張華、劉洪等附和蔡邕，也伸開雙臂保護金人。民眾上千人圍觀，吵吵嚷嚷，場面近乎失控。

得不精打細算、節衣縮食。新年二月，董卓不滿足只任相國，又給自己加了個太師名號。鑑於關東軍已經散夥，董太師統領他的驕兵悍將於四月西進函谷關，抵達長安。漢獻帝親率文武百官，像迎接英雄凱旋似的到清明門外迎接太師大駕。王允安排，董太師署設在桂宮，家屬住長樂宮。呂布及四大金剛等住明光宮。董卓滿意官署、住所的寬敞與豪華，出入乘坐繪有龍紋的金華青蓋車，呂布護衛，前有儀仗、後有鼓吹。如果把青蓋換成黃蓋，那麼他的車就跟皇帝乘坐的金根車一模一樣了。董卓自封郿侯，封地在郿縣（今陝西眉縣）。他又給王允下達一項任務：在郿縣修建一座城堡叫郿塢，並要在長安和郿塢之間修築一條高出地面的大道叫郿塢嶺。王允叫苦，推諉說：「現在國庫空竭、民生凋敝，哪有力量建塢築嶺？」董卓把眼睛一瞪，說：「誰說沒有力量？力量就在百姓身上。對待百姓要像榨油一樣，把黃豆、花生放在機槽裡使勁壓反覆壓，必能榨出油來。去！徵發三十萬民夫，沒日沒夜地幹，限時半年，非給我把郿塢和郿塢嶺建成不可！」王允不敢違抗董卓意志只能照辦，於是強徵民夫建塢築嶺，董卓派出張濟、樊稠率兵五千督促施工。時值夏天，烈日炎炎，三十萬民夫陸續徵齊，赤裸著上身忍著憤怒與饑餓日夜勞作，每天都有二三百人累死和餓死。有人逃亡，張濟、樊稠將其抓回活活鞭死。死了的人沒有棺材、沒有墳墓，挖一些大坑一埋了事。

董卓到了長安，每每召見蔡邕，二人見面的機會多了起來。蔡邕虛與委蛇，巧妙應對，既不得罪董卓又不遷就董卓，表現了一個大儒特有的正直與智慧。建塢築嶺工程加緊進行，六月忽然發生地震，長安、洛陽均有震感。董卓特意召見蔡邕，詢問地震發生的原因。蔡邕趁機借題發揮，說：「地動者，陰盛侵陽，臣下逾制之所致也。董公身居高位，很難聽到下面的議論。下面人都說董公乘坐的車駕繪有龍紋、金華青蓋，這是逾制會遭天譴的。我想這次地震原因就在於此吧？」董卓大概怕遭天譴，所以下令去掉車上所繪的龍紋，並將車蓋的顏色改成黑色。董卓左右有很多營營苟苟之徒，專以阿諛逢迎為能事，積極謀劃勸說董卓仿照西周開國功臣姜尚的名號，稱太公，號尚父。董卓也有此意，特地徵詢蔡邕的意見。蔡邕想了想，說：「姜尚先輔佐周文王，繼輔佐周武王，與周公一起，兵伐商紂王，一戰而滅商朝創建偉業，故稱太公，號尚父。今董公威德誠為巍巍，然而稱太公，號尚父，愚意以為不可。此事最好先放一放，待徹底平定東方豪強，皇上鑾駕返還舊京（洛陽），那時再議不遲。」這話雖然不合董卓心意，但他也沒有理由反對。蔡邕建議的一「放」一「待」，使他稱太公、號尚父的圖謀最終未能得逞。

董卓也愛音樂，一天宴請百官，指名要欣賞蔡邕的焦尾琴及他的琴藝。蔡邕實在不想為董卓彈琴，但又無法推辭，只能攜琴赴宴。董卓和百官見焦尾琴製作之美、音色音韻之美，無不嘖嘖讚歎。然後，蔡邕焚香端坐，用焦尾琴彈奏了《騶虞》和《白駒》兩支琴曲，邊彈奏邊歌唱。優美的琴聲與渾厚的歌聲融為一體，簡直是天籟之音。董卓帶頭鼓掌，說：「伯喈呀，孔子說他聽了《韶樂》，三月不知肉味；而我要說聽了你的琴聲歌聲，至少得半年甚至一年不知肉味吧？」他覺得這話很俏皮很幽默，說完就笑了。百官中很多人巴結董卓，附和說：「董太師所言極是，我等也有同感。」蔡邕心裡發窘發堵，暗罵自己說：「蔡邕啊蔡邕，你年輕時，皇帝（漢桓帝）召你彈琴，你都敢託病拒絕，而今卻為這夥人彈琴唱歌，也太賤了呀！」

史書記載，蔡邕在長安「才學顯著，貴重朝廷」，眾多文學青年以他為偶像，登門拜訪。蔡邕熱情接待每一個來訪者，以致經常出現「常車騎填巷，賓客盈座」的盛況。蔡邕命文姬取出自己的詩文以及《論衡》、《琴操》兩本奇書，供文學青年閱讀與傳抄。文學青年歡呼雀躍，興奮至極。

文姬因此認識其中三人，算是她一生中交往的三個異性朋友。

一是阮瑀。阮瑀字元瑜，陳留郡尉氏（今河南開封尉氏）人，二十多歲就創作出一篇辭采華美、感情充沛的《淑女賦》。蔡邕認為此賦與自己的《青衣賦》可有一比，故說「阮瑀乃奇才也」。二是丁廙。丁廙字敬禮，沛國濉溪（今安徽濉溪）人，少有才姿，博學洽聞，熟知蔡邕的所有詩文。他又愛上《論衡》、《琴操》二書，分篇借閱並傳抄。通過借書還書多次接觸文姬，因而對文姬的人品、才學、姿容等最為熟悉。正因為熟悉，後來才能寫出一篇優美動人的《蔡伯喈女賦》。三是王粲。王粲字仲宣，山陽郡高平（今山東鄒城）人，十四五歲，長相醜陋，然而善算術善文章，記性驚人，著文落筆成篇，根本不用修改。一天，蔡邕正接待多位賓客，王粲求見。蔡邕急忙起身迎接，把鞋子都穿倒了。賓客見來者還是個少年，又矮又醜，都為蔡邕客的熱忱感到吃驚。蔡邕介紹說：「這位是王公的孫子，才學奇異，我不如他。我家書籍文章，盡當與之。」此後不久，蔡邕果真把上千冊書籍，送給了王粲。

文姬這時已取字叫昭姬。阮瑀、丁廙比文姬年長，通常稱文姬為蔡琰或昭姬。王粲年齡比文姬小，通常稱文姬為昭姬姐。文姬稱三人為君，分別叫阮君、丁君、王君。

蔡邕自到長安後，給圉里老家寫過好幾封信，既報告自己、文姬、小巧的情況，又詢問堂弟夫婦以及女兒蔡琬的情況。七月上旬，蔡谷按照蔡邕信上提供的地址，風塵僕僕到了長安，見到堂兄、侄女和小巧，恍若隔世，喜極而泣。就連康進也和蔡谷緊緊擁抱，激動得說不出話來。儘管食物緊缺，文姬、小巧還是做了豐盛的飯菜，並開啟一罈酒招待蔡谷。蔡谷吃飯喝酒，狼吞虎嚥，說：「這一路上沒見過一家飯肆賣吃的，真把我餓壞了！」

晚上，一家人坐在燈下說話，說亂世、說苦難、說親情、說擔心、說思念，林林總總，感慨萬千。圉里、長安兩個家，家人全都平安，這是最難得的大幸。蔡谷說：「我來長安路過洛陽，專門到旄門附近想看看我們洛陽的家。那裡一片荒涼，根本認不出更找不到我們的家。整座京城到處都是斷壁殘垣和瓦礫焦土，走沒幾步就會看到裸露的白骨。唉！觸目驚心哪！」洛陽及洛陽的家，蔡邕、文姬、小巧記得清清楚楚。還有焚毀洛陽的大火，好像就發生在昨天。大火焚毀了一切，大火後洛陽的荒涼和死寂是可想而知的。蔡谷又說：「從洛陽往西，行人很少。大前天到了函谷關，那裡有一隊官兵強抓民夫，說要建什麼塢築什麼嶺。」蔡邕說：「董卓要建郿塢築郿塢嶺正強徵民夫，徵不到就四處抓。」蔡邕、文姬、小巧同聲發出驚呼：「啊？」蔡谷說：「官兵把我也抓了。」蔡谷說：「幸虧我身上帶有路引（**古代地方官府出具的表明外出人員身分的通行證明**），還有哥寫的信。我出示路引和信，一個軍官似乎知道哥的大名及身分，所以還算客氣，抓了我又放了我。」蔡邕舒了口氣，說：「你若真被抓去建塢築嶺，還不定遭怎樣的罪呢！」

蔡邕、文姬、小巧特別牽掛蔡琬，問這問那，話題集中到蔡琬身上。蔡谷說：「我這次來長安，一多半原因是為琬兒的事而來。琬兒今年十四歲，已長成一個大姑娘了，活像琰兒前幾年的模樣。琰兒是由葛蘭拉扯大的，所以一直把葛蘭叫娘，把我叫爹。她不記得親娘玉玉嫂子，也不肯把邕哥叫爹。這一點，我和葛蘭覺得很對不起邕哥和玉玉嫂子。」蔡邕擺手，說：「千萬別這樣說。要說對不起，是我和玉玉對不起琬兒，生了她卻沒有盡到親爹親娘的責任。琬兒是谷弟和葛蘭撫養成人的，睦弟和何芳也有功勞，所以我和玉玉對弟弟、弟媳只有感激的份。」蔡谷說：「琬兒長大讓人高興，可長大要出嫁又讓人難捨。邕哥，你可知泰山南城（今山東費縣西南）老羊家？」

蔡邕說：「當然知道。泰山老羊家和圉里老蔡家、魯國老孔家是世交，三家好幾輩人都有交往。」

蔡谷說：「正是老羊家上門提親了，要娶我們家琬兒。」蔡邕、文姬、小巧又是同聲說：「啊？是嗎？」

事情比較複雜，幾問幾答，方才理出頭緒。老羊家羊續、老蔡家蔡邕、老孔家孔融是同輩人。羊續之子羊衜，娶了孔融的女兒為妻。孔女懷孕未足月分娩，因為難產死了，未足月的兒子卻存活下來，取名羊發。孔融悲痛早逝的女兒又心疼外孫，建議羊續務要給羊衜再娶個賢慧的妻子以利撫養羊發。孔融、羊續同時想到蔡邕的兩個女兒：長女蔡琰多才多藝，婚後孀居，尚未除喪；次女蔡琬正當妙齡，溫良恭順，日後必是個賢妻良母。二人一商量，便將羊衜續娶的妻子定為蔡琬。上個月，羊續升任南陽郡太守，赴任途中專門領著羊衜拐到圉里，說是拜訪蔡家兄弟其實是為了提親，羊續真誠表達了兩家聯姻的願望。蔡睦、蔡谷覺得羊衜是二婚且有個兒子，打算拒絕，何芬、葛蘭也不看好這樁婚姻。誰知蔡琬知道了羊家提親之事，偷偷觀察羊衜。見他長得風流倜儻，一表人才，這年二十歲，已是個縣級官員，居然鬼使神差一見鍾情，跟葛蘭說她願意嫁給那人，去當羊發的後娘……

蔡谷講述了事情的原委，說：「這樣一來，睦哥和我既不能拒絕羊家，又不能答應羊家，推說要和邕哥商量，打發羊家父子走人後，我立刻就趕來長安了。邕哥，你是琬兒的親爹，她的終身大事歸根到底得由你定奪。」

一個十四歲少女，情願嫁個二婚男人並當後娘，真是不可思議。可是蔡邕又能說什麼呢？又配說什麼呢？他是個不稱職的父親，由於他的不稱職才造成了長女琰兒婚姻的悲苦。這樣的悲苦，絕不能在次女琬兒身上重演！他默想許久，問：「琬兒說要嫁羊衜，態度是不是很堅決？」蔡谷答：「可不？大有一種非羊衜不嫁的意味。」蔡邕說：「罷了罷了！我們長輩包辦了琰兒的婚姻，實是將她推進火坑。琬兒的婚姻，就尊重她個人意見吧！我們講清利害供她選擇，她婚後幸福是她的造化；若不幸福，那也怪不得別人。」蔡谷點頭，表示同意。文姬和小巧的婚姻不堪回首，所以對蔡琬的婚姻無法也無權表態。

當夜，蔡谷和蔡邕促膝而坐，繼續說話。蔡谷說起關東軍散夥後，各路豪強仍以討伐董卓為名，紛紛招兵買馬、搶佔地盤、擴張勢力，兗、豫、冀、青、徐、揚等州實際上已處於分裂、割據狀態。他問蔡邕說：「哥，董卓這個人到底怎樣？他對你好像還不錯嘛！」蔡邕苦笑，說：「董卓強悍暴虐成不了大事，他對我不錯只是為了讓我給他裝點門面。我啊，很想東奔兗州找個偏僻之地隱退山林，至多教幾個學生，寫字彈琴，你以為如何？」蔡谷說：「恐怕不行。一來董卓不允許；二來哥的身材、狀貌異於常人，到那裡都很惹人注目，想要自匿，很難很難。」蔡邕重重歎了口氣，無奈地說：「是啊！當官難，隱退亦難，時乖命蹇，愧對此生！」

蔡谷在長安住了三天。蔡邕反覆交代說：「琬兒的婚姻，我們尊重她個人的意見。『六禮』程序就請睦弟、谷弟和兩位弟媳主持進行。親迎日期確定後寫信告訴我，我定會帶著琰兒、小巧回去參加她的婚禮的。」蔡谷返回圉里。文姬取出娘的靈位，焚香叩首，說：「娘，你在九泉之下，可要保佑琬妹婚姻幸福啊！」

醜惡而殘忍的連環計

十月，王允負責修建的郿塢和郿塢嶺基本峻工。三十萬民夫流血流汗，其中五萬多人累死、餓死或被鞭死在工地上。一天，董卓乘坐金華皀蓋車巡視郿塢。王允、蔡邕等奉命隨行。呂布及四大金剛全身披掛，率領騎兵甲士千餘人左右護衛。郿塢嶺，那是一條通衢大道，路面寬三丈，高出地面數尺，全長二百六十里，從長安直達郿塢。郿塢實際上是一座城堡，方形，四周築有三丈高兩丈寬的土垣，四向各開一門，石壘鐵鑄，雙重門扇。塢內佔地千頃，高堂華屋，荷池假山，藏有足夠三十年的用糧，黃金、白銀十餘萬斤以及無數的絹帛等物。董卓對郿塢嶺和郿塢相當滿意，稱讚王允說：「子師呀，你幹得不錯，不錯！」然後對呂布和四大金剛說：「事成，雄據天下；不成，守此足以畢老。哈哈，哈哈！」

當天下午，董卓返回長安。他要顯示威風，命人先行一步，通知百官齊到長安西向直城門外迎接，那裡將舉行宴會。百官提前到達，董卓的車隊和馬隊歸來，百官排隊彎腰拱手問候太師辛苦。董卓首先落坐，其他人方敢落坐。董卓喝了一大口酒，笑著說：「老夫的郿塢固若金湯，堪稱傑作。你等有空可去瞧瞧。」百官唯唯，都說求之不得。酒宴間，忽有一名校尉報告說：「啟稟太師，我等捉得百餘名男子，很有可能是黃賊殘餘，請問該如何處治？」董卓大笑，說：「好啊！老夫飲酒，正缺少興致。聽著，全部處死，並要玩出點花樣來！」所謂「玩出點花樣來」，就是用最殘忍的手段殺人。校尉奉命立即帶領士兵窮凶極惡地揮舞兵器，劈腦、鑿眼、割耳、割舌、砍斷四肢，把那百餘名男子全部殺死，然後把屍體堆積，澆上油脂，放火焚燒，濃煙和屍臭瀰漫，昏天黑地。這是駭人聽聞、慘絕人寰的一幕！百官見狀，面色如土。而董卓卻大口喝酒、大塊吃肉，一直笑著，神態自若，樂不可支。

酉末戌初，蔡邕回家，跌跌撞撞，直想嘔吐。文姬、小巧驚慌，忙問：「怎麼啦？」蔡邕漱了口喝了茶，心情才平靜下來，咬著牙講述了當天的見聞。文姬、小巧聽得目瞪口呆，直罵董卓比惡魔還惡魔。文姬說：「對了爹，康進叔叔跟我說，他近日聽到一些兒童傳唱一首歌謠，內容是：『千里草，何青青；十日卜，猶不生。』我想，『千里草』是『董』字，『十日卜』是『卓』字。這是在詛咒董卓不得好死，對不對？」蔡邕點頭，說：「這首歌謠，我也聽說了。歌謠源自民間，反映民心民意。董卓凶殘暴虐、倒行逆施，肯定長久不了！」

這年冬天格外寒冷。凜冽的西北風吹在人身上，如刀似劍，刺骨鑽心。糧食、木炭等物奇缺，價格昂貴得難以想像。普通人家根本買不起木炭取暖，很多老人、小孩活活凍死。到處可見破衣爛衫、蓬頭垢面的乞丐，有的乞丐數天討不到一口食物，走著走著一頭栽倒在地上，頃刻間便成凍僵的死屍。長安街頭的死屍太多。執金吾衙署下臨時設了個收屍隊，任務就是收集無名屍體，拉到渭河灘去挖坑掩埋。那首歌謠傳唱得相當廣泛。可是那個「千里草」「十日卜」照樣作威作福、照樣殺人如麻，誰又能拿他怎樣？

蔡邕盡量遠離政治，只管修史，再就是關愛和支持文學青年。他收到堂弟蔡谷寫來的信，信上說蔡琬決意嫁給羊衜，不可逆轉，睦哥和他以及何芬、葛蘭只能尊重她的意見。泰山老羊家按照「六禮」程序，已進行了納采、問名、納吉三項，其餘三項年後進行，親迎日期定在來年四五月間。蔡邕其實是反對蔡琬選擇的婚姻的，但他的反對只能悶在心裡說不出口。文姬和小巧讀了蔡谷的信，暗暗商量，打算給蔡琬縫製一套最精緻最美麗的禮服。

貂蟬自和文姬相識，從洛陽到長安，每月都會拜訪一次或兩次文姬。最近一次拜訪是在八月，貂蟬侍女紅紅陪同，紅紅笑著說起數天前一件事。那天晚上，天宇澄淨，新月如鉤，繁星閃爍，銀河璀璨。王允府的女人聚在花園裡納涼，小姐沐浴，最後到來。只見她身段苗條、烏髮披肩、玉面桃腮、星眼珠輝、芳香馥馥、笑意盈盈，恰似一個仙女，婀婀娜娜，娉娉婷婷。就在她出現的霎那間，一片薄薄的雲彩遮住了月亮，大嫂驚呼說：「呀！貂蟬之美，勝過月亮，月亮見她，自慚形穢，忙扯一片雲彩遮住了臉面。」其他女人同聲附和，都說小姐太美，把月亮都比下去了。因為這件事，小姐有了「閉月」之美的讚譽。紅紅還說，王老夫人有意讓兒子王定和小姐結為夫妻，所以小姐很快將會成為王府的少夫人了。文姬聽後，欣喜萬分，說：「太好了！妹妹和王定，那才是天造地設的一對！」從那次以後，貂蟬再未拜訪過文姬，而且資訊全無。文姬感到奇怪和不安，小巧說：「貂蟬大概和王定正辦喜事吧？」文姬說：「不能呀！若是如此，她該跟我招呼一聲呀！」臘月下旬，新年將至。蔡邕帶回一個爆炸性的新聞：司徒王允先將貂蟬許配給呂布，轉手又將貂蟬送給董卓，董卓和呂布之間鬧起內訌，董卓帶著貂蟬到郿塢去了。文姬大驚失色，說：「怎麼會這樣？？」蔡邕說：「王允那號人，可是什麼樣的事情都做得出來的呀！」

是的，王允正做著一件大事。這事當時只有幾個人知曉，半年之後，一些情節才被透露出來。

王允在何進和董卓手下都是紅人。董卓得勢，王允升任代理尚書令，起草了那篇滿紙荒唐言的廢立皇帝冊文，因而再升任司徒負責遷都事項。此人是個幹才，諸事幹得不錯，但董卓對他只是使用並不敬重。他進不了董卓集團的核心，也不能像蔡邕那樣風風光光封侯。因此，他這個司徒，只是個執行董卓指令的司徒、辛苦勞碌辦差的司徒。他渴望改變現狀，渴望擁有真正的更大的權力，因而想到要剷除董卓，掀翻壓在自己頭上的巨石。董卓能剷除嗎？他細加分析後覺得能，關鍵是要把呂布拉攏過來，用呂布去對付董卓，以毒攻毒。如何拉攏呂布？王允苦思冥想多日，忽然眼睛一亮：美貌絕頂的貂蟬，不正好可以利用麼？他又苦思冥想多日，一個連環計的輪廓浮現出來。此事關係比天還大必須絕對機密，知情者越少越好。他只和鐵桿摯友尚書僕射士孫瑞、尚書楊瓚二人密商，使連環計更加周密與完善，隨後便付諸實施。

王允實施的連環計，實質是美人計，就是用女人的姿色和肉體做武器去腐蝕和摧垮敵人。當年吳越爭霸，勾踐把美女西施獻給夫差，最終導致夫差敗死和吳國滅亡，就是美人計大獲成功的範例。王允計畫先把貂蟬許配給呂布，然後再獻給董卓，由貂蟬在呂、董之間周旋挑起內訌，自己則在周邊調度，拉攏呂布，諂媚董卓，促使呂布殺死董卓。董卓一死，那時就會是另一番景象！王允於是找貂蟬談話，將連環計內容和盤托出，特別申明他這樣做不是為了個人，而是為了當今皇上，為了劉漢天下和黎民百姓。說到痛切處，居然老淚縱橫、泣不成聲。

貂蟬是年十五歲，花容月貌、冰清玉潔，她覺得爹拿自己去實施連環計，醜惡而殘忍，不近人情，沒有人性。可又想，爹不是說了嗎？他這樣做，不是為了個人，而是為了當今皇上，為了劉漢天下和黎民百姓。王允對貂蟬，既有救命之恩又有養育之恩，滴水之恩，當以湧泉相報。因此，單純幼稚、天真無邪的貂蟬毫無城府，所思所想只是報恩。她經過翻江倒海般的思想鬥爭，竟然同意接受爹的安排，作為連環計的主角去跟呂布、董卓兩個惡魔周旋，權當玩一場犧牲青春犧牲愛情、喪失人格喪失尊嚴的屈辱遊戲，大不了粉身碎骨，萬劫不復！

王允大喜，反覆向貂蟬交代連環計各個環節上的要點與注意事項，貂蟬已無路可退只能照辦。第一步，王允宴請呂布，貂蟬盛妝豔飾，敬獻歌舞並敬酒。呂布是個好色之徒，早有一妻二妾，如今見了貂蟬心猿意馬難以自持。王允盛讚呂布乃天下第一英雄，說為了自己和兒孫的前程願將貂蟬許配給呂布作妾。呂布樂得眉開眼笑，當即跪地拜謝岳父大人，王允承諾選個吉日即把貂蟬送去呂將軍府。第二步，王允避開呂布，再宴請董卓，貂蟬依舊盛妝豔飾，敬獻歌舞並敬酒。董卓好色勝過呂布，見了貂蟬淫心蕩漾、直嚥口水。王允盛讚董卓功德，還說夜觀天象，天象兆示董卓將當皇帝，所以願將貂蟬獻給天子圖個榮華富貴。董卓樂得心花怒放，當夜將貂蟬載回大師府。呂布發現貂蟬成為董卓的「新人」，怒氣沖沖問罪於王允。王允辯白，天衣無縫，合情合理。呂布改而痛恨董卓橫刀奪愛，霸佔了他的愛妾。他偷偷與貂蟬幽會，貂蟬抹淚傾訴衷腸，說實指望嫁給呂布有個美好歸宿，不曾想卻被董卓姦污，身陷虎穴，生不如死。呂布聲稱自己頂天立地，定要奪回貂蟬。董卓發覺呂布與貂蟬幽會，大發雷霆。他假意要將貂蟬贈予呂布，貂蟬尋死覓活說了呂布許多壞話，董卓由此懷疑並疏遠呂布，決定帶著貂蟬去郿塢歡度蜜月……

王允實施連環計滴水不漏。他的兒子王定不明爹的意圖，又誤會貂蟬貪慕虛榮，大吵大鬧一通之後離家出走。長安官民沒有不罵王允的，罵他用養女的美色換取董卓的歡心，喪盡天良，卑劣無恥。蔡邕鄙夷王允，氣憤地說：「非君子也！非君子也！」文姬最同情最可憐貂蟬，說：「好妹妹，你為何要那樣做，那樣做啊？」

年底，長安充滿迷茫、詭異氣氛。風雪、饑寒、乞丐、死人，構成了這座城市的主基調，除夕之夜清冷而死寂。人們一覺醒來，已是初平三年（西元一九二年）了。

王允殺害蔡邕

董卓帶著貂蟬前往郿塢，四大金剛率領二萬多兵馬隨行。呂布第一次受到冷落，只能和趙謙各統五千兵馬共守長安。王允負責輔佐皇帝處理朝廷政務，但所有大事都要向董卓請示報告。董卓行前秘密召見心腹趙謙，叮囑說：「你給我把眼睛睜大，盯緊皇上以及王允和呂布！」呂布留在長安，正中王允下懷。王允進行連環計的第三步，看準呂布的弱點，綜合運用吹捧、激將、奉勸等手段輕而易舉地就將此人拉攏到自己一邊。呂布不再稱董卓為義父，滿懷憤恨，咬牙切齒地說：「不殺董卓老賊，誓不為人！」

王允和呂布暗中結盟謀誅董卓，極度機密，就連趙謙也被蒙在鼓裡，廣大官民更是一無所知。

這年二月，文姬為衛仲道守喪進入第三個年份，先除喪。三月，文姬、小巧為衛氏守喪也進入第三個年份，也除了喪。守喪的女子除了喪，穿戴衣裙和首飾再沒有什麼忌諱，可以紅紅紫紫、花花綠綠。但文姬生性不愛鋪張和招搖，表現在衣飾上注重本色和樸素，從不穿戴色彩過分鮮豔、扎眼的衣裙和首飾。她十五歲出嫁時，身體發育尚不充分，以致婆母張氏嫌她不合「三大」標準，所以懷不了孕；而今她十九歲，身體各個部位明顯豐滿起來。她雖說是喪夫孀居的寡婦，其實仍是處女身，姑娘家特有的青春氣息與活力顯而易見。見過文姬的人都說她是個美女，但不是頂級美女，只是一般美女。她的美不在嬌媚、不在驚豔，而是姿容與教養、學識、才藝緊密結合美在文靜、美在恬適、美在嫻靜與婉約。文姬經歷過太多的傷痛，平時很少有笑容，但若遇高興事時也會笑，笑貌非常好看。她的笑，不是那種張揚的放肆的笑，而是淺淺的淡淡的笑、羞澀的靦腆的笑，笑得自然、溫和、含蓄，自有一種親切、真誠、甜美的魅力。

蔡邕看到女兒除喪後的變化，略略欣慰。他是個大儒但思想並不守舊，認為文姬應當再嫁，尋找一個稱心如意的丈夫，開始新的生活。為此，他特別注意觀察登門拜訪自己的文學青年，很想從中物色一個品學兼優者作為女婿。他總結文姬第一次婚姻失敗的教訓，每每自責，決定這次一定要慎重慎重再慎重，尤其要徵得文姬個人的同意方可談婚論嫁。三月下旬，蔡邕接到蔡谷的信，信上專說蔡琬婚事。「六禮」程序的第四、五項已經進行，第六項親迎的日期定在五月四日。泰山南城距離圉里，乘坐馬車有兩天路程。所以雙方商定，老羊家親迎的人五月二日到圉里，住一夜，三日迎聘琬兒返回，四日回到南城拜堂成親。因此，邕哥帶著琰兒、小巧務要趕在四月底以前回到家中參加琬兒的婚禮。信上還說，琬兒其實是知道邕哥才是她親爹的，她出嫁之日格外想見親爹和胞姐一面。蔡邕、文姬讀信，情不自禁流下淚來。蔡邕立即給蔡谷回信，說：「琬兒大婚是喜事也是大事，我們肯定會在四月底以前回到家中的。」文姬、小巧想念圉里及親人，歡喜地說：「哎呀！還有一個月，但願這個月過得快些，越快越好！」她倆除給琬兒縫製一套禮服外，還打算送給琬兒一對用長安特產藍田玉製作的玉佩。

然而，雲詭波譎，世事突變。四月，王允、呂布合謀進行連環計的第四步，誅殺董卓。他倆通過漢獻帝將董卓封為郿王，謊稱漢獻帝已同意禪位，恭請郿王返回長安受禪祭天，即皇帝位。董卓得到趙謙密報，情況屬實，信以為真，樂不可支。貂蟬在郿塢，又成功離間了董卓和四大金剛的關係，董卓遂命四大金剛率部駐紮到郿塢周邊各縣去，因此他能帶在身邊的兵馬只有千餘人。董卓確定在辛巳日返回長安。此前一天，呂布控制趙謙，兼併了趙謙的兵馬。辛巳日午時左右，董卓的車隊馬隊堂堂皇皇回到長安，王允、呂布率領文武百官到直城門外迎接，使用王爵的儀仗鼓吹直接前往未央宮。在未央宮北闕，董卓換乘一輛四輪軟車，王允、士孫瑞、楊瓚三位大臣共同推車以示對董卓的恭敬。呂布手持方天畫戟把董卓帶來的侍衛全部擋在宮門外面，只許董卓女婿李儒入內，隨即關了宮門。王允、士孫瑞、楊瓚把軟車推得飛快，前行約一里，忽然躍出武士百餘人，人人持刀執劍，橫眉怒目，當道而立。董卓驚呼說：「你們幹什麼？」王允斷聲喝道：「奸賊至此，還不動手，更待何時！」武士們聽到號令，刀劍並舉刺殺董卓。董卓外衣裡面穿有軟甲，一時未死，跌下軟車，大喊道：「我兒奉先何在？」呂布閃出，厲聲說：「皇上有詔，誅你逆賊！」說著，猛刺一戟刺穿董卓心窩，再一戟砍下董卓頭顱。李儒見狀撒腿要跑，呂布復刺一戟，李儒倒地斃命。呂布一手提戟，一手提董卓頭顱，到了宮門外，高聲說：「王司徒和本將軍奉詔討賊，逆臣董卓已誅，餘皆不問。敢不從者，殺無赦！」董卓所帶的侍衛，見了董卓血淋淋的頭顱莫不股慄，他們畏懼呂布，紛紛放下兵器，跪地降服。王允隨即傳旨，夷滅董卓三族。接著舉行朝會，漢獻帝宣布王允、呂布為誅殺董卓的功臣，王允仍任司徒，錄尚書事，總掌朝政；呂布任奮威將軍，改封溫侯，協助王允共秉朝政；根據王允的提議，文官馬日磾出任太尉。

長安官民得知董卓伏誅，歡天喜地，採用各種方式慶賀，如同過節一般。董卓屍體被拋在未央宮門前，看守屍體的士兵見屍體肥胖多脂，在其肚臍中插上燈芯點燃，通宵達旦，號稱「賊燈」。蔡邕回家，臉上並不見喜色，文姬、小巧詢問原因。蔡邕簡要講述連環計的原委，又是皺眉、又是歎氣，說：「貂蟬那孩子，活活叫人毀了，唉！」文姬急切地問：「那貂蟬現在怎樣？」蔡邕說：「又能怎樣？肯定落在呂布手裡。」文姬說：「王允的連環計以犧牲貂蟬妹妹為代價，既醜惡又殘忍。」小巧說：「說到底，貂蟬是王允的養女，若是親生女兒，看他還會不會這樣做？」

董卓伏誅，蔡邕內心還是欣喜的，因為從此以後就用不著再和那個惡魔打交道而擔驚受怕了。他吩咐文姬、小巧抓緊收拾行裝，四月二十日即動身回圉里，切莫誤了蔡琬的婚禮。誰知天有不測風雲，人有旦夕禍福，就在四月十八日，禍從天降，蔡邕突然被抓進大獄了。

這又是為何呢？

原來，董卓伏誅以後，王允總掌朝政，發號施令，意驕氣滿，威勢不亞於董卓。這天，他召集包括蔡邕在內的百官議事，你一言他一語，不知不覺又說起董卓來。蔡邕想到自己受董卓威脅，不得不二進官場，心生感慨，發一聲長長的歎息，臉色有所變化，好像很痛苦的樣子。王允認為蔡邕是為董卓之死而歎息而痛苦，勃然大怒，聲色俱厲地喝斥道：「董卓國之大賊，幾傾漢室。作為臣子應當共同憤恨才是！而你蔡邕懷其私遇，忘卻大節，公然為逆賊感到傷痛，你難道不是和逆賊共為逆賊嗎？」

王允在青年時代就嫉妒蔡邕的才學。近年來，他起草廢立皇帝冊文、銷毀金人鑄錢、強徵民夫修建郿塢和郿塢嶺等均遭到蔡邕的譏諷與反對，因此他對蔡邕早就懷恨。偏偏董卓無視他的功勞，反而給蔡邕升官封侯，更使他心理失衡。如今，他大權初握，根基未穩，若拿蔡邕這樣的高官開刀，嚴加懲治，豈不是樹立個人權威的最佳時機？他這樣一想，遂打定主意，一頓喝斥之後，不容蔡邕分辯，立命將其收監交由廷尉署治罪。百官見狀，無不惶恐，瞠目結舌。

長安大獄獄吏通知家屬探監並送牢飯。文姬一聽，嚇得魂飛魄散，失聲痛哭。小巧跟著哭，不知如何是好。跛腿康進畢竟是個男人，還算沉穩，說：「現在不是哭的時候，得趕快去探監弄清情況。」文姬、小巧心慌意亂，急急做了幾樣飯菜，讓康進陪同前往大獄。文姬五歲時開始記事，記得最清楚的一件事就是去洛陽大獄探監。不曾想十四年後，她又探監，只是洛陽大獄變作長安大獄罷了。她在大獄裡看到爹了，只見爹身穿灰色囚衣，失神地坐在稻草鋪上，頭上原先還有些黑髮，驟然間黑髮全變白了。文姬手扶牢房前粗糙圓木，痛苦叫道：「爹——！」蔡邕回過神，看到文姬、小巧和康進，嘴角動了動，想笑一笑卻沒笑出來。小巧在圓木間擺下飯菜，蔡邕故作輕鬆狀，吃得津津有味，邊吃邊說：「琰兒，別為我擔心。我和王允王大人之間存在些誤會，所以才進了大獄。沒事，誤會消除我就會出獄的，我還要帶著你和小巧趕回圉里去參加琬兒的婚禮呢！」他略一停頓，又說：「女人探監，拋頭露面，多有不便。所以你和小巧別再來了，每天做一頓飯讓康進給我送來就行。」

文姬聽爹這樣說，心中略安。此後數日，蔡邕好友張華、劉洪，文學青年阮瑀、丁廙、王粲等陸續登門看望文姬，眾口一詞，痛斥王允權慾薰心，挾私報復，迫害忠良。文姬聽他們說，王允將爹劃入董卓逆賊之列，一顆心又懸了起來。誰都知道爹最痛恨董卓，始終注意和董卓保持距離，而王允卻污蔑爹是董卓逆賊，真是血口噴人！四月二十日，蔡邕沒有出獄，當天動身回圉里的計畫泡湯。又過幾天，蔡邕仍未出獄。文姬和小巧心急如焚，若再耽擱就趕不上參加蔡琬的婚禮了呀！

圉里方面，蔡睦、蔡谷、何芬、葛蘭、蔡琬倚門而望，望眼欲穿。蔡邕信上寫得清楚：「琬兒大婚是喜事也是大事，我們肯定會在四月底以前回到家中的。」可是，四月已過完，怎麼還不見人呢？這時候，蔡琬尤其想見親爹和胞姐一面。她長這麼大，還從未叫過親爹一聲「爹」，這一回一定要響響亮亮叫一聲，還要撲到親爹懷裡說一聲「對不起」。然而直到五月二日，老羊家親迎的人在新郎羊衜帶領下到了圉里，仍未見親爹和胞姐的人影。蔡琬絕望了，心底也升起一絲怨恨。她的親爹親娘在她剛出生時就丟棄了她，她如今出嫁，親爹根本不當回事，又怎會專程從長安趕回圉里，看一看她送一送她呢？五月三日，蔡琬拜別爹蔡谷、娘葛蘭、伯父蔡睦、伯父何芬，含淚登上婚車，前往南城。

長安方面，蔡邕沒有出獄的跡象。文姬心急、小巧心急，就像熱鍋上的螞蟻。二人扳著手指數日子：四月過去了，五月一日，老羊家人從南城出發；五月二日，老羊家人到達圉里；五月三日，蔡琬前往南城；五月四日，蔡琬和羊衜拜堂成親。文姬因爹遲遲不能出獄而焦慮，又因誤了蔡琬的婚禮而痛心。就在蔡琬和羊衜拜堂成親的五月四日，洛陽大獄送來通知：董卓逆賊蔡邕已被處死，家屬可去收屍。晴天一聲霹靂。文姬頓時身心驚戰，兩眼發黑，彷彿天坍了、地陷了，日月無光，山水嗚咽，世界末日來臨……

第九章

惶惶惴惴

蔡文姬決定在長安為爹守喪三年

一代大儒、花甲之年的蔡邕死在獄中，死得非常突然，死得不明不白。文姬和小巧方寸大亂，六神無主。幸虧張華、劉洪來了，阮瑀、丁廙、王粲來了，讓康進尋一輛平板車，去長安大獄把蔡邕遺體拉了回來。文姬撲在遺體上放聲痛哭，邊哭邊說：「爹，你為何突然而然就走了呀？你說好要帶我們回圉里參加蔡琬婚禮的呀！你沒交代一件事沒留下一句話就走了，這是為什麼，為什麼呀？你怎麼忍心，把我和巧姨丟在長安呀？你說，我和巧姨該怎麼辦，怎麼辦呀？」她哭得傷心、悲痛、酸楚、淒涼，聽者無不落淚。小巧強迫自己要鎮定要堅強，要幫助或代替文姬辦理姐夫的喪事。客觀條件不允許講究什麼禮儀，喪事辦理只能從速從簡。她找出三月間才脫去的喪服，先給文姬穿上，自己也穿上。她請張華、劉洪兩位老者陪伴、安慰文姬，然後指揮阮瑀、丁廙、王粲等年輕人分頭雇請仵作、購買喪葬用品、尋找墓地。書房兼客廳片刻成了靈堂。仵作到來，將蔡邕遺體移放到屍床上。屍床只是一扇門板，上面鋪著褥子、單子。壽衣買回來了，棺材也買回來了。仵作詢問小殮和大殮時間。小巧不想讓文姬承受過多的痛苦，決定當天小殮，隨即大殮。小殮和大殮的時候，文姬跪在一邊哭泣叩頭，她的喉嚨嘶啞，已經哭不出聲了。

靈柩停放在院落裡，文姬跪在靈柩前哭泣，孤苦，柔弱，可憐。張華、劉洪陪著她，給她講述了她爹生前最後十幾天發生的事情——

蔡邕初入大獄時，他及文武百官都當是個誤會。因為誰都知道蔡邕是最恨董卓的，跟所謂逆賊的罪名沾不上邊。廷尉署廷尉姓江，是王允的親信，在審訊過程中反覆暗示，只要蔡邕答應給皇帝上書，請求將王允的官爵提升到和董卓一樣，即官拜相國加太師名號，再封個什麼侯，那麼他立刻就可以出獄，仍是原先的官原先的侯，享受榮華富貴。這顯然是王允的意思，蔡邕生性倔強，故意裝聾作啞毫不理會暗示。江廷尉將情況報告王允，王允大怒，說：「此人敬酒不吃吃罰酒，那就怪不得老夫了！」他學董卓，也自稱起「老夫」來，授意江廷尉，蔡邕必須死在獄中。蔡邕預感到凶險，慌忙上書皇帝表示願意辭去官爵，甚至接受黥刑（**臉上刺字染墨**）、刖刑（**砍掉雙腳**），只求能完成《漢記》的修纂，那時死而無憾。他的上書被王允扣押，到不了皇帝手裡。張華、劉洪等老臣極力營救好友，公推新任太尉馬日磾出面，為蔡邕求情。馬日磾於是面見王允，說：「伯喈乃曠世奇才，通曉漢朝史事，應該讓他活著修完《漢記》，使之成為國家的重要典籍。而且伯喈忠誠孝順，名聲顯赫，獲罪沒有緣由。若殺了他，豈不是大失人望嗎？」王允權慾薰心，卻又擺出一副大公無私的嘴臉，說：「前朝孝武皇帝不殺司馬遷，使作謗書，流於後世。方今國祚中衰，皇上幼沖，神器不固，不可令佞臣執筆在幼主左右。既無益聖德，復使吾黨蒙其訕議。因此，蔡邕非死不可！」馬日磾愕然。堂堂司徒王允，居然認為司馬遷是「佞臣」，《史記》是「謗書」，擔心蔡邕修史會使他及他們一夥人遭受「訕議」。馬日磾求情不成，怏怏而退，無奈地對人說：「王允大概不可能長久於世吧！善人（**品德高尚者**），是國家的綱紀；製作（**修史著文**），是國家的典籍。廢棄了綱紀與典籍，難道還能長久嗎？」五月三日夜間，江廷尉執行王允的指令，用一杯鴆酒結果了蔡邕的性命。

文姬聽了講述，心如刀剜，用嘶啞得很難聽清的聲音說：「爹，你死得冤死得屈呀！」張華、劉洪也是老淚縱橫。張華說：「伯喈，老蔡頭老夥計，你這一走，我們活著的還有什麼生趣？你嘔心瀝血修纂的《漢記》，還修它做甚？」劉洪說：「伯喈老弟，當年在朔方，宦官、權貴窮凶極惡迫害你，你都逃過了劫難；而今卻莫名其妙地死在長安，死在奸宄之手。天道不公，不公呀！什麼董卓逆賊？我看那個王允，才是真正的董卓逆賊！人作孽，不可活。老弟在天之靈瞧著好了，王允正步董卓之後塵，無須多久他會得到報應，死得很慘很慘的！」

晚上，小巧請張華、劉洪兩位老者回府休息，幾個年輕人留下來守護蔡邕靈柩。小巧含淚，端來一碗水讓文姬喝了，自己也跪到文姬身邊，說：「琰兒，巧姨有事和你商量。按禮，我們應把姐夫的靈柩運回圉里去，安葬在老蔡家祖墳塋地，就像當年安葬你叔爺爺那樣。可是現在是在長安，要把靈柩運回圉里，山阻水隔，根本做不到啊！怎麼辦？只能先葬在長安，三年後若有可能再遷回圉里，你說怎樣？」文姬說：「這事我也想過，只能這樣了。」小巧又說：「可是老蔡家在長安沒有土地，又能葬在哪裡？總不能葬在渭河灘亂墳崗吧？阮瑀告訴我，說長安縣衙在廚城門外有一塊土地用作墳場，專葬外地的死者，只是要價比較高。我讓阮瑀和長安縣衙聯繫，花了些錢，已選中一處地方挖了墓穴，姐夫只能先葬在那裡了。」文姬痛苦點頭，說：「我娘葬在封橋，爹又葬在長安，都成了野鬼孤魂。」小巧抹了抹淚，說：「還有，今天上午，我讓阮瑀雇請個人，騎快馬去圉里報喪，你睦叔叔、谷叔叔聞報定會來長安的，不過，那得在四五天之後。天氣漸熱，靈柩不能久放。所以，明天，最遲後天就得出殯。逝者入土為安，恐怕等不到你兩個叔叔到來。」文姬又欷歔流淚，說：「那就後天出殯吧！明天，明天我要和爹說話，說一整天的話。」

第二天是五月初五端午節，是文姬十九歲生日。孤苦、柔弱、可憐的文姬跪在爹的靈柩前，從回憶的角度，用無聲的語言不停地和爹說話，說了一整天的話。她說到朔方荒寒，說到江南煙雨，說到會稽山，說到曹娥江，說到叔爺爺和叔奶奶，說到外公和舅父，說到娘和蔡琬，說到亂世亂象，說到百姓苦難，說到爹的人品、學識、才藝對自己的薰陶和影響。她最後才輕輕說出聲來：「爹，女兒感謝你！你給了女兒生命，你養育女兒長大，你走到那裡都把女兒帶在身邊，你教女兒學認字學寫字、學詩學琴，關鍵是教女兒學怎樣做人。爹呀，你走了，你突然地冤屈地走了，你留給女兒一筆豐厚遺產，那就是你的人格魅力以及你在經學、史學、文學、書法、音樂等方面的巨大成就！這筆遺產，女兒終生受用不盡哪！」

五月六日出殯。文姬就像十一歲那年娘出殯時一樣，一身重孝，白衣白裙、白帽白鞋，脖上披麻，雙手捧著喪杖走在靈柩前面。她神情莊重，她步履沉穩，她要讓她爹看到經過種種苦難的磨練，她比以往任何一個時候都更加堅強！令文姬感到欣慰的是為爹送葬的人很多，主要是朝廷官員和文學青年。在墳地，仵作將靈柩放進墓穴，然後填土，在地面壘起墳頭，墳前栽立墓碑。墓碑是阮瑀等立的，碑上刻字：「漢左中郎將高陽鄉侯蔡邕伯喈先生之墓」。張華領了一位大人物，走到跪地的文姬身旁，介紹說：「蔡琰，這位是太尉馬日磾馬大人，曾代表我等營救你爹，可惜未能如願。」文姬給馬日磾叩頭。馬日磾說：「蔡琰呀，我和眾多官員前來送葬，既是敬重你爹，也是抗議某些人。這是人心，人心向著正義，是非善惡每個人心上都有一桿秤！」劉洪也領了一位大人物，走到文姬身旁，介紹說：「蔡琰，這位是鄭玄康成先生，當代大儒大學者，著作等身，名滿天下。」文姬給鄭玄叩頭。鄭玄說：「蔡琰，你有一個好爹，一個堂堂正正、頂天立地的好爹！」他接著搖了搖頭，歎息說：「伯喈歿了，本朝史事還能由誰來考定哪！」

蔡邕長眠地下。文姬請康進用桐木製作了爹的靈位，樣式和娘的靈位相同，親筆書寫：「亡父蔡邕伯喈大人之靈位」。從此，她把爹、娘靈位同時供奉，每天早晚祭祀、焚香叩頭又成為功課。文姬在巧姨幫助下收拾爹的遺物，爹的遺物中最重要的是各種書稿文稿以及那張焦尾琴，她一定要將它們保管好珍藏好。誰知就在文姬這樣想的時候，皇宮裡突然來人，傳達皇上口諭：朕舉行宴會，要欣賞用焦尾琴演奏的琴曲，著蔡邕之女將此琴獻出，不得有誤！文姬氣憤，心火突突，獻還是不獻，沒了主意。小巧趕忙說：「好琰兒，皇上口諭也是聖旨，這個旨違抗不得，違抗了要吃眼前虧呀！」文姬知道其中的利害，一咬牙將琴取出交給那人，然後長跪在爹的靈位前，痛心疾首地說：「爹，女兒沒用，連你鍾愛的焦尾琴也保不住啊！」

五月九日，蔡睦、蔡谷風塵僕僕到了長安，文姬見到兩個叔叔又放聲痛哭。蔡睦、蔡谷跪在蔡邕靈位前，流淚叩頭，說：「邕哥，你為何走得這樣匆忙？你這一走，老蔡家頂樑柱可就坍了呀！」文姬敘說爹的冤死，嗚咽哽咽，泣不成聲。二人見琰侄女那樣憔悴、那樣羸弱，心酸心痛，恨得咬牙切齒，直想找到王允將他剝皮抽筋碎屍萬段！小巧敘說喪事，說選擇那樣的葬地，五月六日出殯實是不得已而為之。蔡睦、蔡谷說：「難為你了！」文姬說：「喪事辦理，多虧巧姨。」小巧說：「不！也多虧阮瑀、丁廙、王粲等幾個年輕人幫忙。」文姬又說：「爹本想帶著我和巧姨，四月二十日動身回圉里參加蔡琬婚禮的，哪知此前兩天就天降橫禍。」蔡睦說：「你們遲遲沒回圉里，我就感覺到出了事，但根本沒想到會出這樣大的禍事！」蔡谷說：「蔡琬更想不到會出禍事。她那天登上婚車時滿眼含淚，我想那淚中有失望也有怨恨。」文姬說：「若有機會，我向琬妹解釋，請她怨我恨我千萬莫怨爹恨爹。」

蔡睦、蔡谷和文姬、小巧一起，去蔡邕墳前祭祀。蔡睦、蔡谷跪地叩頭，回想兄弟間的往事，哭得稀里嘩啦。文姬、小巧隨同哭泣，反而勸說蔡睦、蔡谷要忍痛節哀。許久，蔡睦、蔡谷停止哭泣，頭髮上鬍鬚上全是泥土。蔡睦說：「琰兒、小巧，邕哥走了，我們活著的人還得活著。你倆都是女人，又都是寡婦，待在長安無親無故讓人放心不下。怎麼辦？我的意見是回圉里，回老家去。回到老家諸事都好有個照應。」蔡谷說：「是啊！圉里老家，現在只剩睦哥、何芬嫂子、我和葛蘭，冷冷清清，需要你倆回去。」文姬臉上滿是痛苦和憂傷，說：「睦叔、谷叔，我也想回圉里老家，但現在不行。爹剛剛葬在這裡，可以說是野鬼孤魂，我不能丟下他不管他啊！所以，我和巧姨商量了，決定在長安守喪三年，陪伴我爹以盡孝道。三年後請叔叔來此將爹的靈柩遷回圉里，那時我和巧姨自會回圉里的。」蔡睦說：「世事多變，三年後，三年後還不定是個什麼情形呢！」蔡谷說：「還有，你倆都還年輕，總得再嫁人哪！」文姬搖頭，說：「再嫁人？哪有心思考慮那事？」小巧說：「我這輩子是絕不會再嫁人的。八年前在江南玉玉姐把琰兒交給我，我答應過她照料琰兒長大，再替琰兒看寶寶，甚至替琬兒看寶寶。」蔡睦、蔡谷動情地說：「小巧妹妹，我們老蔡家欠你的太多太多！」小巧說：「不！說欠就見外了。琰兒出生那年，我到老蔡家就已是老蔡家的成員了。」

蔡睦、蔡谷在長安住了五天，每天都到邕哥墳前祭祀。文姬要在長安為爹守喪三年，合乎禮制，他倆也沒有理由反對，只好鄭重拜託康進務要看護好門戶，保證兩個女人的安全。蔡睦、蔡谷回了圉里。長安陷入新的動亂。廣大官民惶惶惴惴、度日如年，經受著更加深重的苦難與災難。

四大金剛殺進長安城

文姬為爹守喪，有時會想起貂蟬。貂蟬那樣年輕那樣美貌，竟被王允、董卓、呂布一夥丑類活活糟蹋了蹂躪了毀掉了，可見這個世界多麼醜惡多麼殘忍、多麼齷齪多麼卑劣！那麼，那些日子裡，貂蟬又怎樣了呢？

王允實施連環計時告訴貂蟬，說該計的第五步是除去呂布。因為呂布是董卓的幫凶，也是個殺人不眨眼的惡魔。可是在董卓伏誅以後，王允根本沒有進行這第五步，他反而和呂布成了一夥，並要利用、依靠呂布鞏固和擴大他的權勢。呂布在誅殺董卓的當天就去郿塢搶掠、姦污了貂蟬，貂蟬為連環計付出了慘重的代價，從肉體到心靈創傷累累。呂布妻子嚴雯乃丁原的外甥女，生有女兒呂鳳。嚴雯仇恨呂布殺害舅父，因而同情貂蟬並為她提供了庇護與幫助。貂蟬去見王允要養父兌現諾言，進行連環計的第五步。王允乾咳嗽一聲，臉上掛著微笑，說：「呂布這個人其實還是不錯的，他反水倒戈之後親手殺了董卓，拜將封侯，很聽爹的話。他長相俊美、武藝高強，多少人都很羨慕，說『馬中赤兔，人中呂布』。因此你可以跟他過日子嘛，這樣也算有了好的歸宿。」貂蟬深感驚詫，說：「你讓我跟呂布過日子？還說什麼『好的歸宿』？虧你說得出口！你忘記呂布是什麼人了？忘恩負義、人面獸心、殺人如麻，雙手沾滿多少人的鮮血！什麼『馬中赤兔，人中呂布』？我不稀罕！」王允臉上肌肉動了動，說：「彼一時此一時嘛！呂布過去是壞，但改變了就好嘛！」貂蟬大聲說：「江山易改，本性難移。姓呂的怎麼改怎麼變，也還是呂布！你上年是怎麼說的？你說實施連環計的第四步是殺董卓，第五步是殺呂布。怎麼，這話不算數啦？不認帳啦？」王允依然微笑，說：「幹大事者，須視情勢而決定用人方略。閨女，你知道嗎？爹已經總掌朝政，接下來就是任相國、封列侯。現在，呂布對我很有用處，我要收他為義子，用他對付四大金剛。四大金剛除去之日，就是爹加官晉爵之時。那時，爹的功德可比周公和霍光，光宗耀祖、滿門榮寵啊！閨女，你得聽爹的話好好跟呂布過日子，穩住他攏住他，再助爹幹一番轟轟烈烈的大事業！」

貂蟬直覺得噁心，從手腳到內心，冰涼冰涼。她終於看清了王允的嘴臉，什麼憂國憂民、除奸除惡全是虛偽的幌子、騙人的鬼話！他所嚮往的是權勢，追求的是官爵，本質上和董卓沒有什麼兩樣。她想起自己所作的犧牲所受的屈辱，不禁淚流滿面，埋藏在心底的火山爆發了，一揮手，憤憤地說：「你別叫我閨女，我也不再叫你爹，你的恩情我已用青春、用肌體、用人格和尊嚴報答過了，也就不再欠你的了。我得改叫你為王司徒，王允王大人。你可以和呂布同流合污追逐高官顯爵，但我是貂蟬，辦不到，永遠辦不到！」當時，蔡邕已在獄中。貂蟬說：「還有一事，想問問王允王大人：蔡邕到底犯了何罪，你竟下令把他關進大獄？」一貫溫順的貂蟬突然變得如此鋒芒畢露、咄咄逼人，這是王允沒有料到的。他的臉色難看起來，微笑沒了，取而代之的是冷漠，擺出司徒的派頭，說：「抓蔡邕關蔡邕，此乃朝廷之事。你一個女孩家，最好別管！」這話更刺傷了貂蟬，惹火了貂蟬。她「謔」地起身，怒怒地說：「怎麼？這時候，王大人才知我是個女孩家？那麼上年你利用我實施連環計，先把我許配給呂布，再獻給董卓，那時我就不是女孩家？」王允無言以對。貂蟬怒上加怒，說：「我真瞎了眼，今天才看透你，你不過是又一個董卓！用心險惡、自私冷酷，還吹噓什麼功德，大言不慚地自比周公和霍光。哼！你比得上比得了嗎？你充其量只是個李斯，迷戀權勢，喪失良心，老天爺不會饒你！王允王大人，我敢斷言，你的下場不會比董卓好多少，也不會比李斯好多少！不信，走著瞧！」貂蟬不想再和王大人白費口舌，憤然離去。她很想再拜訪一次蔡琰姐姐，說說上當受騙的經歷和不堪回首的屈辱，可自己妻不妻、妾不妾、人不人、鬼不鬼，哪還有臉面去見琰姐？接著，蔡邕被王允殺害，她就更沒有臉面去見琰姐了。

王允總掌朝政，利令智昏、得意忘形，五月丁酉日大赦天下。王允態度偏激，獨獨不赦董卓死黨李傕、郭汜、張濟、樊稠四人。這給他帶來了滅頂之災。

當王允、呂布謀誅董卓的時候，四大金剛正駐軍在郿塢周邊各縣，燒殺搶掠。他們得知董卓死訊，驚駭萬分，慌忙率部逃往羌胡地區，引頸觀望。四人確知不在大赦之列，因而深恨王允和呂布，就地招兵買馬，共約五六萬人，號稱十萬，以為董卓報仇為名，氣勢洶洶殺往長安，兵馬過處洗劫一空。長安，王允所能依靠的只有呂布，兵馬萬餘人。呂布自恃其勇，在長安城西三十里處擺開戰場迎戰四大金剛。兩陣對決，呂布驅赤兔馬、舞方天戟，突入敵陣。此人也確實驍勇，一人力戰李、郭、張、樊四人全不落下風。四大金剛隨後合計，改用車輪戰法對付呂布：李傕兵馬首輪挑戰。呂布兵馬出動。李傕兵馬迅速退回，堅守休息。呂布兵馬剛回本陣。郭汜兵馬二輪挑戰。呂布兵馬復出。郭汜兵馬迅速退回，改由張濟兵馬三輪挑戰，樊稠兵馬四輪出戰。如此往復，呂布縱有三頭六臂也奈何四大金剛不得，兵馬早已累得筋疲力盡、困頓不堪。四大金剛偶爾合兵，衝殺一陣，呂布顧此失彼，兵馬越戰越少。況且，他的兵馬大多屬於董卓的部下，通敵者有之，投降者有之，開溜逃亡者亦有之。最後剩下不足五千人，灰頭土臉、士氣低落。呂布進城見王允，沮喪地說：「看來，長安守不住了，應當思謀個退路。」王允像個賭徒，把全部賭注都押在呂布身上，誰知到了緊要時刻呂布居然草包使他大失所望。他很想訓斥呂布幾句，但一看呂布凶惡的架勢又沒那個膽量。這時候，他需要表現一種精神一種豪氣，說：「若蒙社稷之靈，上安國家，下慰百姓，我之願也。如其不然，則奉身以死之。天子尚少，全賴老夫，臨難苟免，我不忍也。伏望將軍以國家為念，努力禦賊，或許尚有轉機。」呂布狠狠罵了一句：「要兵沒兵，要將沒將，轉機個屁！」轉身再去城外。

長安形勢一天天吃緊。進入六月，太陽曝晒，酷暑炎炎，王允焦頭爛額，吃不下飯睡不著覺。戊午日上午，李傕、郭汜率部從正面出戰呂布，張濟、樊稠率部從左、右兩翼抄襲呂布後路形成合圍之勢。呂布顧前顧不了後，顧左顧不了右，大戰兩個時辰，五千兵馬所剩無幾。他想退回城裡，卻被張濟、樊稠截住歸路。沒奈何，掉轉頭再戰李、郭。李、郭也非等閒之輩，指揮兵馬，呼嘯吶喊，早把呂布困在垓心。呂布無情無義的本性再次表現出來，什麼也不管了，驅馬舞戟，殺開一條血路逕往東南方向逃去。跟隨他的只有親信騎兵百餘人。李、郭、張、樊立刻合兵一處殺進長安城，直入未央宮，控制了漢獻帝；同時捉拿王允等要員及其家屬。呂布家屬也在捉拿之列，奇怪的是呂布妻子嚴雯、女兒呂鳳、絕色美人貂蟬神秘地失蹤了。

四大金剛完全掌控了局面。甲子日，將王允處以凌遲，夷滅三族。長安城內外混亂不堪，文姬不敢出城去爹墳前，只能在家中供奉爹的靈位和娘的靈位焚香叩頭祭祀。康進看護門戶格外精心，院落大門整天關著很少開啟。阮瑀、丁廙、王粲等偶爾前來，每次都是行色匆匆。他們告訴文姬一個確實消息：四大金剛已將王允處以凌遲並滅族。文姬立時珠淚滾滾，跪在爹的靈位前，叩頭說：「爹呀！你聽見了嗎？那個王允死了。劉洪伯伯說，王允欲步董卓之後塵，那是妄想，無須多久他會得到報應，死得很慘很慘。這話應驗了呀！」小巧也是淚如雨下，跪地叩頭，說：「惡有惡報。

王允得到報應，姐夫在九泉之下也當瞑目了！」

四大金剛都是董卓的鐵杆死黨，年齡五十四五歲，長得五大三粗，共同特點是凶惡殘暴、貪婪好色。四人統兵殺往長安，屬於鋌而走險性質，沒料想鋌而走險居然成功了，從而把漢獻帝抓在手裡，殺死王允，掌控了朝政大權。四人分配權力：李傕任車騎將軍，排位第一；郭汜任後將軍，樊稠任右將軍，張濟任鎮東將軍，排位並列第二。四人之下，才是他們隨意任用的司徒、太尉等官員。四大金剛荼毒百姓是行家高手，至於治國理政則一竅不通。因而，當時的朝廷是禮崩樂壞，綱紀全廢，君不像君，臣不像臣，倒像是幾個魑魅魍魎聚集在未央宮裡發號施令。廣大民眾飽受動亂之苦，饑寒交迫，水深火熱，為求生路很多人選擇逃亡。東市一帶，已有三分之一人家逃亡。文姬不為所動，說：「別人可以逃亡，我不可以。我和巧姨商量好了要在長安守喪三年，陪伴爹。三年，一天也不能少！」小巧說：「對！亂世長安，有你琰兒在，有我小巧在，姐夫就不會是野鬼孤魂！」

承志耀親，創作欲望

李傕、郭汜、張濟、樊稠掌控著漢獻帝坐鎮京城，要對全國各州郡實施統治，長安如果老是混亂不堪，那它還算是京城嗎？還能叫國家政治、經濟、文化中心嗎？四大金剛雖然粗俗，但這個道理還是懂的，所以覺得當務之急是穩定時局、穩定人心。如何穩定？排位第一的李傕，召集排位並列第二的另外三人商量對策，商定兩項措施：一是各將本部兵馬統統撤到城郊駐紮，申明軍紀，不得侵擾百姓；二是命令關中、漢中各縣徵調柴米油鹽等物運送京師，限價銷售。應當說，這兩項措施還是管用的，長安官民緊繃著的神經得以鬆弛下來，文姬在長安為爹守喪三年的計畫也得以順利進行。

文姬為爹守喪，主要表現為在長安陪伴爹祭祀爹。《孝經》云：「祭則致其嚴。」「嚴」就是嚴格按照「禮」進行，穿喪服、不飲酒、不吃葷、不說笑、悲痛哀傷、慎終追遠。她不可能像一些孝子那樣，在爹墓旁搭個草棚居住，「斬衰，苴杖，居倚廬，食粥，寢苫，枕塊」，只能在家中供奉爹的靈位，同時供奉娘的靈位焚香叩頭祭祀。守喪期間，她還有一項任務就是整理爹的書稿文稿。通過整理，她對爹在經學、史學、文學、書法、音樂等方面的巨大成就，有了更全面更深入的了解。蔡邕一生創作的書稿文稿極多，但文姬保管的只是其中的一部分，主要是詩賦文學作品。文姬發現爹有多篇詩賦都是半成品，這實在是一件憾事。如《靜情賦》與《蟬賦》均未寫完，不知是何原因。再如《初平詩》只寫了兩句：「暮宿河南悵望，天陰雨雪滂滂。」此詩寫作時間應是在初平元年（西元一九〇年），董卓廢立皇帝，禍國殃民，為避關東軍鋒芒決定遷都，洛陽二百萬官民踏上西往長安的苦難征途。文姬想，爹當時「暮宿河南」，「悵望」遠方，所見「天陰」，「雨雪滂滂」，感時傷事，心情一定非常憂愁、煩亂、糾結，所以才無法續寫下文的吧？

文姬整理爹的書稿文稿，時時考慮一個重大問題：承志耀親。《孝經》闡述孝有三個階段與層面：「夫孝，始於事親，中於事君，終於立身。」闡述孝的最高境界與終極目標：「立身行道，揚名於後世，以顯父母，孝之終也。」她想，這些話固然是針對孝子說的，但自己無兄無弟，豈不也適用於自己這個孝女麼？她清楚記得那年在喬家莊園，娘病重時和爹的一次談話。娘說：「伯喈，我這輩子做你的妻子，很幸福很滿足，也有遺憾。遺憾的是沒能給你生個兒子，你的才學怕是無人繼承了。」爹說：「不！你給我生了兩個女兒，兩個好女兒。琰兒會繼承我的才學的。她學詩學琴，多有長進！字也寫得不錯。」她想，爹說「琰兒會繼承我的才學」，固然是為了安慰娘，但也是大實話，爹的才學除了自己又能有誰來繼承呢？自己不可能像爹那樣，學問淵博，全才全優，但應當盡力而為，能繼承多少就繼承多少，能繼承到什麼程度就繼承到什麼程度。孔子云：「父在，觀其志；父歿，觀其行；三年無改父之道，可謂孝矣。」文姬暗下決心，為爹守喪盡孝，絕不會改變「父之道」，相反，要將這個「道」發揚光大，從而使亡故的父母及祖先永遠享受榮耀！

承志耀親使文姬產生了一種創作欲望。初平四年（西元一九三年），文姬二十歲，讀到她的偶像班昭的《東征賦》，創作欲望更加強烈。《東征賦》是班昭的代表作之一，作於漢安帝永初七年（西元一一三年）。這一年，班昭之子曹成任陳留郡匡城（今河南新鄉長垣）長，班昭隨兒子「東征」赴匡城，根據途中所見所感，創作了該賦。賦文按自西而東的地理順序，描繪沿途景象及感受，抒發離開京城的悲傷之情、長途跋涉的勞苦之情、敬仰先賢的緬懷之情以及體察民眾苦難的憐憫之情，語言暢達，感情真摯。賦末還有「亂辭」（評論），寫道：

君子之思，必成文兮。盍各言志，慕古人兮。先君行止，則有作兮。雖其不敏，敢不法兮。貴賤貧富，不可求兮。正身履道，以俟時兮。修短之運，愚智同兮。靖恭委命，唯吉凶兮。敬慎無怠，思嗛約兮。清靜少欲，師公綽（指孟公綽，春秋時魯國大夫，清心寡欲，品德高尚，孔子稱讚過他）兮。

「先君行止，則有作兮。雖其不敏，敢不法兮。」文姬讀這四句，思想觸動很大。班昭先君班彪，不論走到那裡都有作品問世，班昭受到影響並效法，所以才寫出《東征賦》。自己先君蔡邕，也是不論走到那裡都有作品問世，那麼自己也該受到影響並效法呀！也該寫出一篇像《東征賦》那樣的作品呀！只有這樣，才算承志耀親哪！文姬有了創作欲望，好像著了魔似的揮之不去，欲罷不能。班昭從洛陽向東到匡城，寫了《東征賦》。她呢？從圉里向西到洛陽，再向西到長安，完全可以寫一篇《西征賦》嘛！這個「征」不是征伐征戰之「征」，只是行走的「行」的意思。文姬又想，班昭的《東征賦》是賦，每句字數不等，愛用「兮」字，自己還不習慣那種文體。她熟知很多漢朝歌詩，如《十五從軍征》、《上山采蘼蕪》、《陌上桑》、《西北有高樓》、《迢迢牽牛星》，以及爹的《飲馬長城窟行》等等。它們都是整齊的五言詩，擅長敘事、繪景，在敘事、繪景中抒情。因此，她覺得自己該寫的不是一篇賦，而是一篇詩，一篇五言詩，那就叫作《西征詩》吧！

文姬隨爹學詩，早就懂得「詩言志」的道理。寫詩是為了表達志意與感情，絕非無病呻吟。雖然年輕，但閱歷廣泛，尤其是經歷了很多苦難，對社會對人生有了一定的認識與感悟。她孀居之前遭遇一系列的喪親之痛，身心之苦勝過黃連。其後，她經歷了董卓之亂，隨爹從圉里到洛陽到長安，目睹耳聞親身感受了國家的苦難和人民的苦難。這使她的思想昇華到一個新的高度，認識到個人的苦難微不足道，國家的苦難和人民的苦難才是刻骨銘心的苦難，不容忘懷的苦難。基於這樣的思想高度，她決定在《西征詩》中要著力寫國家的苦難、人民的苦難，於是開篇便寫董卓之亂：

漢季失權時，董卓亂天常。志欲圖篡弒，先害諸賢良。逼迫遷舊邦，擁主以自強。海內興義師，欲共討不詳。卓眾來東下，金甲耀日光。平土人脆弱，來兵皆胡羌。獵野圍城邑，所向悉破亡。斬截無孑遺，屍骸相撐拒。馬邊懸男頭，馬後載婦女。長驅西入關，迥路險且阻。不顧邈冥冥，肝脾為腐爛……

這樣的開頭很宏觀很大氣也很寫實很形象，稱得上是出手不凡。可是接下來，文姬卻不知該怎樣寫和寫什麼了。她由此懂得創作並非易事，需要有長期的生活積累和豐富的人生體驗。她讀過司馬遷的《報任安書》，那封信裡寫道：「西伯（周文王）拘而演《周易》，仲尼（孔子）厄而作《春秋》。屈原放逐，而賦《離騷》；左丘（左思明）失明，厥有《國語》……」是啊！先聖先賢們都是在遭受各種困厄和磨難之後才寫出偉大作品的，而自己遭受的困厄和磨難就那麼一點點，又哪能順順當當寫出一篇像樣的詩呢？不過，她是有決心也是有信心的，《西征詩》既然寫了開頭，那就一定要堅持寫下去，將它寫成寫好！

文姬繼承爹的才學，重點放在詩上，同時兼顧音樂和書法。她書寫爹的《琴賦》、《筆賦》，製成兩副橫幅，懸掛在書房兼客廳的牆上。每天都用一個時辰練琴，一個時辰練字，雷打不動。小巧不止一次地說：「琰兒，我覺得跟以前相比，你的琴彈得更好聽了，字寫得更好看了！」這是最直白最樸實的評價，表明文姬利用為爹守喪的機會刻苦練習，琴藝書藝水準又提高了一個檔次。此外，文姬還認真閱讀爹留下的那些古籍孤本，主要閱讀其中的知名作品。她有過目成誦的天賦，凡閱讀過的作品大多都能記住，一旦記住大多不會忘記。

文姬為爹守喪滿兩年的時候，漢獻帝年號改為興平元年（西元一九四年）。這期間，文姬常會想到妹妹蔡琬。琬妹情願嫁給二婚的羊衜，一過門就當後娘，她幸福嗎？她適應嗎？她肯定已知爹的死訊，她應當體諒爹和自己為何沒能按時回圉里參加她的婚禮呀！文姬也常會想到自己和巧姨兩個寡婦相依為命，難道就這樣過完此生麼？巧姨這年三十九歲，伺候、照料、關愛、陪伴自己已二十一年，不是親娘，勝過親娘。她為老蔡家為自己犧牲的太多太多，自己對她應當有所回報呀！如何回報？只有再過一年，為爹守喪期滿，睦叔叔、谷叔叔前來長安將爹靈柩遷回圉里，自己和巧姨亦回圉里，那時自己嫁人，巧姨也嫁人，分別成家過日子，生兒育女，那才是女人的正道啊！

文姬這樣想這樣打算，屬於人之常情。然而當時正值亂世，亂世難容人之常情。接下來的一年，發生更大的動亂，軍閥混戰引進匈奴鐵騎，從而徹底改變了文姬的人生走向和命運軌跡。

亂亂亂，怎一個「亂」字了得

李傕、郭汜、張濟、樊稠採取兩項措施穩定時局和人心，開始起到一些作用，但很快就不靈了。他們的兵馬經常進城燒殺搶掠，禍害百姓，徵調的生活物資越來越少，限價銷售成了一句空話。老天爺也不給他們好臉色，地震、旱災、洪災、蝗災連續不斷。興平元年四月到七月，號稱天府之國的關中居然沒下一滴雨，夏糧絕收，成千上萬人餓死。史籍這樣記載：「是時穀一斛五十萬（緡），豆麥一斛二十萬（緡），人相食啖，白骨委積。」試想想，那是一種怎樣的景象啊！四大金剛為爭權奪利又鬧起內訌，長安再次大亂，官民爭相逃亡。就連阮瑀、丁廙也告別文姬，各回老家去了。

李、郭、張、樊四人皆任將軍共掌朝政，表面上稱兄道弟，實際上是同床異夢、貌合神離。漢獻帝這年十五歲，要文沒文，要武沒武，窩窩囊囊。這使四人生出野心，都想仿效董卓取而代之。一個槽上拴不得兩頭驢，何況是四頭驢？於是四驢之間便各懷鬼胎，胡咬亂踢起來。偏有一位高人洞察四驢的心理，藏身暗處，決意以毒攻毒，煽動狗咬狗，窩裡鬥，讓他們在內部的咬、鬥中消耗力量。

這年秋天，長安忽然流傳四句民謠唱道：「雙木夾爻，一人獨大；周邊有禾，將享天下。」樊稠最早破解了民謠的含義：「雙木夾爻，一人獨大」是個「樊」字，「周邊有禾」是個「稠」字，「將享天下」當然就是當皇帝、坐天下的意思。這頭驢以為民謠體現民心民意，也就是說自己快要當皇帝了，好不歡喜、興奮和激動！李傕也破解了民謠的含義，認定這是樊稠故意所為，目的在於假託民謠欺世盜名，為其稱帝稱尊製造輿論。他不由勃然大怒，說：「癡人做夢！我等四人，將享天下者，只能是我李傕，怎麼也輪不到他姓樊的呀！」他立即召郭汜、張濟秘密議事。郭、張想的和李傕一樣，怎麼著也輪不上他樊稠當皇帝呀！三人略一商量，決定宴請樊稠。樊稠洋洋得意，應請赴宴。李、郭、張輪流敬酒，說的都是恭維話祝賀語。樊稠全然不疑，開懷痛飲，兩杯酒落肚，一頭栽在地上，七竅流血，嗚呼哀哉。李、郭、張當場分贓，瓜分了樊稠的兵馬。

樊稠一死，四大金剛變成三大金剛。忽然又流傳四句民謠唱道：「一把弓，長又長；齊水邊，當皇上。」李傕、郭汜經人分析，知道「一把弓，長又長」是個「張」字，「齊水邊」是個「濟」字。民謠是說，張濟要當皇帝了。二人氣得破口大罵：「張濟他娘的幾斤幾兩，想當皇上得是想瘋了，也編民謠騙人！」張濟聽到民謠，嚇出一身冷汗。他斷定李、郭將對自己下手，自己若不自救，下場肯定和樊稠一樣。這頭驢比樊稠聰明，立刻去見李、郭，說：「我是鎮東將軍，不宜在長安久住，這就別過兩位老兄，率部鎮守弘農（今河南靈寶）去。」張濟離開長安，意味著離開權力中心，自然也就不可能當皇上了。李、郭表示同意。張濟倉倉皇皇去了弘農，算是避免了樊稠那樣的下場。

長安只剩下李傕、郭汜兩頭驢，這兩頭驢之間又互相猜忌、水火不容，整個冬天都在胡咬亂踢，使尚未逃亡的官民吃盡苦頭。臘月中旬，文姬忽然收到堂叔蔡谷的信，信上說她的睦叔叔和何芬嬸娘患了重病在月初相繼去世，已過了二七。文姬讀信，感到一陣目眩，全身都在顫抖，失神地說：「睦叔叔，說好的，我在長安為爹守喪三年，你和谷叔叔前來將爹靈柩遷回圉里，我和巧姨也回圉里的。三年還剩半年，你，你為何就急匆匆走了呀？為何就和嬸娘一起走了呀？」她放聲大哭，珠淚如雨。小巧替她擦淚，說：「你睦叔叔前年說過：『世事多變，三年後，三年後還不定是個什麼情形呢！』看來，他那時就有預感，預感到現在的事了。」蔡谷信上還說，蔡琬婚後安好，已生兒子羊承；她一個年輕母親，既當羊承的親娘，又當羊發的後娘，真不容易！這是喜訊。但文姬、小巧沉浸在蔡睦、何芬病故的巨大悲痛中，怎麼也喜不起來。

動亂、風雪、饑寒、驚恐，長安官民在惶惶惴惴中，也是在絕望麻木中進入興平二年（西元一九五年）。李傕想當皇帝，郭汜也想當皇帝，各不相讓，遂將城外兵馬統統召進城內火拼廝殺，直殺得天昏地暗、風雲變色，雙方共死了兩萬多人，屍體無人掩埋就堆積在街道兩旁。到了三月，李傕漸處下風，情急之下闖進未央宮劫持了漢獻帝，往郿塢而去。行前，把皇宮裡的珍寶洗劫一空，然後放火，宮室化為灰燼，延及燒毀了上千戶民居。郭汜氣急敗壞，下令抓了一些公卿大臣及其家屬軟禁在長樂宮，繼而率部尾隨李傕追殺了過去。亂亂亂，怎一個「亂」字了得！

蔡邕屈死已近三年。可是公卿大臣名冊上仍有他的名字。郭汜部下按名冊抓人，發現蔡邕有個女兒叫蔡琰，住在東市附近。幾名軍士遂尋上門來，破門而入，凶神惡煞，指名要抓蔡琰。文姬嚇得魂飛魄散，小巧、康進捨命向前護衛文姬，軍士用刀劍逼住二人，厲聲說：「郭大帥命令我等抓人，敢有阻撓者，一個字：殺！」文姬自知在劫難逃，也擔心巧姨、康進吃虧，痛苦地說：「罷了罷了，我跟你們走就是！」小巧說：「那好，我隨你去！」康進說：「我也去！」軍士頭目得知小巧乃蔡琰的姨母，說：「你可以隨去。」至於康進，那個頭目說：「你不算蔡邕家屬，又是個跛腿男人，沒你的事，滾一邊去！」

小巧悄悄塞給軍士頭目一把銅錢，獲得允許拉了文姬進房收拾要帶的物品。小巧主要收拾衣裙鞋襪和值錢的首飾，裹了個包袱。文姬看重的是爹的靈位、娘的靈位以及爹的書稿文稿。書稿文稿有寫在竹簡上的，有寫在布帛上和紙上的，前者沒法攜帶，後者也只能帶走一部分。文姬眼中含淚，痛心疾首，說：「爹，女兒沒用，保不住你的焦尾琴，也保不住你的書稿文稿啊！」文姬、小巧各背一個包袱，由軍士押解著離開這個住了五年的家。康進流淚跺腳仍要阻攔，小巧說：「康哥，這個家就交給你了！」文姬說：「康叔，保人要緊。長安若待不下去，就去圉里找我谷叔叔去！」康進聲音裡帶著哭腔，說：「不！我在這裡等，要等你倆回來，等你倆回來！」

長樂宮裡軟禁了公卿大臣三四十人及其家屬百餘人。家屬都是女性，合住在兩座大殿裡，由兩名大獄女吏模樣的人監管。文姬、小巧被安排在一座大殿的角落，睡的是地草鋪，每天吃一次飯，多半是高粱米粥，實是稀湯，根本吃不飽。大殿裡共住有四五十人，人人萎靡，唉聲歎氣。公卿大臣的家屬平日都是錦衣玉食，然而到了這裡榮華掃地、富貴全無，連起碼的體面和尊嚴也談不上，形同囚犯和乞丐。幾個貴婦人幾乎天天責問女吏說：「你們把我們關在這個鬼地方，要關到什麼時候？」女吏聳了聳肩，說：「這話要問郭大帥，抓人放人，全由他說了算。」

這些人被軟禁在長樂宮，雖說不戴刑具、不受審訊，但不知外界消息令人沮喪，饑腸轆轆更是一種煎熬。天氣漸熱，大殿裡滿是難聞的氣味。蒼蠅、跳蚤、蚊子、臭蟲肆虐，每個人身上都有一顆顆紅腫的疙瘩。在那樣惡劣的環境裡，小巧盡其所能照料、呵護文姬，文姬也盡力照顧、關愛巧姨。兩個苦命女人，實際上早是慈母與愛女的關係，相依為命，生死一體。一天晚上，忽有人大叫道：「看！火，火！」所有人都跑到大殿院落裡，但見西北方向濃煙滾滾、火光沖天。文姬和小巧嚇得心驚肉跳，從方向從遠近判斷，火光沖天處正是自己家的所在地東市一帶呀！

五月四日，文姬為爹守喪滿三年。五月五日，是她二十二歲生日。她和巧姨在長樂宮裡無法舉行祭祀，只能在默默的祈禱中除了喪。文姬除喪後，總穿顏色素雅的衣裙，愛紮一塊四方的藍色頭巾，既包紮秀髮又遮掩面部。她還是個老姑娘，不宜過於拋頭露面。

李傕和郭汜在郿塢附近繼續火拼，連戰五十多日，元氣大傷，雙方兵馬最後只剩下五六千人。六月，張濟率領精兵一萬到達郿塢，強令李傕交出皇帝，郭汜釋放公卿大臣及其家屬，威脅說：「如有不從，引兵擊之！」李、郭見張濟兵勢強盛，不敢不從。於是，漢獻帝落到張濟手裡，長樂宮裡的公卿大臣及其家屬得以獲釋。文姬和小巧不知是喜是悲，各背著包袱急急離開長樂宮，首先想到的是回家。可是到東市一帶一看，處處斷壁殘垣、瓦礫焦土，哪還有什麼家？那裡另有一人也背著包裹，神情暗淡，來去徘徊。小巧認出那人，放聲叫道：「王君，王粲！」那人正是長相醜陋、文才奇異的王粲王仲宣。王粲高興地跑近二人，驚喜地說：「哎呀，總算見到你倆了！我去過長樂宮，可那裡的大兵不許我靠近大門。我也要離開長安，所以到這裡來看看，沒想到這裡成了這個樣子。」文姬說：「可見康進叔叔？」王粲說：「我兩月前來此見過他，從那以後再未見過。」小巧說：「一個大活人，總不會被燒死吧？」她三言兩語簡要敘說了進出長樂宮的情形，問道：「對了王粲，你說你要離開長安，到哪裡去？」王粲說：「荊州牧劉表聘我進他的幕府，我這就去襄陽。那麼你倆呢？怎麼辦？」文姬說：「我和巧姨打算回圉里去。」王粲說：「好啊！那我們可以同路，同路到澠池分手。」說話間，從廚城門馳進一隊騎兵，好像是羌胡族人，氣勢洶洶。王粲說：「此地不可久留，快走！」三人遂逕直向東，出了宣平門。文姬原想到廚城門外爹的墓前看一看的，形勢緊迫竟不能夠！在一片樹林裡，文姬、小巧去小溪邊洗了洗，換上乾淨衣裙，身上頓時清爽了許多，但很餓，餓得頭暈眼花。幸虧王粲包裹裡裝了好多乾餅，這些乾餅節省著吃，成了他們此後一個多月的主要食物。

三人同路東行，等同逃難，不敢走兵馬隊伍橫行的大道，專走偏僻崎嶇的小路。路上，時時可見白森森的死人骨骸，還有不少逃難人，多數是衣裙襤褸、蓬頭垢面的婦女。他們親眼看到一個面黃肌瘦的病態女人，抱著一個嬰兒步履蹣跚艱難前行。嬰兒餓餓啼哭，女人沒有可供嬰兒吃的東西，猶猶疑疑，最後一狠心將嬰兒丟棄在草叢中。嬰兒拼命啼哭，女人滿臉是淚，痛苦地說：「兒呀！你跟著娘必是個死，娘只能將你丟棄。但願有好心人能將你收養，那樣你才能活命哪！」女人搖搖晃晃走了，嬰兒哭聲淒厲揪心。文姬很想向前抱起那個嬰兒，小巧伸手將她攔住，說：「你我現在是自身難保，管不了他人的事啊！」王粲面色嚴峻，沉默無語。前面是灞河，漢文帝陵寢霸陵巍峨矗立在遠處。王粲站在河岸上，回望長安，隨口吟出一首五言詩來：

西京亂無象，豺虎方遘患。復棄中國去，委身適荊蠻。親戚對我悲，朋友相追攀。出門無所見，白骨蔽平原。路有饑婦人，抱子棄草間。顧聞號泣聲，揮涕獨不還。未知身死處，何能兩相完？驅馬棄之去，不忍聽此言。南登霸陵岸，回首望長安。悟彼下泉人，喟然傷心肝。

這是王粲著名《七哀詩》中的第一首，白描、寫實，「白骨蔽平原」的概括，饑婦人棄子的細節，浸血沾淚，震撼人心。文姬讓王粲將詩吟了兩遍，她一下子就記住了，由此更加懂得「詩言志」的真諦。詩存在於社會生活中，詩人從中發現、發掘題材，按照規律，用樸實、精煉、形象的語言將它吟出來寫出來，反映人民苦難，抒發真情實感，那就是好詩，那才是好詩！

文姬、小巧逃難有王粲同路，心裡踏實。他們避開兵馬隊伍，餐風露宿，過潼關、函谷關，溝坎荊棘，一路艱辛，七月總算到了澠池。文姬、小巧要繼續向東，王粲則要向南，於是在那裡依依分手。文姬、小巧真誠感謝王粲途中的關照，尤其是他的乾餅，那無疑是救了她倆的命。王粲希望昭姬姐、巧姨多多保重，後會或許有期。澠池街頭彙聚有很多逃難女人，都是從關中逃出來準備回老家洛陽的。小巧和文姬商量擬取一件首飾兌換成銅錢，買一些吃的供路上食用。忽然，逃難女人騷動起來，驚呼道：「胡人！胡人！」一支兵馬以一杆大旗開道，自東向西，呼喇喇馳近。文姬、小巧一看，便知那是匈奴人。她倆在朔方時見過匈奴人的，男人身材不高，胸寬腰粗，髮式怪異，

第十章

淪落匈奴

異族異國男女的邂逅

那麼，匈奴騎兵怎會出現在中原腹地的呢？回答是：中原地區軍閥混戰引進來的。

匈奴是中國北方一個古老民族，秦、漢之際建立起奴隸制國家。東漢光武帝建武二十四年（西元四十八年），匈奴發生動亂，導致分裂成南、北兩部分。其中，北部分去了遙遠的北方，稱北匈奴；南部分佔有河套地區，建王庭（國都）於五原塞（今內蒙古包頭），繼遷至美稷（一名南庭，今內蒙古准格爾旗西北），稱南匈奴。南匈奴依附東漢，進貢稱臣；東漢朝廷設置匈奴中郎將，率兵對其進行監護，每年給予一定的糧食、布帛等物資。因此，南匈奴單于對東漢皇帝，從總體上說是尊重的依賴的。董卓亂漢，遷都長安，河東并州一帶出現權力真空，幾股地方軍閥武裝趁虛而起，頭領人物有白波、韓暹、胡才、李樂等。這幾人既聯絡朝廷的興義將軍楊奉、安集將軍董承，又聯絡南匈奴單于，謀劃能把當今皇上抓到手裡，那樣就會獲利多多。興平二年（西元一九五年）初夏，南匈奴呼廚泉單于登基。這時，漢獻帝已被李傕劫往郿塢。郭汜進攻李傕，殃及民眾，死了數萬人。張濟率軍趕到郿塢，掌控了漢獻帝，謀劃將皇帝劫持到弘農去。楊奉、董承看穿張濟的企圖，立即通知白波、韓暹、胡才、李樂統兵入關阻擊張濟，名為「護駕」，實為劫駕。白、韓、胡、李兵力有限，遂向呼廚泉單于求援。呼廚泉心向漢朝皇帝，當即指派兩個兒子，左賢王和右賢王各率三千精騎參加「護駕」。這樣，匈奴騎兵便出現在中原腹地了。

匈奴騎兵呼喇喇馳近，發現街頭有很多女人，大感興趣，紛紛下馬。他們見女人都是些疲憊、憔悴的逃難者，又覺得掃興。偏有一人，髮式梳成狗尾巴狀，一眼看到坐地低頭緊抱著包袱的蔡文姬，他斷定包袱裡必有金銀珠寶便要搶奪。小巧慌忙出面保護文姬，說：「這位軍爺，有話好說，切莫動手。」狗尾巴推開小巧，用生硬的漢語說：「沒你的事，滾開！」他伸手猛力一拽，拽得包袱，急急打開，裡面根本不是什麼金銀珠寶，只有兩個木牌牌以及好多寫滿字的布帛、紙張。小巧又向前說：「軍爺軍爺，這是死人的靈位和書稿文稿，不值錢的。」狗尾巴見小巧也背著個包袱，說：「那麼值錢的東西就在你的包袱裡？」他又伸手搶奪。小巧包袱裡的確有些值錢的首飾，還有幾枚金餅，那是她和文姬的保命錢，豈能給人？她把包袱緊緊抱在懷裡，奮力抵抗狗尾巴。正緊張之際，忽有人高聲通報：「左賢王駕到！」又一隊騎兵馳近。為首者三十歲左右，身材偏高，未穿甲冑，白綢上衣，灰綢長褲，寬額濃眉，大眼高鼻，很有派頭。顯然，他就是左賢王了。左賢王厲聲喝住狗尾巴，躍下馬背，看到把頭埋得很低很低的文姬以及散落在地上的木牌牌和書稿文稿。他俯身取了木牌，知道那是漢人為紀念死者而供奉的靈位，讀出聲來：「亡父蔡邕伯喈大人之靈位；亡母趙氏玉玉大人之靈位。」他的眼中閃出驚訝的光芒，彎腰行揖禮，詢問文姬：「敢問你是伯喈先生的……」文姬沒敢抬頭。小巧忙代替文姬回答：「這位是伯喈先生的女兒，叫蔡琰；我是她的姨母，姓趙。男女有別，你有話可跟我說。」左賢王臉上露出笑容，拱手說：「失敬失敬，原來是蔡琰小姐和趙姨母！在我們匈奴，很多人都知道大儒伯喈先生不幸被王允殺害了。伯喈先生的作品在匈奴也廣泛流傳，本王就愛讀他的《述行賦》、《青衣賦》等，那文筆真流暢真優美啊！」

文姬暗暗驚奇。匈奴人是異族異國人，而這個左賢王居然讀過爹的賦文！她聽他稱自己為小姐，「嘣嘣」亂跳的心漸漸平靜。左賢王命令圍攏的騎兵散去，又俯身將靈位和書稿文稿整理好包裹好放在文姬腳邊，面向小巧，說：「趙姨母，你和蔡琰小姐怎會在這裡？準備往哪裡去？」小巧說：「我娘兒倆原在長安，逃難至此，準備回陳留郡老家，沒料想遇上了你的兵馬。」左賢王沉吟，許久才說：「恕我直言：你倆怕是很難回陳留郡。」小巧說：「這是為何？」左賢王說：「因為本王身後還有好幾路兵馬正向關中進發。你們兩個孤弱女人若遇上他們一夥，後果不堪設想。」小巧急了，說：「那可怎麼好？那可怎麼好？」左賢王說：「別怕。看在伯喈先生面子上，本王可為你倆提供保護。」小巧說：「你保護我倆回陳留郡？」左賢王說：「是！但現在不行。現在，本王要率部去關中執行軍務，建議你倆隨部同行，待軍務結束後即保護你倆回陳留郡。」

隨部同行？小巧不敢作主，俯身問文姬。文姬哪敢跟異族異國人扯在一起？意欲拒絕，卻又不知拒絕了該往何處去。她略一思索，低聲說：「你問他，我們憑什麼相信他的話？」小巧問了左賢王。左賢王點頭表示理解，從衣袋裡取出一封信遞給小巧。小巧遞給文姬。文姬讀信，知是白波、韓暹、胡才、李樂四人聯名寫給匈奴呼廚泉單于的。大意是請求援兵護駕，同去關中阻擊張濟把漢朝皇帝搶到手；事成將酬謝單于萬兩黃金、萬匹綢緞、萬石穀米。文姬讀信時，左賢王解釋說：「呼廚泉單于是本王父親。父單于一來尊重漢朝皇帝，二來很想得到酬謝，所以命本王及本王弟弟右賢王各率騎兵到了這裡，白波、韓暹、胡才、李樂的兵馬落在我們的後面。」文姬微微抬頭，偷偷看左賢王一眼。恰好，左賢王也看文姬。文姬慌忙又低下頭，對小巧說：「問他，我們隨部同行，會到長安嗎？若到長安，我能給我爹掃墓嗎？」小巧又問了左賢王。左賢王肯定地回答說：「會到長安的。蔡琰小姐要給伯喈先生掃墓體現孝心孝道，本王安排就是。」

在當時那種情況下，文姬只能同意隨部同行。可是她和巧姨兩個女人騎不了馬，怎麼同行？左賢王命一親兵說：「去，調一輛馬車和兩名侍女來！」親兵驅馬而去，不一時領回一輛馬車，馬車上跳下兩個女孩，身穿胡服，十二三歲的樣子。少女低首斂眉，拜見左賢王，自報名字，一叫沙卡，一叫花達。左賢王說：「沙卡，花達，你倆從現在起，專門負責伺候這位蔡琰小姐和這位趙姨母！」沙卡、花達說：「是！」小巧忙說：「不！主要是伺候蔡琰小姐，我是用不著人伺候的。」

天色向晚，左賢王命令就地紮營。匈奴騎兵好生麻利，像變戲法似的片刻間便搭起一個個氈包。文姬、小巧和沙卡、花達合住一個小氈包，地上鋪柴草鋪獸皮，那就是睡覺的「床」。文姬自被抓進長樂宮以來就沒有沐浴過，她問沙卡、花達能不能弄些熱水來，擦擦身子？沙卡、花達點頭，很快提來一個大木盆和一大桶熱水，請小姐沐浴。文姬心喜，關門沐浴，更換衣裙，直覺得身輕氣爽，這才像個女人。小巧也洗了洗。沙卡、花達接著端來飯菜：烙餅，燉牛肉，羊肉湯。文姬、小巧自被抓進長樂宮以來就沒吃飽過飯，而當天竟能吃到這樣豐富的飯菜，真叫個香啊！吃過之後，才覺到滿嘴的羯羶氣味。

夜間，文姬睡在「床」上，難以入眠。她回想白天發生的事情，實在難以置信，好像冥冥之中有一種力量促使自己和匈奴左賢王邂逅，並答應接受他的保護。遠處，人聲嘈雜，戰馬嘶鳴，好幾撥兵馬從東方馳來，向西方馳去。她想，這大概就是白波、韓暹、胡才、李樂的兵馬正向關中進發吧？自己和巧姨沒和他們遭遇，沒落到他們手裡，真是大幸！第二天，左賢王命令拔營起程，文姬、小巧和沙卡、花達乘坐一輛馬車，雖然顛簸但比起徒步跋涉來猶若天壤。過函谷關、過潼關、過華山、過灞橋，前面就是長安城。文姬有些迷茫有些恍惚。上個月，急急匆匆逃離這裡，而現在又隨匈奴左賢王回來了。這，這到底是為什麼呀？

「禮貌」的擄掠——遠赴匈奴

匈奴騎兵在長安北郊紮下大營。氈包密集，旌旗招展，警戒森嚴。左賢王派人同弟弟右賢王部和白波、韓暹、胡才、李樂部取得聯繫，同時安排蔡琰小姐掃墓。當戶（匈奴軍官名）諾斯奉命找到了蔡邕的墓，回報說墓塚快成平地，墓碑已斷成兩截。他當即命令連夜整修墓塚，並刻製新墓碑。兩天後，左賢王率諾斯及百名騎兵全副武裝護衛掃墓。文姬和小巧身穿孝服，由沙卡、花達伺候，乘坐馬車到達墓地，看到的是一座七八尺高的新土墓塚，墓塚前立一青石墓碑，墓碑上豎刻用漢隸書寫的大字：「亡父蔡邕伯喈大人之墓」。大字左側稍低處，豎刻小字：「女蔡琰追立」。文姬異常感動，因為這些都是左賢王特意而為之的呀！文姬再看，越發感動。因為左賢王已命人在爹的墓前陳放了供品：四牲牛、羊、鹿、豬，四禽雞、鴨、鵝、雁，四蔬芹、茶、薇、藕，四果桃、李、杏、梅。別說兵荒馬亂，即便在和平時期，普通人家掃墓祭祀要備齊這樣豐盛的供品也是很難很難的呀！文姬點燃香炷插在香爐裡，繼雙膝跪地行叩首禮，兩眼含淚，說：「爹，女兒來給你掃墓了。這一天來得太遲太遲，但總算來了。這要感謝匈奴左賢王，是他的幫助和安排女兒才能如願。爹呀！你辭世已經三年多。三年多來，妖魔鬼怪、魑魅魍魎猖獗，時局依然動亂，官民依然受苦啊！爹，女兒無力將你靈柩遷回圍里，也無力將娘靈柩遷回圍里讓二老合葬。女兒不孝不孝，大不孝啊！」她說到這裡，已是淚流滿面泣不成聲。小巧也跪地說：「姐夫，小巧也來給你掃墓了。小巧別無所求，只求你和玉玉姐的在天之靈保佑琰兒，保佑她少吃些苦少受些罪！」文姬掃墓未紮頭巾，左賢王得以近距離觀察到蔡琰小姐的面容，小姐原來這樣年輕、這樣清秀、這樣文靜！他也點燃香炷插在香爐裡，繼行揖禮，說：「伯喈先生，你是我最敬仰的漢朝大儒。鑑於此，我有責任保護你的女兒，她會平安無恙的，你盡可以放心！」

掃墓正在進行，忽聽得有戰鼓聲、號角聲、吶喊聲。一名騎兵策馬馳來，下馬，單腿跪地，抱拳說：「報告左賢王：長安西面來了三路兵馬，分別打著張濟、李傕、郭汜的旗號。」左賢王神色嚴峻，說：「傳本王命令：全部集合，嚴陣以待，敢有犯我部者，堅決回擊！」那名騎兵說：「是！」起身上馬，急馳而去。左賢王轉而命令諾斯：「快！護衛蔡琰小姐和趙姨母回歸大營！」諾斯抱拳說：「遵命！」於是請文姬、小巧登上馬車，沙卡、花達亦上車。百名騎兵手執兵器，雄赳赳氣昂昂，前後左右，護衛回歸大營。文姬和小巧哪見過哪經過這樣的場景？緊張、害怕，又有些激動。

長安城郊，為搶奪漢獻帝而展開一場混戰。混戰的兵馬先有張濟部、李傕部、郭汜部；繼有楊奉部、董承部；再有白波部、韓暹部、胡才部、李樂部，這四部得到匈奴右賢王部的支持。漢獻帝成了香餑餑，各部都想得到他掌控他，通過他號令天下。但是，各部又都沒有得到他掌控他的絕對實力，所以混戰變成拉鋸戰。漢獻帝忽兒歸張三，忽兒歸李四，鑾駕忽兒往東，忽兒往西，一直折騰到十月，還沒分出個頭緒。匈奴左賢王相當精明，穩紮穩守大營，暫不參加混戰，坐山觀虎鬥，等待各部筋疲力竭時，那時再出手定會一戰而搶奪到漢朝皇帝獲取最大的利益。

這期間，文姬和小巧住在左賢王軍營裡，受到很好的保護，飲食起居享受著貴賓般的待遇。文姬對此忐忑不安，很想離開異族異國人的軍營。可是軍營外面，混戰正酣，兵馬旗鼓，刀光劍影，離開了又能往哪裡去？唉！只能權當「貴賓」，得過且過吧！沙卡、花達會說流利的漢語，通過她倆的講述，文姬、小巧大體上了解了匈奴的一些基本情況。

匈奴是個馬背上的民族，主要從事游牧業，四處遷徙，逐水草而居。東南西北四向，以北向為尊，所以氈包和房屋的正門，都面向北方。國人平時多吃畜肉，衣其皮革或氈裘，擅長騎射，勇猛好鬥。禮義與人倫觀念淡薄，自古以來形成一種習俗：父死，子可妻母；兄死，弟可妻嫂。沒有文字，法律原始，人們交往只以口頭言語為約束。匈奴分裂後，南匈奴單于姓虛連題氏，單于以下設左賢王、左谷蠡王、右賢王、右谷蠡王，稱「四角」；以下再設左日逐王、右日逐王，左溫禺鞮王、右溫禺鞮王、左漸將王、右漸將王，稱「六角」。「四角」和「六角」均為單于家族成員，其中左賢王地位最高，為儲君，相當於漢朝的皇太子。現在的左賢王名叫骨朵，是呼廚泉單于的長子，喜愛並通曉漢文化，擁有四個王妃；右賢王叫去卑，是呼廚泉單于的次子，為人謙和，擁有兩個王妃……

文姬了解了這些情況，只當是新聞趣事，萬萬沒想到，很快地它們就和她的生活、她的命運緊密聯繫在一起。

這一天，左賢王突然接到單于口諭，命其騎兵火速班師。他不知南庭發生了什麼大事，一面命全部作班師準備，一面將突如其來的變故通過趙姨母告訴蔡琰小姐。文姬不免驚慌：這樣，她和巧姨怎麼回圉里？左賢王說：「父單于口諭，本王必須遵行，但本王對你倆的承諾不會改變。作為變通之計建議你倆繼續隨部同行，不妨到匈奴去避一避。」文姬大驚失色，說：「什麼？去匈奴？」左賢王說：「是的，去匈奴。我想小姐早就看到漢朝亂成什麼樣子了？外戚、宦官、軍閥、地方武裝誰也不是省油的燈，爭權奪利，殺人放火，連皇帝都敢搶敢奪，哪還管百姓的死活？說實話，沒有本王的保護小姐是回不了陳留郡的，只怕一出軍營就會落入歹徒之手。」

文姬心亂如麻。她承認左賢王所言句句是實，但要她到匈奴去實在難以接受。她讓巧姨問左賢王：「你說到匈奴去避一避，是什麼意思？」左賢王說：「就是避避風頭，等漢朝形勢穩定了明朗了，本王自會兌現承諾，護送小姐回陳留郡的。」此時此刻，還有其他什麼好辦法嗎？好像沒有。文姬和巧姨商量，只能答應繼續隨部同行，且到匈奴去走一趟。左賢王雷厲風行，立命將大營移至渭河北岸。次日向東取道臨晉（今陝西大荔東），從那裡的蒲津關東渡黃河進入并州地界。他命諾斯率五十名騎兵，嚴密護衛蔡琰小姐和趙姨母緩慢行進，自己則率騎兵主力快馬加鞭先行馳回南庭。

文姬、小巧和沙卡、花達共乘一輛馬車馳向北方，大道兩旁時時可見匈奴大兵手執刀劍或皮鞭押解著一隊隊漢人。漢人中有男有女有老有少，被用長繩繫著手腕，蓬頭跣足，面黃肌瘦，跌跌撞撞，踉蹌前行。看得出他們當中很多人是一家人，但彼此不敢說話，更不敢招呼。老人和小孩走路艱難。匈奴士兵凶神惡煞，揮動皮鞭，又打又罵，喝斥道：「快走快走！不然，老子要你的狗命！」漢人痛苦、憤怒，可又有何法？白天忍氣吞聲，夜間才敢呼號、悲泣：「老天爺呀老天爺，我等無辜，為何遭此大禍呀？」途中景象，怵心劌目。文姬通過巧姨詢問諾斯：「匈奴人為何擄掠漢人？」諾斯面無表情，說：「南匈奴由眾多部族組成，但部族成份非常複雜。一些部族自行為政，專靠侵犯漢朝燒殺搶掠維持生計。他們搶掠錢糧、財物和牲畜，也擄掠漢人充當奴隸，無法無天。這種情況，在董卓之亂後尤甚，每年擄掠的漢人足有萬人之多，見怪不怪。」文姬心頭一陣抽搐。須知，那些漢人都是她的同胞、她的父老鄉親、她的兄弟姐妹呀！他們遭受匈奴人欺凌，求生不得，欲死不能，而自己卻乘坐著匈奴的馬車到匈奴去。這，有違常理，情何以堪？她忙讓巧姨呼喚諾斯停車，她說她要下車不去匈奴了。諾斯哪敢放她下車？說：「蔡琰小姐，你得體諒體諒本將軍。護衛你和趙姨母去匈奴是左賢王的命令，我若不能完成任務，他還不扒了我的皮！」

文姬這時也有了一種被擄掠的感覺，只是被擄掠的形式與那些漢人不同。那些漢人是被匈奴大兵強行擄掠到匈奴的，而自己則是被匈奴左賢王「禮貌」地擄掠到匈奴的。在澠池，左賢王建議隨部同行，自己答應了。在長安，左賢王建議隨部同行，自己又答應了。其實自己是心甘情願被人家擄掠到匈奴的呀！不過話又說回來，自己想不被擄掠，行嗎？肯定不行！漢朝大兵胡作非為，匈奴大兵凶悍暴虐。自己和巧姨如果落到那夥人手裡，還不定是個什麼結果呢！她坐在車上滿腔悲苦悲憤，猛想起那篇僅僅寫了開頭的《西征詩》，來了靈感，就途中見聞脫口吟道：「所略（掠）有萬計，不得令囤聚。或有骨肉俱，欲言不敢語。失意幾微間，輒言斃降虜。要當以亭刃，我曹不活汝。豈敢惜性命，不堪其詈罵。或便加棰杖，毒痛參並下。旦則號泣行，夜則悲吟坐。欲死不能得，欲生無一可。彼蒼者何辜，乃遭此厄禍。」她又想，《西征詩》的詩題是相對於班昭的《東征賦》而定的，現在看已不適用。因為自己不僅「西征」，而且「北征」了，所以詩題需要改動。改作什麼呢？倏忽，「悲憤」二字躍上腦際，那就改叫《悲憤詩》吧！悲憤出詩人，悲憤出佳作。蔡琰蔡文姬在詩的百花園裡已徜徉多年，此時更增強了信心：一定要把《悲憤詩》寫成寫好，就像王粲作《七哀詩》那樣，不求華麗，只求寫實，寫出社會動亂，寫出百姓苦難，通過敘事抒發自己以及所有受苦受難者的至悲至憤之情！

邊荒與華異，人俗少義理

馬疾車快，出了長城關隘，漸漸進入南匈奴境。強勁的西北風中已有颼颼寒意，山巒隱隱，丘陵起伏，天高野曠，草色枯黃。河流旁池塘邊，散布著一個個氈包，氈包附近散放著馬、牛、羊無人看管，只有牧羊犬跑來跑去，不時吠上幾聲。空中偶爾出現雁陣，大雁已經延誤了時日，必須加快飛行才能盡早到達溫暖的南方。

馬車到達南匈奴京城美稷即南庭。南庭位於漢朝五原郡東南方向，瀕臨黃河。這是一座由成千上萬個大小氈包和少數草房組合成的城市，核心部位是單于宮，以及單于宮四周的王公貴族府第。那裡雖然也有氈包，但更多的是高高大大的磚瓦房，豪華氣派也算得上是雕樑畫棟，金碧輝煌。單于宮東面有一處園林建築，佔地廣闊，環境優美，那是左賢王骨朵的衙署和府第所在，匈奴人也稱其為「東宮」。文姬到了南庭，就被安排在東宮西南角的一個氈包裡居住。氈包比較寬敞，分裡間臥室和外間客廳，陳設富麗。裡間臥室有兩張床，文姬、小巧各睡一張。最讓文姬、小巧滿意的是，氈包還附連著兩三個小氈包，其中一個小氈包是廚房，火爐、水桶、鍋碗瓢盆等齊全。這樣，她倆就可以獨立開夥，做自己愛吃的飯菜了。沙卡、花達住鄰近一個小氈包，領了東宮總管滋密來見文姬。滋密五十歲左右，瘦高個子，長臉翹眉，山羊鬍鬚，臉上老掛著笑，說：「左賢王交代，說蔡琰小姐和趙姨母到了這裡就跟到了家一樣。沙卡、花達仍負責伺候二位。不論什麼事，可讓她倆告訴我，我定當照辦。」小巧代替文姬答話說：「謝謝滋總管。請問左賢王現在哪裡？」滋總管說：「匈奴東鄰烏桓蠢蠢欲動，妄圖犯境。左賢王奉單于之命率兵巡邊去了，估計年底才能回來。」文姬聽了心裡怏怏的，左賢王不在南庭，自己哪回得了漢朝老家？

文姬、小巧在一個完全陌生的地方住了下來。三天後，南庭開始下雪，風雪交加，銀妝素裹，茫茫皚皚。文姬隱約記得朔方的風雪，所以對南庭的風雪不覺得奇怪。氈包外風雪瀰漫，氈包裡卻是溫暖如春。沙卡、花達生起火盆，燃燒木炭，炭火很紅很旺。氈包裡的人即便穿夾衣夾裙，也不覺寒冷。滋總管送來一些漢朝書籍、文房四寶和一張古琴，說：「左賢王交代，說蔡琰小姐是大儒蔡邕先生的女兒一定也善詩善琴善書法，所以在這方面要為她提供方便。」小巧代替文姬感謝滋總管和左賢王。文姬心想，左賢王還真是個有心人。

在匈奴東宮氈包裡有書可讀，這是文姬沒有料到的。滋總管送來的書籍中，有一本五言詩集，其中很多詩都是文姬讀過並能背誦的。不過，她還是一首一首認真閱讀，在閱讀中揣摩，在閱讀中思考，這對她寫好《悲憤詩》會有幫助。她還寫字，主要是默寫爹的文稿，如《筆賦》、《琴賦》、《漢津賦》、《翠鳥詩》等，寫成條幅狀懸掛起來，體會詩賦的內容，比對書法的優劣，以致氈包裡懸掛的紙幅越來越多，就像書法展覽一樣。她很想彈琴。滋總管送來的那張古琴，顯然出自漢朝，琴身暗紅色，光滑明亮，撥動琴弦，那音色和音韻絕對一流。她很想彈琴卻又不能放手彈琴，更不能放聲歌唱，每次只能輕輕彈上一曲，輕輕哼唱幾句，隨即止住。因為這是在異國他鄉，容不得自己隨心所欲啊！當文姬在溫暖的氈包裡讀書、寫字、彈琴的時候，常會想到在來匈奴途中看到的那些漢人、那些同胞、那些父老鄉親、兄弟姐妹。他們被匈奴人擄掠，在這冰天雪地裡還不知有多少人凍死餓死，拋屍荒野了呀！她想到這裡，覺得身上冰涼，心裡更是冰涼，讀書、寫字、彈琴全沒了興致。

文姬住進東宮氈包，引起一個匈奴女人的警惕，她就是左賢王的居次（匈奴諸王嫡王妃的名號）呼衍氏。左賢王巡邊前跟她說過，說在漢朝遇到大儒蔡邕之女蔡琰小姐和趙姨母，她倆一時回不了老家，所以要來匈奴避一避，人家來了就是客人，切莫怠慢。呼衍居次聽後好不緊張，擔心蔡琰小姐國色天香、風情萬種就像王昭君，自己的丈夫若癡迷於她，那可怎麼好？丈夫除自己以外，另有三個王妃，難道再要娶個漢人王妃不成？每個王妃都是情敵，她可不能掉以輕心哪！呼衍居次決定會會蔡琰小姐，命滋總管和兩名侍女陪同來到文姬所住的氈包。她見到了蔡琰小姐，立刻放下心來。因為這位小姐雖然清秀、文靜，但姿容遠非國色天香和風情萬種，肯定比不上王昭君。既然如此，自己的丈夫又怎會癡迷上她呢？呼衍居次和文姬交談，更加確信自己的判斷。因為蔡琰小姐到匈奴來只是權宜之計，待漢朝形勢穩定了明朗了，她會立即回老家去的。因此，呼衍居次笑容可掬，顯得很大度，說：「蔡琰小姐，你和趙姨母是左賢王的客人，當然也是本居次的客人，安心住下就是了。」她的漢語說得不怎麼標準，把小姐說成「小節」，把姨母說成「姨膜」，把客人說成「咯人」，聽來怪怪的。她接著說：「俗話說：美不美，家鄉水；親不親，家鄉人。家鄉好啊！我會力勸左賢王盡快護送你倆回漢朝去，回家鄉去的。」她見文姬、小巧僅穿著夾衣夾裙，轉身吩咐滋總管說：「滋總管，蔡琰小姐和趙姨母穿得太單薄，這怎麼行哪？你去府庫取些布帛、絮棉和羊毛送來，供二位縫棉衣禦寒，別凍壞了身子。」滋總管答應說：「是！是！」文姬、小巧忙說：「居次如此費心和關照，太感謝太感謝了！」

呼衍居次送的布帛、絮棉和羊毛還真管用，文姬、小巧各縫了一身棉衣。臘月下旬，為迎新年單于宮和東宮都忙碌起來。左賢王巡邊果然回來了，回來即來看望蔡琰小姐和趙姨母。他見氈包裡懸掛的那些紙幅，讚不絕口，稱讚伯喈先生的詩賦優美，稱讚蔡琰小姐的書法水準高超。文姬急切想知道漢朝的情形，讓巧姨詢問。左賢王說：「本王弟弟右賢王剛剛派人回報，說長安混戰略有眉目：楊奉、董承和白波、韓暹、胡才、李樂合力打敗張濟，又打敗李傕、郭汜，搶奪到了漢朝皇帝。張、李、郭心猶不甘，冰釋前嫌再度聯手，又打敗楊、董等。楊、董等損失慘重，只領著漢朝皇帝及幾名隨駕大臣渡過黃河到了安邑。張、李、郭的兵馬則殺向弘農，揚言還要搶奪回皇帝。」文姬讓巧姨問：「這麼說，漢朝形勢還沒穩定沒明朗？」左賢王說：「可不是？只是混戰的戰場東移罷了，還遠沒到穩定和明朗的時候。所以，你倆暫時還回不去，就在南庭過年吧！」文姬無語。她被左賢王「禮貌」地擄掠到匈奴，就像一隻鳥被關進鳥籠，鳥籠的門不打開鳥是飛不出去的。

左賢王跟趙姨母招呼，說除夕之夜，呼廚泉單于會舉行宴會，家族成員歡聚守歲，特邀請客人蔡琰小姐和趙姨母參加；單于聽說蔡琰小姐精於琴藝，希望小姐能在宴會上彈奏一曲。文姬斷然推辭，可哪裡推辭得掉？小巧說：「參加就參加，怕它做甚！」文姬無法，只能接受邀請。這是異族異國人的宴會，所以，她和巧姨要略略梳妝，以顯示漢人的體面、漢人的風采。

除夕晚酉時許，滋總管來接文姬、小巧前往單于宮，沙卡、花達懷抱古琴同行。單于宮主殿天極殿，高大巍峨，富麗堂皇。壁上鑲金嵌玉，空中懸掛彩帶，地上鋪展氈毹，上百盞油脂燈照耀，亮如白晝。一張張長條桌整齊排列，單于家族成員按序落坐。男人寬袍大袖，女人衣飾華貴，濟濟一堂，足有三四百人。文姬、小巧在後面一張長條桌旁落坐，落坐時嚇了一跳，因為座位縟墊上，覆蓋的竟是色彩斑斕的虎皮！沙卡、花達坐在文姬身後，小聲介紹出席宴會的成員。文姬直覺得眼花撩亂，看不出那些人有什麼區別。一群男侍女侍往條桌上擺放餐具，擺放煮、蒸、烤了的牛羊肉，擺放酒罈，並往大碗裡斟酒，肉香酒香撲鼻。有人高聲通報：「呼廚泉單于、閼氏、左賢王駕到！」全大殿人起立相迎。左賢王陪同父單于、母閼氏進入大殿，在正前方中央條桌旁落坐，面向家族成員。左賢王是儲君，主持宴會，帶領家族成員向單于敬酒、向閼氏敬酒，然後宣布用餐。眾人於是大碗喝酒，大塊吃肉，狼吞虎嚥，風捲殘雲，同時高聲說笑，吵吵嚷嚷。男侍女侍來去穿梭不停頓地上肉上酒，保證饕餮大餐順利進行。

文姬看匈奴人用餐，是用匕首切肉送進嘴裡，幾乎不怎麼咀嚼就嚥下了。喝酒用大碗，多是一碗酒一口乾。她面前條桌上，也擺放有一大盤牛羊肉一大碗酒。那肉只有六七分熟，滿是羯羶氣味，上面還有紅紅的血絲，看了就反胃，哪裡敢吃？還有一種叫酪的食品，據說是用馬奶牛奶羊奶製成的，雪白，糕狀，也有羯羶氣味，也不敢吃。那酒性烈嗆人，當然更不敢喝。她想，這就是匈奴，胡風胡俗，跟中原風俗、漢人風俗完全不同啊！

一陣山吃海喝，人人紅光滿面，興高彩烈。左賢王起身，拍了拍手，說：「今日宴會，我們有幸能邀請到漢朝的蔡琰小姐和趙姨母一起歡聚守歲。蔡琰小姐琴藝極佳，我們特請她彈奏一曲以助興致，歡迎！」他帶頭鼓掌，全大殿人都鼓起掌來。文姬早有心理準備，大大方方起身，微笑施襝衽禮。所有目光都集中在她身上，原來這位漢朝小姐很美麗很動人。

文姬本是個一般美女，這天略略梳妝姿容煥然一新。她是外罩著猩紅色披風來到大殿的，大殿裡太熱，披風脫了，露出綠綾緊身襦襖，紫羅百褶長裙，束懸纓吊穗的米黃色錦緞繡花腰帶，圍薄如蟬翼的白底藍花絲巾，簡約、緊湊、俐落和匈奴女人繁縟、臃腫的衣裙形成鮮明對比。她不飾金銀只飾玉，鵝黃色玉笄，絳紫色玉簪，銀紅色玉步搖，耳垂只戴一副圓圓的碧綠色玉釘。她面龐秀美，肌膚白淨，眉拂春黛，眼橫秋波，星眸笑靨，天然佳人！沙卡、花達已將古琴平放在條桌上。文姬落坐，靜一靜心氣，一撥一摁琴弦，優美的旋律便從手指間流淌開來。她彈的是一支叫《春》的琴曲，描繪春天的種種意象。從她的琴聲中，人們彷彿看到聽到：天空蔚藍，白雲飄浮，陽光明媚，春風和煦。春風吹綠了原野，芳草萋萋，嫩柳婆娑。春風帶來了春雨，霏霏濛濛，潤物無聲。河渠池塘，流水潺潺，波光粼粼。鳥兒歡快地飛翔、鳴叫，羽毛潔白的紅頂鵝悠閒地在水面上戲游。一夜春風一夜春雨，百花綻放。蘭花飄逸靈動，牡丹雍容華貴，茶花奔放熱烈，月季絢麗大氣，桃花團團簇簇，梨花晶瑩似雪，玫瑰花、杜鵑花、石榴花、雞冠花、美人蕉花爭紅鬥豔，如火如霞。一泓碧水，翠綠的荷葉中荷莖挺立，擎起很多乳白色粉紅色荷苞，有的荷苞上站立著雙翅一抖一抖的彩色蜻蜓……

文姬的琴聲太美了。大殿裡的匈奴人不論懂不懂琴都覺得美，都很陶醉。有人用匕首切了肉忘記送進嘴裡，有人端著一大碗酒忘記了喝。呼廚泉單于視力欠佳，非讓左賢王陪同走到漢朝小姐跟前，要看看她的長相，看看她彈琴的技巧。二人近距離看到的漢朝小姐，青春、幽雅、嫺靜，十個纖長的手指在琴弦上舞動恰似銀河織女、月宮嫦娥。而漢朝小姐雙目微閉、身體輕晃完全沉浸在抑揚頓挫的琴曲裡，心無旁騖，對面前不遠處的兩個大人物全然不覺。

呼廚泉單于和左賢王回到自己座位。文姬彈完最後一個音符，收勢，琴聲漸漸止住。呼廚泉帶頭叫了個「好」字，全大殿人跟著叫好，熱烈鼓掌。呼廚泉說：「賞！賞黃金五兩，皮革百張！」文姬起身，再施斂衽禮。小巧嘟囔說：「賞黃金還好，賞那麼多皮革有何用處？」

左賢王宣布，下面的程序是舞會。眾人歡呼，一窩蜂似的擁出大殿，到了殿外的廣場上。那裡已點燃起熊熊篝火，樂隊奏響鼙鼓、號角、琵琶，還有胡笳。眾人隨即圍成圓圈，隨著樂曲的節拍，舉臂踢足，擺腰扭臀，舞蹈起來，還用匈奴語放聲歌唱。文姬將披風罩在衣裙外面也出了大殿，一股風吹起披風的下襬，她猛地打了個寒噤。她和巧姨未去廣場，逕直回了氈包。她能聽到廣場上傳來的樂曲聲和歌聲，不由想起老家園里的除夕之夜，全家人圍坐在一起吃年夜飯，給壓歲錢，嗑著瓜籽守歲，說說笑笑，那多麼親切多麼溫馨哪！而今，她和巧姨卻淪落在匈奴，淪落在荒寒的胡地。她格外想念漢朝、想念家鄉、想念親人，特別想念死去的爹娘。她供奉爹的靈位和娘的靈位，焚香叩拜。隨後取筆，寫出幾句詩來：「邊荒與華異，人俗少義理。處所多霜雪，胡風春夏起。翩翩吹我衣，肅肅入我耳。感時念父母，哀歎無終已。」這時，她把自己，把自己的感受與哀歎都寫進《悲憤詩》了。

男方求婚逼婚，女方無處可逃

匈奴通用漢朝紀年方式。文姬以為新的一年是興平三年，很快知道錯了。因為正月漢獻帝待在安邑，喪魂落魄又奢望平安，所以決定改元為建安元年（西元一九六年）。她當時尚不知情，除夕之夜她略略梳妝參加宴會，彈琴一曲，竟然同時撩動了兩個男人的心。

一是呼廚泉單于。此人年約半百，原先封王，擁有居次一人，王妃四人。上年登上單于大位，居次升為閼氏，王妃升為單于妃，憑藉至高無上的權力又娶了三個年輕美貌的女子為單于妃。儘管如此，他仍不滿足，及至看到漢朝的蔡琰小姐，聽了她的琴聲，不由心動，若能將這個小姐娶為單于妃，豈不美哉！

二是左賢王。左賢王初遇蔡琰小姐時，確實是出於對蔡邕的敬仰才決定對她提供保護的。他尊重漢人男女有別的習俗，所以和小姐沒有單獨相處過，二人說話都是通過趙姨母問問答答。小姐平時愛紮頭巾，面龐半掩，只在長安掃墓那一天，他第一次看到她未紮頭巾時的芳容，年輕、清秀、文靜。小姐答應他的建議，隨部同行到匈奴來了。他把她當作客人，以禮相待。除夕之夜，他聽她彈琴，她彈得出神入化。他陪同父單于走近她，這是他第二次看到她未紮頭巾時的芳容。因為梳妝了，所以神態舉止很美很美。她的美不像匈奴女人那樣，妖媚、風騷、外向、野性；她的美完全是漢朝大家閨秀特有的那種氣質美、風韻美，端莊、典雅、婉約、蘊藉，這是匈奴女人修練一輩子也不可能達到的。從那一刻起，他有點心猿意馬，有了娶她為王妃的欲望與衝動。再則，他的一位居次和三個王妃，多年來共為他生了五個女兒，偏偏沒生個兒子。他是儲君，日後是要繼承父位的。那時，自己如果沒有兒子，那就得立弟弟或侄兒等為左賢王，那怎能行？因此他極想在年富力強之時再娶個王妃，趕快生個兒子，這樣他的一生就算完美了。而漢朝的蔡琰小姐，丰神楚楚，多才多藝，無疑正是這個王妃最理想的人選。

呼廚泉和左賢王同時想入非非，同時又不摸蔡琰小姐的底細：她多大年齡？她嫁人了嗎？從她梳的髮式看，她是嫁了人的，但為何又是單身？春回大地時節，呼廚泉採取行動，命閼氏須卜氏打聽清楚這幾個問題。須卜閼氏洞察丈夫的心思，暗暗說：「老東西，多大歲數了，還打人家漢朝小姐的主意？」她嘴上答應，轉身把這事告訴了兒子左賢王。左賢王說：「娘就打聽打聽唄，我對這幾個問題也感興趣。」閼氏吃驚地說：「哎呀我的兒！你該不會跟你爹一樣，也看上那個小姐了吧？」

須卜閼氏，一個身矮體胖的富態女人，親臨氈包，看望蔡琰小姐和趙姨母。她用拉家常的方式，很輕易便從趙姨母口中獲知：蔡琰小姐是個苦命人，五歲時開始隨爹流放流亡，十一歲喪母，十五歲時有過一次婚姻，僅僅半年多丈夫就病死了；孀居期間，為了照料爹的飲食起居，從洛陽到長安；爹遭奸人殺害，她又守喪三年，上年五月才除喪，都二十三歲了，仍然單身。閼氏同情蔡琰小姐的遭遇，迅速把獲知的情況先告訴兒子。左賢王暗喜，叮囑娘說這些情況最好別讓父單于知道。閼氏說：「這是為何？」左賢王說：「娘，你大概不願看到父單于再娶個單于妃吧！」閼氏恍然，「噗哧」笑了，說：「兒呀！你敢跟你父單于爭女人，好樣的，行！」

左賢王也採取行動了。一天，他交給趙姨母一幅字，說是初學書法請蔡琰小姐評點評點。小巧將那幅字轉交文姬。文姬一看，不由面紅耳熱，芳心猛跳。原來那幅字，寫的是《新婚賦》裡的一段話：「其在近也，若神龍彩鱗翼將舉；其既遠也，若披雲緣漢見織女。立若碧山亭亭豎，動若翡翠奮其羽。眾色燎照，視之無主，面若明月，輝似朝日，色若蓮葩，肌如凝蜜。」文姬知道，《新婚賦》是她爹在和她娘大婚的次日寫的，「其在近也」一段專寫娘的美貌。沒想到匈奴左賢王竟也讀過這篇賦，而且寫了這段話，什麼意思？什麼意思？她有點心慌，有點意亂，忙把狀況告訴巧姨。小巧嘴巴張得老大，驚呼說：「呀呀！這分明是示愛求婚嘛！」文姬滿臉飛紅，說：「看來，我倆得趕快回漢朝去，不然，還不定生出怎樣的麻煩！」回漢朝去？談何容易？沒有左賢王的幫助，回得去嗎？怎麼回？呼衍居次出於女人的本能，敏銳地感覺到蔡琰小姐住在東宮，可能對自己不利，所以多次催促丈夫，應當趕快讓蔡琰小姐回漢朝去。左賢王卻推三阻四，總能找出理由故意拖延。

這年夏天，左賢王加快了行動步伐，把欲娶蔡琰小姐為王妃的真實想法告訴母閼氏，並請母閼氏助自己一臂之力。須卜閼氏內心向著兒子，寧願蔡琰小姐成為兒媳，也不願她成為單于妃。因此，母子二人達成默契，商定了巧妙的逼婚步驟。須卜閼氏先向蔡琰小姐「賀喜」，說呼廚泉單于人老心花，打算娶小姐為第八個單于妃。文姬嚇得芳容變色，斷然拒絕。須卜閼氏接著為小姐「出謀劃策」，說拒絕單于要有個理由。什麼理由？她說：「小姐就說已答應嫁給左賢王為王妃了。」她特別強調說：「其實呀，我兒左賢王早就心儀小姐，只是沒有公開表白罷了。」一番話石破天驚。文姬毫無心理準備，不知該怎樣回答。須卜閼氏裝出善解人意的樣子，又說：「婚姻大事不可草率，小姐可要慎重考慮哦？」最後又意味深長地說：「小姐跟我們家有緣哪！或為我夫的單于妃，或為我兒的王妃，二選其一，只能選其一喲！」

須卜閼氏離去。文姬平時難得生氣，這回真生氣了，面色發白，眉梢顫動，憤憤地說：「這是逼婚，逼婚！誰說我要嫁人了？『二選其一』，這是什麼話？我若嫁人，難道非嫁那兩個男人不可？」小巧勸文姬冷靜，認真地說：「這事生氣沒用，你能阻止那兩個男人都對你動心？兩個男人，一是單于，一是儲君，逼婚，你又能拿人家怎樣？『二選其一』，話雖難聽，不過倒是說出了眼下的實情。琰兒，你今年二十三歲，後半生總得有個依靠有個歸宿不是？你老沒個依靠和歸宿，我很不安，總覺得對不起你死去的娘啊！『二選其一』，斷不可選那個單于。那人，我在除夕之夜見過，是個乾瘦的老頭，病歪歪的，瞇著眼看人，色瞇瞇的。我看他沒有幾年活頭了。既然如此，那麼只能選擇另一人。左賢王年輕，從接觸的情況看，也算有風度有禮貌。在匈奴人中，這樣的男人可是鳳毛麟角啊！」文姬痛苦地說：「巧姨，我是漢女，哪能嫁給異族異國人？」小巧歎氣說：「唉！事到如今，又有何法？」文姬非常後悔，後悔根本就不該到匈奴來，以致陷入了目前的困境與窘境。

左賢王裝著什麼事情也沒有發生，依舊時時光臨氈包。他又寫了兩幅字請小姐「評點評點」。這回寫的是《詩經》裡的詩句：「窈窕淑女，君子好逑」，「一日不見，如三秋兮」。文姬尷尬，刻意回避，鑽進臥室再不出來。左賢王全然不惱，專和趙姨母說話，興致很高。文姬又氣又恨，決意擺脫糾纏，讓巧姨明白告訴左賢王說：「我是漢人，你是匈奴人，族異國異，成不了婚姻。」不料左賢王卻說：「此言差矣！王昭君和呼韓邪單于不是成就了美好婚姻麼？」文姬再讓巧姨告訴左賢王說：「我結過婚，是個寡婦！」左賢王說：「這，我知道。寡婦怎麼啦？寡婦應當再嫁。卓文君再嫁司馬相如，不是傳為佳話麼？」文姬氣得恨得牙癢癢的，使出殺手鐧，再讓巧姨告訴左賢王說：「我們漢朝男婚女嫁，須有父母之命、媒妁之言。我父母已死，但老家還有叔父嬸娘相當於父母。請問，你能讓我見到叔父嬸娘，徵得他們同意嗎？」左賢王手摸寬額無語，凝神默想片刻，很自信地說：「好！我就設法讓小姐見到你叔父嬸娘！」他問清小姐老家的確切地址和叔父嬸娘的姓名，記在一張紙條上，然後離去。文姬狐疑：他要幹什麼？他真要到圉里去，把叔父嬸娘弄到匈奴來麼？

左賢王弟弟右賢王仍在漢朝。他隨即派人將那張紙條送交弟弟，並傳話讓弟弟如此如此。這時已是八月，漢朝方面，參加「護駕」的軍閥因利害衝突發生內訌，死的死傷的傷，皇帝最終落在楊奉、韓暹手裡，悽悽惶惶到了洛陽，落魄潦倒，形如乞丐。曹操曹孟德在幾年裡成了氣候，有了一支強大的軍隊，以許縣（今河南許昌東）為中心，佔有兗州、豫州大部分地盤。曹操雄才大略，預見到皇帝潛在的政治價值，於是親率大軍到洛陽將皇帝接到許昌去，許縣因此改稱許都。楊奉、韓暹出面阻撓，打了敗仗，落荒逃至陳留郡一帶，強拉民眾充當士兵，拼湊烏合，企圖攔擊曹操，再度奪回皇帝。這二人哪是曹操的對手？一戰便全軍覆沒，倉皇投奔袁術去了。匈奴右賢王是真心護駕的，直到許都。曹操讚賞右賢王的忠義，給予了豐厚的酬謝。右賢王將率騎兵回匈奴，忽然接到左賢王口傳的命令，命他去陳留縣圉里，務要找到蔡琰小姐的叔父蔡谷、嬸娘葛蘭，並把二人安全地接到南庭。右賢王奉命，根據那張紙條標明的地址，到了圉里，通過六十多歲的里正（村長）蔡懷，一打聽，方知蔡谷、葛蘭夫婦在二十天前死了，是楊奉、韓暹的大兵殺死的。蔡懷講，楊奉、韓暹的大兵從洛陽逃到陳留，駐紮在圉里一帶，為補充給養，燒殺搶掠，搶光所有人家的財產，還強拉包括蔡谷在內的男人去當兵。蔡谷快六十歲了，哪受得了這樣的惡氣？操起一根木棍要和那些大兵拼命，妻子葛蘭也拿了菜刀緊跟著丈夫。結果，夫妻二人死在大兵的戈矛之下。曹操打敗楊奉、韓暹，圉里的鄉親們才收攏蔡谷、葛蘭的屍骨，用蘆席包裹埋葬在老蔡家祖墳塋地。老蔡家蔡邕、蔡睦、蔡谷三兄弟都死了，沒聽說留下子嗣。蔡邕有個女兒叫蔡琰，不知下落；蔡邕也有個女兒叫蔡琬，嫁給泰山南城老羊家，女婿好像叫什麼羊衜……

右賢王無法完成哥哥交代的任務，只能帶著圉里的消息率部返回匈奴。左賢王領了右賢王，讓他親口告訴蔡琰小姐圉里新近的情況。右賢王說到蔡懷、蔡琬、羊衜三個人名，說到泰山南城這個地名，消息無疑是真實的。文姬聽著聽著直覺得心如刀絞，痛不欲生。老蔡家一大家人，這些年來一個個死去，活著的僅剩自己和妹妹蔡琬了。老天爺！你為何這樣殘忍，這樣無情！

進入九月，左賢王加強逼婚攻勢，直接表白他要娶蔡琰小姐為王妃，且說趙姨母可代為父母之命的「父母」，須卜閼氏就是媒妁之言的「媒妁」。文姬困窘不堪，決定採用拖的辦法，讓巧姨告訴左賢王說：「我要為叔父嬸娘服喪三年，一切待三年後再說。」左賢王當下變了臉色，拂袖而去。文姬、小巧處於高度緊張狀態。數天後，須卜閼氏再一次親臨氈包，避開趙姨母，只和蔡琰小姐單獨說話。她說，她的兒子左賢王既很溫和又很凶惡，溫和時像綿羊，凶惡時像猛虎；他心儀小姐，足夠溫和了，但示愛求愛一再碰壁已漸漸失去耐心，凶惡可能會取代溫和；他說了，匈奴人是不服喪的，小姐如果執意拒婚避婚，那麼他第一步將會懲治趙姨母，罰作奴隸，罰服苦役……

「不！不！不！」文姬不等閼氏把話說完，嚇得連叫三個「不」字。她自出生以來，巧姨就伺候她照料她陪伴她呵護她，等同親娘，勝過親娘，哪能罰作奴隸？哪能罰服苦役？自己縱然粉身碎骨，也不能讓巧姨受到一點點傷害和凌辱啊！文姬為了巧姨，上天無路，入地無門，無處可逃，只能含淚說：「罷了罷了，我答應婚事就是。」須卜閼氏大喜，說：「這不結了？從今往後呀，你就是我兒媳，我會好好愛你疼你的！」接下來的事順順暢暢。十月十六日是個吉日，左賢王和蔡琰小姐按照匈奴習俗舉行婚禮，蔡琰小姐成了左賢王的第五個王妃。

第十一章

王妃屈辱

新婚之夜的大火

南庭東宮分為東區和西區兩部分。東區主要是宮殿式建築，其中主殿日華殿是左賢王骨朵的衙署，豪華程度僅次於單于宮的天極殿。西區主要是氈包式建築，是左賢王的府第，他的居次和王妃都住在這裡。西區的氈包劃分多個院落，每個院落單獨開門自成一體，內含一個叫做「穹廬」的大氈包和多個小氈包。左賢王喜愛並通曉漢文化，講究情趣，把各個院落稱「園」。他又喜愛名馬，所以用名馬名為園命名，呼衍居次和三個王妃的住處，分別叫赤驥園、超影園、華騮園、逾輝園。另外還有個騰霄園，恰好成了他和新王妃的洞房，新王妃婚後擬在此園居住。

左賢王和新王妃的婚禮完全按照匈奴習俗，在日華殿舉行，相當隆重。文姬沐浴，梳妝打扮，穿戴匈奴女人的禮服和首飾，以大紅色和潔白色為主色調，煞是美麗。匈奴人婚禮與漢人婚禮的最大不同處是，新郎要時時抱著新娘。新郎騎馬來接新娘，得把新娘抱上馬；新郎、新娘騎馬到日華殿，新郎得把新娘抱下馬，抱進殿內。拜天地、拜高堂、夫妻對拜之後，新郎得抱著新娘轉幾個圓圈，得抱著新娘逐一接受長輩和賓客的祝福。禮成，新郎還得抱著新娘走出日華殿，走進穹廬洞房。騰霄園穹廬包括裡間臥室和外間客廳，陳設華美，張燈結綵，紅燭上罩著紅色紗罩，燭光也是紅色的，朦朦朧朧。新郎在臥室放下新娘，再去日華殿陪同長輩和賓客享用喜宴，直到喜宴散後才能返回洞房。

新娘是漢女，恪守男女有別的儒學禮教。她自和左賢王相遇相識，二人沒有單獨相處過，沒有直接說過話。而這天，她竟被那個男人反覆抱著面對很多很多人，差點沒羞死窘死。匈奴女子大婚，頭上不罩面衣。新娘坐在臥室床沿上，看到除了巧姨、沙卡、花達外，還有須卜閼氏和多個貴婦。經閼氏介紹，她認識了其中三人，即左賢王的三個王妃丘林氏、蘭拓氏、扈代氏。閼氏笑著說：「蔡琰呀，從今天起，你也是王妃，和她們平起平坐。」新娘趕忙起身行襝衽禮，紅著臉說：「蔡琰不敢，請多關照。」三個王妃也笑著說：「妹妹不必客氣，要說關照，那就互相關照才是。」不知為何，東宮主婦呼衍居次並未在臥室露面。

約莫亥時，須卜閼氏和貴婦陸續離去。新娘在朦朧的燭光下打量臥室。臥室寬敞，紅木床很大，帳幔、被褥、枕頭全新，繡著花鳥、祥雲等彩色圖案。梳粧檯上的銅鏡也很大，明明亮亮。首飾盒裡有金、銀、玉、骨製作的各種首飾，有的首飾形狀怪異叫不上名字。兩個大紅衣櫃兩個大紅木箱，裡面裝的想必都是床上用品及女人衣裙之類。她還想到外間客廳看看，未及起身，新郎回來了，滿面紅光。沙卡、花達忙打水給新郎洗漱，並斟上熱茶，說了幾句吉祥話，然後和小巧退出穹廬，回了自己住的氈包。

騰霄園裡只剩下新郎、新娘二人。新郎走進穹廬裡間，走近新娘。新娘一陣心跳，有點緊張，低著頭。新郎坐在她身邊托起她的頭，正面審視、端詳她的面龐。啊！瓜子臉、柳葉眉、丹鳳眼，星星一樣的黑眸，櫻桃一樣的朱唇，多麼和諧，多麼勻稱，和諧勻稱中透著婉約，透著含蓄，透著生生的靈氣與才氣。他很開心，緊緊將她攬進懷裡，熱烈吻她，並摸她的乳房，解她的衣扣。新娘嬌嬌羞羞，不得不和他直接說話了：「把蠟燭吹滅吧？」新郎一笑，說：「不！我要在燭光下欣賞我的王妃！」新郎動作麻利，脫光自己的衣服，脫光新娘的衣裙，赤裸的強壯身體，壓上赤裸的白嫩胴體，雄雄昂昂，直奔主題，頃刻間電閃雷鳴、山崩河決、銷魂蝕魄、美妙絕倫……

這種境界，對左賢王來說是家常便飯，對蔡文姬來說則是美味大餐。文姬在少女時代，曾在夢中體驗過領略過男女性愛，隨後懷著美好的嚮往與憧憬進入婚姻殿堂，萬沒想到衛仲道竟是那樣一個不中用的男人。從那以後，她的性愛被塵封被壓抑太久太久，近乎麻木了窒息了，直到今天才得以開啟，得以釋放。壓在自己身上的這個男人，強壯強悍，勝過衛仲道百倍千倍，真是好手段好功夫！

新郎身心大快，側身而臥，略略小憩，忽見新娘身下床單上印著幾點血跡，像是紅色花瓣。他覺得奇怪，問：「這……」新娘羞羞答答，簡約敘說自己的第一次婚姻。新郎說：「這麼說，你還是個處女身？」新娘怯怯點頭。新郎狂驚狂喜又騰起激情，再次壓上新娘的胴體施展雄風，還說：「我給你耕耘播種，你要給我生個兒子。我日後是要繼承單于大位的，不能沒有親生兒子，懂嗎？」

生個兒子？新娘渾身打了個激靈，不禁記起第一次婚姻時婆母張氏的話：「你要記住，你現在嫁到衛家，第一位的任務是懷寶寶，給我生個大胖孫子，別讓我們老衛家斷了香火，懂嗎？」今日，新郎在新婚之夜在做愛之時，也提出要自己給他生個兒子。這，這也太性急了吧！她想，他將我擄掠到匈奴，逼婚做愛，難道就是為了要個兒子？自己若是生不了兒子，哪又會怎樣？她這樣一想，全身肌肉發緊，性愛的興致和感覺全無，連新郎怎樣結束戰鬥，怎樣滾落在一邊沉沉睡去的也不知曉。新娘坐起，取了被丟在一邊的內衣內褲輕輕穿上，就著朦朧的燭光觀察熟睡中的新郎。他胳膊粗壯，胸脯寬闊，胸前和腿上長有很多黑毛，耳垂上戴一副精緻的白玉圓環，打起響亮的鼾聲，嘴裡流出口水。新娘猛然一驚：這個異族異國的王爺、儲君就是自己的丈夫，自己的男人？從此以後，自己就要和他共同生活，不時同床共枕，還要給他生個兒子？她無法想像，也無法接受，恍恍惚惚，夢幻一般。時間已過子夜，大概丑時吧？新娘忽然發覺穹廬外間有紅紅的火光，且有器物燃燒的聲響。她立刻意識到凶險，大聲呼喚新郎，新郎睡得很死沒有反應。她在他肩胛上狠狠擰了兩下，大聲說：「火！火！」新郎這才驚醒，慌忙起身。新娘把他的短褲遞給他。他急急穿了短褲，伸頭看看外間，外間火勢熾盛，熊熊熇熇，好像所有器物都在燃燒。新娘在床上嚇得手足無措。新郎回轉身，隨手用床上的一條大被包裹新娘，包裹嚴實，然後抱著她大步衝向外間，衝進烈火，衝出穹廬，再衝出騰霄園，奔向西北角的那個氈包。迎面撞著看到火警驚慌而來的小巧、沙卡、花達，新郎只說了一個字：「回！」幾個人急急回到氈包。新郎被燒掉幾綹頭髮，腳上只穿了一隻鞋。大被的一角冒著黑煙，閃著火星。沙卡忙端來一瓢水將火星澆滅。新郎急急解開大被。新娘蜷縮在大被裡，長長吐了口氣，面色煞白。小巧見新娘只穿著內衣內褲，光著腳，忙給她尋找衣裙和鞋襪。新郎也只穿著短褲，小巧取了一條床單讓他裹在身上。

大火驚動了東宮、單于宮所有的人。呼衍居次和丘林、蘭拓、扈代王妃趕到現場，呼廚泉單于、須卜闕氏、右賢王等也趕到現場。每人都詢問同一個問題：「左賢王呢？左賢王怎樣？」兩宮衛士二三百人忙於救火。穹廬的主體材料是皮革和竹木，一旦著火，哪能救得？穹廬的火延及小氈包，火海騰騰，縱橫肆虐，不一會兒穹廬和小氈包蕩然消失，只剩下點點餘火和股股黑煙。丘林、蘭拓、扈代王妃哭出聲來：「左賢王啊左賢王啊！」呼廚泉單于沒好氣地說：「哭什麼喪？一場火，就能燒死匈奴儲君，堂堂左賢王！」

左賢王這時已悄悄回到日華殿，穿戴齊整，特意戴了一頂帽子遮住燒掉的頭髮。他命人將父單于、母閼氏、右賢王請到日華殿。單于、閼氏見到兒子，大喜說：「就是！一場火，豈能奈何得了我們的兒子！」閼氏沒見新娘，急切地問：「新娘呢？她怎樣？」左賢王說：「她也沒事，只是受了些驚嚇。今夜也多虧她，若不是她，兒子恐怕……」

呼廚泉單于曾對才貌出眾的蔡琰小姐動過心。但兒子下手比他快，他的閼氏也在暗中幫著兒子，所以蔡琰小姐已成了他的兒媳。他用手指揉了揉雙眼，說：「今夜這火蹊蹺，好像有點來頭。」左賢王說：「父單于所言極是。這是有人縱火，火從穹廬外間燒向裡間，若是先燒裡間，那就會是另外的結局。」閼氏說：「縱火的凶手是誰？為何要縱火？」右賢王說：「我看凶手是衝著新王妃的，衝著新王妃，鬼迷心竅，也就顧不得我哥這個儲君了。」

呼衍居次和丘林、蘭拓、扈代王妃聽人說新郎和新娘都安然無恙，新郎正在日華殿和單于、閼氏說話。四人於是匆匆到日華殿，大聲嚷嚷，要見左賢王。左賢王命衛士擋駕，說：「本王心情不好，誰也不見！」殿外，呼衍居次的嗓門最大，說：「左賢王呀！這是有人要謀害你呀，你一定要追查呀！」

西北角氈包裡，文姬穿了原先的衣裙，驚魂久久難定。剛才那一幕太可怕太嚇人了，自己若不是及時發覺火警，及時擰醒左賢王，左賢王若不是及時用大被包裹自己，抱著自己迅速衝出洞房，那會是什麼結局？不敢想，不敢想啊！沙卡取來毛巾，讓文姬擦了擦臉。花達端來開水，讓文姬喝了。巧姨整理床鋪，讓文姬坐到床上，文姬這才漸漸定下神來。她又想起第一次婚姻，想起那個新婚之夜，新郎衛仲道是喝醉酒進入洞房的，進入洞房倒頭便睡一直睡到天明，根本沒有碰她。而今第二次婚姻，這個新婚之夜，新郎左賢王倒是碰她了，但他是異族異國人，做愛之時說起生兒子，大煞風景。接著便是莫名其妙的大火。她沒來得及看看洞房的全貌，沒來得及穿上禮服穿上鞋，就被那人用大被裹著抱著回到了原先住的這個氈包，這張床上。兩個新婚之夜，說來也忒滑稽忒可笑。蔡琰呀蔡琰，你的婚姻，你的新婚之夜，難道注定就該是這樣的麼？

胡笳激發的靈感

天明，左賢王到騰霄園，這裡看看，那裡瞧瞧，所見一堆灰燼多處冒煙，縱火者沒有留下任何蛛絲馬跡。他到西北角那個氈包，看望蔡王妃。文姬已是他的妻子，不得不迎接丈夫、招呼丈夫。左賢王得知王妃毫髮無損，笑著說：「這樣，我就放心了！」恰是吃飯時間。左賢王大大方方留下吃飯，文姬自然陪同。吃的飯很簡單，漢人常吃的小米糯米大棗紅豆粥，鹽水煮花生和香油鹹菜絲。左賢王吃得津津有味，說：「嗯！好吃好吃！」文姬第一次陪同異族異國丈夫吃飯，心裡說不清是什麼滋味。左賢王稱王妃為蔡妃，邊吃飯邊說：「蔡妃呀，我已吩咐滋總管兩件事：一，你暫時仍住這個氈包，生活上享受和其他王妃同樣的待遇；二，重建騰霄園，要建得比燒毀的騰霄園更華麗更氣派。」文姬未及答話。滋總管已率一幫人到來，抱的抱抬的抬，抱的抬的都是衣裙首飾、綾羅綢緞、箱箱櫃櫃之類。文姬說：「我要這些東西做什麼？」滋總管說：「這是王妃應當享受的待遇。」他再喚過四名十二三歲的侍女，說：「按規定，每位王妃應有六個侍女伺候，蔡王妃只有沙卡、花達二人，所以再增補四人。」文姬立時惱了，對左賢王說：「我不缺胳膊不缺腿，要那麼多侍女伺候做什麼？請你發話把那些東西統統拿走，侍女也請走人。我，巧姨、沙卡、花達四人住在這裡，最好！」左賢王笑了，只取了幾件首飾放在桌上，轉身對滋總管說：「蔡妃不同於其他王妃，她怎麼說，你就怎麼做。」

滋總管又吆吆喝喝，讓一幫人把東西抱回抬回。左賢王也要離去，忽把蔡王妃拉進臥室，低聲說：「今晚，我來接你去日華殿過夜。」文姬不由滿臉通紅。她，匈奴左賢王的女人，這已是不爭的事實。而且在新婚之夜，她擰醒他救了他的命，他也用大被包裹她救了她的命，二人之間還有點「患難夫妻」的成分哩！

文姬兩次婚姻都沒有蜜月。第一次，衛仲道不中用，自己還無法啟齒，當了個吃黃連的啞巴。這一次，左賢王倒是中用，但她仍無蜜月可度。一則，她成為王妃是被逼的，並非出於自願；二則，左賢王也不全屬於她。那人早有一個居次和三個王妃，他得輪流到她們的穹廬過夜，只能將他的五分之一分配給新王妃。新王妃覺得這樣最好，因為她實在不想和一個異族異國男人同床共枕，尋歡做愛，如果可能她願讓出那五分之一，永遠不要，圖個心安與自尊。呼衍居次和丘林、蘭拓、𠪉代王妃或單獨或結伴光臨氈包看望新王妃，親熱地把新王妃叫妹妹。她們說起那場火全都慷慨激昂，義憤填膺。呼衍居次以東宮主婦身分，嚴正地說：「好妹妹，我已命滋密總管徹查，徹查東宮每一個人，看那場火到底是從哪裡來的！」

不論怎麼說，蔡文姬已是左賢王的一個王妃，確確實實、真真切切。這個王妃與眾不同，為人低調，性格隨和，和趙姨母仍住原先的氈包，並不要享受什麼王妃的待遇。她很少和人交往，每天都讀詩、彈琴、寫字，有時還吟詩寫詩！她有心逐漸融入匈奴社會，所以向沙卡、花達學起匈奴語來，數月後竟也能用匈奴語和兩個侍女進行簡單交流了。通過交流，她知道沙卡、花達原來也是漢人，是堂姐妹，姓柳，五六歲時被匈奴騎兵擄掠到匈奴當了奴隸。「沙卡」、「花達」是匈奴人起的名字，分別是沙土、野草的意思。這年，沙卡十四歲，花達十三歲。文姬聽後異常震驚，問：「你倆還記得老家嗎？老家還有親人嗎？」沙卡搖頭，說：「只記得老家靠近一座山，好像叫什麼坳，父母被匈奴騎兵擄掠在途中失散，再未見過也沒消息。」趙姨母把沙卡、花達摟在懷裡，抹著淚說：「可憐的孩子，你倆怎麼也這樣苦命！」

沙卡、花達告訴文姬，東宮和單于宮裡還有多個漢人都是奴隸，罰服苦役，專幹掃除、擔水、清理茅廁、洗涮馬桶等重活、苦活和髒活。他們常年服役，必須絕對服從，若有懈怠或反抗就會挨打挨罵，甚至會丟掉性命。匈奴人經常殺害漢人奴隸，殺了人不負任何責任。趙姨母大駭，說：「罪過，罪過！」文姬考慮得更深一層：這是民族的苦難！她再一次想起上年在來匈奴的路上，看到的匈奴大兵擄掠漢人的景象，何等觸目驚心！文姬心裡很痛很痛。一方面，她的同胞、父老鄉親、兄弟姐妹，成千上萬淪為匈奴人的奴隸，喪失自由、人格與尊嚴；一方面，她卻成了匈奴左賢王的王妃，還要由漢人侍女沙卡、花達伺候。這，這叫什麼事？她當即決定，從當天起，沙卡、花達不許再自稱奴婢，她認她倆為妹妹；她倆和自己、巧姨同桌吃飯，吃一樣的飯菜，不許再有尊卑貴賤之分。沙卡、花達不敢，小巧來了個折衷之法，說：「若有外人，你倆還是先前的樣子，是侍女；避開外人，那就隨便點，怎樣都行。」

沙卡、花達自打到了匈奴當了奴隸以後，第一次受到這樣的關愛，親人般的關愛，感動得熱淚盈眶。她倆進而告訴文姬，南庭也常有些漢人來，主要是做生意的商人，用漢朝的糧食、食鹽、絲綢、布匹、鐵器換取匈奴的馬牛羊、皮革、玉器。文姬對此感到意外和欣喜，忙請巧姨去打聽打聽，看那些商人中有沒有老鄉兗州陳留郡人。小巧打聽了，商人都是鄰近匈奴的并州、幽州人，沒有兗州人。文姬很是失望，隨口吟出四句詩來：「有客從外來，聞之常歡喜。迎問其消息，輒復非鄉里。」

秋去冬盡，又是除夕。除夕之夜，呼廚泉單于照例舉行宴會，家族成員歡聚守歲。上年此時，文姬還是客人，略略梳妝，彈琴一曲，同時撩動了兩個男人的心；今年此時，她已是左賢王的王妃，也成了單于家族的一個成員。她的座位被安排在扈代王妃的右面，經左賢王提議她又彈琴一曲。她的姿容、她的氣質、她的琴藝贏得滿堂彩，獲得熱烈的掌聲。宴會之後仍是舞會。廣場、篝火，樂隊演奏樂曲，舞蹈歌聲。文姬十一歲喪母，從那以後，遵循禮儀，長期服喪，所以無緣於舞蹈，但通曉音樂，對匈奴音樂也略知一二。

文姬聽爹蔡邕講過，漢朝音樂有雅樂、雜樂、四夷樂之分。其中，雅樂是宮廷音樂，雜樂是民間音樂，四夷樂則是四方各少數民族音樂：東方曰「昧」，南方曰「任」，西方曰「朱離」，北方曰「禁」。匈奴音樂屬於「禁」，通稱「胡樂」。班固《東都賦》寫道：「四夷間奏，德廣所及；禁侏兜離，罔不具集。」可見包括「禁」在內的四夷樂，在中原地區是流行很廣的。匈奴音樂的樂器，主要有鼙鼓、號角、琵琶、胡笳等。樂師利用它們，演奏出粗獷、豪放、雄渾、蒼涼的樂曲，盡顯匈奴風情。文姬對匈奴樂器胡笳特感興趣。她記得，她五歲時在朔方，爹曾給她買過一隻胡笳，可惜她年齡太小，吹不響；爹還給她講過胡笳，說胡笳有原始胡笳和木製胡笳兩種樣式，吹出的音樂聲音渾厚、深沉，最善表達哀傷、淒婉的思想感情。文姬在當夜的舞會上又看到了胡笳，那是木製胡笳，樂師吹奏時，管身豎置，兩手食指和中指分別按放三個音孔，聲音果然渾厚、深沉。胡笳聲中有一個表停頓與轉折的音節拖得較長，很像漢朝騷體詩中的「兮」字。這一發現使文姬突然產生靈感：自己可不可以再創作一篇騷體詩，詩中引入胡笳的音韻，就像屈原的《離騷》那樣，一些詩句中也使用「兮」字，抒發心志與感情？她已經在創作五言詩《悲憤詩》了，重在敘事；若再創作一篇騷體詩，應當有別於《悲憤詩》，要重在抒情。抒情是詩歌最本質的特徵。「詩言志」，就是概括這一特徵的，至為精闢。那麼，自己若再創作一篇騷體詩，詩題叫什麼呢？靈感來源於胡笳，那就叫《胡笳詩》吧！文姬因為有了這樣的靈感和想法而激動而興奮。她再看舞會場面，樂隊奏樂，人們載歌載舞。每隔一會兒，樂隊就會奏出節拍，舞者就會拍手跺腳，齊聲喊道：「一拍一拍」，「二拍二拍」，「三拍三拍」。她不明白這是何意，問沙卡、花達。沙卡、花達回答不上來，她只好問左賢王。左賢王笑著說：「匈奴語裡的『拍』是個量詞，相當於漢語裡的『首』、『節』、『支』、『段』，一首詩一節詩可稱一拍，一首歌一支歌、一支樂曲一段樂曲也可稱一拍。這是匈奴音樂的特點，一場舞會奏的樂曲唱的歌，一拍一拍往上加，可以加到數十拍，甚至上百拍。」文姬點頭，說：「噢，原來是這樣。」她又長了知識，心想若有可能一定要在《胡笳詩》中表現這種「拍」的特點。

新的一年是建安二年（西元一九七年）。《胡笳詩》的詩題佔滿文姬的腦海，而她卻沒寫出一句詩來。滋密總管遵從左賢王的吩咐，派人清理騰霄園灰燼，規劃重建更華麗更氣派的騰霄園。三月初，突然傳來警報：北匈奴兩萬兵馬犯邊，來勢洶洶。呼廚泉單于急召諸王「四角」、「六角」議事。議事的結果是：左賢王骨朵、右賢王去卑各率騎兵一萬出征抗擊，務要拒敵於國門之外。左賢王出征前夕，兩次接蔡王妃到日華殿過夜。文姬不甚情願但又沒有理由拒絕，勉為其難，敷衍承歡。左賢王出征起程，驅馬馳往前線。文姬不知為何，對他竟有幾分牽掛，幾分惦念。

就在左賢王出征後的第四天，東宮和單于宮傳出驚人消息：蔡王妃和趙姨母不見了，極有可能回漢朝去了。這話是呼衍居次最早說出來的，她還說蔡王妃和趙姨母回漢朝時，拐跑了許多值錢的首飾，而她倆自有的物件、衣裙鞋襪、書稿文稿等一樣也沒帶走。她恨得咬牙切齒，逢人必說：「蔡王妃說到底是漢人，是騙子，到匈奴來是騙錢的！左賢王待她不薄呀，誰知左賢王剛剛出征，她就回漢朝去了，拐跑了那麼多首飾，真是知人知面不知心！」

蔡王妃和趙姨母果真回漢朝去了麼？這事除了呼衍居次外，好像再無第二個人知情。

屈辱：風雨雷電，問天問神

南庭三月，春寒料峭。尤其是夜間，朔風勁吹，漆黑一片，白天融化的冰雪又結了冰，所以顯得格外寒冷。子夜時分，東宮後面的偏門打開。四條黑影從門內閃出，其中兩條黑影各扛了個黑布袋子，迅速上了一輛等候在那裡的馬車。偏門關上，馬車啟動，疾馳而去。這事做得痲利而詭秘，所用時間不過一眨眼工夫。

馬車疾馳，馳出南庭，馳上大道，再馳上坑坑窪窪的小路。黑影解開布袋，布袋裡裝的竟是兩個女人——蔡文姬和趙小巧，雙手被用繩子綁著，嘴裡塞著毛巾。黑影再解開繩子，取掉毛巾。文姬和小巧暈頭轉向，好久才看清四條黑影，原來是四個壯漢。小巧喊叫起來：「你們是誰？要幹什麼？」壯漢不答。小巧依然喊叫：「你們這是綁架！綁架了左賢王的蔡王妃！」壯漢還是不答。文姬輕聲說：「巧姨，別跟他們喊叫。他們只是打手，背後肯定另有其人，那人正是衝著我這個蔡王妃來的。」小巧這才不吭聲了。

文姬默想剛才的一幕。沙卡、花達幫她洗漱完畢，回了自己的氈包。她和巧姨又說了一會兒話，然後吹滅蠟燭，準備睡覺。就在這一瞬間，不知從哪裡竄出四條黑影。兩條黑影對付一人，先往嘴裡塞毛巾，繼用繩子綁雙手，再裝進黑布袋子。她和巧姨什麼也看不見，更叫不出聲，只覺得被人扛著走了一段路程，被丟在馬車上，馬車疾馳，直到布袋解開才看到四個壯漢。四個壯漢都是黑衣黑褲黑面罩，只露出一閃一閃像是鬼火一樣的眼睛。文姬心想，他們背後那人是誰？為何在深夜之時綁架自己和巧姨？不！那人要綁架的只是自己，巧姨再一次受到牽累了。她還關心起沙卡、花達來，不知那兩個小妹妹會不會也遭綁架？天濛濛亮時，馬車停下。四個壯漢下車，不聲不響走了。車夫給馬卸套，牽著馬也走了。文姬和小巧又睏又乏、又餓又渴，而且很冷，冷得瑟瑟發抖。

太陽升起，兩個匈奴人，一男一女來到馬車旁，男人像是個頭領，吆喝道：「下車下車！」文姬和小巧下車。小巧雙腿麻木無法站立，文姬趕忙將她扶住才沒有跌倒。頭領對女人說：「酋長給碩坎部落又送來兩個奴隸，就分派在縫靴坊服役！」頭領說的是匈奴語。文姬不知「酋長」是誰，但能聽懂「奴隸」、「服役」兩個詞語。女人說：「是！你兩個」，她進而對兩個新來的奴隸說：「跟我走！」文姬和小巧人地兩生，只能跟著她走。近處是一條河流，散布著許多氈包；遠處是廣袤的草原和沙漠，杳無人煙。女人領著二人進入一個氈包，給二人各發兩張皮革，一件上衣，一個木盆，一隻大碗，說「皮革是睡覺用的，鋪一張，蓋一張。上衣、木盆、大碗上都畫有圖案，記住：那是你倆的標號。「比方你，」她指著文姬說，「上衣、木盆、大碗上用紅漆畫了個菱形，表明你是在縫靴坊服役；菱形右面畫了表明數字的六個鉤，那麼你就叫菱鉤六號。」她又對小巧說：「你的菱形右面畫了七個鉤，那麼你就叫菱鉤七號。這裡的人都是奴隸，不允許有私人財物也不允許使用姓名，互相只稱標號。」文姬看那女人，青灰色上衣前襟，畫有菱形，菱形右面畫了一橫，說明她也是縫靴坊的奴隸，標號應當是菱橫一號。她想，匈奴沒有文字，用這種標號方式稱呼奴隸，也算是一大「發明」吧？

菱橫一號領著二人走進另一個氈包。氈包裡住有十幾個女人，剛剛起床，都穿著畫有菱形的青灰色上衣，無疑都是縫靴坊的奴隸。菱橫一號指著地上一個空位說：「你倆就睡這裡。打水洗洗，飯後幹活。」她又對那十幾個女人說：「菱鉤六號、菱鉤七號是新來的，大夥兒幫著點。」說罷離去。從此，文姬、小巧就住在這個氈包裡當奴隸、服苦役，飽受折磨、痛苦與屈辱。

先說住的。兩張皮革，一張鋪在地上，算是「床鋪」；一張蓋在身上，算是「被子」。鋪的蓋的擋不住寒風寒氣，睡覺時常被凍醒再也無法入眠。次說穿的。所有奴隸，都只有一身衣服，久不換洗，身上滿是難聞的汗味和餿味。大多人身上生了蝨子，一有空閒就撩起衣服捉蝨子，肚皮裸露，很不雅觀。再說吃的。每天只吃兩頓飯：上午飯是一大碗稀粥，稀得可以照見人影；一個粗麵餅，硬梆梆的，猶如石塊。下午飯是一大碗牛羊肉湯和兩個粗麵餅。牛羊肉煮得半生，羶膻氣味嗆人，有時牛羊肉變質變臭了，照樣放在大鍋裡煮，供人食用。上午飯，文姬可以吃一點；下午飯，她只啃粗麵餅，根本不敢碰那牛羊肉湯。馬奶牛奶羊奶倒是可以隨便喝，但奶是生的，文姬受不了那種羶膻氣味也不敢碰。從未吃過蔬菜，若能吃上一塊黑呼呼黏呼呼的醃鹹菜，那就等於是美味佳肴了。

上衣前襟畫菱形者都是縫靴坊的奴隸，任務是縫製皮靴。「坊」，其實就是作坊。一個大氈包，裡面堆滿加工過的軟皮革。有人裁剪，將皮革裁剪成靴底片、靴幫片；有人用錐子、大針、粗麻線將幾片靴底片縫在一起，形成厚實的靴底；有人用小針、細麻線將分散的靴幫片縫在一起，形成完整的靴幫；再有人將靴底和靴幫縫合在一起，形成一雙雙高筒皮靴。這好比漢人縫製布鞋，但難度比縫製布鞋大得多。菱橫一號負責管理縫靴坊的奴隸，分派菱鉤六號、七號縫靴底片。小巧仿照他人的樣子將三片或四片靴底片疊在一起錐孔、穿針、扯線，縫來並不怎麼困難。文姬一雙手，細皮嫩肉，十指纖長，能寫字能彈琴，但力氣不足，怎麼也錐不了孔、穿不了針、扯不了線。一不小心，大針刺破手指鮮血直流，小巧給琰兒包紮，心痛落淚。菱橫一號倒是體諒，沒有責怪她，改派她幹另一種活：刷漆。皮靴縫成還不美觀，需要分別刷上黑漆、白漆、紅漆、黃漆，各刷三遍，晾乾。這樣，大大小小、漂漂亮亮的黑、白、紅、黃色皮靴就算成品了。刷漆需要細心和耐心，不需要什麼力氣，文姬幹這種活還是適宜的。

數天後，文姬認識了幾個奴隸，從她們口中得知，她們所在的碩坎部落屬於阿拉拉部族，部族酋長叫呼衍渾，統轄十多個部落，佔地方圓五百里，各部落分別從事礦山、牧場、屠宰場、皮革作坊和縫靴作坊經營，約有三千多名匈奴人奴隸和漢人奴隸無償為他服役。文姬說：「這個呼衍渾，為何有這樣大的勢頭？」一個四十多歲，標號為菱撇三號的人低聲說：「朝中有人唄！聽說他爹是匈奴異姓大臣中二號人物，叫呼衍薩，任右骨都侯（**匈奴高級官職名**）；他妹妹呼衍氏是左賢王的居次，左賢王日後當了單于，居次就是閼氏，了不得啊！」

文姬猛然一驚：呼衍渾、呼衍薩、呼衍居次，自己遭綁架難道與呼衍居次有關？又一想，不會吧？呼衍居次待人挺和靄挺熱情的，為何要跟自己過不去呢？她把了解到的情形悄悄告訴巧姨。巧姨斷然說：「這就對了！定是你當了王妃，呼衍居次心生嫉妒，這才讓她哥實施綁架，把你綁架到這個鬼地方來。沒準騰霄園那場火也是她派人放的！」

文姬一陣驚悚一陣戰慄。她想不通，自己，漢朝大儒蔡邕的女兒，受過良好的教育，說不上才華橫溢也算是個才女，懂詩、善琴、能書，怎麼就到胡地匈奴了？怎麼就成匈奴王妃了？怎麼就遭綁架淪為奴隸了？自己一人受苦受難、受屈受辱也就罷了，還牽累了親娘一樣的巧姨啊！入夜，她睡在皮革上，蓋著皮革，心潮起伏，思緒不平，隱隱聽到遠處傳來樂聲。那是吹胡笳的聲音，渾厚、深沉、如訴如泣，時時出現像「兮」字的音節，哀傷淒婉充滿悲切、悲愴、悲憤的情緒。文姬聽著聽著，眼角滾落幾滴淚珠，心想那個吹胡笳的人大概和自己有著同樣的不幸吧？她又想起想要創作的《胡笳詩》，那篇詩該怎樣寫呢？

匈奴人沒有講衛生的習慣，散放牲畜，隨地解手，任意破壞草地和水域，污染了環境也毫不在乎，沿河遷徙，再尋找一塊水草豐美處居住就是。文姬、小巧到這個部落後，四月中旬遷徙一次，六月上旬又遷徙一次，遷徙到一個叫騰格沙的地方。這時已是盛夏，驕陽似火，可她倆還穿著三月的棉衣，沒有辦法只好把棉絮取出，將棉衣改成夾衣。兩人的鞋都已穿破，就在鞋上縫幾片皮革，原先的布鞋快成「皮鞋」了。一天，奴隸們正在勞作，忽然來了個大人物，身後跟著幾個花枝招展的女人和幾個膀大腰圓的保鏢。那個部落頭領陪同，點頭哈腰，滿臉諂笑。面向奴隸，介紹說：「這位，這位是我們阿拉拉部族最尊敬的酋長，呼衍渾呼衍大人，從大老遠的莊園到騰格沙來，視察和檢查我們的作坊來了。」奴隸們木然地看著這位大人。文姬也瞄了瞄，只見他四十多歲，矮而胖，頭髮染成棕色，細眉小眼，臉上油光油光的，神態高傲，一副不可一世的樣子。呼衍渾小聲詢問頭領，頭領手指文姬，他便逕直走近文姬。文姬正往皮靴上刷漆，旁若無人。他看她，青灰色上衣上漆斑點點，衣上有標號，輕輕念出聲來：「菱鉤六號。」他再看她的臉，消瘦、蠟黃、憔悴、萎靡，毫無風韻可言。他微微一笑，說：「菱鉤六號，我本以為你有幾分姿色，今日一見大失所望，也太讓人掃興啦！聽說你的琴彈得好，字也寫得好，可那又有何用？人要識相，麻雀就是麻雀，千萬別想當鳳凰，更別把自己當作鳳凰！我可以明確地告訴你：這裡是我的地盤，除我以外，沒有第二個人知道你的真實姓名和真實身分。我本可以殺了你，但那樣就不好玩了，看不到你生不如死的慘狀了。你呀，今生今世就是麻雀，就是菱鉤六號，不可能再回你不該待的那個地方去了，就在這裡空耗時日，自生自滅吧！哈哈，哈哈！」

呼衍渾以草原主宰的姿態，說了一番別人很難聽懂的話，洋洋得意地離去。文姬根據他的話判斷，他就是綁架自己的那個人。當然，他是聽從了他妹妹的教唆的，呼衍居次才是殘害自己的真正元凶。當呼衍渾走近文姬，說那番話的時候，小巧手中緊攥著一把鋒利的錐子，立在不遠處，怒目而視。她要護衛琰兒，呼衍渾若敢對琰兒不敬，她定會像猛虎一樣撲向他，用錐子先刺瞎他的雙眼，再在他身上扎一百個窟窿。

夏天草原的天氣說變就變。剛才還是烈日炎炎，熱浪滾滾，瞬間便颳起大風，大風捲起黃沙，遮天蔽日，加上翻滾湧動的濃重烏雲，天昏地暗。接著白花花幾道閃電，哢嚓哢嚓幾聲炸雷，瓢潑大雨飛降，好像天崩地裂、山岳搖晃、江河倒灌一般，上下左右模糊，東西南北不辨。所有氈包被風吹翻吹跑，馬牛羊驚得四處亂竄，人躲無處躲，藏無處藏，只能蹲在地上任由風吹雨打。文姬耳邊一直響著呼衍渾的話，她滿腔屈辱、滿腔悲苦、滿腔怨憤，這時像是有了宣洩的機會，遂披頭散髮，迎著閃電、迎著炸雷衝進狂風中，衝進暴雨中，高舉雙臂，呼喊出封閉的壓抑的心聲：

為天有眼兮何不見我獨漂流？為神有靈兮何事處我天南海北頭？我不負天兮天何配我殊匹？我不負神兮神何殛我越荒州？

她連發四問，問天問神，然而天無知神無情，回答她的只是閃電、炸雷、狂風、暴雨。小巧嚇壞了，慌忙衝向前去將文姬緊緊抱住，說：「琰兒琰兒，你怎麼啦？你可別嚇我呀！」文姬也抱住巧姨放聲大哭。二人跌坐在草地上，渾身透濕，淚水和著雨水恣意奔流。

文姬並未意識到，她當時呼喊出的這四句心聲，浸血裹淚，後經加工整理，成了她想創作的《胡笳詩》的第八節詩，具有驚天動地、驚心動魄的感人魅力。閃電和炸雷漸漸減少，狂風和暴雨依舊肆虐。忽然，文姬感到噁心，想嘔吐卻嘔吐不出來。小巧輕拍她的後背，說：「都是這雨淋的！」文姬還是想嘔吐，還是嘔吐不出來，抽抽搐搐，十分難受。小巧感覺到不對，慌慌地說：「哎呀！你莫不是懷孕了吧？」文姬一下子驚呆了。天哪！自己是漢人，目前是奴隸，是菱鉤六號，屈辱痛苦，生不如死，哪能懷他匈奴一個王爺的孩子啊？

大難不死，絕處逢生

文姬的確懷孕了。從三月起，她就沒有來紅，到了六月，有了妊娠反應。她深感恐懼。第一，她懷的是匈奴左賢王的孩子，孩子將是個混血兒，說得難聽點叫「雜種」；第二，她一懷孕就淪為奴隸，每天吃的只是一碗稀粥和兩個粗麵餅，營養奇缺，孩子出生很可能是個畸形怪胎；第三，呼衍渾說了，她是要在這草原上空耗時日、自生自滅的，那麼怎麼可以留個孩子在世上，受苦受罪？因此，她決意打掉孩子。小巧卻是堅決反對，說：「不行不行！不管怎麼說，你懷的總是個小生命，他是無辜的，哪能沒出生就將他殺死？當年在江南，我答應過玉玉姐，說會照料你長大，看著你出嫁，若有可能還會替你看寶寶。現在，你好不容易懷上寶寶，縱有千難萬苦也要把他生下來，他也是半個老蔡家人哪！」

文姬矛盾，文姬猶疑。當此之際，事態突然發生變化，變化之快，變化之大，人人始料不及。

左賢王骨朵、右賢王去卑各率騎兵一萬抗擊北匈奴，將士英勇連戰連勝。北匈奴兵馬敗退，南匈奴北部邊境恢復了安寧，呼廚泉單于命兩個兒子班師。左賢王剛回到南庭，就聽到報告說蔡王妃回漢朝去了，還拐跑了許多值錢的首飾。這是呼衍居次親口說的，他因此深信不疑，他很氣憤也很惱怒，蔡妃怎能這樣無情無義？他，堂堂儲君，親選的王妃竟棄他而去，他還怎麼見人怎麼做人？他無法接受這樣的事實，獨自窩在日華殿喝悶酒，有時喚來弟弟右賢王作陪，酣爽消愁，不醉不休。右賢王是個善於思考的人，這天提議去蔡王妃住的氈包看看。兩兄弟去看氈包，只見梳粧檯上放著兩個木牌靈位，首飾盒裡的首飾空空如也。木牌靈位正是蔡王妃爹、娘的靈位。右賢王說：

「漢人講究孝道，把祖宗靈位尤其是爹、娘的靈位看得很重。蔡王妃若是回漢朝去，怎麼可能把靈位丟在這裡呢？她是那種只貪圖金錢而踐踏孝道的人嗎？」左賢王忽有所悟，說：「是呀！我前年在澠池第一次見到她時，她懷抱的包裹裡裹著的就是她爹、娘的靈位，以及她爹的書稿文稿。」「還有，」右賢王又說，「我問過母閼氏及丘林王妃等人，她們都說蔡王妃回漢朝去是呼衍居次告訴她們的。也就是說，此事只有呼衍居次一人知曉，其他人都是耳聞而已。再則，東宮衛士嚴密守衛宮門，若有兩個女人從宮門出去而不被發現，可能嗎？聯想到騰霄園那場大火，我懷疑其中大有文章！」左賢王皺眉沉吟：難道呼衍居次背著自己在玩弄陰謀？這時，當戶諾斯將軍騎馬外出，發現軍營門前跪著兩個少女乞丐。再看，乞丐竟是伺候蔡王妃的侍女沙卡和花達，蓬頭垢面，衣裙襤褸。諾斯驚問：「你倆怎麼成了這模樣？」沙卡叩頭，說：「我倆要見左賢王報告蔡王妃之事，但不敢進東宮，只能來這裡求將軍幫忙。」諾斯感到事關重大，忙將沙卡、花達領進軍營，命人給她倆先弄些吃的，然後驅馬直奔東宮，請來了左賢王和右賢王。

沙卡、花達跪拜左賢王、右賢王。二王見沙卡、花達邋遢的樣子，黯然神傷。花達膽小，不敢說話。沙卡開門見山，說：「稟報王爺，是東宮滋密總管帶人綁架了蔡王妃。」左賢王面色嚴峻，問：「為何這樣說？」沙卡說：「我親眼所見。那是王爺出征後第三天夜間，半夜時分我和花達回了氈包吹滅蠟燭準備睡覺。我躺下又起來取晾著的裙子，猛覺得氈包外有聲響，就撩起窗簾一角朝外看。一看嚇了一跳，有四條黑影進了蔡王妃住的氈包，另有一人在外面望風，望風的人正是滋總管。」左賢王問：「你會不會看錯？」沙卡說：「不會！滋總管瘦高個子、長臉翹眉、山羊鬍鬚，很好認的。而且，他所處的位置正好在我對面，距離不算太遠。片刻間，四條黑影出了氈包，有兩條黑影各扛了個黑布袋子。滋總管用手指著東宮後面的偏門方向，他們就急急走了。我當時只是覺得奇怪，不知發生了何事。次日一早，呼衍居次到了蔡王妃的氈包，大聲嚷嚷說蔡王妃和趙姨母回漢朝去了，還拐跑了許多值錢的首飾。我明知事情不是這樣的，但哪敢說呀？呼衍居次還問過我和花達：『你倆夜間可看到什麼？聽到什麼？』我嚇得直搖頭。花達更是搖頭，因為她當時睡著了，確實什麼也沒看到沒聽到。」

左賢王心火突突，面色難看。右賢王問：「沙卡，你可看清那四條黑影的臉？」沙卡說：「四人都是黑衣黑褲黑面罩，無法看清。」右賢王又問：「以後呢？以後你和花達怎樣了？」沙卡簌簌落淚，說：「就在那天白天，滋總管對我和花達說：『蔡王妃和回漢朝去了，用不著人伺候了。呼衍居次命我給你倆物色了新主子。』他實際上是把我和花達賣了，用三頭牛的價格賣給了百里開外的塞尼部族。我倆在塞尼部族老想著蔡王妃的好，所以冒著被抓回去處死的危險從塞尼部族逃了出來，一路乞討，回到南庭，只是想報告王爺事實真相。可是王爺出征尚未回來，沒有辦法只好繼續乞討。前幾天，聽說王爺回來了，但我倆進不了東宮，這才到諾斯將軍軍營前跪地等候將軍，求他幫忙。」

沙卡、花達忠誠於蔡王妃又很機智，乞討吃了很多苦，令左賢王、右賢王、諾斯三個大男人肅然動容。左賢王命沙卡、花達先在軍營休息，隨即領了右賢王、諾斯回東宮日華殿。滋密應召而至，只見二王高坐，諾斯佩劍，二十名侍衛全身披掛昂然站立。他料知事情敗露，嚇得雙腿打顫，尿了褲子，「撲通」跪地，磕頭說：「我招我招！」二王未及問話，他便把那天夜間帶了四人綁架蔡王妃的事和盤供出。但他要推卸責任，說：「這都是呼衍居次命我幹的。她說她哥哥呼衍渾派遣四人要來東宮做點小事，命我夜間去開東宮後面的偏門將人引進，給他們指明蔡王妃所住的氈包，再將人送出就完事了，神不知鬼不覺。」左賢王大聲問：「那四人可有名字？」滋密戰戰兢兢，說：「有個領頭的，叫蠍子。」

事情漸有頭緒，是呼衍居次和呼衍渾合謀綁架了蔡王妃。左賢王和右賢王耳語，呼衍渾是阿拉拉部族酋長，當務之急是要去阿拉拉部族解救蔡王妃，如果她還活著的話。滋密要自我表現，又連連磕頭，說：「還有一事，我要坦白。左賢王和蔡王妃新婚之夜，騰霄園那場大火也是呼衍渾派人放的，共派了兩人，其中一人是蠍子。我遵從呼衍居次的吩咐將兩人引進東宮，大火燒起後又將兩人送出了東宮。」

「呀呀呸！」左賢王氣得大叫，隨手抓起几案上的茶碗狠狠地摔在地上，摔得粉碎。他怒聲道：「來人！將滋密和呼衍居次予以囚禁，嚴加看管，聽候發落！」這時天色已晚。左賢王、右賢王各率侍衛二十人，諾斯率精騎三百人，風馳電掣地馳往阿拉拉部族的呼衍渾莊園。沙卡、花達洗漱過了，換上乾淨衣裙，乘坐馬車跟隨在大隊後面。丑時，騎兵點燃火炬，發一聲喊，衝進莊園，制伏了莊兵及呼衍渾的保鏢，捉住睡眼惺忪的呼衍渾及其妻妾、兒女，共三十多人，全都五花大綁。呼衍渾見來人是左賢王、右賢王和諾斯，三魂嚇掉兩魂，但仍強裝鎮靜，笑著對左賢王說：「好妹夫，你這是幹什麼？」左賢王厲聲問：「蔡妃何在？」呼衍渾強裝不解，說：「蔡妃？蔡妃在東宮呀，怎麼……」左賢王掄起手臂狠狠抽向呼衍渾嘴巴，呼衍渾嘴吐鮮血，鮮血中夾有兩顆硬硬的牙齒。

與此同時，右賢王手執鋒銳的匕首，詢問呼衍渾十多個保鏢：「你們中誰叫蠍子？」眾人把目光投向一個刀疤子臉、三角眼、鷹鉤鼻的壯漢。右賢王將匕首頂住壯漢的咽喉，說：「你就是蠍子。說！那天夜間，你等四人綁架蔡王妃，那三人是誰？」蠍子嚇得牙齒打顫，乖乖供出另外三人。右賢王將匕首頂了頂，又說：「說！蔡王妃現在在哪？」蠍子嚇得篩糠似的，說：「我說我說！酋長，啊不，是呼衍渾，呼衍渾命我等去東宮綁架兩個女人，並未明說兩個女人的姓名和身分。我等綁架得手後，將兩人送到碩坎部落。後來知道，那兩人在碩坎部落當了奴隸服了苦役。前幾天，呼衍渾還帶領我等去碩坎部落看過她倆。」右賢王喝問：「碩坎部落現在在何處？」蠍子說：「在騰格沙。」呼衍渾聽保鏢蠍子供出一切，面如死灰，戰慄不已。

左賢王命諾斯處理莊園之事，連夜和右賢王率侍衛和精騎二百人快馬加鞭馳往騰格沙。天明時將碩坎部落包圍。部落頭領嚇得魂飛魄散，問明緣由，方知呼衍渾送來服役的兩個奴隸，其中一人居然是左賢王的王妃！他忙領著二王去縫靴坊，找到菱鉤六號、七號所住的氈包。氈包裡的奴隸剛剛起「床」。左賢王一眼看到坐在皮革上的蔡妃，頭髮零亂，目光空洞，青灰色上衣前襟上用紅漆畫有菱形標號。趙姨母比以前蒼老了許多，取了木盆將去打水。奴隸們見陌生男人進了氈包，都很驚恐。文姬好像看到了左賢王，但她沒認出他來。趙姨母也看到了左賢王，但以為是幻覺。左賢王快步走近文姬，恭敬行了個揖禮，說：「蔡妃，我太粗心太疏忽，讓你受苦了！」奴隸們見此情景，驚得目瞪口呆。文姬似乎沒有反應，動也沒動。沙卡、花達跑進氈包，撲向文姬、撲向趙姨母放聲大哭，說：「姐姐、巧姨，老天有眼，我們都還活著，又見面了呀！」文姬好像認出了沙卡，緊抱著她，用粗糙的手指輕理她的頭髮。趙姨母緊抱花達，熱淚縱橫，竟像個孩子一樣哭了起來。這是非常感人的一幕。受迫害受奴役者大難不死，絕處逢生，證明她們的生命是何等堅韌，何等頑強！

右賢王走進氈包，面向文姬、趙姨母，也行了個揖禮，說：「左賢王和我，專程來接王妃嫂子和趙姨母回家。請相信，所有壞人惡人都已落網，都會受到嚴厲的懲治！」

回家？家在哪裡？何處是家？左賢王不容王妃多想，俯身將她抱起。她那樣瘦那樣輕那樣弱，雖然穿著衣裙穿著鞋，可破破爛爛，縫縫補補，那能算是衣裙與鞋嗎？左賢王眼角有些潮濕，將她抱上馬車，輕輕放下。趙姨母、沙卡、花達跟著上車，整理座位讓文姬半坐半躺盡量舒服些。馬車上有水有食物。沙卡、花達給文姬餵水餵吃的，也讓趙姨母喝水吃東西。左賢王伸頭朝車廂裡看了看，隨即命令：「回！」左賢王、右賢王、二百名騎兵同時躍上馬背，前後護擁著馬車馳回南庭，馳回東宮。碩坎部落的頭領及縫靴坊的奴隸覺得發生的事情太不可思議，許久許久沒回過神來。

第十二章

上善大愛

上善若水，大愛無疆

呼衍居次遭囚禁，滋密總管遭囚禁，南庭東宮亂了套。第二天，左賢王、右賢王接回蔡王妃、趙姨母，好久未見的侍女沙卡、花達也回來了。當戶諾斯押解著阿拉拉部族酋長呼衍渾及其妻妾、兒女、保鏢等一群人，關在一個廢棄的馬廄裡。人們三打聽兩打聽，逐漸明白事情的一個大概，但真實的前因後果知道的人並多。

文姬回到東宮，體力與心力疲憊，昏昏迷迷，神志不清。趙小巧堅持她們仍住原先的氈包，她和沙卡、花達不離文姬左右，給她洗漱、給她餵水、給她吃點食物。左賢王也守在氈包裡，須卜閼氏由右賢王陪同前來看望王妃。小巧代替王妃回答問話，講述那天夜間的綁架，講述在碩坎部落當了奴隸，講述奴隸的吃、穿、住，講述呼衍渾當眾羞辱王妃，講述王妃冒著風雨雷電問天問神。小巧是個剛強的女人，講述時禁不住淚水如注，泣不成聲。她取了王妃和自己的青灰色上衣以及所謂的衣裙與鞋讓閼氏和二王看，閼氏抹淚，說：「罪過，罪過！」左賢王攥緊拳頭砸向茶几，茶几上的茶壺茶碗滾落在地上。

花達跑出臥室，急急地說：「趙姨母，王妃又想嘔吐，就是嘔吐不出來。」小巧、閼氏趕忙去臥室，只見王妃披頭散髮，對著沙卡端著的痰盂乾嘔，抽抽搐搐，大口喘氣，面色煞白，嘔吐不出來，就又軟弱無力地睡去了。小巧和閼氏退出臥室，閼氏問：「王妃乾嘔是……」小巧看看閼氏，又看看左賢王，說：「這話，王妃不讓說，現在看不說不行了。她已懷孕，懷了左賢王的孩子。」

「當真？」閼氏和二王同聲發問。

「這還能有假?都三個月了。」

左賢王一算,正是他出征前夜,在日華殿耕耘播的種。他很驚喜,也很激動。不想小巧給他兜頭潑了一盆涼水,說:「這孩子到底怎樣,還很難說。這三個月來,王妃每天只能喝一碗稀湯,啃一兩個粗麵餅,哪有營養?沒有營養,肚裡的孩子跟她一樣,受苦受罪呀!」左賢王的驚喜、激動變成愧疚。他的王妃懷了他的孩子,本該得到最頂級的保護和照料,可是,可是……他不知該怎樣形容自己,愧疚變成憤恨、變成憤怒,大聲對右賢王說:「走,召諸王議事去!」

匈奴諸王包括「四角」和「六角」十位王爺,議事通常由呼廚泉單于主持,單于這天身體有恙,改由儲君左賢王主持。左溫禺鞮王主管單于家族事務,已和遭囚禁的呼衍居次談過話,居次對自己的作為供認不諱。左溫禺鞮王說,據居次講她起初對姓蔡的漢女並無惡意;但那人青春文靜、多才多藝,引起她的忌恨;特別是那人成了王妃,她接受不了,擔心那人會生個兒子,會取代她居次的地位。因此,她和哥哥呼衍渾密商,在左賢王和那人的新婚之夜派人縱火焚燒騰霄園,她沒想過要燒死左賢王,只想燒死姓蔡的,結果未能如願。接著左賢王出征,她出於強烈的嫉妒,又讓哥哥綁架姓蔡的和趙姨母,謊稱二人回了漢朝,拐跑了不少首飾。總管滋密是她的親信,言聽計從。她自以為綁架之事做得天衣無縫,不想還是敗露了,落到現在這樣的境地。匈奴沒有文字法律,單于的話、左賢王的話、諸王的議事就是法律。當天議定:呼衍居次、呼衍渾、滋密、蠍子等四個保鏢,共七人,罪大惡極,當予處死,三天後行刑;呼衍渾的妻妾、兒女、其他保鏢,共十八人,罰為終生奴隸。

文姬昏昏迷迷睡了一天一夜,醒來時感覺到是睡在舒舒服服的床上,睜開眼睛看到了巧姨、沙卡、花達。巧姨、沙卡、花達對著她笑，說：「哎呀！總算醒了醒了！」沙卡給她洗臉，花達讓她喝水。巧姨端來一碗小米糯米大棗紅豆粥，一碟炒青菜。文姬吃了幾口。啊！真香啊！她感到身上有了點力氣，示意想要沐浴。沙卡、花達趕忙燒了熱水舀在浴盆裡，扶她坐進浴盆幫她洗身子洗頭髮。啊！真爽啊！她穿上薄薄的淺綠色綢衣綢裙，想到的第一件事是供奉爹、娘的靈位焚香祭祀。她跪在蒲團上行叩首禮，開口說話了：「爹，娘，你們的女兒以及巧姨大難不死，全賴二老在天之靈保佑啊！」她又開始乾嘔。左賢王來了，小巧、沙卡、花達退出臥室，給人家夫妻倆留下單獨相處的空間。左賢王把王妃扶坐到床上讓她背靠床頭，然後坐在她的對面拉起她的手。她的手是彈琴的手、寫字的手，原先很白淨很光滑，而今卻又黑又粗糙還磨出了繭子。他的愧疚之心又油然而生，說：「對不起，是我粗心疏忽，讓你和趙姨母受了苦受了辱。」接著，他說起呼衍居次和呼衍渾的合謀，說起騰霄園那場火與綁架，說起沙卡、花達冒死逃回南庭，通過諾斯向自己報告綁架的真相。他說：「我過去太相信呼衍居次，所以才鑄成這樣的大錯。」文姬背靠床頭，靜靜地聽，覺得往事如夢，一場紛紛亂亂、斑斑駁駁、支離破碎、光怪陸離的夢。她突然問：「這氈包裡懸掛的紙幅，以及我爹的書稿文稿，怎麼不見了？」左賢王雙眉緊皺，說：「左溫禺鞮王問過呼衍居次，那個賤人說是你寫的那些紙幅以及你爹的書稿文稿促使你成了我的王妃，所以她嫉妒忌恨，把它們全燒了。」

全燒了？文姬不敢相信自己的耳朵。自己寫的那些紙幅，燒了也就燒了；而爹的那些書稿文稿是爹一生的心血，自己保管它們珍藏它們也是自己的心血。有的作品，她從江南帶回圉里，帶到洛陽帶到長安，帶到匈奴的，是孤本也是無價之寶，等同甚至勝過自己的性命，哪能燒了呢？她一陣頭暈目眩，心像被人掏空了，猛烈咳嗽起來，又想嘔吐。左賢王急得手足無措。小巧、沙卡、花達跑進臥室，給她捶背、撫胸、喝水才慢慢恢復平靜，絕望的雙眼中閃動著亮亮的淚珠。左賢王不知該怎樣安慰蔡妃，只能說：「惡有惡報。諸王已經議定，呼衍居次、呼衍渾、滋密、蠍子等四個保鏢，共七人，罪大惡極，當予處死，後天行刑。」小巧嘟囔說：「早該處死，省得害人！」

次日再次日，便是行刑的日子。東宮大門外左側是個廣場，也是殺人的刑場。從辰時起，就有人前來看熱鬧，到巳時，圍觀者約有五六千人。刑場周圍旌旗獵獵，很多士兵持刀執戟來去走動維持秩序。巳正，呼衍居次、呼衍渾、滋密、蠍子等四個保鏢被五花大綁押進刑場。人們看到有個女的，大感興趣，互相詢問，方知是左賢王的居次，有人說她殺了人，有人說她通了姦，確切的罪名說不清楚。呼衍居次、呼衍渾等全沒了往日的威風，蔫頭蔫腦地跪在刑場中央。呼衍渾的妻妾、兒女、其他保鏢也被押進刑場，跪在稍遠的的地方。匈奴處死罪犯的方法獨特，不是砍頭，而是驅馬踐踏踩死。諾斯統領五十名驃悍騎兵各個牽著馬排列在刑場一端，等候執行行刑的命令。巳末午初，以左賢王為首的「四角」、「六角」來到刑場，端坐在一排條桌後面。右溫禺鞮王主管刑律，擔任行刑官。他取一面黃色小旗揮了揮。三十名號角手同時吹響號角，聲音尖銳、悠長還有點悲涼。這是匈奴刑場行刑的程序：第一次號角聲響起，行刑人員各就各位；第二次號角聲響起，準備行刑；第三次號角聲響起，行刑。行刑的時間通常定在午正，即中午十二時。

文姬當天吃了一小碗粥，還算有點精神。小巧、沙卡、花達嫌匈奴行刑方法過於血腥，不敢到現場去看熱鬧。她們四人都聽到了第一次號角聲響起，也就是說再過半個時辰，呼衍居次、呼衍渾等七人將被眾馬踩死，得到應有的報應。文姬背靠床頭坐著，心緒有點煩亂，她覺得整個事件都是因自己而起的。自己若不到匈奴來，自己若不成為王妃，那麼也就不會生出種種枝節，自然也就不會弄出七條人命來。人命關天，如果那七人被處死，那麼自己這個王妃還能在南庭東宮待下去麼？正在這時，一個匈奴女孩急匆匆闖進氈包，闖進臥室，「撲通」跪在文姬床前，淚流滿面，說：「蔡姨，求你，求你救救我娘，救救我娘，只有你，才能救我娘啊！」

文姬大驚，叫道：「烏雲珠！」

是的，匈奴女孩叫烏雲珠，是左賢王和呼衍居次的小女兒。左賢王共有五個女兒。呼衍居次生了兩個，丘林、蘭拓、扈代王妃各生了一個，其中四個已經出嫁，唯這小女兒尚在少年，生活在東宮。烏雲珠名字好聽，長相也漂亮，活潑、可愛。文姬初進東宮時，烏雲珠就常到氈包來看她寫字，看她彈琴，口口聲聲叫蔡姨，還說也想學寫字學彈琴。文姬很喜歡這個女孩，答應一定教她。小巧、沙卡、花達也喜歡她，常留她一起吃飯。烏雲珠心地純真，對娘的所作所為一無所知，直到娘遭囚禁將被處死才略知事情原委。她不懂什麼法律，只想救娘性命，爹是指望不上的，所以只能來求蔡姨。烏雲珠這年十一歲，滿臉淚水，像是霏霏細雨中的一朵山茶花。文姬的思緒轉得飛快，首先想起自己十一歲喪母的情景，女孩失去親娘有多麼痛苦，多麼可憐！她進而想到自己已是匈奴王妃，而且懷了左賢王的孩子，看樣子這輩子都是要在匈奴待下去的，那麼就必須學會寬宏顯示大度，仇家宜解不宜結呀！她這麼一想，腦海裡「騰騰」躍出兩句話來：「上善若水」，「大愛無疆」。她忘記兩句話的出處了，但懂得它們的意義，這是說人要有善心和愛心。最高境界最完美的善心，就像水的品性一樣，澤被萬物而不計較得失；最高境界最廣博的愛心，不受地域的制約，應當愛普天下所有的人。此時此刻，為了烏雲珠，也為了自己，她急需要表現上善和大愛呀！刑場上，隱隱傳來第二次號角聲。文姬忙說：「烏雲珠，快起來，隨我到刑場去！」小巧說：「你要幹嗎？」文姬說：「救人！不然，我會抱恨終生的！」

時間緊迫。沙卡、花達扶著文姬，烏雲珠在前，小巧在後，急急走向刑場。時近午正，晴空烈日，如火如荼。文姬還很虛弱，走出不遠便大汗淋漓、氣喘吁吁，但救人要緊不能停步。刑場上，端坐的諸王面色嚴峻。呼衍居次、呼衍渾等七人跪在地上，汗流浹背，魂魄已飛去鬼門關。諾斯命五十名騎兵躍上馬背，單等行刑的號令。右溫禺鞮王從座位上站起，環視刑場，準備念七人的名字，含有驗明正身的意思。就在這時，蔡王妃在烏雲珠引領下跌跌撞撞進了刑場。小巧、沙卡、花達遭士兵阻攔，不許入內。諸王看到蔡王妃全都驚詫：她來做什麼？

蔡王妃、烏雲珠到了諸王面前，隔著條桌跪地行禮。烏雲珠只是啼哭，蔡王妃說話了，聲音很低，但聽得真切。她說：「整個事情都是因我蔡琰而起的。呼衍居次、呼衍渾等固然要置蔡琰於死地，但蔡琰還活著並未丟掉性命。因此，蔡琰不忍心看到七人因縱火、因綁架而被處死，那樣蔡琰就無法在匈奴立足，更不用說在匈奴容身。蔡琰魯莽，懇請各位王爺以上善大愛為本網開一面，免除七人的死罪，從輕發落。尤其是呼衍居次，她是烏雲珠的娘，烏雲珠才十一歲，十一歲的女孩不能沒有娘啊！」

蔡王妃一番話表現了寬廣的胸懷、宏大的氣度。「四角」、「六角」人人敬佩，個個動容。右溫禺鞮王徵得左賢王的同意，立即和諸王就地商量，決定採納蔡王妃的懇請免除七人的死罪。呼衍居次改為圈禁，反省三年；其他六人罰為終生奴隸。右溫禺鞮王高聲宣布這一結果，全場譁然。烏雲珠抹涕擦淚，快步跑向娘，替娘解綁。呼衍居次知是蔡王妃寬恕了她救了她，慚忸、羞愧、悔恨、惶惑、無地自容，恨不得地上有個老鼠洞鑽進去再也不出來。

蔡王妃還在地上跪著，太陽曝晒，地熱蒸烤，眼冒金星，身體搖晃，快支撐不住了。左賢王心疼，大步向前抱起她奔回東宮氈包。小巧早晨煮有綠豆湯，已經晾涼，趕忙給文姬餵了半碗。文姬昏昏迷迷，喝了湯，頭一挨枕頭就又睡著了。

混血兒赫朗並非畸形怪胎

蔡琰蔡王妃不計前嫌，用上善大愛化解矛盾、化解仇恨，贏得了匈奴人的稱讚與尊敬。她進而又向左賢王提出建議，處罰和懲治對象只限於呼衍居次、呼衍渾等七人，呼衍渾的妻妾、兒女、其他保鏢罰為兩三年奴隸就足夠了。左賢王與其他諸王商量又採納了她的建議，於是蔡王妃的胸懷與氣度傳遍南庭，人人稱頌。尤其是呼衍居次、呼衍渾的父親呼衍薩，感慨地說：「蔡王妃肚裡跑得駱駝跑得馬，匈奴女子無一人能和她相比啊！」

文姬畢竟年輕，因生活條件大大改善，又有巧姨、沙卡、花達的精心照料與護理，身體日見好轉，心情也逐漸趨於平和。她必須面對已是三個月孕婦這一嚴峻的現實，儘管所懷的孩子是混血兒，是「雜種」，但孩子無辜，她有責任十月懷胎把孩子生下來。她覺得前三個月，自己受苦受罪，也虧待了孩子虐待了孩子，所以現在應當多吃飯多吃菜多喝湯，才能為孩子發育提供足夠的營養。實際上，這也是很多人的共識，特別是左賢王，希望王妃懷的是個兒子，這個兒子要健健康康，要壯壯實實，這樣才能繼承單于家的偉業。他任用跟隨他多年的親信帕羅為新的東宮總管，吩咐說：「你每天必須見趙姨母三次，問明王妃想吃什麼，哪怕她想吃龍肝鳳髓，你也要給我買回來，交給趙姨母！」蔡王妃可吃不了龍肝鳳髓，只想吃點粥喝點湯。吃粥喝湯也嘔吐，幾乎要把五臟六腑嘔吐出來。小巧鼓勵說：「琰兒，我聽你娘講過，她懷你的時候妊娠反應相當厲害，不想吃飯也不敢吃飯。你叔奶奶不答應，命令道：『人是鐵，飯是鋼，吃！吃了嘔吐，嘔吐了再吃！不僅是為了你，更是為了寶寶。你不吃東西，寶寶哪能長大？』所以，你娘就硬著頭皮吃飯，咬著牙吃，拼著命吃，吃了嘔吐，嘔吐了再吃。你呀！要學你娘，也要咬著牙吃，拼著命吃。」文姬含著淚說：「巧姨，為了孩子，我學我娘，咬著牙吃，拼著命吃就是！」

文姬忍受著妊娠反應的強烈痛苦，腦子一時一刻也沒閒著。她老想著兩件大事：一是爹的書稿文稿，呼衍居次把它們燒了，她得憑記憶再把它們默寫出來。若干篇外人不知，只有她讀到過的孤本，必須盡快默寫出來。二是她想創作的《胡笳詩》，那天在騰格沙草原，冒著風雨雷電問天問神，即興呼喊出四句心聲，可作為那篇詩的基礎與基調，但還要增寫很多內容，那四句的前面，還要寫起因，要有鋪墊和蓄勢。她認真思考過是漢朝的衰弱與動亂、軍閥混戰，將異族鐵騎引進中原導致煙塵蔽野、胡虜強盛，這是她和眾多漢人蒙受苦難的根源。她被「禮貌」地擄掠到匈奴，繼被逼婚，族異國異，亡家失身，過上了她完全不習慣不想要的胡人生活。她把這些思考用形象思維表達出來，於是《胡笳詩》就有了開篇的三節詩：

我生之初尚無為，我生之後漢祚衰。天不仁兮降亂離，地不仁兮使我逢此時。干戈日尋兮道路危，民卒流亡兮共哀悲。煙塵蔽野兮胡虜盛，志意乖兮節義虧。對殊俗兮非我宜，遭惡辱兮當告誰？

戎羯逼我兮為室家，將我行兮向天涯。雲山萬重兮歸路遐，疾風千里兮揚塵沙。人多暴猛兮如虺蛇，控弦被甲兮為驕奢。

越漢國兮入胡城，亡家失身兮不如無生。氈裘為裳兮骨肉震驚，羯羶為味兮枉遏我情。鞞鼓喧兮從夜達明，胡風浩浩兮暗塞營。

文姬懷孕的第四、五個月妊娠反應最為厲害，進入第六個月反應有所減輕，腹部漸漸隆起。氈包裡的氣氛大大改觀，文姬、小巧、沙卡、花達在一起，有時加上左賢王，有時還有了笑聲。小巧給文姬穿上比較寬大的衣裙，並大力補充營養。她不要龍肝鳳髓，只讓帕羅總管每天送來宰殺洗淨的一隻小公雞、多條小鯽魚，專門給文姬燉湯喝。小巧記得在江南封橋時，文姬的娘愛吃魚湯湯餅，湯白如奶，味道鮮美。她試著做了魚湯湯餅，文姬也愛吃，吃了兩碗。小巧照料、護理孕婦，常思量這樣一個問題：匈奴最不缺的是牛羊肉，最有營養的也是牛羊肉，若能把那令人生厭的羯羶味去掉，讓文姬多吃些牛羊肉，那肯定大有好處。她隱隱記得小時候聽人講過，在煮或蒸牛羊肉時，放些綠豆或胡蘿蔔便可除去大部分羯羶味。她於是試驗幾次，果不其然。這天，她用溫火蒸了一大碗新鮮羊肉，蒸得稀爛；備下一碟芝麻粉、辣椒粉、胡椒粉加鹽的混合佐料，讓文姬吃。文姬用筷子夾肉，蘸上佐料，送進口中，有點辣，有點麻，還有點淡淡的鹹，微微的嗆，特香，好吃極了。蒸羊肉是當菜肴吃的。小巧又琢磨要在主食中加進羊肉，當飯吃。她將新鮮羊肉燉湯，肉燉得不到稀爛的程度，切成薄片；烙一個麵餅，又乾又硬，將餅掰成顆粒狀，花生豆般大小；輔料有少許粉絲、木耳、黃花菜、青菜、薑末、蔥花等。烹製過程：羊肉湯煮沸，放進羊肉，放進顆粒狀的麵餅，放進輔料，大火煮熟，帶一點湯，調鹽。裝碗，滴幾滴香油，連同一小碟紅辣椒醬、一小碟糖蒜端上桌。文姬一見，饞得直嚥口水，全沒了斯文，拿起筷子，調了些紅辣椒醬，便大口大口吃了起來，不時吃一瓣糖蒜，吃得額頭、鼻尖冒汗也顧不上擦一擦；一大碗煮餅，片刻吃得精光，這才想起問話：「巧姨，這飯太好吃了！叫什麼名字？」小巧說：「我把它叫羊肉煮餅，既吃了主食也吃了菜，吃上一碗，全天不餓。」沙卡、花達也各吃了一碗羊肉煮餅，說：「這飯，冬天吃最好，熱呼暖和！」——西北地方通常把又乾又硬的餅稱作饃。因此，趙小巧最早烹製的羊肉煮餅，流傳至後世，通稱羊肉煮饃或羊肉泡饃，又發展為牛肉煮饃或牛肉泡饃、牛羊肉煮饃或牛羊肉泡饃。這是今陝西、寧夏、甘肅一帶最具地方特色的一種食品，人人愛吃，百吃不厭。

烏雲珠幾乎每天都到氈包來看望蔡姨，也愛吃趙姨奶烹製的蒸羊肉、羊肉煮餅，小臉吃得圓嘟嘟紅噗噗的。她告訴蔡姨說：「我娘圈禁在赤驥園反省，每天都念叨蔡姨，感激蔡姨。」圈禁是匈奴處罰犯罪犯錯人的一種方法，就是在住所周圍地上擺放一些小石塊，形成一個圓圈，被圈禁者不許超越圓圈，只能在圓圈內活動。文姬能夠想像呼衍居次受圈禁的寂寞，說：「烏雲珠，你可轉告你娘，就說我說的，她不用感激我，好好反省就是，三年期滿，她仍是居次，東宮主婦。」烏雲珠點頭，說：「是！我一定把蔡姨的話轉告我娘。」一天，烏雲珠將一包首飾擺放在蔡姨面前。小巧認識，那些首飾包括兩部分：一部分是她從長安帶到匈奴的，一部分是左賢王送給王妃的。烏雲珠說：「我娘說，那天夜間蔡姨、趙姨奶遭綁架後，次日一早她就來到這個氈包，取了這些首飾，然後就大聲嚷嚷說蔡姨、趙姨奶回漢朝去了，而且拐跑了許多值錢的首飾。她現在很羞愧很悔恨，栽贓陷害、賊喊捉賊，污辱了蔡姨、趙姨奶的人品，所以讓我將首飾送回，歸還原主。」文姬看巧姨，巧姨看文姬，哭笑不得。呼衍居次未免以小人之心度君子之腹，說二人回漢朝去，還算符合情理；說二人拐跑首飾，這樣的謊言也太拙劣，太沒有水準了。

文姬由於補充了營養，消瘦的面龐漸漸豐滿，兩顆眼眸又有了熠熠的光彩。白天，她抓緊時間默寫爹的書稿文稿；夜晚，她躺在床上，撫摸日見隆起的腹部，思潮洶湧，難以入眠。她總擔心，她所懷的孩子，頭三個月營養奇缺，會不會發育不良，是個畸形怪胎？如果那樣，與其生下孩子，還不如讓孩子胎死腹中為好。還有，「混血兒」和「雜種」兩個詞語，也時時糾纏著她困擾著她，使她感到糾結與煩亂。所懷的孩子是男是女？出生後像誰？她暗暗祈求，如果是男孩，最好像左賢王；如果是女孩，最好像自己。不知為何，她那些日子裡特別想念漢朝，想念家鄉，覺得自己紅顏薄命，漂泊棲遲，是世界上最痛苦最不幸的女人。但這種想念這種感覺只能埋藏在心底，無法跟他人說起。她的眼前，浮現出飛翔的雁陣，浮現出奔騰的江河，浮現出蜿蜒的長城，霎那間來了靈感，於是緊承《胡笳詩》開篇三節詩，又吟出三節詩來：

無日無夜兮不思我鄉土，稟氣含生兮莫過我最苦。天災國亂兮人無主，唯我薄命兮沒戎虜。殊俗心異兮身難處，嗜欲不同兮誰可與語！

雁南征兮欲寄邊聲，雁北歸兮為得漢音。雁飛高兮邈難尋，空斷腸兮思愔愔。

冰霜凜凜兮身苦寒，饑對肉酪兮不能餐。夜聞隴水兮聲嗚咽，朝見長城兮路杳漫。

然而，漢朝和家鄉離得很遠很遠，江河和長城只是記憶中的景象。嚴峻的現實是，自己淪落在匈奴成了左賢王的王妃，還懷了左賢王的孩子。匈奴這個民族這個國家，完全不同於漢族不同於漢朝。怎樣概括它呢？文姬又構思出一節詩來：

日暮風悲兮邊聲四起，不知愁心兮說向誰是！原野蕭條兮烽戍萬里，俗賤老弱兮少壯為美。逐有水草兮安家葺壘，牛羊滿野兮聚如蜂蟻。

這樣，《胡笳詩》就有七節詩了。文姬把七節詩默誦一遍，覺得描寫自己的苦難，抒發悲憤的感情已有起因、已有鋪墊和蓄勢，於是決定把問天問神那四句心聲作為《胡笳詩》的第八節。她在輕吟第八節詩的時候，彷彿又置身在天南海北頭的荒州騰格沙草原，經受著那場天崩地裂般的風雨雷電。在漢朝時，她個人的苦難融進了國家的苦難、人民的苦難；淪落匈奴後，她個人的苦難又融進了民族的苦難。蒼天和神靈是不會垂顧她這個落難女人的，她的淚水像決堤的河水，滂滂沱沱流淌在繡花緞枕上。

這年冬天，孕婦文姬挺著圓鼓鼓的大肚子，由沙卡、花達陪同時時在氈包裡走動。這是小巧的命令，說只有多走動，孩子出生才會順利不致難產。左賢王命新總管帕羅重建了騰霄園，主張王妃等搬進騰霄園去住。王妃不肯，她說她對所住的氈包忒有感情，決定就在這裡生下孩子。左賢王要給王妃增派侍女。王妃不要，說她有巧姨照料加上沙卡、花達足夠了，不必增加不熟悉的生人。

十月懷胎，一朝分娩。建安三年（西元一九八年）正月初六凌晨，文姬臨盆，順順當當生了個男孩。她在第一時間知道兒子形體正常，一顆懸吊在半空的心落進肚裡。她同時有點納悶：九年前正月初六凌晨，她第一個丈夫衛仲道病逝，而九年後同一時刻，她和匈奴左賢王的兒子降生。天哪！這樣的巧合也太離奇啦！

《胡笳詩》與《胡笳引》

文姬分娩耗盡所有力氣。她隱隱聽到兒子的啼哭聲，心想他是不願來到這個世界吧？文想他是要吃奶吧？她想睜開眼睛看看兒子，可是眼皮很沉根本睜不開，昏昏沉沉就睡著了。昏睡中好像做了個夢，夢見她第一個婆母張氏，板著臉數落道：「母豬不會生崽，母雞不會下蛋，要你何用？」她不生氣也不惱，指了指身邊的兒子，自豪地說：「瞧！母豬會生崽麼？母雞會下蛋麼？」張氏看到她的兒子，滿臉尷尬，悻悻地說：「怪了，這是怎麼回事呢？」

文姬醒來，已是次日辰時。須卜閼氏、小巧、沙卡、花達都在她的床前。她的兒子包裹在襁褓裡，由閼氏抱著仍在啼哭。小巧對她說：「小東西要吃奶，快看看奶水下來沒有？」從這一刻起，文姬意識到自己當娘了，要承擔責任了。她從床上坐起，覺得乳房脹脹的，撩起內衣，輕摩左邊乳房，再輕輕一擠，乳頭穿出一股潔白的奶水。小巧欣喜地說：「下來了，下來了！」閼氏忙把襁褓遞給文姬。文姬第一次抱自己的兒子，喜悅激動中有著莊重神聖之感。她第一次給兒子哺乳，不好意思，羞羞赧赧。兒子的小嘴一下子就噙住了娘的乳頭，貪婪地吮吸奶水。文姬覺得乳頭癢癢的麻麻的酥酥的，癢、麻、酥迅速傳遍全身，她全身的骨胳肌肉、五臟六腑都融化了，融化成糖，融化成蜜，融化成甘美醇釄的極品瓊漿玉液。這是做母親的榮耀，更是做母親的幸福。小巧幫文姬換個姿勢，讓孩子吃她右邊乳房的奶水。小東西吃著吃著就睡著了，一副很滿足的樣子。文姬把兒子放在自己身邊，仔細端詳他的長相，總體上像他爹左賢王，某些細節有點像自己。沙卡端來熱氣騰騰的一碗雞湯、一碗魚湯湯餅。小巧說：「你現在是月婆子，要多喝湯多吃飯，這樣你兒子才能吃上充足的奶水。」文姬很聽話，喝了雞湯，又吃魚湯湯餅。這時，左賢王笑嘻嘻地進了臥室。左賢王抱起襁褓看了又看，直想大聲呼喊：「好兒子，你是我們單于家第三代男子漢，地地道道的小王子！」

文姬靜靜看著眼前這個左賢王，不得不承認他就是自己的丈夫，就是兒子的親爹。她一直稱呼丈夫為王爺，便問：「王爺打算給兒子取個什麼名字？」左賢王說：「我早想好了，叫赫朗。我們單于家男人取名講究含義，比方我叫骨朵，我弟弟叫去卑，匈奴語中骨朵意為獅子，去卑意為老虎。我們的兒子叫赫朗意為草原雄鷹，但願他長大後能成為一隻雄鷹，一隻高高飛翔、勇猛無比的雄鷹！」文姬只能尊重丈夫的意見，她的兒子的匈奴名叫赫朗。據此，她仿照漢人的習慣，多把「朗」讀成疊詞「朗朗」，權當是兒子的小名。

人常說，女人結婚，生了孩子，當了母親，人生就是完美的。文姬這年二十五歲，生了兒子，當了母親，人生完美麼？她常思量這個問題，答案是否定的。因為她是漢朝大儒蔡邕的女兒，丈夫卻是個匈奴人，兒子竟是個混血兒，儘管已為人妻人母，但縱觀人生哪有完美可言？此外，自己在同時代的女人中算是有才華的，博學善書，精通音律，然而卻一事無成。從這個意義上說，人生就更不敢妄言什麼完美了。

文姬做月子期間，奶水充足，小朗朗吃得白白胖胖。他好像天天都在長大，越看越有混血兒的特徵。寬額濃眉，大眼高鼻，像左賢王；臉形、耳朵、嘴角，像文姬。朗朗吃奶吃飽了，睜眼認人認物，一對黑眸亮晶晶的像是春天水池裡游動的兩粒蝌蚪。他是全家的中心和寶貝，人人都想抱抱他。烏雲珠常抱過小弟弟，親小弟弟的小臉蛋，說：「呀！朗朗真好玩！」

文姬把全部愛心都放在兒子身上，給他哺乳，給他洗澡，管他撒尿、拉屎和睡覺。文姬同時關愛著兩個小妹妹沙卡和花達。這年，沙卡、花達分別十六歲和十五歲，正是女孩婚嫁的年齡。她說要為二人物色婆家。沙卡嚇得直搖手，說：「不可不可。」文姬說：「為何不可？」沙卡憂鬱地說：「匈奴規定，漢人奴隸，女孩子必須年滿十八歲才許嫁人，而且奴隸只能嫁給奴隸。」文姬頭一回聽說有這樣的規定，氣得柳葉眉上揚，說：「這個規定不人道，沒人性！」恰好，左賢王來看朗朗。她乘勢提出沙卡、花達的婚嫁問題，說：「我和巧姨遭綁架，若不是兩個小妹妹冒著生命危險，一路乞討，通過諾斯將軍見到王爺報告真相，那我和巧姨恐怕早死在騰格沙了。兩個小妹妹對我有恩，所以懇望王爺……」左賢王笑了，說，「這有何難？全憑本王一句話嘛！」這位王爺是儲君，也是金口玉言，當天就宣布沙卡、花達的身分從奴隸轉為平民，並責成帕羅總管在東宮衛士中挑選二人，作為沙卡、花達的丈夫，擇日成婚。沙卡、花達感激萬分，要給琰姐和左賢王叩頭。文姬止住二人，說：「你倆終身有靠，我這個當姐姐的也算了卻了一件心事。」沙卡、花達同日大婚。文姬用左賢王和自己的名義贈送了一份厚禮，婚禮舉辦得風風光光。漢女嫁人有回門的習俗，沙卡、花達回門，自然是和丈夫回東宮拜見琰姐和巧姨。在她倆心目中，琰姐和巧姨是最親最親的親人。沙卡、花達商定婚後仍做琰姐的侍女，並和巧姨一起照看朗朗，要照看朗朗長大成為草原雄鷹一樣的男子漢。

左賢王接著又給了王妃一個驚喜。他說，他已和其他諸王商議，決定將在單于宮、東宮和在諸王府中服役的漢人奴隸，共一百二十多人，統統轉為平民；他們可以回歸漢朝也可以繼續留在匈奴，享受和匈奴平民同樣的權利。這樣做主要是為了表彰王妃的上善大愛之心，以及為單于家生了個男孩的功勞。文姬一聽，確實有幾分驚喜，因為那些漢人奴隸都是她的同胞、鄉親、兄弟姐妹呀！但她的驚喜是有限的。因為在匈奴各地，誰也說不清到底有多少漢人奴隸，她可沒有能力使他們也轉為平民哪！

文姬深切感受到左賢王是愛她的寵她的，逼婚手段固然可惡，但正是愛之使然。騰霄園大火，她救了他，他也救了她。她和巧姨遭綁架，他獲知事情真相，連夜率兵營救，並決意處死呼衍居次、呼衍渾等七人，為她報仇雪恨。現在，他又將一百多名漢人奴隸轉為平民，其實也是為了討她的歡心。人非草木，孰能無情？文姬對丈夫為自己的付出看在眼裡、記在心裡，很想投桃報李。可是，由於民族和國度的巨大差異，她回報丈夫很難做到全心全意與毫無保留。表現在夫妻性愛上，她總是被動、冷淡，甚至排斥，從未有過忘乎所以的激情與瘋狂。說白了，她給予丈夫的只是一副軀體，並不包括她的心。究其原因，是因為她心理上存在著障礙，要和他靈與肉交融幾乎根本不可能。左賢王對此當然有所察覺，但他沒有責怪她，也沒有說破。他只要求她全身心地愛他們的兒子，那就足夠了。

文姬在給兒子哺乳期間，仍憑記憶默寫爹的書稿文稿。左賢王送她的那張古琴猶在，她又有機會彈琴了，彈《琴操》裡的古琴曲。這一天，她彈著彈著忽然生出奇想，自己也要創作一支琴曲。

《琴操》記載，《伐檀》、《列女引》、《貞女引》、《伯姬引》、《思歸引》、《芑梁妻歌》、《怨曠思惟歌》等著名琴曲，作者都是女子。這給了她信心和勇氣，那些女子做到的事自己當然也能做到。有了這一奇想，她當真了著迷了，靈機一動，就以正在創作中的《胡笳詩》為素材，根據詩的內容創作曲譜，琴曲名稱可叫《胡笳引》。她是精通音律的，創作曲譜可謂是小菜一碟。《胡笳引》前三段曲譜很快創作出耒。她試著用琴一彈，旋律哀婉，悲愴感人。她又試著一邊彈琴，一邊哼唱《胡笳詩》詩句。呀呀！詩與樂同抒悲憤之情，合二而一，渾然天成，她自己早已受到感染，不禁熱淚盈眶。她取出手帕擦去淚水，腦海裡已形成一個大的輪廓：她要創作一篇騷體詩《胡笳詩》，同時要創作一支琴曲《胡笳引》；詩是獨立的，琴曲也是獨立的，但詩可以當作歌演唱，用琴曲伴奏，那就是一支聲樂和器樂套曲！

文姬當真了著迷了，一發而不可收。往後的日子，她的心思一半放在兒子身上，一半放在詩樂創作上。她姑且把《悲憤詩》丟在一邊，集中精力先創作《胡笳詩》與《胡笳引》。她覺得《胡笳詩》前八節詩，想像力度不足，於是緊承問天問神，充分展開想像，又構思出第九、十兩節詩：

天無涯兮地無邊，我心愁兮亦復然。人生倏忽兮如白駒之過隙，然不得歡樂兮當我之盛年。怨兮欲問天，天蒼蒼兮上無緣。

城頭烽火不曾滅，疆場征戰何時歇？殺氣朝朝沖塞門，胡風夜夜吹邊月。故鄉隔兮音塵絕，哭無聲兮氣將咽。

文姬決定創作《胡笳詩》，源起於匈奴樂器胡笳，因為胡笳吹出的音樂聲音渾厚、深沉，最善表達哀傷、淒婉的思想感情。她將《胡笳詩》的體裁確定為騷體詩，句式中多用「兮」字，一方面是仿效《楚辭》，一方面也是化用了胡笳聲中那個表停頓與轉折的音節。另外，她曾設想在《胡笳詩》中要表現匈奴音樂「拍」的特點。這一點，詩中並未能體現。她眼前再次出現匈奴人邊歌邊舞，間或拍手跺腳，齊聲高喊「一拍一拍」、「二拍二拍」的場景，耳邊又響起左賢王說過的話：「拍」相當於漢語中的「首」、「節」、「支」、「段」，一首詩一節詩可稱一拍，一首歌一支歌、一支樂曲一段樂曲也可稱一拍。這是匈奴音樂的特點，一場舞會奏的樂曲唱的歌，一拍一拍往上加，可以加到數十拍，甚至上百拍。她有文學天賦和音樂天賦，丹鳳眼不由一亮，靈感頓生：《胡笳詩》將由多節詩組成，《胡笳引》自然也將由多段樂曲組成，那麼可不可以把「拍」直接寫進詩中，同時表現在樂曲裡呢？為此，她把《胡笳詩》第一節念了多遍，嘗試著在結尾處增加兩句詩：「笳一會兮琴一拍，心憤怨兮無人知。」她驚訝地發現，增加的兩句詩，用了「拍」字，總結全節詩題旨，表達主觀感受，絕非畫蛇添足，而是畫龍點睛！這一發現使她激動和興奮。她又嘗試著在第二、三節詩結尾處各增加兩句詩：「兩拍張弦兮弦欲絕，志摧心折兮自悲嗟。」「傷今感昔兮三拍成，銜悲畜（蓄）恨兮何時平。」她再通讀前三節詩，樂得心花怒放。因為各節詩增加的兩句詩，的的確確是畫龍點睛，不僅用了「拍」字，標明拍數，而且起到了概括、深化、昇華詩意詩境的特殊作用。她決意用同樣的方法，給《胡笳詩》第四至第十節的結尾處也各增加兩句詩，並為《胡笳引》創制相應的曲譜。文學藝術創作自有文學藝術創作的規律。她的《胡笳詩》和《胡笳引》最終會是多少拍，將據實情而定，一時難以預計。

慈祥慈愛慈母心

光陰似箭，日月如梭。建安五年（西元二〇〇年），小王子朗朗在眾人的呵護下長到三歲，會叫爹叫娘了，會在地上跑了，虎頭虎腦，健健壯壯。文姬在懷孕的頭三個月營養那樣缺乏，但兒子的發育並未受到影響，沒有留下後遺症，不能不說是個奇蹟。這三年間，文姬和丈夫的關係處於不冷不熱狀態，二人通常一個月才在日華殿歡聚一次，禮敬有餘，親熱不足。呼衍居次解除了圈禁，仍為東宮主婦，看來汲取了經驗教訓，循規蹈矩，老實本分，跟以前那個張牙舞爪的居次相比，判若兩人。她讓女兒烏雲珠帶領，專門拜訪蔡王妃和趙姨母，幾欲下跪，感激蔡王妃的上善大愛之心。蔡王妃慌忙將她扶住，說：「居次這樣，會折蔡琰陽壽的。三年前，我讓烏雲珠轉告過居次，說反省期滿，居次仍是居次、東宮主婦。這不？我說對了吧？」呼衍居次連連點頭，眼眶裡蓄滿淚水。她還感激蔡王妃對烏雲珠的關愛。因為烏雲珠跟隨蔡王妃學書法學彈琴，背誦漢朝歌詩，有了不少長進。

倏忽又是三年，小朗朗六歲。華麗的騰霄園重建後一直空著。左賢王有心讓王妃、兒子、趙姨母搬去那裡居住。可是，文姬看到騰霄園就會想到那場火，心有餘悸，堅持住原來的氈包，說：「住在這裡，心裡踏實。」朗朗已分房睡覺，住文姬隔壁一個房間。沙卡、花達各生了個男孩，也當了母親。她倆商定採用輪流方法，每天都有一人前來氈包，協同巧姨伺候琰姐，照看朗朗，不改初衷。烏雲珠出嫁了，嫁給異姓大臣頭號人物左骨都侯須卜亞的長孫。烏雲珠一時還不習慣婚後生活，隔三岔五就回東宮，繼續跟隨蔡姨學寫字學彈琴，還要和朗朗玩玩捉迷藏之類的遊戲，直到天色黑定才回婆家。

文姬千辛萬苦，廢寢忘食創作的《胡笳詩》，前十節詩的結尾處，均增加兩句，標明拍數，基本定稿。從第四節到第十節，結尾處增加的兩句詩分別為：「尋思涉歷兮多艱阻，四拍成兮益淒楚」，「攢眉向月兮撫雅琴，五拍泠泠兮意彌深」，「追思往日兮行李難，六拍悲來兮欲罷彈」，「草盡水竭兮羊馬皆徙，七拍流恨兮惡居於此」，「制茲八拍兮擬排憂，何知曲成兮心轉愁」，「舉頭仰望兮空雲煙，九拍懷情兮誰與傳」，「一生辛苦兮緣別離，十拍悲深兮淚血成」。與之相應，《胡笳引》前十段曲譜，也創作出來，基本定稿。文姬反覆審視自己的作品，覺得它們都是自己嘔心瀝血、千錘百鍊的成果，格式新穎，內容豐富，底蘊厚重。當然，她的作品還是半成品，她要加倍努力，把它們創作完創作好，使之成為能經得起考驗的精品。

匈奴男孩，六七歲時就學騎羊射獵，射殺狐兔。朗朗膽大，專騎一隻凶猛的公羊，手持小弓小箭在草原上奔馳，尋找狐兔張弓搭箭射殺。其實，他是射殺不了狐兔的，這樣做只是為了鍛鍊體魄，學習本領，傳承游牧民族的優良傳統。朗朗外出射獵文姬、小巧總是提心吊膽，萬一孩子從羊背上摔下來，那怎麼得了？朗朗是個混血兒，穿上胡服像胡人，穿上漢服像漢人。文姬、小巧每天都給他梳頭，把頭髮向上梳成一股或兩股，用絲帕挽個結，不飾任何飾物，清清爽爽，利利索索。左賢王考慮匈奴男人愛美，都有在耳垂上戴耳環的習慣。一天，他也不和王妃商量，就把兒子叫到日華殿，讓一個江湖方士給他刺耳孔。刺耳孔是用粗粗的鋼針在耳垂上穿洞，奇疼巨痛，還流好多血。朗朗不願意，左賢王先哄後壓，竟命人強行將兒子按住，催促方士下手。方士刺了左、右兩邊耳垂，鮮血淋漓，滿地狼藉。朗朗忍受不了那種疼痛，拼命掙扎、哭喊，竟至暈厥。左賢王抱著兒子送回氈包，文姬一見嚇得魂飛魄散，問明情由，勃然變色，淚水嘩嘩，大聲說：「荒唐！為了什麼狗屁美，下手這樣狠，兒子的小命還要不要了？」她愛子心切，生平第一次說出「狗屁」這樣的髒話。小巧也是雙眼含淚，取了紗布，輕擦朗朗耳垂上的血污，嘟囔說：「一個大男人，耳垂上戴一副大圓環，美在哪？我看那不是美，而是醜，醜極了！」左賢王下意識地摸摸自己耳垂上的大圓環，尷尬無語，悻悻離去。

朗朗從暈厥中醒來，大聲喊叫疼痛。文姬眼淚大顆大顆跌落，無計可施。左賢王取回一把芨芨草和菖蒲草，說將草洗淨搗爛塗敷在耳垂上可以止血止痛。小巧照辦。朗朗根本不讓人碰他的耳垂，文姬只好坐上床，把兒子抱在懷裡千哄萬哄，讓巧姨塗敷。血止住了，疼痛止不住。當晚，朗朗發起高燒，面頰赤紅，全身燒得灼人。文姬一直抱著兒子，心如刀割，只恨不能代替兒子疼痛和發燒。小巧用濕毛巾不停擦拭朗朗前胸與後背，可是燒就是不退。朗朗神志昏迷，有點抽搐，還說起了胡話。左賢王守在兒子床前，這才感到事態嚴重，直是後悔。第二天，須卜閼氏來了，沙卡、花達、烏雲珠來了。她們見小朗朗還發著高燒，說著胡話，見蔡王妃淚流不止，一夜間人瘦了一圈，很焦急卻都沒法。右賢王也來了，問明事情前因後果，說：「快請法師呀！」

法師在匈奴是個重要人物，主持祭天祭神等各種儀式，還通曉醫術，給人治病。左賢王經弟弟提醒，一拍腦門，說：「哎呀！我怎麼忘了法師？」他立即親自前往，把法師請了來。法師五十多歲，長眉長髯，身披鶴氅，有點仙風道骨的架勢。文姬將朗朗抱到外間客廳，法師摸摸朗朗的額頭，看看朗朗的口腔，說：「無妨。」他命取來一隻小碗，裝半碗開水，將兩粒褐色藥丸，放在水裡融化。藥丸是他研製的特效藥，退燒非常管用。但他偏偏要賣弄玄虛，要些花樣，說：「我這藥，若加進大人幾滴血和頭髮灰，小孩服用，效果更好。」左賢王忙說：「行！那就用我的血我的頭髮。」誰知文姬卻說：「花達，取剪刀來！」花達應聲取來剪刀。文姬接過，「唦」的一聲，就在鬢邊剪下一綹長髮，讓遞給法師。她又讓花達把小碗端到自己跟前，用剪刀在左手食指上一劃，鮮血流出，一滴一滴滴進小碗裡。剪長髮，劃手指，當仁不讓，沒有絲毫遲疑和猶豫。左賢王及眾人看了，無不感動，慈祥慈愛慈母心多麼博大、多麼深厚、多麼無私！法師裝模作樣，用火焚燒長髮。長髮燒成顆粒狀，再研成粉末，放進小碗裡。褐色藥丸已經融化，加上紅色的鮮血，黑色的髮灰，混合成半碗特殊的退燒藥。小巧幫助文姬，將藥灌進朗朗嘴裡。法師說：「好了，半個時辰，高燒包退！」

左賢王、右賢王陪著法師，坐在一邊用茶。女人們全都睜大眼睛看著朗朗。約莫過了半個時辰，奇蹟出現，朗朗的高燒果然退了，紅紅的小臉上滲出豆大的汗珠。眾人發出歡呼，文姬喜極而泣，說：「謝天謝地，謝天謝地！」小巧補充一句：「也謝謝法師！」法師起身看看朗朗的耳垂，又從取出四帖膏藥，交給左賢王，說：「這膏藥，敷貼在耳孔處，正面背面各一帖，可以止痛。」法師告辭。左賢王、右賢王熱情送客。左賢王說：「法師真神人也！明天，東宮總管會給你送去豐厚的酬謝。」

朗朗高燒退了，耳垂正面背面貼了膏藥，疼痛有所減輕，樂得賴在床上不下地，纏著娘講故事。文姬已給兒子講過很多故事，還講過歷史、地理、文化等方面的許多知識，使朗朗從小就知道三皇五帝、黃河長江、長城泰山、孔子屈原等；還知道外公叫蔡邕，漢朝大儒，可惜被奸人殺害了。小孩過於單純，小巧一天故意問朗朗說：「朗朗，你爹你娘，你愛誰呀？」朗朗脫口回答：

「愛娘！」小巧問：「為什麼呀？」朗朗答：「娘好，最好最好；爹不好，老不在家，還硬給我刺耳孔，疼死了！」朗朗的答話，引起文姬的警覺。她思量，朗朗說到底是匈奴人，大名叫虛連題赫朗，他爹愛他，他也應該愛他爹，父子間建立起親密無間的關係。針對朗朗「爹不好，老不在家」的無知，文姬加重語氣對兒子說：「你爹老不在家，那是因為他是左賢王，每年都要統兵出征或巡邊，抵禦外敵入侵，保衛國家。正是你爹你叔叔等廣大將士老不在家，長年駐守、奔波在邊境，我們南庭的人才能平平安安過日子，懂嗎？」朗朗似懂非懂，但還是說：「我懂！」文姬把朗朗抱在懷裡，抱得緊緊的，說：「朗朗真是娘的好兒子！」她事後回想這一情節，不由很驚訝很懷疑：怎麼？自己這樣想這樣說，豈不也變成匈奴人了？

倏忽又過三年，小朗朗九歲。就在朗朗九歲這一年，文姬又懷孕了，又生了個小王子。左賢王歡喜萬分，給小王子取名叫赫丹，小名丹丹。匈奴語，赫丹意為美麗天鵝。單于家第三代人中已有草原雄鷹赫朗，又有了美麗天鵝赫丹，眾人的喜悅可想而知。呼衍居次和丘林、蘭拓、扈代王妃熱忱恭賀蔡王妃，背地裡少不了暗暗嫉妒：這個蔡王妃，怎麼一生一個兒子，一生一個兒子！

這年是建安十一年（西元二〇六年），文姬三十三歲。就是說，她淪落匈奴，遭遇逼婚，成為王妃已經整整十年了。十年裡，她時時刻刻都在想念家鄉、想念親人，然而卻得不到家鄉、親人的任何消息。儘管如此，她心猶不甘仍懷一線希望，希望在有生之年能回到漢朝去，死後埋葬在家鄉的黃土裡。隨著赫丹的降生，她僅存的一線希望也破滅了。她得面對現實：她是匈奴王妃，生有兩個胡子，丈夫愛她寵她，兒子需要她撫養與教育，她的餘生注定要和胡夫胡子在邊鄙之地度過，哪還回得了漢朝？她的心中一直很悲苦，此時更加悲苦，悲情苦緒促使她創作出《胡笳詩》第十一節詩來：

我非貪生而惡死，不能捐身兮心有以。生仍冀得兮歸桑梓，死當埋骨兮長已矣。日居月諸兮在戎壘，胡人寵我兮有二子。鞠之育之兮不羞恥，湣之念之兮生長邊鄙。十有一拍兮因茲起，哀響纏綿兮徹心髓。

文姬在日常生活中，只能把痛徹心髓的悲苦隱藏蓋起來裝出平靜的樣子，努力當好朗朗和丹丹的慈母。建安十二年（西元二〇七年）春天，呼廚泉單于突然接到漢朝皇帝的信函，相約漢、匈聯合攻滅烏桓。漢朝方面，由曹操任統帥，統兵十萬；南匈奴方面，確定一位統帥，酌情派出一些騎兵即可。烏桓是南匈奴的東鄰，每每侵犯南匈奴邊境。呼廚泉求之不得，立即召「四角」、「六角」議事，確定由右賢王去卑任統帥，統領騎兵三千，參加攻滅烏桓的戰爭。

左賢王把這一事態告訴蔡妃。文姬一聽，高興、激動、亢奮。她又聽到了漢朝的消息，聽到了曹操的消息，像是漂泊、棲遲的遊子，獨自跋涉在死寂的荒原上，忽然發現前面有一處水域，有幾戶人家……

第十三章

歸漢悲情

忽遇漢使稱近詔，遣千金兮贖妾身

蔡文姬上次聽說漢朝和曹操的消息，還是在建安元年（西元一九六年）。一晃十一年多過去，「故鄉隔兮音塵絕，哭無聲兮氣將咽」，忽然又聽說了漢朝和曹操的消息，峰迴路轉，柳暗花明，由不得人不欣喜不激動啊！

那麼這十一年多來，漢朝又是個什麼狀況呢？左賢王給蔡妃講述了個大概情況：曹操將漢朝皇帝迎到許都，取得了「奉天子以令不臣」的優越地位；同時實行屯田制，恢復和發展了轄境內的經濟。從此，他以維護國家統一為己任，連續平定張繡、呂布、袁術、袁紹四大「不臣」勢力，兼任冀州牧，成為漢朝第一重臣。曹操乘勝征討袁紹的三個兒子袁譚、袁尚、袁熙。袁譚已被斬殺，袁尚與袁熙逃往烏桓。曹操考慮，烏桓既是漢朝北方的敵人，又是南匈奴東方的敵人，所以才以漢朝皇帝名義寫信給呼廚泉單于，相約漢、匈聯合攻滅烏桓，徹底根除邊患。這符合南匈奴的切身利益，所以呼廚泉單于與諸王欣然同意。文姬聽了講述，腦海裡湧動起回憶的浪潮。她記得，她十五歲那年出嫁前夕，曾見過曹操叔叔，曹叔叔還贈送一對玉璧和二萬緡銅錢作為她大婚的賀禮。後來，她多次聽爹說起過曹操，稱讚他是「非常之人，超世之傑」，預言他能幹成大事。往事如夢如煙。果然，曹操幹成大事了，但願他別像董卓和王允那樣，一旦擁有了權勢就氣焰熏灼，禍國殃民哪！

按照約定，右賢王統領三千精騎開赴漢朝鄴城，會合曹操兵馬。右賢王注重孝悌，每過些日子，必派一名騎兵回南庭，向父單于、母閼氏和哥哥左賢王報告自己的行蹤及軍情。因此，文姬從左賢王口中，大體上能了解到這場戰爭的進展情況。烏桓一稱烏丸，分三部分，分別侵佔漢朝北境一些土地，合稱「三郡烏桓」。其中遼西郡（郡治陽樂，今遼寧義縣）烏桓首領蹋頓單于佔據柳城（今遼寧朝陽南），力量最為強盛。五月，曹操大軍北上，從盧龍塞（今河北喜峰口）出塞，塹山堙谷，在荒無人煙的大漠上開闢出五六百里通道，登上白狼堆（今遼寧布佑圖山），兵鋒直指柳城。柳城正是蹋頓單于的老巢，袁尚、袁熙已逃到那裡。八月，曹操大軍發起攻擊，一戰而斬殺蹋頓，蹋頓兵馬一半斃命，一半投降。右賢王統領的匈奴騎兵參加了戰鬥，陣斬蹋頓的多名副將。另外兩郡烏桓單于自料難敵曹操乖乖投降，投降的部眾達二十餘萬人。袁尚、袁熙逃往遼東郡（郡治襄平，今遼寧遼陽），投奔太守公孫康。初冬時節，天氣奇寒，曹操決定班師。十一月，公孫康殺死袁尚、袁熙，將其首級送交班師途中的曹操。至此，中國北方基本上歸於統一。

右賢王統領的騎兵，車載豐盛的戰利品班師，於臘月中旬回到南庭。右賢王見到父單于和哥哥左賢王，轉達曹操的問候。令人驚詫的是，曹操另外還向一人問好，即左賢王王妃蔡琰。那麼，曹操如何知道蔡琰是左賢王王妃的呢？右賢王敘說了事情的原委——

右賢王將回匈奴，曹操特意設宴為之餞行。宴間，曹操問起呼廚泉單于的家庭成員。右賢王說：「我哥左賢王的一個王妃，還是漢人呢！」曹操說：「哦？還有這事？那個王妃叫何名字？何方人氏？」右賢王說：「叫蔡琰，她的父親就是漢朝大儒蔡邕伯喈先生。」曹操大驚，說：「你是說你哥的一個王妃叫蔡琰，是蔡邕伯喈先生的女兒？」右賢王說：「正是！她成為王妃多年，已為我哥生了兩個兒子。」曹操很激動很感慨，說：「我和伯喈先生是至交。當年，我到園里拜訪伯喈先生見過蔡琰一面，那時她還是個少女，博學有才辯又妙於音律，給我留下深刻印象。後來，董卓亂漢，聽說蔡邕父女去了長安。蔡邕被王允殺害，從那以後，我便失去蔡琰的消息，以為她早不在人世了。沒料想她，她竟到了匈奴成了左賢王王妃。這，這……」右賢王簡要講述了蔡琰成為左賢王王妃的經過，說：「曹公原來見過我家王妃嫂子，這也太奇太巧了。」曹操說：「可不是麼？大千世界，奇事巧事不勝枚舉。這次漢、匈聯合攻滅烏桓，是一次成功的合作，右賢王回國後請轉達我對呼廚泉單于、左賢王的問候；同時代我向蔡琰王妃問好。請轉告她，大漢可是她的祖國，她的娘家啊！」

右賢王回到南庭的第二天，專門到氈包見王妃嫂子，傳達曹操的問好。文姬驚喜，一顆心幾乎要從胸腔裡跳出來：那個曹叔叔，那個自己只見過一次的曹叔叔，快二十年了，原來還記得自己！曹叔叔向自己問好，自己哪敢承受？他是長輩，長輩向晚輩問好，不合情理呀！更何況他已是漢朝第一重臣，一人之下，萬人之上！連續多日，文姬都沉浸在喜悅、興奮當中，但很快就平靜了冷靜了。她清楚意識到，自己現在是匈奴左賢王王妃，生有兩個胡子，大漢也好，曹操也好，僅僅存在於記憶中與夢境中，遙遠而不可及。曹操記得自己並向自己問好，那是出於一種禮貌，又何必過分喜悅和興奮呢？聽，赫丹又啼哭要吃奶了，自己得趕快給兒子哺乳去。

眨眼間又是除夕之夜，呼廚泉單于照例舉行宴會，家族成員歡聚守歲。由於右賢王統兵出征獲勝歸來，所以這年宴會格外喜慶。每年宴會上蔡王妃總是要彈琴的，這年彈的是《霍將軍歌》，只彈琴曲，不唱歌詞，借用霍去病史事反映漢、匈聯合攻滅烏桓所取得的勝利。琴曲雄壯慷慨，響遏行雲，每個旋律都飛揚著激情，將宴會的喜慶氣氛推向高潮。宴會過後又是舞會，篝火熊熊，鼙鼓、號角、琵琶、胡笳等樂器奏響，眾人興高彩烈舞蹈起來，邊舞邊歌。烏雲珠夥同朗朗將文姬也強拉進歌舞者行列，邊舞邊歌。趙姨母懷抱丹丹站在歌舞圈子外面，她手指文姬和赫朗，笑著說：

「丹丹，你瞧，那是你娘，那是你哥，你娘和你哥跳舞，好不好看呀？」鏗鏘、悠揚的樂曲聲中，歌舞者時時拍手跺腳，齊聲高喊：「一拍一拍」，「二拍二拍」。文姬的思想忽又回到《胡笳詩》和《胡笳引》上。她的作品已有十一節詩、十一段曲譜基本定稿，它們最終將會是多少拍呢？

新的一年是建安十三年（西元二〇八年）。文姬調整心態，盡力不去想漢朝和曹操的事。她已是人妻人母，客觀環境迫使她必須面對現實，當好左賢王王妃，尤其要當好朗朗和丹丹的母親。春天平平靜靜過去，夏天接踵而來。南庭一帶，最美麗的就是夏天，廣袤的大地綠草茵茵、野花斑斕，潔白的羊群在草原上吃草，宛若綠色天幕上飄浮的朵朵白雲。天空，百鳥飛翔；地上，駿馬奔馳。牧羊人騎在馬背上，或吹號角或吹胡笳，自得其樂，時而高歌一曲，原始而粗獷的歌聲傳得很遠很遠。近幾年來，文姬、小巧、赫朗、烏雲珠、沙卡、花達等人每年夏天都會到南庭郊外走一走看一看。郊外景色如畫，郊外空氣清冽，走了看了總會心曠神怡，流連忘返。

丈夫、兒子、詩歌、音樂、爹的書稿文稿差不多構成了文姬生活的全部。七月，突然，漢朝一位使臣攜帶漢朝皇帝的國書到了南庭，說是要贖漢朝大儒蔡邕的女兒蔡琰回歸漢朝。哎呀呀！這可是一件大事，比天還大、比地還大的大事啊！

文姬是從烏雲珠口中聽說這件大事的。這天，她正教朗朗學寫漢字。烏雲珠風風火火進了氈包，聲音中略帶著哭腔，說：「蔡姨，你得答應我，別回漢朝，別回漢朝！」這冒冒失失、沒頭沒腦的話，文姬聽得一頭霧水，說：「你胡說什麼？誰說我要回漢朝了？」烏雲珠說：「蔡姨還不知道呀！漢朝使臣昨天已到南庭，聽說攜帶著漢朝皇帝的國書，專門來接你回歸漢朝的。」文姬根本不信，說：「開什麼玩笑？我有幾斤幾兩重？哪敢哪會勞駕漢使攜帶國書來接？」烏雲珠認真地說：「千真萬確！我公爹須卜亞負責接待漢使。漢使好像姓周，住在驛館，這會兒正在天極殿向我祖父單于敬呈國書呢！」

烏雲珠所說，不像空穴來風。但文姬仍然不信。漢朝皇帝乃天下至尊，怎會知道自己這個小人物呢？國與國之間，使臣能隨意派嗎？國書能隨意用嗎？所以這事太不靠譜，不可能，絕對不可能！猛地，文姬想到曹操，曹叔叔可是知道自己的呀！況且，他已是漢朝重臣，完全有權力代替皇帝派出使臣攜帶國書，去執行任何特殊的使命。這麼說，那個姓周的使臣果真是曹叔叔派來，接自己回漢朝的？啊！她的心一下子亂了，像一堆亂麻漫無頭緒。小巧在給丹丹餵飯，聽了烏雲珠和文姬的對話，心中暗喜，說：「讓赫朗去把左賢王叫回來，一問，不就明白了！」文姬悵惘無語。因為左賢王不知在忙些什麼，已經多日沒在氈包露面了。

這時間，呼廚泉單于集合諸王及眾多文武正在天極殿會見漢使，漢使姓周名近，五十歲左右，中等身材，衣飾齊整，容貌端嚴，官任尚書左僕射，言行舉止，斯斯文文。他向呼廚泉單于敬呈國書，並敬呈丞相曹操的一封信。呼廚泉問：「哦？曹操將軍升任丞相了？」周近答：「正是！曹將軍北征烏桓凱旋，上月改革官制，自任丞相，統領百官，助理萬機，集軍、政、財、文大權於一身。」國書是漢朝皇帝致匈奴單于的，屬於禮儀性質。實際內容在曹操的信上，信上大意說，大漢丞相曹操問候南匈奴呼廚泉單于。今有一事相商：大漢大儒蔡邕，人品才學，天下一流，生前主修本朝史書《漢記》，可惜沒有修完。欣聞蔡邕之女蔡琰，沒於匈奴，博學多才，堪比班昭。念及蔡邕為曹某至交，且欲令其女繼承父業助修《漢記》，特以尚書左僕射周近為使臣，攜帶國書，另攜黃金千兩，白銀萬兩，玉璧一對，錦緞五百疋權作贖金，著贖回蔡琰，使之回歸桑梓，於公於私，曹某無憾矣。至盼！

一個迫隘、棘手的大難題擺到了匈奴君臣面前，蔡琰早就是左賢王王妃，生有兩個小王子，現在漢朝皇帝實際上是曹操丞相，要將她贖回漢朝去，這該怎麼辦？呼廚泉單于沒了主意，推說事出突然需要商量，讓須卜亞將漢使送回驛館好生款待，然後再作定奪。呼廚泉和諸王及文武商量，形成兩派對立的意見：激進派反對蔡王妃回歸漢朝，認為回歸，那會使左賢王乃至整個匈奴大丟臉面；務實派主張蔡王妃回歸漢朝，認為這是曹操提出來的，而曹操這個人是招惹不起的，招惹了必然遭殃。兩派爭論，爭不出個名堂來。於是眾人目光集中到左賢王身上，且看他是何態度。左賢王這時也是心亂如麻無法表態，取了曹操的信逕回東宮，回到氈包把信丟給蔡妃，冷冷地說：「曹操要贖你回漢朝去，是回是留，你自己決定。」他把信丟下就離去，回日華殿喝悶酒去了。

文姬飛快地看曹操的信，連看了十多遍，心跳如鼓，血流如沸：曹叔叔果真派人來接自己回漢朝了！她把信的內容告訴巧姨。巧姨臉上千花怒放，說：「好啊好啊！我們可回老家了，可回老家了！」然而，文姬眼前回映著左賢王剛才的神情。他把信丟給自己，面色很冷，動作很冷，話語很冷，離去的身影也很冷。他明顯不快，明顯在生氣，他若出面阻攔，自己和巧姨哪能回得了老家呀？

當夜，朗朗、丹丹、巧姨睡覺了。文姬獨自在燈下徘徊，心潮起伏如翻江倒海。漢使前來贖她歸漢，她自有一種難以抑制的喜悅與激動。但這種喜悅與激動轉瞬即逝，取而代之的是憂愁是哀傷。她比誰都清楚，左賢王同意不同意自己歸漢態度尚不明朗；他即便同意自己歸漢，也斷然不會同意自己帶走朗朗和丹丹。這樣一來，自己生還之日，很有可能就是捨棄兩個兒子之時。天哪！這怎麼可以？怎麼可以？她的心情矛盾極了，腦海裡突然冒出幾句詩來：「東風應律兮暖氣多，知是漢家天子兮布陽和。羌胡蹈舞兮共謳歌，兩國交歡兮罷兵戈。忽遇漢使兮稱近詔，遺千金兮贖妾身。喜得生還兮逢聖君，嗟別稚子兮會無因。」她走至桌前，提筆寫下這幾句詩，覺得可以作為《胡笳詩》的第十二節，於是在結尾處又寫了兩句：「十有二拍兮哀樂均，去住兩情兮難具陳。」「去」（回歸漢朝）亦難，「住」（留在匈奴）亦難。是去是住，她很難表述更無法決定哪！

浸血裹淚的決定

匈奴朝廷兩派爭論，務實派漸漸處於上風。理由是蔡王妃畢竟是漢女，回歸漢朝對南匈奴來說有利而無害。最大的利不在於那些贖金，而在於給了漢朝尤其是給了曹操一個人情。曹操已任丞相，要不了多久極有可能當皇帝。因此，迎合、討好這個人應當奉為國策，唯有這樣南匈奴才能立足於河套地區，長治久安。蔡王妃可以回漢朝去，但有條件：不能帶走赫朗、赫丹。因為赫朗、赫丹是匈奴人，姓虛連題氏（孿鞮氏），日後是要繼承祖父、父親的大業的。左賢王在這個問題上表現出了理性和理智。平心而論，左賢王是寵愛蔡妃的，但他也清楚地知道，蔡妃對到匈奴來，對嫁給胡人，思想上和情感上是格格不入的。「志意乖兮節義虧」，正是她內心的真實感受。民族、國度、文化、生活習俗等方面的差異，決定了她和自己只是客客氣氣的夫妻，而非親親熱熱的夫妻。她那樣想念漢朝，想念家鄉，為什麼？就因為她是漢人，從沒把匈奴當作祖國和家鄉，也從沒把自己當作最親最親的親人。「天何配我殊匹」，她實是討厭、憎恨嫁給了一個胡人丈夫啊！既然如此，罷了罷了，那就讓她回漢朝去吧！不就是一個女人嗎？她走了，如果需要自己完全可以再娶十個二十個匈奴女子為王妃！

這天，左賢王命人通知蔡妃到日華殿說話。文姬心情忐忑，懷抱丹丹前往。左賢王從王妃手中抱過丹丹，使勁親他粉嫩的小臉。丹丹嫌爹的鬍鬚扎人，大叫大笑。左賢王告訴王妃漢使前來的詳情，問：「我說了，是回是留，你自己決定。你是怎樣決定的？」文姬惶恐，說：「王爺，這事比天還大，我如何決定得了呀！」左賢王沉思片刻，說：「蔡妃，我從遇見你到逼你嫁給我，現在看來可能是個錯誤，異族異國婚姻給你帶來了痛苦。我知道你時時刻都在想念漢朝和家鄉，並為回不了漢朝和家鄉而憂愁和哀傷，誠如你在《胡笳詩》中所寫的那樣：『一生辛苦兮緣別離，十拍悲深兮淚成血。』現在好了，漢使來了，說是要『贖』你回歸漢朝，實是要接你回歸漢朝。恕我直言，曹操這樣做太不近人情，用你們漢人的說法叫缺德！不管怎麼說，你我早是夫妻，哪有硬生生拆散人家夫妻的道理？不過，父單于、我以及各位王爺不想得罪漢朝，特別不想得罪曹操，所以商量決定：同意你回漢朝去。」

「當真？」文姬心中一喜。左賢王神情變得嚴肅起來，說：「你是漢人，可以回漢朝去；但赫朗、赫丹是匈奴人，必須留在匈奴。」文姬心中改而一沉，說：「這，這……」左賢王一字一頓地說：「赫朗、赫丹是我們單于家第三代男子漢，身上擔負重任，必須留在匈奴。」文姬眼中已有淚光，說：「我把兩個孩子帶上，過幾年送回來，行嗎？要不，我把朗朗留下，只帶走丹丹，行嗎？丹丹今年才三歲，不能離開娘啊！」左賢王擺手，用不容置疑、近乎冰冷的語氣，斷然說：「不行！赫朗、赫丹必須留在匈奴，這是你回漢朝去的底線！」既然是底線，那就沒有迴旋的餘地。文姬很失望很失落，失神地抱過丹丹，失神地離開日華殿。將出殿門時，又停下腳步，說：「請王爺安排，我要見一見漢使當面問個明白：漢朝贖我回去，到底是什麼意思？」

左賢王陪同蔡王妃在日華殿會見漢使周近，禮儀略過，文姬開門見山，說：「周大人！我蔡琰只是個普通女子，滯留匈奴已十餘年，自有自己的生活。而你卻攜帶漢朝皇帝的國書和曹丞相的信出使匈奴，說要贖我回歸漢朝，請問有這個必要嗎？」周近拱手，說：「有！有！曹丞相在信中說得明白，贖王妃回歸漢朝，包括公、私兩個方面的原因，公方面的原因是主要的。王妃知道，漢朝花了很大氣力修纂史書《漢記》，其中以令尊伯喈先生主持修纂的時間最長，篇目最多。令尊故去，《漢記》修纂便停頓了，原先的書稿多有散失。曹丞相掌政，既重武功又重文治，決定繼續修纂《漢記》可是人手奇缺，沒法修纂呀！於是便想到王妃。王妃才學可比班昭，回去助修《漢記》，必將有所作為，也算是繼承令尊一項未竟的事業啊！」文姬深知爹在《漢記》上所花的心血，心有所動，想了想又說：「周大人，你是漢朝使臣，代表漢朝皇帝和曹丞相。我且問你，如果我回漢朝的話，我是說『如果』，如果我回漢朝的話，那麼你能否承諾漢、匈永遠友好？對我蔡琰來說，漢朝是娘家，匈奴是婆家，我希望娘家和婆家永遠友好，親如一家。」周近微笑，說：「王妃說笑了，我周某不能承諾，即使承諾了也不起作用。但我知道曹丞相是推崇漢、匈友好的，我這次出使匈奴，他特地跟我說：『告訴匈奴朋友：蔡琰為漢、匈友好播下了種子，我們兩家定會世世代代友好下去。』聽聽，這是曹丞相的承諾，一言九鼎，一諾千鈞！」周近接著告訴王妃，說曹丞相對他這次出使非常重視，指派二十多名隨從，其中兩名侍女，是曹丞相夫人卞氏的貼身侍女，專門負責照料王妃歸漢途中的飲食起居。

曹操通過對周近出使的重視表明，蔡邕的女兒蔡琰非回漢朝不可。左賢王對此無話可說。文姬處在「去住兩情兮難具陳」的狀態中，好難好難。她的心頭像有一架天平，天平兩端，一端放著「去」，一端放著「住」，忽兒「去」重於「住」，忽兒「住」重於「去」，此落彼翹，彼翹此落，攪得她心煩意亂甚至有點恍惚。她在矛盾中彷徨中受著煎熬，覺睡得很少，飯也吃得很少，面色更加憔悴，一雙丹鳳眼好像大了許多，但目光卻是暗淡憂傷的。趙小巧趙姨母把這一切看在眼裡、急在心裡、痛在心裡。文姬剛出生時，小巧就到了老蔡家，很快成了老蔡家的一個成員。文姬這年三十五歲，也就是說她和文姬已朝夕共處了三十五年。其間，只有文姬嫁給衛仲道時，她和她分開過九個多月，此外再未分開過。她目睹了文姬所有的喜怒哀樂，特別是文姬的苦難與屈辱。共同的生活、共同的情感，使她和文姬不是母女勝似母女，文姬的痛苦就是她的痛苦，文姬的艱難就是她的艱難。現在，文姬受著煎熬，她也受著煎熬。問題的核心是，文姬渴望抓住機會回歸漢朝卻又捨不得兩個兒子。那麼此時此刻，自己能不能，又該怎樣再幫一幫文姬呢？可憐的文姬，若再這樣煎熬下去，那會崩潰的呀！

小巧考慮再三，做一個驚人的決定。這天夜間，文姬坐在床上，面對油燈，發怔發呆。小巧坐到她的身邊，說：「琰兒，下決心吧，回去！」文姬搖頭，說：「我倒是想回去，可是孩子怎麼辦？王爺給我的底線是孩子必須留下，朗朗、丹丹都得留下。唉！算了，還是不回去為好，母子分離，那會要了我的命的。」小巧看著文姬，用商量的語氣說：「是不是這樣？你安心回去，我留下替你照顧朗朗、丹丹。」文姬大驚，忙說：「哦，不行不行！巧姨，我們老蔡家人欠你的太多太多。我娘我爹欠你的，我欠你的，到匈奴來朗朗、丹丹又欠你的。你的大恩大德，我這輩子下輩子，縱然做牛做馬也報答不完啊！瞧，你頭上都生出白髮了，我哪能再讓你留下而獨自回去呢？所以我想好了，不回了不回了，我倆就一起待在匈奴吧！」小巧輕輕抓起文姬的手，說：「琰兒，別說傻話。我看得出這些年來你想念漢朝和家鄉，想回去都快想瘋了。現在漢朝來人要接你回去，這機會可不能錯過呀！你是蔡邕的女兒，滿肚子才華，又正值中年，只有回去才華才能派上用場啊！你別操心我，我都五十三歲了，還能有幾年活頭？因為你娘的緣故，我與老蔡家結了緣。千萬別說誰欠誰的。當初，若不是你娘收留了我，我哪能活到今天？左賢王逼婚，你是為了我才違心答應婚事的。我不忍心看你痛苦和艱難的樣子啊！所以決定留下替你照顧朗朗、丹丹。你呀，就放心地安心地回去吧！趕快回去，省得夜長夢多！」文姬沉思片刻，搖頭說：「巧姨，還是不行！我回去，你留下，那我就太狠心太自私了！」小巧說：「又說傻話了不是？你和我之間哪來的什麼狠心和自私？我知道你是在操心我。那就這樣：五年！你回去，我在匈奴再待五年，照顧朗朗到十六歲，丹丹到八歲。那時，我如果還活著，你可派人來把我接回去。」

文姬淚水涔涔，伸手將小巧抱住，說：「巧姨，你就是我親娘，讓我叫你一聲娘吧：娘！」小巧含淚答應：「哎！」隨即也將文姬緊緊抱住。二人的臉頰貼在一起，淚水流在一起。

文姬歸漢，小巧留下照顧朗朗、丹丹。這是個浸血裹淚的決定，相對可行，捨此別無他法。小巧開始給文姬收拾行裝。沙卡、花達來了，既羨慕文姬姐，又捨不得文姬姐，眼淚汪汪。烏雲珠來了，反覆問同一個問題：「蔡姨，為何要回去嘛？」文姬強裝笑容，請兩個妹妹和烏雲珠除關心朗朗、丹丹外，特別要關心巧姨。因為巧姨已年過半百，她也需要人照顧啊！朗朗手持一張小弓，腰懸短箭，滿頭大汗跑進氈包，一把抱住娘的脖頸，哭了起來，說：「娘，好多人都說娘快回漢朝去了，不帶我和丹丹，這是真的嗎？娘回漢朝，是不是不回來了？娘平時是最慈愛的，為何現在不慈愛了？娘，我和丹丹還未成人，娘是不是不顧我倆了？」文姬猶如刀箭穿心，無法回答兒子的問話，許久許久，才哽咽著說：「朗朗，我的兒！你年齡還小，大人的事你一時還弄不懂。是的，娘快要回漢朝去了。娘本想帶著你和丹丹一起回去，可你們的父王不同意啊！」朗朗說：「父王為什麼不同意？他不同意，我也要跟娘回漢朝去！」文姬說：「不，不，我的兒！你要知道，你們的父王是非常愛你們的，他不同意你們跟我回去，正是非常愛你們的表現。好朗朗，你要記住，你歸根到底是匈奴人，你祖父單于和父王對你抱著很大很大的期望。所以，你和丹丹必須留在匈奴，懂嗎？你和丹丹年齡尚小，生活還不能自理，幸虧你們的趙姨奶會留下來代替娘照顧你們。兒呀！這是沒有辦法的辦法，世界上的事情從來不會十全十美，如人所願哪！」

漢、匈雙方商定了蔡琰王妃歸漢起程的日子：八月二日。文姬終於能夠歸漢，本該歡喜，然而卻歡喜不起來，反而是無限痛苦和悲傷，心裡空落落的，忽兒發堵，忽兒發慌。她以為左賢王會約她到日華殿過夜，權當夫妻間的最後一次歡聚。可是，左賢王沒有那個意思，兩天前回過一趟氈包，只對她說了三句話：「我送你的那張古琴，你帶走，留個紀念。」唉！這三句話，難道就是他和她夫妻一場的總結麼？文姬最難割捨的還是兩個兒子。她看朗朗，怎麼也看不夠。她抱丹丹，怎麼也抱不夠。她這個當娘的，眼看就要和兩個兒子分離，那是要在她身上剁下兩根骨頭，割下兩塊肉啊！還有巧姨，勝過親娘的巧姨，為了自己再次做出重大犧牲，說是五年後派人來接她，可天知道五年後又是個什麼樣子啊！

八月一日是文姬待在匈奴的最後一天。她強打精神，去向呼廚泉單于和須卜閼氏告別，向呼衍居次和丘林、蘭拓、扈代王妃告別。她還去日華殿想向丈夫告別，但未見丈夫，意外見到了右賢王。右賢王說：「王妃嫂子，我哥左賢王害怕改變主意不讓你歸漢，所以外出射獵去了，三五天後才會回來。他讓我轉告王妃嫂子，原話是：『趁我沒有改變主意，快回去吧！朗朗和丹丹定會健康成長，成為值得驕傲的雄鷹與天鵝的！』」文姬憮然茫然，忙給右賢王行斂衽禮，斟酌字句說：「我也請右賢王轉告左賢王，就說我感謝他准許我回歸桑梓；再就是我獨自歸漢丟下孩子，無法盡人妻人母的責任，對不起他，請他原諒。」

這一天忙忙碌碌，這一天淒淒惶惶。文姬懷抱丹丹，不時撫摸朗朗，簌簌的淚水沒有斷過。漢使周近帶來的兩名侍女，前來氈包見過蔡王妃。兩名侍女十二三歲，一叫琴女，一叫棋女。王妃讓琴女、棋女轉告周大人：歸漢途中最好能經過長安，她想再給爹掃一次墓。夜闌更深。朗朗、丹丹睡著了。沙卡、花達、烏雲珠離去。文姬做的最後一件事是供奉爹的靈位、娘的靈位，焚起兩炷香，跪地行叩首禮，說：「爹，娘，你們的女兒蔡琰，明天就會奉二老的靈位，回歸漢朝，回歸家鄉。可巧姨還得留在匈奴照顧二老的兩個外孫，唯望二老的在天之靈保佑巧姨、保佑朗朗和丹丹。他們三人，可都是女兒的親人哪！」小巧也跪地行叩首禮，說：「玉玉姐，姐夫，我的身子骨還算硬朗，沒事的。你倆的在天之靈，還是多多保佑琰兒吧！她一人回去，連個家都沒有，在哪兒歇腳？在哪兒安身？唉！真叫人牽腸掛肚啊！」巧姨的話，又說到了文姬心中的痛心中的苦。她轉身叫了一聲「娘——！」撲到巧姨懷裡，低聲啜泣，雙肩顫動。油燈燈花無動於衷地注視著擁抱在一起的兩個女人，很有規律地搖曳著半紅半黃色的光亮……

生死離別，斷腸夢魘

文姬和巧姨幾乎沒有合眼，天就亮了。文姬略略梳妝。巧姨喚醒朗朗、丹丹。朗朗一下床就摟著娘的脖頸，說：「娘，你還是別走啊，別走啊！」文姬默默撫摸朗朗的腦門，黯然無語。她接著抱過丹丹，親著他的小臉。丹丹學語初有成效，說：「娘，哥哥打野兔，我也打野兔，打好多好多野兔，好嗎？」文姬本來下決心這一天不流淚不哭泣的，可怎麼也控制不住，淚水還是簌簌流了下來。沙卡、花達做好飯菜，文姬一口也沒吃，只看著朗朗、丹丹吃。她這個當娘的，要把兒子吃飯的樣子，還有說話的樣子、走路的樣子、睡覺的樣子，牢牢地記在心裡，刻在心裡！

辰時，漢使周近的車馬已到東宮大門外。總管帕羅指揮男僕，將蔡王妃的行裝抬到大門外，放在一輛馬車上。文姬的行裝其實就是兩個木箱。一個木箱裡裝她的衣物，一個木箱裡裝她爹和她娘的靈位以及她默寫的爹的書稿文稿。她決定帶上左賢王送給她的那張古琴，就當是留個紀念吧！文姬最在乎的是要帶上巧姨、朗朗、丹丹的一件什麼東西當作紀念。她想了很久，最後決定讓巧姨、朗朗、丹丹各剪下一綹頭髮，用白綢包好，放在自己貼身衣袋裡。這樣，她不論走到那裡，這三個親人都是和她在一起的，她時時刻刻都能感受到親人的氣息與體溫。

琴女、棋女前來伺候蔡王妃登車。這是個生離死別的時刻，魂消神傷的時刻。文姬步出氈包，一步一回首，一步一停留。這裡曾是她居住了十二年，生育了兩個兒子的家啊！而今，她得把兩個兒子留在這裡，把巧姨留在這裡，獨自歸漢，情何以堪！巧姨懷抱丹丹，烏雲珠手牽朗朗，還有沙卡、花達，還有呼衍居次和丘林、蘭拓、扈代王妃簇擁著文姬，一步步前行。人人都有千言萬語，可又能說什麼呢？沉默，沉默。只有朗朗不停地說：「娘，別走嘛！別走嘛！」東宮大門外，周近的車馬一字排開。前面是五輛馬車。前三輛滿載皮革，那是呼廚泉單于回贈給漢朝的禮品；第四輛載蔡王妃的行裝；第五輛最為豪華，一匹馬駕轅，三匹馬牽引，供蔡王妃乘坐。馬車後面是十餘匹駿馬，每匹駿馬跟前站立著一名軍士。最後面是二十隻駱駝，那也是呼廚泉單于回贈給漢朝的禮品。漢人不會餵養駱駝，所以有三名匈奴人隨行，前往漢朝傳授餵養這種動物的方法。右賢王代表呼廚泉單于和左賢王為漢使送行，也是為王妃嫂子送行。須卜亞率二十名騎兵，負責護送漢使和王妃出境。當文姬出現在大門口時，周近向前行拱手禮，說：「車馬停當，請王妃登車。」文姬行頷首禮，先向右賢王告別，繼和送行的女人逐一告別。女人們或說「一路順風」，或說「多多保重」，淚眼模糊。文姬的目光停留在兩個兒子身上，很想再摸摸朗朗，再抱抱丹丹，可是不敢，那樣她肯定會心腸發軟，當天就走不成了。她強忍眼淚，走向馬車，又是一步一回首，一步一停留。琴女、棋女一左一右，扶王妃登車。朗朗突然跑向前，哭喊著說：「娘，你為何要走啊？我不讓你走啊！」丹丹好像也意識到了什麼，伸著小手，哭喊著說：「娘，你去哪裡呀？我也要去！」巧姨一個勁地抹淚。文姬的心碎了，四分五裂。不！也許碎成了一千片一萬片，片片都是鮮血淋漓。她真想收住腳步，不登車了，不回漢朝了。可是不行哪，箭在弦上不得不發。她不敢回頭看朗朗看丹丹，一狠心，一咬牙，登上了馬車。琴女、棋女跟著上車。周近發令：「起程！」馬車啟動。軍士、駿馬、駱駝隨行。這支特殊的車馬隊伍行出老遠，文姬還能聽到朗朗那聲嘶力竭、撕心裂肺的哭喊聲：「娘，你為何要走啊？為何要走啊？」她的心在抽搐在戰慄。太陽原本是很燦爛的，這時被大片烏雲遮住，不見陽光，天地間滿是暗黃色與灰白色，慘慘澹澹，混混沌沌。

馬車車廂裡寬敞而整潔。文姬和棋女、琴女三人，可以正坐或側坐，還可以半臥。周近騎馬行進在馬車一側，把「王妃」改為「昭姬夫人」。文姬取字以後很少使用，沒料想周大人竟然知道她的字！周近說：「昭姬夫人，遵照你的意願，我們回國將取道長安，以便你為伯喈先生掃墓。車馬在匈奴境內將走兩天，明天下午就進入漢境，沿著秦朝修築的直道，大約十多天可到長安。」文姬說：「悉憑周大人安排就是。」

馬車轔轔，一顛一簸很有節奏。文姬腦海裡一直回映著離別兒子的情景，耳畔一直迴響著兒子的哭喊聲。她忽然想到要作詩，要把母子生離死別的一幕，記在並融進《胡笳詩》中。她定一定神，隨口吟來，《胡笳詩》於是有了第十三節詩：

不謂殘生兮卻得旋歸，撫抱胡兒兮泣下沾衣。漢使迎我兮四牡騑騑，胡兒號兮誰得知？與我生死兮逢此時，愁為子兮日無光輝，焉得羽翼兮將汝歸。一步一遠兮足難移，魂消影絕兮恩愛遺。十有三拍兮弦急調悲，肝腸攪刺兮人莫我知。

魂消影絕，肝腸攪刺。文姬的悲苦與傷痛，除了她自己無人能知曉，無人能分擔哪！

當天南行約六十里，紮營休息。須卜亞指揮匈奴騎兵，片刻間便搭建起十餘個氈包。夜間，文姬躺在氈包的「床」上，滿腦子都是朗朗、丹丹，無法入眠。勉強合眼，恍然入夢，一手牽著朗朗，一手牽著丹丹，又說又笑，親情濃濃。倏忽，美夢變成夢魘，四周漆黑，朗朗和丹丹不見了，她呼天號地，疾痛慘怛，涕淚交加，醒來方知是夢。她剛剛離別兒子，就在夢中夢見兒子。這夢境也應該記在並融進《胡笳詩》中，《胡笳詩》於是又有了第十四節詩：

身歸國兮兒莫之隨，心懸懸兮長如饑。四時萬物兮有盛衰，唯我愁苦兮不暫移。山高地闊兮見汝無期，更深夜闌兮夢汝來斯。夢中執手兮一喜一悲，覺後痛吾心兮無休歇時。十有四拍兮涕淚交垂，河水東流兮心是思。

第二天下午，車馬到達漢、匈兩國交界處。那裡是一座蜿蜒的小山，山南是漢朝，山北是南匈奴。文姬下車，須卜亞施禮致意，告別漢使和王妃，率領送行的匈奴騎兵返回南庭。文姬站在那裡眺望，北面蒼茫，天高野曠；南面青蔥，山水蓊藹。她感到欣慰，同時感到悲傷。欣慰的是她在十二年之後又踏上祖國土地，就像遊子漂泊歸來，重新回到了母親的懷抱；悲傷的是她和兩個兒子分離，日東月西，天各一方，想念牽掛，肝腸寸斷！她知道，她淪落匈奴的屈辱生活結束了，而新的不幸——想念牽掛兒子的痛苦才剛剛開始。這種痛苦很深很重而且會與日俱增，伴隨著她形單影隻，煢煢孑立的後半生！

車馬進入漢境。沿途郡縣官員接到朝廷命令，按照規定安排食宿，迎送使臣周近大人一行。文姬無須會見那些官員，只是想念牽掛兒子，舊怨新怨，舊痛新痛，促使她又構思出《胡笳詩》的第十五、十六節詩。《胡笳詩》前十四節詩，文姬都是在每節詩結尾處，加寫兩句詩，標明拍數，總結全節詩題旨，表達主觀感受。從第十五節詩開始，她略加變化，將加寫的兩句詩，從結尾處移放到開端處。這樣，兩句詩的性質就由總結全節詩題旨表達主觀感受變成提示全節詩題旨，表達主觀感受同樣起到了概括、深化、昇華詩意詩境的作用。且看第十五、十六節詩：

十五拍兮節調促，氣填胸兮誰識曲？處穹廬兮偶殊俗。願得歸來兮天從欲，再還漢國兮歡心足。心有懷兮愁轉深，日月無私兮曾不照臨。子母分離兮意難怪，同天隔越兮如商參，生死不相知兮何處尋！

十六拍兮思茫茫，我與兒兮各一方。日東月西兮徒相望，不得相隨兮空斷腸。對萱草兮憂不忘，彈鳴琴兮情何傷！今別子兮歸故鄉，舊怨平兮新怨長！泣血仰頭兮訴蒼蒼，胡為生我兮獨罹此殃！

母親無限想念牽掛兒子，至愛悲情，沉哀入骨。文姬每寫成一節詩，都會立即創制出相應的琴曲曲譜，所以《胡笳引》也就有了十六段曲譜。

文姬和琴女、棋女熟識了。琴女、棋女原來都是孤兒，父母死於戰亂，由曹操夫人卞氏收養，後來成為卞氏的貼身侍女。卞氏的貼身侍女共四人——琴女、棋女、書女、畫女，名字都是曹操起的。文姬從琴女、棋女口中得知曹丞相很忙，常年征戰，戎馬倥傯，偶爾才回一趟許都。卞夫人出身倡家，善良寬厚，崇尚節儉，所生的兒子曹丕、曹彰、曹植，或文或武，皆非等閒之輩。文姬想，自己歸漢定會和卞夫人見面吧？

秦朝修築的直道，南起咸陽，中經雲陽（今陝西淳化），北至九原郡。周近的車馬沿著直道半個月後抵達咸陽，隨即便到長安。文姬熟悉長安又憎恨、詛咒長安。她的爹在這裡遭奸人殺害，她和巧姨在這裡淪落至匈奴。長安帶給予她的不是「長安」，而是刻骨銘心的傷痛與苦難。時隔十三年，她又回到這個傷心地。長安街市和三大宮殿群狀貌依舊，只是隨處可見當年動亂留下的瘡痍。周近安排文姬為爹掃墓，她爹墳墓所在地的地權屬於長安縣衙，那裡葬有很多外地的死者。文姬發現天長日久絕大多數墓塚已成平地，野蒿叢生；唯爹的墓塚仍有七八尺高，塚上青草岑蔚，生機盎然。左賢王用她的名義追立的墓碑仍穩穩豎立在墓的南側，墓的北側則植有三株松樹三株柏樹，樹姿挺拔，枝葉茂盛。周近告訴昭姬夫人說他問過長安縣衙官員，官員稱三年前朝廷屯田都尉董祀到長安規劃屯田，因也是陳留人又敬仰伯喈先生的人品與才學，所以率人整修了伯喈先生的墓，特在墓的北側栽植了松樹和柏樹。文姬好生感動，從此知道並記住了董祀這個名字。

文姬這次掃墓，沒有四牲四禽、四蔬四果，只用普通祭品。她點燭焚香，跪地行三次叩首禮，默默傾訴衷腸。傾訴去匈奴的經過，傾訴在匈奴遭受的屈辱，傾訴無法控制的思國思鄉之苦，傾訴自己歸漢捨棄兩個兒子，剛剛離別就又日夜想念、魂牽夢縈、千迴百轉，這種苦很累人，主要是累心。她最後嗚咽著說：「爹，請你告訴我：女兒歸漢，到底是對是錯？到底該喜該悲？女兒回來了，可你的兩個外孫沒有回來，我的巧姨沒有回來。爹呀！就請你和娘的在天之靈保佑他們吧！保佑他們無病無災，保佑他們平安吉祥。」

文姬為爹掃墓，了卻了一樁心願，心裡略略好受了些。周近擔心昭姬夫人旅途勞累，決定在長安休息三天。文姬在這三天裡構思出了《胡笳詩》的第十七節詩：

十七拍兮心鼻酸，關山阻修兮行路難。去時懷土兮心無緒，來時別兒兮思漫漫。塞上黃蒿兮枝枯葉乾，沙場白骨兮刀痕箭瘢。風霜凜凜兮春夏寒，人馬饑尫兮筋力單。豈知重得兮入長安，歎息欲絕兮淚闌干。

第十七節詩基本定稿。文姬覺得自己的《胡笳詩》該結束了，於是又構思出了第十八節詩作為全篇詩的總結。最後一節詩的結構又有變化，先用兩句詩介紹匈奴樂器胡笳，然後用兩句詩標明拍數，表達主觀感受，引出下文：

胡笳本自出胡中，緣琴翻出音律同。十八拍兮曲雖終，響有餘兮思無窮。是知絲竹微妙兮均造化之功，哀樂各隨人心兮有變則通。胡與漢兮異域殊風，天與地隔兮子西母東。苦我怨氣兮浩于長空，六合雖廣兮受之應不容！

文姬第一次把全篇詩完整地記錄在幾頁紙上。與之相應，十八段琴曲曲譜也創制出來，也記錄在幾頁紙上。這是中國文化史上的重大事件：震古鑠今的傳世經典作品——詩歌《胡笳詩》與琴曲《胡笳引》誕生了！周近最早看到這兩部作品的原稿，拍案叫絕，立即抄錄一份派人直送許都，敬呈曹丞相。因此，文姬尚在途中許都的文人就已欣賞到她的作品，無不心情振奮，翹首以待，等待一位傑出的女詩人、女音樂家從異域歸來，一睹她的風采，一聽她用詩樂傾訴苦難、抒發悲情。

桑梓瘡痍，何處是家

金風送爽，秋高雲淡。車馬隊伍又上了路。途中，文姬記起當年，自己、巧姨與王粲結伴逃離長安的情景。王粲根據所見所聞，吟出這樣的詩句：「出門無所見，白骨蔽平原。路有饑婦人，抱子棄草間。顧聞號泣聲，揮涕獨不還。」她仍記憶猶新。這觸動了她的心弦，使她想起那篇尚未完稿的《悲憤詩》。現在《胡笳詩》和《胡笳引》已經定稿，而《悲憤詩》還是個半成品。半成品寫到哪兒了？她輕聲吟道：「漢季失權時，董卓亂天常。志欲圖篡弒，先害諸賢良……有客從外來，聞之常歡喜。迎問其消息，輒復非鄉里。」對，對，就寫到這裡：「輒復非鄉里」。她想，自己曾經決心要把《悲憤詩》寫成寫好的，那麼現在應該接著寫使之成為成品。創作需要全神貫注，自己把注意力放到創作上，或許能減輕些想念牽掛兒子的痛苦與酸楚。

車馬東行，過潼關、過函谷關到達澠池。澠池引起了文姬灰色的回憶。當年正是在這裡，她遇到匈奴左賢王，鬼使神差竟然同意接受他的保護，其後便有了遠赴匈奴成為匈奴王妃等不堪回首的往事。捨棄胡子是剛剛發生的事，離別的場面歷歷在目，離別的話語響在耳畔。文姬靈機一動，就從離別切入接著寫《悲憤詩》。她有出口成章的功力，略一思索便上承「輒復非鄉里」句，又輕聲吟道：

邂逅徼時願，骨肉來迎己。己得自解免，當復棄兒子。天屬綴人心，念別無會期。存亡永乖隔，不忍與之辭。兒前抱我頸，問母欲何之，人言母當去，豈復有還時，阿母常仁惻，今何更不慈。我尚未成人，奈何不顧思。見此崩五內，恍惚生狂癡。號泣手撫摩，當發覆回疑。兼有同時輩，相送告離別。慕我獨得歸，哀叫聲摧裂。馬為立踟躕，車為不轉轍。觀著皆噓唏，行路亦嗚咽。去去割情戀，遄征日遐邁。悠悠三千里，何時復交會。念我出腹子，胸臆為摧敗。

她的詩完全是寫實的，用樸素的語言，用白描的手法，敘事抒情，敘述最典型最感人之事，抒發最真摯最沉痛之情。「兒前抱我頸」等八句，實是化用了朗朗的話，將兒子的話加以提煉形成格式化規範化的詩句，很有表現力和感染力。

從澠池東行，下一個大站是洛陽。洛陽東南耗門內曾有過老蔡家的家。惡魔董卓強令遷都長安，焚毀洛陽也焚毀了老蔡家的家，以及所有官民人家的家。時過十八年，文姬途經洛陽，看到的仍是斷壁殘垣，瘡痍累累。到處長滿雜樹、荊艾、野蒿，原先的城郭倒像是一處山林。洛陽對於文姬來說也是個傷心之地，她的叔爺爺是在這裡遭棄市的。她的爹第一次為官，在這裡蹲過大獄也險遭棄市；第二次為官，也是先到這裡，然後才到長安蒙冤而死的。周近徵求昭姬夫人的意見，問要不要在洛陽停留一天？文姬說：「算了，睹物傷情，還是別停留為好。」她思忖片刻，又說：「請問周大人，我們的行程經過不經過陳留縣？如果經過，我想到老家園里看看，行嗎？」周近說：「行！許都在陳留縣南面，偏西一點，從洛陽到許都恰好經過陳留縣的。昭姬夫人想到老家看看乃人之常情，本官自當安排。」文姬說：「那就多謝周大人了。」

兩天後，一行人到達陳留縣，住進縣衙驛館。翌日，周近率幾名軍士騎馬，陪同昭姬夫人前往圉里。文姬坐在馬車上，坐在琴女、棋女的中間，有些激動更有些傷感。她是十六歲那年，和巧姨一起跟隨爹離開團里的，十九年後又回來了，回來時只有她孤身一人。這次回來，是衣錦還鄉？不是，自己係一介女流，沒有什麼衣錦可言。是探親？也不是，自己老家一無親人，二無親戚，無親可探。所以，這次回來僅是看看而已，文姬看到陳留縣還未完全從軍閥混戰的破壞中緩過勁來。田地荒蕪，村落破敗。大量樹木被砍伐，雜草繁茂，草叢中有野狐野兔出沒，甚至可見死人的白骨！雖說正是水稻、穀子、高粱成熟季節，但田地裡沒有什麼莊稼，勞作的農民也很少。車馬很快到了圉里。文姬急急下車，放眼四望，不禁懷疑：啊？這是圉里嗎？圉里原是個大村大寨，近千戶人家，房屋星羅，綠樹環抱，雞鳴犬吠，炊煙嫋嫋。而眼前，空空曠曠，蕭條冷落，只在西北角，稀啦啦，有幾株老槐樹和幾間茅草房。文姬判斷方位，尋到自家院落的舊址，房屋沒了，圍牆沒了，水井沒了，馬廄沒了，有的只是一堆破磚、爛瓦和黃土，再就是長得很旺盛很茁壯的荒草。她感到一陣心酸一陣悲涼。斗轉星移，世事滄桑，自己真不該回來，看到這樣的景象啊！

西北角茅草房裡走出一個中年漢子，腿有點跛，一拐一拐走近文姬，打量許久，忽然說：「哎呀！你莫不是琰侄女吧？」文姬驚訝，說：「你是……」漢子說：「我是蔡況，人稱『菜筐』的那個蔡況，過去農忙時，常幫你蔡睦、蔡谷叔叔打工的。」文姬隱約記得「菜筐」這麼個人，輩份比自己高，好像是里正蔡懷的兒子，歡喜地說：「呀！原來是蔡況叔叔，幸會幸會。蔡懷爺爺還好吧？」蔡況說：「我爹當了四十多年里正，大前年過世了。哎呀！琰侄女，你離開老家多年，音信全無，這回是從哪裡回來的？」文姬沒說從匈奴回來，只說從長安赴許都，順路回老家看看。蔡況長長歎息一聲，說：「唉！琰侄女，你不知道，自從出了董卓，圉里遭難，遭大難了呀！再就是十多年前，楊奉、韓暹的大兵逃到這裡，燒殺搶掠，還強拉百姓當兵，整個村寨被毀了，成年男人差不多死光了，只剩下十幾戶老弱病殘人家。我聽我爹的話，硬用木棍砸碎左腳腳踝成了跛子，這才保住一條命。圉里一帶，早先多興旺呀！可現在呢？除了荒涼還是荒涼，夜晚常聽到豺狼號吠，誰也不敢出門哪！」蔡況停了停，又說：「圉里蔡家，數你們一家人最有出息。可最有出息又能怎樣？你叔爺爺遭棄市，你爹冤死在長安，你蔡谷叔叔和葛蘭是被楊奉、韓暹的大兵殺害的，都很慘。蔡谷和葛蘭死後，你們家就沒人了，房屋垮坍，土地無主，充作公田。唉！」

蔡況開頭一聲「唉」，末了一聲「唉」，道出了圉里人天大的不幸。周近發出感歎，說：「罪孽！罪孽！」楊奉、韓暹的大兵禍害圉里，殺死蔡谷和葛蘭，文姬在匈奴時聽右賢王講過。現在，她親眼看到老家的景象，親耳聽到蔡況的講述，心裡更痛。那是一種鈍痛，好像有人用一把鏽蝕的刀子，一刀一刀切割她的五臟六腑。她想哭，但強忍著才沒讓眼淚流出眼眶。她說：「蔡況叔叔，領我去老蔡家祖墳塋地看看，行嗎？」蔡況說：「行！不過，老蔡家祖墳塋地也充作公田，那裡已不姓蔡啦！」文姬全身一震。祖墳塋地竟也成了公田！她沉默著，跟隨蔡況走向塋地。塋地也很荒涼，墓塚快成平地了。文姬依稀能辨認出爺爺奶奶的墓塚、叔爺爺叔奶奶的墓塚、娘的衣冠塚；另兩個墓塚，經蔡況介紹知道分別是睦叔叔夫婦、谷叔叔夫婦的墓塚。古代禮制，嫁出去的女兒潑出去的水，女子一旦出嫁就屬於外姓人，再不允許獨自在娘家祖墳塋地祭祀或掃墓。文姬就是這樣的，不能祭祀、掃墓但可以叩頭行禮。她逐一在爺爺奶奶墓塚、叔爺爺叔奶奶墓塚、娘的衣冠塚、睦叔叔夫婦墓塚、谷叔叔夫婦墓塚前叩頭行禮。當她在娘的衣冠塚前叩頭行禮時，強忍的眼淚還是簌簌流了下來。她有很多話想跟娘說，說爹、說巧姨、說匈奴、說兩個兒子、說回歸漢朝。可是，想說的話太多太多，反而一句話也說不來。文姬原先想當孝女，信心滿滿，意欲將爹的墓和娘的墓

第十四章

詩樂盛會

蔡文姬住進丞相府笑雲院

許都原名許縣，原先只是豫州潁川郡的一座縣城。建安元年（西元一九六年），曹操奉迎漢獻帝遷都於此，許縣才稱許都。經過多年經營，許都逐漸成為中原腹地一座最重要城市。它由內、外兩城組成。內城是皇城，宮殿巍峨，金碧輝煌。外城是街市，民居密集，市井繁華。朝廷各官署也在外城，其中最顯眼的是丞相府，佔地廣大，環境清幽。府內分南院和北院，南院是曹操的官署，北院是曹操的府邸。曹操眾多的妻妾和未成年的兒女，均住在北院。周近將到許都時接到朝廷通知，讓把昭姬夫人送到丞相府北院門前，那裡自會有人迎接。周近遵行，率領車馬隊伍進城。城內，街衢巷陌，布局齊整，來往行人，熙熙攘攘。這支隊伍後面，三名匈奴人驅趕著二十隻駱駝，引起許都人的好奇。人們駐足翹首，指點評論，臉上露出驚訝、驚喜的神情。車馬抵達北院門前，文姬和琴女、棋女下車，兩名女官早在那裡迎候。文姬於是向周近行斂衽禮，感謝他一路的關照，然後跟隨女官步入北院。周近忙命幾名軍士將昭姬夫人的兩個木箱從馬車上卸下，抬進北院。

北院裡樹木蔥蘢，氣象氤氳。文姬跟隨女官來到一處所在，圓形雕花拱門，門楣上刻字：「笑雲」。走進拱門，才發現是一個獨立的小院，三間正房，兩排廂房，翠竹蒼勁，菊花鮮豔。忽有侍女通報：「卞夫人到！」文姬忙轉身，只見一位夫人由兩名侍女陪同進了拱門。夫人約五十歲左右，面相和藹，衣飾樸素，笑著說：「昭姬夫人回來了，好啊好啊，我們一直盼著哪！」文姬料定對方就是卞夫人，不待介紹，趕忙撩起裙襬，一面說「卞夫人安好」，一面要行叩首禮。卞夫人伸手將她扶住，說：「旅途辛苦，大禮嘛，免了免了！」卞夫人打量文姬，見她長髮分兩股往後梳，下端用一方淺藍色絲帕紮在一起；瓜子臉，五官勻稱，未施粉黛；衣飾也很樸素，唯一的飾物是耳垂上戴一副碧綠色玉釘。她嫻雅、文靜，但眉眼間明顯有愁緒有憂傷，那是一個飽經滄桑的女人特有的愁緒與憂傷。卞夫人牽著文姬的手，進入正房落坐。正房是客廳，乾乾淨淨，敞亮敞亮。卞夫人說：「孟德上個月統兵征討荊州牧劉表去了。他臨行前交代，說昭姬夫人回歸大漢，要我……」文姬忙起身施禮，說：「請夫人千萬莫稱我夫人，這會使我無地自容。我把曹丞相叫叔叔，所以夫人可直呼我的名字蔡琰。」卞夫人說：「那不禮貌吧？你可是匈奴王妃呀！」文姬搖手，說：「那是不堪回首的往事，有機會我會跟夫人細說的。」卞夫人想了想，說：「行，那我就把你叫蔡琰。蔡琰呀，你回來了，好啊！這個笑雲院是專為你準備的，從今天起你就住在這裡，由琴女、棋女負責伺候。這裡就是你的家，缺少什麼，需要什麼，儘管讓兩個侍女跟我說，不要客氣。你最近所要做的就是休息，至於將來做什麼，那要等孟德回來才能決定。」文姬點頭，說：「謝謝夫人的安排。」卞夫人又說：「蔡琰呀，聽說你跟你爹一樣，多才多藝。許都文人包括我兩個兒子丕兒和植兒，近日都在傳抄、談論你作的詩和琴曲，沒有不稱讚的，稱讚你是個大詩人又是個大音樂家，真是好評如潮啊！一個女人，在男人圈子裡能獲得這樣的聲譽，巾幗不讓鬚眉，不容易，不容易啊！」文姬臉色微紅，說：「夫人過獎了。我只是有感而發，把自己的經歷和感受真實地記錄下來，如此而已。」

有女官前來稟報，說御史大夫郗慮有事要和卞夫人商量。卞夫人遂告辭，說：「蔡琰呀，你先休息，晚上我舉行家宴，為你接風洗塵。」文姬再次表示感謝，送走卞夫人便和琴女、棋女察看正房和廂房，客廳、書房、臥室、廚房等一應俱全，生火就可以做飯。文姬很感動，說：「卞夫人為我想的好周到啊！」琴女說：「昭姬夫人，我倆……」文姬制止，說：「我回大漢了，你倆就別再叫什麼夫人了，就叫蔡姨吧！」琴女答應，改口說：「蔡姨，我倆先燒水供你沐浴，可好？」文姬說：「行！」

晚上，卞夫人在住所松濤苑舉行家宴，為文姬接風洗塵。家宴上吃的菜是家常菜，喝的酒是家釀酒，體現了卞夫人崇尚節儉的品格。但氣氛很熱烈很溫馨，家宴使文姬感到真像到了家一樣。她第一次見到曹丕和曹植兄弟。曹丕字子桓，這年二十二歲，風流倜儻，英姿勃發。曹植字子建，這年十七歲，天資聰穎，才華橫溢。她還認識了曹丕妻子甄宓，一個妖冶嫵媚、丰神楚楚的大美人！

家宴結束，卞夫人和文姬說了很長時間的話，主要是文姬講述自己的經歷與苦難。她邊講邊流淚，說到痛切處，每每泣不成聲。卞夫人邊聽邊流淚，時時拉著文姬的手，說：「蔡琰，你太苦了，但凡女人所有的苦你幾乎都吃了。孟德常說他和你爹伯喈先生是好友，他不忍心看到好友的女兒淪落異國他鄉受苦，所以才花重金將你贖回。現在你總算回來了，回來就好，就好啊！」文姬擦拭眼淚，強作笑顏，說：「我回來，本想見到曹叔叔表達感謝之情，可他卻不在許都。夫人，曹叔叔怎麼老是征戰？為何又用兵荊州？」卞夫人笑著說：「他呀，就是這個命！」通過卞夫人的介紹，文姬對大漢當時的形勢有了個總體印象。

原來，曹操在統一北方的時候，南方幾個軍閥乘虛而起，名義上尊奉漢獻帝，實際上正謀劃割據，自立為王。荊州牧劉表、會稽郡太守孫權、益州牧劉璋等就是這樣的軍閥。那個劉備在北方站不住腳，跑到襄陽投奔劉表。劉備不甘心居人之下，三顧茅廬，聘到高人諸葛亮為軍師。諸葛亮為之擘畫，擬先奪取荊州作為基地，北抗曹操，東拒孫權。荊州地處長江中游，轄江北、江南七個郡，地廣人眾，物產豐饒，地理位置十分重要。孫權已佔有江東六郡，對荊州也是虎視耽耽，覬覦之心畢露。曹操審時度勢，覺得時不我待，所以六月當了丞相，七月即統兵十五萬，水陸並進，南征劉表，旨在將荊州盡快劃進自己的勢力範圍。偏巧，年老多病的劉表，八月一命嗚呼，他的小兒子劉琮繼為荊州牧。劉琮哪敢對抗曹操大軍？九月乖乖投降。劉備兵馬有限，南逃途中在長阪坡（今湖北當陽東北）遭遇曹軍，吃了敗仗，敗得一踏糊塗。曹操兵馬乘勝南進，浩浩蕩蕩抵達長江北岸，駐紮在南郡治所江陵（今湖北荊州）進行休整。卞夫人也好，文姬也好，當時還不可能預料一場波瀾壯闊、驚心動魄的赤壁之戰即將爆發。

很多人都知道了蔡邕之女蔡琰回歸大漢的消息。三天後，阮瑀、丁廙、王粲三人結伴到笑雲院拜訪，熱忱歡迎文姬從異域歸來。時隔十餘年，彼此重逢，又高興又傷感，恍若隔世。文姬詢問，方知他們都已歸附曹操出任了朝廷官員：阮瑀任司空軍謀祭酒，丁廙任黃門侍郎，王粲任丞相掾還封了關內侯。文姬問及另外幾人。阮瑀、丁廙告訴她說，張華、劉洪七八年前已經過世，康進生死不明，貂蟬倒是轟轟烈烈幹了一番大事業。文姬問：「怎麼講？」阮瑀、丁廙於是專說貂蟬——

董卓黨羽四大金剛李傕、郭汜、張濟、樊稠打敗呂布，攻進長安，殺死王允等人。貂蟬和呂布妻子嚴雯由一個名叫龐舒的車夫相助逃出長安，藏身在城南終南山中。不久，四大金剛之間鬧起內訌，其實都是貂蟬藏身在暗處挑起的，目的在於以毒攻毒讓他們在狗咬狗、窩裡鬥中消耗力量。她派人散布民謠：「雙木夾爻，一人獨大；周邊有禾，將享天下。」這是針對樊稠的，樊稠因此斃命。她又派人散布民謠：「一把弓，長又長；齊水邊，當皇上。」這是針對張濟的，張濟因此去了弘農。長安只剩下李傕、郭汜兩人。這兩人都想當皇帝、都好色，垂涎貂蟬已久，一直想得到她一享豔福，可就是不知她藏在哪裡。貂蟬洞察兩人的心思，用筆蘸著雞血在白色羅帕上寫了「血書」，派人送給李傕：「賤妾遭郭汜幽禁，生不如死，懇望李大將軍解救，至盼。貂蟬泣書。」同時寫了「血書」，派人送給郭汜：「賤妾遭李傕幽禁，生不如死，懇望郭大將軍解救，至盼。貂蟬泣書。」李、郭讀罷「血書」，認定貂蟬落在對方手中，於是發兵「救美」，大打出手，打得天昏地暗，兩敗俱傷，直至李傕劫持皇帝去了郿塢；郭汜抓了一些公卿大臣及其家屬軟禁在長樂宮。李傕、郭汜、張濟相繼敗死。呂布逃去東方，投奔劉備，輕狡反覆、唯利是視的本性不改，反從劉備手裡奪得徐州，自任州牧。貂蟬和嚴雯得知這一消息，千里迢迢前往徐州尋找呂布報仇。建安三年（西元一九八年）底，曹操在下邳（今江蘇邳縣東）最終擒殺了呂布。貂蟬恢復本名任紅昌和嚴雯一起跟隨曹操到了許都。當時，劉備依附曹操，韜光養晦，也在許都。曹操有心籠絡劉備部將關羽，特意賜婚，讓關羽娶任紅昌為妻。大婚之夜，關羽發覺任紅昌就是貂蟬，大罵她不貞不潔，揮起青龍偃月刀將她殺了……

這些情況，直把文姬聽得目瞪口呆。李、郭、張、樊鬧內訌，她在長安聽說一些，只當是有高人在暗中策劃，哪想過那位高人竟是貂蟬！道貌岸然的關羽也忒凶惡，你嫌棄貂蟬也就罷了，怎麼可以恣意殺死一個弱女子？貂蟬美貌，足以「閉月」，生前蒙羞受辱，臨死還背下個不貞不潔的名聲。女人哪女人，多麼不幸多麼可悲！

「建安七子」與「三曹」

阮瑀、丁廙、王粲和文姬重逢，談論最多的還是詩歌和音樂。三人異口同聲，稱讚文姬的《胡笳詩》和《胡笳引》，說這兩部作品堪稱千古絕唱，把許都的文人都給鎮住了。文姬笑著說：「求三位，別給我戴高帽子，還是把你們的大作亮出來，讓我拜讀才是。」丁廙搶先說：「我聲明：我可沒有什麼大作，但我可以推薦大作。因為我最擅傳抄，熟知眾多文人的所有作品。昭姬，你剛從匈奴回來，可知『建安七子』？」文姬搖頭。丁廙說：「現在的年號不是叫建安嗎？這些年，有七位文人善詩善賦善文成就很高，故合稱『建安七子』。」文姬說：「哦？請問是哪七位？」丁廙手指阮瑀、王粲，說：「在座的就有兩位：元瑜兄，仲宣弟。」文姬忙向阮瑀、王粲拱手，說：「失敬失敬！」丁廙又說：「另外五位，是魯國孔融、北海徐幹、廣陵陳琳、汝南應瑒、東平劉楨。」阮瑀說：「孔融孔文舉，因多次乖忤曹丞相而獲罪，前些日子已被處斬。孔文舉生前最崇敬令尊伯喈先生，令尊死後他很傷心。有個軍士身材偉岸，長相有點像令尊。文舉每次飲酒，必邀那個軍士同飲，說：『伯喈不在了，讓我高興的是，還有個長相和他很相似的人。』」文姬是見過孔融的，並把他叫叔叔，沒料想孔叔叔已不在人世了。丁廙繼續說：「七子當中，仲宣又是公認的冠冕人物。他的三首《七哀詩》，敘事抒情，震撼人心。」文姬問王粲說：「你的《七哀詩》，我知道的，怎麼會是三首？」王粲說：「那年，我們逃離長安，在灞河岸上，我作了第一首，爾後在襄陽又續作了兩首，所以共是三首。」他接著吟詠了續作的兩首。文姬說：「好！還是寫實和白描手法，寫見聞寫感受，沿習了第一首的風格，焉能不震撼人心！」

丁廙轉而對阮瑀說：「老兄，該你啦！你也把那首最叫響的五言詩，亮出來吧！」文姬說：「別！阮君得把那首詩寫出來，供我慢慢品味。」阮瑀遂提筆，把「最叫響的五言詩」寫在一頁紙上，詩題叫《駕出北郭門行》：

駕出北郭門，馬樊不肯馳。下車步踟躕，仰折枯楊枝。顧聞丘林中，噭噭有悲啼。借問啼者出，何為乃如斯。親母捨我歿，後母憎孤兒。饑寒無衣食，舉動鞭捶施。骨消肌肉盡，體若枯樹皮。藏我空室中，父還不能知。上冢察故處，存亡永別離。親母何可見，淚下聲正嘶。棄我於此間，窮厄豈有貲。傳告後代人，以此為明規。

文姬讀詩，連聲叫好，說：「這詩以第一人稱自述形式，通過一個孤兒受後母虐待和遺棄的悲慘命運，揭露某些家庭關係的冷酷無情，至為深刻，具有典型意義和警示意義。」阮瑀說：「要叫我說，我們這些人的詩，論水準怎麼也比不上『三曹』。」文姬說：「『三曹』？三曹是誰？」王粲說：「曹公曹丞相及他的兒子曹丕、曹植，合稱『三曹』。」丁廙說：「我完全同意元瑜兄的說法。三曹的詩，水準之高，我等是可望而不可及。」文姬覺得意外，說：「曹公長年統兵征戰，也作詩？」丁廙說：「作！作了好多詩。他的詩，一部分反映社會動亂和百姓苦難，很真實。比如在《蒿里行》中寫道：『鎧甲生蟣虱，萬姓以死亡。白骨露於野，千里無雞鳴。生民百遺一，念之斷人腸。』聽聽，描寫戰亂頻仍、農村破敗、生產凋零，廣大百姓蒙受苦難，多麼概括又多麼具體！一部分抒發他的理想抱負和雄心壯志，更是汪洋恣肆，大氣磅礴。」阮瑀接過丁廙話頭，吟詠道：

東臨碣石，以觀滄海。水何澹澹，山島竦峙。樹木聚生，百草豐茂。秋風蕭瑟，洪波湧起。日月之行，若出其中；星漢燦爛，若出其裡。幸甚至哉！歌以詠志。

神龜雖壽，猷有竟時。騰蛇乘霧，終為土灰。老驥伏櫪，志在千里；烈士暮年，壯心不已。盈縮之期，不但在天；養怡之福，可得永年。幸甚至哉！歌以詠志。

丁廙說：「對，對！這是曹公《步出夏門行》詩中的第一、四兩章，可以獨立成篇，前篇叫《觀滄海》，後篇叫《龜雖壽》，繪景抒情，沉雄老到。我敢說這樣的詩除了曹公，誰也作不出來。」文姬請阮瑀將《觀滄海》、《龜雖壽》再吟詠一遍。她頻頻點頭，說：「曹公是政治家和軍事家，政治家、軍事家的詩，立意高遠，大開大合，我們這些人確實很難做到。」阮瑀接著又吟詠了兩首詩：

秋風蕭瑟天氣涼，草木搖落露為霜。群燕辭歸雁南翔，念君客遊多思腸。慊慊思歸戀故鄉，君何淹留寄他方！賤妾煢煢守空房，憂來思君不敢忘，不覺淚下沾衣裳。援琴鳴弦發清商，短歌微吟不能長。明月皎皎照我床，星漢西流夜未央。牽牛織女遙相望，爾獨何辜限河梁？

文姬驚歎說：「呀！這首詩是七言句式，句句用韻，極富新意，也是曹公所作？」丁廙搖手，說：「不！這是曹丕的《燕歌行》，七言句式，句句用韻，這是個創新。而且文筆細膩，情景交融，音韻流暢，獨具一格。」王粲說：「還有曹植，年紀輕輕，就寫出許多好詩，前程無量。」丁廙說：「我也有同感。曹植的詩詞采彬蔚，氣勢飛動，很有風骨。比如他的《白馬篇》，通過描寫遊俠健兒嚮往建功立業，抒發報國豪情，寫得多好！」阮瑀、王粲同聲將這首詩吟詠出來：

白馬飾金羈，連翩西北馳。借問誰家子，幽并遊俠兒。少小去鄉邑，揚聲沙漠垂。宿昔秉良弓，楛矢何參差。控弦破左的，右發摧月支。仰手接飛猱，俯身散馬蹄。狡捷過猴猿，勇剽若豹螭。邊城多警急，胡虜數遷移。羽檄從北來，厲馬登高堤。長驅蹈匈奴，左顧凌鮮卑。棄身鋒刃端，性命安可懷？父母且不顧，何言子與妻！名編壯士籍，不得中顧私。捐軀赴國難，視死忽如歸。

三曹的詩令文姬折服。她由衷地說：「曹公父子的詩，果然不同凡響。他們，他們才是真正的詩人，大詩人！而我孤陋寡聞，對此一無所知，慚愧慚愧。丁君，請你把他們的詩抄錄一些給我，供我閱讀，可以嗎？」丁廙說：「當然可以。我明天就把三曹詩的傳抄本給你送來。」

文姬住在笑雲院，琴女、棋女伺候飲食起居，卞夫人常來看望，生活是優裕的舒適的。阮瑀、丁廙、王粲不時來訪，談詩歌談音樂，心情也是歡愉的恬適的。但是，當夜深人靜，獨自躺在炕上之時，她又會想念遠在匈奴的兩個兒子和巧姨，不由心煩意亂無法入眠，於是便從貼身衣袋裡取出那個白綢小包，打開，靜靜地看那三綹頭髮。最長的一綹，黑色中泛著灰色，是巧姨的；次長的一綹，又黑又亮，是朗朗的；最短的一綹，細而黃，是丹丹的。她輕輕撫摸三綹頭髮，耳邊響起朗朗和丹丹的哭喊聲：「娘，你為何要走啊？」「娘，你去哪裡呀？我也要去！」她心痛，她心酸，淚水涔涔，輕聲說：「朗朗、丹丹，娘是個不慈愛不稱職的娘啊！」

笑雲院隔壁是品風院，那裡住著曹操三個未成年的女兒：曹憲、曹節、曹華。三人把才高藝精的文姬也叫琰姐，常到笑雲院請琰姐教她們彈琴。文姬樂於當這個「老師」，每每在教過三人之後，又自己彈一會兒琴，彈《胡笳引》，唱《胡笳詩》。《胡笳引》、《胡笳詩》的基調是悲苦悲憤的，她怕影響他人，所以彈琴、唱歌的聲音總是壓得很低。她幾乎每天都要練習書法，默寫爹的詩賦作品或自己的《胡笳詩》、《悲憤詩》。這一天，她默寫《悲憤詩》，先寫下詩題，然後從「漢季失權時」默寫到「雖生何聊賴」，共一百零二句，五百一十個字，書體為漢隸，工工整整，滿紙豐腴、圓潤、娟秀之美。她面對「雖生何聊賴」這一句，凝神思索全詩該怎樣結尾。丞相府女官忽然引領一位身穿官服的中年官員到了笑雲苑，說要拜訪昭姬夫人。文姬慌忙出書房進客廳，卻不認識來客。來客恭敬行揖禮，說：「琰姐，我是羊衜，羊衜哪！」文姬反應過來，驚喜地說：「哎呀！原來是妹夫，幸會幸會，快請坐，請坐！」

羊衜告坐。琴女、棋女忙著斟茶。女官辭去。文姬亦坐，只見妹夫很年輕，很有風度。她在歸漢途中，曾向周近周大人打聽過羊衜其人。周近對羊衜讚不絕口，說：「這個人年輕有為，三十多歲就出任上黨郡（郡治壺關，今山西長治北）太守，後生可畏，後生可畏啊！」羊衜比文姬年長兩歲，出於禮貌，他站在蔡琬的角度把文姬叫琰姐。他說：「琰姐，你我見面，太晚太晚了呀！那年，我和蔡琬大婚，原想能見到岳父伯喈大人和你的，然而未能如願。後來才得知岳父遭奸人殺害了，你在長安治喪，根本回不了圉里。再後來，長安大亂，就完全失去了你的消息。時隔十多年，說實話，我和蔡琬都以為你不在人世了。直到今年七月，聽說曹丞相派出使臣到匈奴去迎接蔡邕之女蔡琰回歸漢朝，這才知道你還活著，但不知你為何遠在匈奴。我把這情況告訴蔡琬，蔡琬歡喜得快要發瘋，又是哭又是笑的，不停地說：『我姐還活著！我姐還活著！』昨天，我來許都向朝廷述職，一打聽知道你已回來住在這裡，所以今天前來拜訪。蔡琬若是知道你我見面了，不定會喜成笑成什麼樣子呢！」文姬眼中閃著淚花，說：「先別說你我，先說蔡琬妹妹。她怎樣？她好嗎？我們姐妹是在中平六年（西元一八九年）分開的，至今已十九年，我好想她呀！」羊衜笑著說：「蔡琬很好。琰姐想必知道我的前妻是孔融文舉大人之女，分娩難產而死，所生兒子羊發卻存活下來。蔡琬十五歲嫁給我，一不嫌棄我是二婚，二不嫌棄羊發，過門後既當妻子又當後娘，這樣的女子天下少有。更可貴的是一年後，她生了兒子羊承，偏偏羊承和羊發同時患病，都病得很重。蔡琬一人照料兩個病重的兒子，思忖兩個兒子很難同時存活，所以把重點放在羊發身上，專心照料，無微不至。結果，羊發得救了，羊承夭折了。她這樣重庶重義，捨親忘私，沒有人不感動不敬佩的。其後，她敬老愛幼，相夫教子，支撐起了一個家。這些年來，我的仕途順風順水官至太守，全虧身後有個日夜操勞、知冷知熱的好妻子賢內助啊！羊發已經長大。大前年，蔡琬又生了個女兒，叫羊徽瑜。她打算再生個兒子，就看老天爺給不給了。」

文姬看得出，妹夫羊衜說到妻子蔡琬時，眉眼間滿是喜悅和讚賞之色。她為此而感到高興，高興妹妹當初超乎常人的選擇，高興妹妹的歸宿如此美好。她說：「我們老蔡家曾是一大家人，世事滄桑，如今只剩下我和琬妹兩個人了。琬妹比我強啊，至少沒受太多的苦難。」她接著說起自己和巧姨是怎樣去匈奴的以及在匈奴的經歷，歸漢的喜與悲。因為對方是妹夫，所以她說得比較概括和簡約。羊衜說：「琰姐吃了這樣多的苦，堅強地挺過來了，不容易！」文姬故作輕鬆狀，說：「是啊！總算挺過來了。我回來尚未見到曹丞相，待見過曹丞相後即設法和琬妹見面。或我到上黨去，或琬妹到許都來，我們姐妹間有許多許多話要說，說上三天三夜怕是也說不完哪！」

拜見曹操叔叔，默寫古籍孤本

羊衜拜訪，使文姬知道妹妹蔡琬品德高尚，生活幸福，心中大為寬慰。她一時無法見到曹操，也無法見到琬妹，轉而又把思想集中到《悲憤詩》上，力圖寫個像樣的結尾，結束全詩。可是思來想去，結尾那幾句詩難產，怎麼也寫不出來。阮瑀、丁廙、王粲每隔幾天都會造訪一次文姬，他們驚訝地發現，文姬除《胡笳詩》、《胡笳引》外，還作有一篇五言體長詩《悲憤詩》。三人讀了該詩，興奮得拍手大叫：「好詩！好詩！好詩！」文姬說：「好什麼？還沒結尾呢，只是個半成品。」阮瑀說：「半成品也是好詩，感傷亂離、敘苦難事、抒悲憤情、真情窮切自然成文。」王粲說：「創作這樣長的五言敘事詩，昭姬姐肯定是第一人。」丁廙說：「我等當立即傳抄，使更多的人能讀到這篇優秀作品。」三人立即傳抄，又一傳十，十傳百，因此，許都文人差不多都欣賞到了尚未結稿的《悲憤詩》，就連遠在江陵的曹操也欣賞到了。

這時已是十月。曹操駐軍江陵，打算先滅劉備，次滅孫權。他萬萬沒有料到，經過諸葛亮、魯肅、周瑜的共同努力，孫權和劉備結成了共抗曹操的軍事聯盟，而且任命年僅三十四歲的周瑜為都督，統領聯軍共五萬多人，戰船五百艘，駐守長江南岸的赤壁（今湖北赤壁）。曹操自恃兵多將廣，進軍至長江北岸的烏林（今湖北洪湖東北）。兩軍形成隔江對峙的局面。臘月，周瑜利用天時地利，實施火攻，一戰而打敗曹操。曹操兵馬，三成死了兩成。——這就是著名的赤壁之戰，孫劉聯軍以少勝多、以弱克強，在軍事史上書寫了光輝的戰例。在許都，包括文姬在內，幾乎沒有人相信曹丞相會打敗仗。直到曹操回到許都，人們才相信他確實打了敗仗。

這天晚上，蔡文姬去松濤苑拜見拜見曹操叔叔，由侍女書女、畫女引領進入客廳。曹操這年五十四歲，席地坐在几案後面的蒲團上，頭髮散著，肩披長袍，正在油燈下讀書，一點也不像位高權重的丞相和叱吒風雲的統帥，更不像剛剛打了敗仗的樣子。卞夫人坐在几案的一頭，縫補衣服。文姬恭敬跪地行叩首禮，稱曹操為曹公，說：「曹公，請受蔡琰大禮，感謝你把我從匈奴贖回來。」曹操放下手中的書，笑著說：「哎呀！蔡琰呀，快起來，坐，坐！」卞夫人招呼文姬坐到自己身邊。曹操問：「怎樣？回來住得慣嗎？」文姬答：「很好。卞夫人給我把什麼都安排好了。」曹操說：「我那年在圉里見過你，還聽你彈過琴。你那時還是個少女，好像正準備出嫁，是吧？後來聽你爹說，你的婚姻不怎麼順暢，是吧？」文姬說：「是。我出嫁九個多月就回圉里孀居。」卞夫人說：「蔡琰把她的經歷跟我講過，但凡女人所有的苦她幾乎都吃了，怪可憐的。」曹操點頭，說：「蔡琰呀，我和你爹是至交，他被王允殺害，沒有留下子嗣，令人痛惜。我是從匈奴右賢王口中意外得知你淪落在匈奴並成了左賢王王妃的。考慮你是蔡邕之女，博學多聞，妙於音律，肯定過不慣胡人的生活，肯定想念祖國和家鄉，所以才派出使臣攜帶重金贖你歸漢。最近讀了你的《胡笳詩》和《悲憤詩》，知你歸漢又有了母子分離、想子思子之苦。這是我沒有估計到的，早知如此，或許不該……」卞夫人說：「做娘的撇下兩個親生骨肉，能不痛苦嗎？」文姬說：「曹公！水流入海，葉落歸根。我能回歸大漢，喜悅還是主要的。至於母子分離、想子思子之苦，那是兒女私情，我會慢慢調適。」

曹操微笑，說：「那就好，那就好。蔡琰呀，我在寫給匈奴呼廚泉單于的信中說了，贖你歸漢的理由主要是要你繼承父業，助修《漢記》。班昭繼承兄業，最終修成《漢書》。你呢？可以效法她，在史學領域也能有所建樹，怎樣？」文姬說：「不，不！蔡琰不敢和班昭大家相比。我愛讀史書，但對修史事務完全不懂，對本朝史事也知之甚少，所以難以擔負助修《漢記》的重任。這，還請曹公見諒。」曹操沉吟，說：「你說的倒也是實情。」他手捋蓬亂的鬍鬚想了想，又說：「蔡琰呀，我到過你們老蔡家園里的家和洛陽的家，知道你爹藏書很多。你爹說藏書中有不少古籍孤本，你還記得它們嗎？」文姬說：「我爹平生愛書，尤愛古籍孤本。他臨死時，留下的古籍孤本約四千餘冊都在長安。可惜長安動亂，流離塗炭，無有存者。我現在憑回憶能記得的，只是古籍孤本中的一些知名作品，大概有四百多篇吧！」曹操一聽，兩眼放光，說：「你能記得？那好，我派十名書吏，由他們幫你把那四百多篇作品寫出來，可以嗎？」蔡琰說：「當然可以。但男女授受不親，十名書吏就不必派了，曹公只需提供紙筆，我一人將那些作品寫出來就是。」曹操一拍几案，說：「好！就這樣辦！你將那些作品寫出來，傳於後世，也是對文化的一大貢獻呀！」卞夫人笑著對文姬說：「瞧把他高興的！」

文姬接著講述了歸漢途中在洛陽和陳留的見聞與感受。曹操說：「我知道，你在《悲憤詩》中寫了，這些都是當年社會動亂造成的，至今仍是創傷累累。豫州及兗州東部最早實行了屯田制度，情況要好得多。我已簽署命令，北方各州郡都要推行屯田制度，相信要不了幾年，洛陽和陳留等地的面貌定會改觀的。」文姬說：「我回來後，讀到曹公的許多詩作，特別喜愛那首《對酒歌》：『對酒歌，太平時，吏不呼門。王者賢且明，宰相股肱皆忠良。咸禮讓，民無所爭訟。三年耕有九年儲，倉穀滿盈。斑白不負載。雨澤如此，百穀用成。卻走馬，以糞其土田。爵公侯伯子男，咸愛其民，以黜陟幽明。子養有若父與兄。犯禮法，輕重隨其刑。路無拾遺之私。囹圄空虛，冬節不斷。人耄耋，皆以得壽終。恩澤廣及草木昆蟲。』大漢若真能做到這樣，那多好啊！」曹操說：「《對酒歌》只是我作的一首順口溜，恰也表達了我的一些理想與願望，那就是：國家統一，政治清明，社會風氣淳樸，百姓安居樂業。毋庸諱言，要實現這個理想與願望不容易，但我會努力的。」文姬又引用曹操《短歌行》裡的詩句說：「『山不厭高，海不厭深。周公吐脯，天下歸心。』曹公胸襟如此博大，天下人都會擁戴你的！」曹操大笑，說：「不見得。從北方到南方，罵我是奸臣是漢賊的大有人在。哈哈！」

文姬拜見曹操後數日便是新年。建安十四年（西元二〇九年），她憑記憶默寫古籍孤本中的知名作品。她的記憶力太驚人了，共默寫出四百多篇作品，經考證既無遺漏又無錯誤。那些作品大多記述西漢的史事與趣聞，如《蕭何營未央宮》、《咸陽宮異物》、《戚夫人歌舞》、《文帝良馬九乘》、《七夕穿針開襟樓》、《畫工棄市》、《趙后淫亂》、《河決龍蛇噴沫》、《雷火燃木得蛟龍骨》、《鄧通錢文侔天子》、《韓嫣金彈》，等等。它們經人傳抄得以廣泛流傳，晉朝時被收錄進《西京雜記》等典籍，成為中華文化寶庫中光彩熠熠的珍品。

光陰荏苒，四季更替。建安十五年（西元二一〇年）冬，曹操命在鄴城建造的銅雀台竣工，並在銅雀台舉行詩樂大會，檢閱文學藝術成就，歌頌文治武功。蔡文姬作為唯一的女性詩人和音樂家出席了這次盛會，她的名字以及她的詩歌她的音樂，因此載入史冊，千古流芳。

詩樂雙絕《胡笳十八拍》

鄴城瀕臨漳河，袁紹長期盤踞於此。曹操打敗袁紹，初到鄴城，夜間做夢，曾夢見一道金光從地下升起。次日命人挖掘，掘得銅雀一隻。部屬異口同聲認為是祥瑞之兆，曹操大喜，命用建設國都的規格建設鄴城，並命在漳河岸邊建造一座銅雀台。歷時十年，鄴城面貌大變，號稱鄴都，雄峙黃河以北，其重要程度不亞於黃河以南的許都。西北隅高聳入雲的銅雀台，則是鄴都的標誌性建築。該台高十丈，台上建樓宇，飛閣重簷，雕樑畫棟；樓頂置鎏金銅雀，銅雀高一丈五尺，昂首向天，舒翼若飛。銅雀台前有金鳳台，後有冰井台，三台之間有凌空浮橋相通。登臨恣望，縱目披襟，雲蒸霞蔚，氣象萬千。才高八斗的曹植專門作有一篇《銅雀台賦》，將銅雀台的巍峨壯美描繪到了極致：

從明后以嬉遊兮，登層台以娛情。見太府之廣開兮，觀聖德之所營。建高門之嵯峨兮，浮雙闕乎太清。立中天之華觀兮，連飛閣乎西城。臨漳水之長流兮，望園果之滋榮。立雙台於左右兮，有玉龍與金鳳。連二喬於東西兮，樂朝夕之與共。俯皇都之宏麗兮，瞰雲霞之浮動。欣群才之來萃兮，協飛熊之吉夢。仰春風之和穆兮，聽百鳥之悲鳴。雲天亙其既立兮，家願得乎雙逞。揚仁化於宇宙兮，盡肅恭於上京。惟桓文之為盛兮，豈足方乎聖明？休矣！美矣！惠澤遠揚。翼佐我皇家兮，寧彼四方。同天地之規量兮，齊日月之輝光。永尊貴而無極兮，等君壽於東皇。御龍旂以遨遊兮，回鸞駕而周章。思化及乎四海兮，嘉物阜而民康。願斯台之永固兮，樂終古而未央！

根據曹操的指令，文武官員和眾多文人於十一月下旬聚會鄴都，卞夫人和曹操的一些兒女也是要去鄴都的，文姬隨之同行。鄴都也有丞相府。文姬和琴女、棋女以及曹憲、曹節、曹華等共住一個小院，飲食、取暖等事項由丞相府統一安排。十二月己亥日，曹操在銅雀台舉行文武官員大會，發表長篇講話，講天下大勢，講平生抱負，明確宣布人生在世，忠義為本，他在有生之年只求蕩平天下，輔助漢室，庇佑黎民絕不篡位稱帝。三天後舉行詩樂大會。文姬出席大會，聆聽曹操評詩論樂，真切領略了一位政治家、軍事家兼卓越詩人的超凡氣質與風采。

文姬這天的裝束依然素雅。青色緊身襦襖，黑色百褶長裙，罩一件絳紫色披風，圍一條乳白色絲巾，不施脂粉，飾物只有一支銀色玉簪和一副碧玉耳釘。她是和阮瑀、王粲一起到達銅雀台的，面對銅雀台的巍峨壯美，少不了一番讚歎。進入台內，拾級而上，台上便是樓宇。樓宇共兩層：下層為布局玲瓏的小閣和小榭，上層為舉行歌舞宴會的大廳。大廳寬敞明亮，豪華氣派，最顯眼的是那些雕鏤精巧的窗櫺皆飾以鎏金銅片，陽光照耀，金碧輝煌。地上鋪著深紅色地毯，低桌長案井然有序。中央火爐，炭火熊熊。四周熏爐，香煙嫋嫋。丁廙指揮數人，正往牆上懸掛書寫著詩賦的紙幅。共有一百多人觀看紙幅，幾個青年還拿著紙筆傳抄。經阮瑀、王粲介紹，文姬認識了「建安七子」中的另外四子：陳琳、徐幹、應瑒、劉楨。丁廙看到文姬忙笑著向前招呼，並引她觀看懸掛的紙幅。紙幅上書寫的都是當時最富盛名、流傳廣泛的詩賦作品，如曹操的《蒿里行》、《觀滄海》、《龜雖壽》、《短歌行》、《對酒歌》，曹丕的《燕歌行》、《秋胡行》，曹植的《白馬篇》、《銅雀台賦》；王粲的《七哀詩》、《登樓賦》，阮瑀的《駕出北郭門行》，陳琳的《飲馬長城窟行》，徐幹的《室思》，應瑒的《將建章台集詩》，劉楨的《贈從弟》，等等。令文姬驚訝和惶恐的是她的《胡笳詩》、《悲憤詩》以及《胡笳引》琴曲譜都寫成紙幅，懸掛在牆上。因為她的作品都是長篇，所以紙幅佔了大廳牆壁差不多三分之一的面積。丁廙悄聲說：「這是曹丞相吩咐的。他說，蔡琰的作品水準高，應當全部寫成紙幅公開展示，供人傳抄。」文姬好生感動，說：「這，這給我的壓力也太大啦！」

曹操身穿常服來到大廳，逕直在正面中央主座落坐。一名侍從將一摞竹帛書籍放在他面前。眾人亦落坐。曹操目光掃視全場，開門見山，笑著說：「銅雀台竣工，本相高興。大前天在這裡舉行了文武官員大會，今天又在這裡舉行詩樂大會。為什麼？說明文治與武功同等重要，不可偏廢。」他著重講文治，說：「建安年間，湧現出一大批文人，形成一個集團，縱情任性，特立獨行，掀起創作詩、賦、文的高潮，產生了很多優秀作品，反映社會現實和人民苦難，突出自我意識，抒發個人情懷，總體上具有慷慨悲涼、剛健俊爽的風格。」他用手指著牆上懸掛的紙幅，說：「瞧今天所展示的，可以說是琳琅滿目，美不勝收。歷史上有過這種現象嗎？我敢說，沒有，絕對沒有！」他接著講建安文學，講建安風骨，不時翻看桌案上的竹帛書籍，逐一評點曹丕、曹植、陳琳、阮瑀、王粲、徐幹、應瑒、劉楨等人的代表作品，講詩、賦、文創作的要義。他的講話高屋建瓴，宏觀大氣，又詼諧幽默，妙語連珠，激起一陣陣笑聲和掌聲。文人們很想聽聽他對他的詩作的評價，然而他卻隻字未提。文姬聽著曹操講話，心潮澎湃。許多觀點和用語她都是第一次聽到，深受啟發，宛若醍糊灌頂。她正聽得凝神、聽得專注，猛聽得曹操話鋒一轉，說：「現在，我要著重講講蔡琰。因為她是在座的唯一女性，她的《悲憤詩》、《胡笳詩》和《胡笳引》有深刻的思想和磅礴的感情，實是這次詩樂大會的一大亮點。」文姬心中一驚又一緊：哎呀曹公！你為何要講我嘛！

曹操聲音洪亮，說：「《悲憤詩》是五言詩，是文人創作的第一篇五言長詩，已有一百零二句，尚未寫完；《胡笳詩》是騷體詩，也是長詩，由十八節詩組成。這兩篇詩作都屬於自傳體性質，蔡琰運用詩歌形式，敘寫她的經歷和苦難，抒發悲憤心情。詩作的大背景是大漢衰微，世事凋瘵，董卓奸黨凶殘暴虐，將異族鐵騎引進中原造成社會動亂，百姓流離。蔡琰把她個人的經歷和苦難融進了國家、人民、民族的經歷和苦難之中，因而她的悲憤也就是國家、人民、民族的悲憤。我要說，內容這樣豐富，底蘊這樣厚重的作品，只能出自蔡琰之手，其他人望塵莫及。為何？因為其他人沒有蔡琰那樣的親身經歷。」曹操停了停，又說：「對於強者智者來說，苦難是一種財富。屈原蒙受放逐的苦難，這才寫成《離騷》。司馬遷蒙受宮刑的苦難，這才寫成《史記》。蔡琰蒙受的苦難也很多很多，這才寫成《悲憤詩》和《胡笳詩》。我同我兒曹丕討論過詩文寫作問題。我問他：『我們這些文人寫作和屈原、司馬遷、蔡琰等人寫作有何不同？』他答：『我們這些文人是用筆墨寫作，而屈原、司馬遷、蔡琰等人是用淚水用心血用生命寫作。』這話答得好啊！只有用淚水用心血用生命寫成的作品才是永恆的、不朽的作品。」

蔡琰坐在座位上，渾身躁熱，如坐針氈：自己哪敢跟屈原、司馬遷相提並論？自己的作品哪敢跟永恆和不朽沾邊？曹操興致勃勃，接著說：「這裡，我特別要講講《胡笳詩》，一篇騷體長詩，頗有《楚辭》的韻味。該詩以事為經，以情為緯，敘事抒情，氣魄宏大，膽力過人。」他翻看桌案上《胡笳詩》傳抄本，選讀一些詩句，說：「蔡琰敘寫淪落在荒寒胡地之苦，懷國思鄉之苦，連天地神鬼都敢責問，我們做得到嗎？她敘寫歸漢時母子生離死別之苦，以及歸漢後思子念子之苦，字字血，聲聲淚，痛徹心肺骨髓，我們寫得出嗎？我還要說，《胡笳詩》的獨到之處，更在於蔡琰在詩中引進了匈奴樂器胡笳和匈奴音樂『拍』的表現手法，同時創作出琴曲《胡笳引》來。一節詩和一段樂曲都稱一拍，共十八拍，詩配樂，樂配詩，盡善盡美，相得益彰。詩歌本原實為音樂文學。《胡笳詩》與《胡笳引》在這方面提供了一個範例。前者是詩，屬文學範疇；後者是琴曲，屬音樂範疇。若從音樂文學角度看，二者又是一回事。可以這樣理解：《胡笳詩》是《胡笳引》的歌詞，《胡笳引》是《胡笳詩》的樂曲，邊彈琴邊歌唱，那就是一支器樂和聲樂套曲。蔡琰，你說我的說法對嗎？」

曹操冷不丁發問，把文姬嚇了一跳。她慌忙起身，行斂衽禮，說：「曹公所言，正是蔡琰創作《胡笳詩》與《胡笳引》的初衷。」曹操大笑，說：「那好，你不妨先用琴演奏一遍《胡笳引》，然後邊演奏《胡笳引》邊歌唱《胡笳詩》，歌合樂、樂合歌，如何？」眾人附和說：「對！來個歌合樂、樂合歌！」

文姬沒想到會遇到這樣的局面，面露難色，說：「本當邊彈琴邊歌唱，可我沒帶琴來。」曹操依然大笑，說：「這好辦，本相送你一張琴就是！」他說著，舉手拍了兩拍。大廳外立刻進來一名侍女，雙手捧著一個精緻的琴盒，放在文姬面前。文姬一見，認識琴盒，驚喜得叫出聲來：「呀！我爹的焦尾琴！」她這一叫，引得全場人同時起立，目光聚焦在琴盒上。曹操起身，走到文姬座前，說：「把琴盒打開！」文姬小心打開琴盒，取出鋥光閃亮的焦尾琴，確信那就是爹的遺物，淚水不禁洶湧而出，把面頰貼向琴身，低聲呼喚道：「爹，爹呀！」

曹操回到主座落坐，並示意眾人落坐，說：「開眼了吧？這就是伯喈先生的焦尾琴！它的由來，它的名貴，各位都是知道的。我要說的是，伯喈先生屈死之後，當今皇上要欣賞用焦尾琴演奏的琴曲，特派內侍，強令蔡琰將琴獻出。接著，李傕、郭汜、張濟、樊稠殺進長安，長安大亂，焦尾琴失去下落。直到前年，長安官府清理未央宮一處廢棄的倉庫，無意中在一個大木箱裡發現了它，而且完好無損，立即呈送朝廷。本相考慮，伯喈先生死了，但有女兒在，所以焦尾琴應當歸蔡琰所有，這算是變相的物歸原主吧！」眾人鼓掌，說：「應該的，應該的！」曹操又說：「蔡琰，現在可以演奏演唱了吧？」文姬邊擦淚邊點頭，說：「恭敬不如從命！」

文姬坐定，轉軫調弦，試彈宮、商、角、徵、羽五聲，時隔多年，琴的音色、音韻仍像先前那樣純正和鏗鏘。她定一定神，猛一撥弦摁弦，手指間流淌出旋律來。她先演奏《胡笳引》，共十八拍，一拍一拍彈來，忽兒低沉，忽兒高亢，忽兒舒徐，忽兒急促，自始至終透著「悲」、「淒」二字：悲苦、悲楚、悽愴、淒涼，「悲」、「淒」中又有哀有怨，有憤有恨，從而使全曲充滿一種直直的穿透人心的力量。眾人全都屏聲斂氣，進入琴聲境界，有人流下眼淚也顧不上擦。文姬彈完全曲，一個收勢，琴聲又回到第一拍。她開始歌唱《胡笳詩》：「我生之初尚無為，我生之後漢祚衰。天不仁兮降亂離，地不仁兮使我逢此時……」一拍二拍三拍，依拍唱來。她的歌聲喑啞哀婉，如訴如泣。琴聲緊密伴和著歌聲，精準和諧。在歌聲和琴聲中，人們彷彿看到一幅畫面：亂世干戈，烽火狼煙，蔡琰被匈奴騎兵擄掠，步履蹣跚，行進在荒原大漠和漫漫長路上；她被逼婚，亡家失身，適應不了胡人原始、愚昧的生活，又遭人嫉妒淪為奴隸，生不如死；她百般想念祖國和家鄉，而祖國和家鄉遙不可及，她呼號吶喊，她問天問神，可是天不應、神不語，「哭無聲兮氣將咽」，「悲深兮淚成血」；忽然，漢家天子派遣使臣贖她歸漢，這本是喜事，卻使她又陷入新的痛苦，母子生離死別，撕心裂肺，夢中思念骨肉，涕淚交加，夢後回憶夢境更是肝腸寸斷……一個女人，一位母親，遭遇和命運為何這樣乖舛，這樣悲慘？歌聲和琴聲中似有答案，但那要細細琢磨與體會。文姬唱第十八拍：「胡笳本自出胡中，緣琴翻出音律同……苦我怨氣兮浩於長空，六合雖廣兮受之應不容！」她唱這一拍，歌聲是激憤的，琴聲也是激憤的。「怨氣」其實也是悲憤、悲恨之氣，布滿長空，浩浩無邊，「六合」雖廣竟也容納不下！「受之應不容，受之應不容」。文姬將末句重複多遍，歌聲和琴聲慢慢止住。再看，她哽哽咽咽，滿面淚水，簡直成了個淚人。

大廳裡鴉雀無聲。許久，人們才意識到演奏演唱完了，於是熱烈鼓掌並發出歡呼聲喝采聲。人人眼中含淚。阮瑀、曹植是最精通音律的兩個人。阮瑀說：「金響玉振，天籟之音！」曹植說：「仙歌妙樂，雙絕雙璧！」文姬起立，面向眾人行斂衽禮，大廳裡漸漸安靜下來。曹操異常興奮，站起身來講話，說：「的確，《胡笳詩》是好詩，《胡笳引》是好樂。蔡琰用高超的技藝將詩樂完美地演奏演唱出來，極富震撼力與感染力。因此我要說，我們說建安文學，說建安風骨，切莫忘記說蔡琰。她也是建安文學、建安風骨的一位傑出代表，因為她是女性，所以更值得大說特說，大書特書！另外，我要提個建議：《胡笳詩》和《胡笳引》源起於匈奴樂器胡笳，運用了匈奴音樂元素，都是十八拍。那麼，可不可以把詩、樂的名字合二為一，就叫《胡笳十八拍》？《胡笳十八拍》的文字部分是詩歌，樂曲部分是琴曲。用這個名字，很能體現大漢文化的開放性與包容性。蔡琰，你

第十五章

託命新人

凶訊：匈奴左賢王遭仇家殺害

蔡文姬出席詩樂大會，是她一生中最風光最榮耀的時刻。她由此認定，自己選擇回歸漢朝是正確的，只有在祖國和家鄉的土地上，她的詩樂才華才能得到充分發揮，詩樂成就才能得到社會認可。當她隨同卞夫人等回到許都的時候，情緒仍很亢奮，很想再創作一篇騷體詩，抒發尚未盡興的悲情。她想，她在《悲憤詩》和《胡笳詩》中，已經寫了淪落匈奴與歸漢別子的經歷，因此創作新詩，不宜再多寫那些內容，而應從「邊荒與華異，人俗少義理」、「胡與漢兮異域殊風」的角度，著重描繪胡地風物景色和胡人生活習俗，用以渲染自己身處異域，懷國思鄉的痛苦、悲憤心情。胡地風物景色和胡人生活習俗，她是熟悉的，頓時思如潮湧，僅用兩天時間，就將一篇新騷體詩作了出來：「嗟薄祐兮遭世患，宗族殄兮門戶單。身執略（掠）兮入西關，歷險阻兮之羌蠻……」

她將詩作吟詠多遍，還算滿意。這篇詩作既別於《悲憤詩》，又別於《胡笳詩》，一時難以確定詩題，姑且就叫《無題》吧！丁廙看到《無題》，又是一番稱讚，傳抄給了很多文人。詩樂大會後不久，妹妹蔡琬捎話說她本該到許都看望姐姐，可是婆母臥病在床需要侍奉，實在無法脫身，姐姐如果方便還請能到上黨來姐妹見面，一敘親情。文姬體諒琬妹侍奉婆母的孝敬之心，所以打算新年後即去上黨郡走一趟。然而，突如其來的一個凶訊，使她的行程未能如願。

新的一年是建安十六年（西元二一一年）。新年的氣氛尚未結束，卞夫人和兒媳甄宓來到笑雲院，告訴文姬一個凶訊：匈奴左賢王遭仇家殺害了。文姬全身一震，面色發白，許久才說：「怎麼會這樣？怎麼會這樣？」卞夫人讓文姬坐到自己身邊，拉著她的雙手，說：「上年十一月中旬，匈奴呼廚泉單于派一個名叫諾斯的將軍前來許都，向孟德報告了這個凶訊。諾斯說還想見你。孟德考慮銅雀台竣工，文武官員大會和詩樂大會在即，所以沒讓他見你也不讓把凶訊告訴你。直到昨天，孟德才跟我說：『你可以把凶訊告訴蔡琰了，叮囑她別太難過，也別太自責。』」卞夫人接著重複諾斯的話，講述了左賢王遭仇家殺害的經過——

呼衍渾和呼衍居次兄妹等七人，綁架蔡王妃和趙姨母，本該處死，但王妃出於上善大愛之心，為之求情，讓他們活了下來，留下禍根。呼衍渾從部族酋長到罰為奴隸，等於從天堂跌進地獄，因而恨透恨死了左賢王。他和蠍子等四個保鏢在同一個部族當奴隸，本來興不起什麼大風大浪。蠍子慫恿呼衍渾可以求他妹妹資助些金錢。他的妹妹呼衍氏三年圈禁解除，仍是左賢王的居次。這個女人起初尚能和惡棍哥哥保持一定距離，怎奈呼衍渾裝出一副可憐相，死纏硬磨，還說自己落到奴隸地步完全是代妹妹受過。呼衍氏一想也是，動了惻隱之心，遂背著左賢王斷斷續續給了呼衍渾一些錢物。呼衍渾轉手把錢物用作賄賂送給了部落酋長。部落酋長收了錢物，不再把呼衍渾當奴隸看待，指派他牧馬。呼衍渾要求讓蠍子等四人也牧馬，部落酋長滿口答應。這樣，這五個惡人實際上又成了自由人，整天喝酒吃肉，舞刀弄棍，密謀著報復左賢王。禍事出在上年。左賢王自蔡王妃歸漢之後，心情煩悶，經常外出射獵，數日不歸。開始帶有一支衛隊，後來漸漸鬆懈只帶一兩名侍衛就外出了。事情也怪。上年十月，他帶了兩名侍衛外出射獵，偏巧就到了呼衍渾所在的那個部族，偏巧又遇到了呼衍渾等五個仇家。仇家相見，分外眼紅，呼衍渾、蠍子等合力對付左賢王，沒費大力便將他殺死。這是一起驚天大案，震動匈奴朝野。呼廚泉單于大怒，命右賢王率五千兵馬，捉住呼衍渾、蠍子等處以凌遲極刑。呼衍渾家人包括呼衍居次在內，將近二百人皆處死。大案平息，呼廚泉指派諾斯赴大漢報告凶訊……

文姬聽著聽著，頭腦裡一片空白。當年的人隱隱約約，當年的事模模糊糊，最終好像看到了左賢王倒在地上的汙血斑斑的屍體。好一會兒，她又有了神志，嚅嚅地說：「那年，我是心疼、可憐烏雲珠才請求免除呼衍居次等人死罪的，哪想到竟會，竟會……早知如此，我，我……」她心裡亂糟糟的，找不到合適的恰當的詞語。卞夫人說：「孟德特別讓我叮囑你，別太難過，也別太自責。禍事已經出了，難過和自責沒用。惡人總歸是惡人，對惡人發善心發愛心必定遭殃。這是個教訓，血的教訓！」

文姬失神地點頭，好像聽懂了，其實心裡還是亂糟糟的，忽又急急地問：「我的兩個孩子呢？朗朗和丹丹沒有了爹，如何是好？諾斯怎麼說的？」卞夫人輕拍文姬的手背，說：「孟德問過諾斯，諾斯說你的兩個孩子還好，由趙姨母照管著，只是朗朗的性格有所變化，變得凶悍和乖戾了。」一想到兩個兒子，文姬再也控制不住感情，眼淚像斷線的珠子大顆大顆跌落。卞夫人和甄宓只能勸慰，好久好久才離去。離去時，卞夫人對甄宓說：「你最近可多來笑雲院走走，陪陪蔡琰。」甄宓答應說：「是！」

文姬又有了新的痛苦，主要是自責和後悔。那年，呼衍渾、蠍子等本該處死，自己鬼迷心竅居然出面請求原諒、寬恕了他們。到頭來怎樣？他們竟凶殘地殺害了左賢王。她和左賢王的異族異國婚姻固然不堪回首，然而左賢王畢竟曾是自己的丈夫，他和自己共同生活了十二年啊！他縱然有逼婚等諸多不是，但畢竟是匈奴儲君，是朗朗和丹丹的生父啊！文姬設想，自己如果不出面請求原諒、寬恕那幾個惡人，那麼就不會留下禍根；自己如果不回歸漢朝，那麼左賢王或許就不會經常外出射獵，當然也就不會遇上惡人，不會喪命。看來，左賢王之死，自己擺脫不了干係啊！最可憐的還是兩個兒子，朗朗和丹丹失去了自己這個親娘，現在又失去了親爹，實際上已成了孤兒。她一陣衝動很想去找曹丞相，說自己放心不下兒子，所以還得回匈奴去；或者請求再派個使臣出使匈奴，把朗朗和丹丹連同巧姨接到許都來。她的衝動很快被理智和冷靜所取代。因為剛才所想不現實不可能，自己去不了匈奴，兒子也到不了許都啊！

文姬心緒不寧，不想作詩，不想寫字，不想彈琴。她當時要決定，要不要為左賢王服喪？按照漢人習俗，丈夫去世妻子應當服喪。可是，匈奴人沒有這個習俗。況且，她自生了丹丹以後，她和左賢王的夫妻關係實際上已名存實亡。再則，她當下是在大漢京城丞相府笑雲院，哪能穿一身孝服進進出出呢？她思量再三決定不服喪，只在心裡記著那個逝者就行了。

甄宓遵照婆母叮囑，每兩三天都會到一趟笑雲院，陪文姬說話，幫她減輕痛苦。文姬剛回到許都就認識了甄宓，發現她天生麗質，是個絕頂美貌的大美人，但過於沉靜，很少笑容。曹丕剛剛升任五官中郎將，相當於副丞相。甄宓已是副丞相夫人，應當歡天喜地春風得意才是。可是不然，她仍是先前的樣子，甚至比先前還多了幾分憂傷。文姬不解，詢問原因。甄宓的回答令她大吃一驚，原來甄宓也有難言的隱情與苦衷。

甄宓出身官宦世家，自小受過良好的教育，姿容豔麗，知書識禮，品德賢淑，十五歲嫁給袁紹次子袁熙，成為袁府的少夫人。官渡之戰爆發，曹操打敗袁紹。袁熙出任幽州刺史，甄宓為侍奉婆母留住鄴城。建安九年（西元二〇四年），曹操大軍攻破鄴城。曹丕早就聽說甄宓品貌雙全，搶先進入袁府，將這個大美人佔為己有。那年，曹丕十八歲，甄宓二十三歲。甄宓成為曹丕妻子時，袁熙還在幽州刺史任上，三年後遼東郡太守公孫康將他斬殺，並將其首級送交曹操。甄宓聞訊，內心隱痛，可臉上還得裝出喜裝出笑啊！甄宓憂傷地講述了自己的故事，最後說：「我的年齡比子桓大且是有夫之婦，子桓以我為妻，只是一時的心血來潮而已。這個『潮』沒有感情基礎，總是要消退的。喜新厭舊是男人的本性，這不？他上年又寵愛上了另一個更年輕更風騷的美女，叫郭女王。那女人能說會道，極富心機，很快就會取代我的。有道是『自古紅顏多薄命』。我相信這句話，若干年後，我這個紅顏還不定是個什麼結局呢！」

甄宓的故事，關係到曹丕及整個曹家的聲譽。文姬不便也不敢說三道四，只能幽幽地說：「好妹妹，我們女人，命運都是由別人掌控的，自古以來就是如此啊！」

驚喜：蔡文姬見到蔡琬妹妹

這一年，文姬三十八歲，甄宓三十歲，二人以姐妹相稱成了很好的朋友。甄宓心情抑鬱，很「冷」很「冰」，那是客觀環境所致。她其實是個很熱情很健談的女人，敬重琰姐的人品與才學，所以在和琰姐相處時樂於也敢於敞開心扉，無所顧忌地講述她所知道的所有事情，包括公爹曹操和婆母卞夫人的一些生活私事。一天，甄宓臉上略略有了笑容，附在文姬耳邊說：「琰姐，給你透露個消息：我公爹、婆母正為你物色夫君呢！」文姬聽了這話，立時面紅耳熱，心跳如鼓。這個問題她只能獨自在心裡想卻不能跟任何人說起的呀！甄宓透露的消息，大意是說卞夫人提出應當給蔡琰再物色個夫君，曹操表示同意，說匈奴左賢王已死，這事是得操心了。卞夫人提出蔡琰夫君的條件不能太差：一、應是朝廷官員，年齡在四十五歲上下；二、最好是喪偶無妾的，蔡琰嫁過去就是夫人；三、兒女不可太多，一個或兩個為宜。曹操說最重要是要人品好。曹操還對曹丕說：「你現在是五官中郎將，可與御史大夫郗慮商量，看看朝廷有沒有合適的官員，告訴我。」曹丕答應說：「是，謹遵爹命！」

文姬心裡本來就很亂很亂，甄宓透露了這個消息，心裡就更亂了。歲月無情。她何嘗不想再嫁個男人，有個歸宿有個家？可是前兩次婚姻，使她對再嫁產生一種恐懼。卞夫人提出的三條固然很合自己的心意，可那樣的男人哪裡找去？即便有那樣的男人，你看上人家，人家怕也未必看上你呀！

二月驚蟄、春分，春氣萌動。三月清明、穀雨，雨水多了起來。雨後天晴，風和日麗，鳥語花香。白白的絨絨的柳絮，漫天飛舞，似花非花，似雪非雪，編織出一種朦朧、迷幻的意境。文姬的心就像飛舞的柳絮，東西南北，上上上下，沒個著落。這天，她在書房裡，將《悲憤詩》展放在面前，思考到底該怎樣結尾。一位中年女人，手牽一個小女孩來到笑雲院，說是要拜訪蔡琰。琴女、棋女趕忙通報。文姬到院裡迎接客人，先是一怔，接著反應過來，驚喜叫道：「呀！蔡琬妹妹！」中年女人也叫道：「姐姐！」兩人都快步向前，張開雙臂，緊緊擁抱在一起，臉貼著臉，淚水嘩嘩。許久，蔡琬鬆開手臂，對身後的小女孩說：「徽瑜，快叫大姨！」小女孩怯生生地叫了一聲大姨。文姬邊擦淚邊笑著說：「這就是徽瑜？我聽妹夫說過的，好漂亮呀！」她俯身親了一口徽瑜的面頰，然後一手拉著蔡琬，一手拉著徽瑜，進入客廳落坐。琴女、棋女斟茶，特意在徽瑜面前放了個裝滿糕點、糖果的果盤。

兩姐妹分別已二十二年。文姬看琬妹，比自己矮些胖些，衣飾齊整，神態謙和，化了淡妝，言行舉止得體，不失為郡太守夫人的氣度。蔡琬看琰姐，沒有化妝，還是那樣樸素和文靜，額頭、眼角有了不少皺紋顯露出飽經風霜與苦難的滄桑感。兩姐妹淚眼相望，千言萬語，不知從何說起。還是蔡琬先開口，說她遲遲不見姐姐到上黨，急呀！恰好，羊衜弟弟羊耽夫婦去上黨，她把侍奉婆母的重任臨時託付給弟媳，帶著女兒徽瑜乘坐自家馬車就到許都來了，但她在許都只能待三天，因為臥病在床的婆母一時一刻也離不開她這個兒媳。說話間，蔡琬家的車夫扛進幾個麻袋來，麻袋裡裝的是優質核桃、花生、柿餅、紅棗、木耳、金針菜等。蔡琬說：「這些都是上黨的土特產，帶些來讓姐姐嘗嘗。」蔡琬又對車夫說：「你找個馬車店住下，三天後到丞相府門前等候，回去。」車夫答應，恭恭敬敬。文姬看得出她的琬妹說話做事精明幹練、周到俐落，難怪羊衜誇讚她是個好妻子賢內助啊！

三天裡，文姬和琬妹形影不離，暢敘親情。包括夜晚，二人相對而坐，互訴衷腸。蔡琬出嫁，為人妻為人母，經歷簡單，順順暢暢，很快就說完了。文姬的經歷複雜得多，而且充滿風雨、荊棘、苦難還有屈辱，三言兩語是說不完的，因此三天裡主要是姐姐說妹妹聽。文姬從那年隨爹離開圉里說起，說到洛陽，說到長安，說到匈奴，說到左賢王逼婚，說到新婚之夜大火，說到遭綁架，說到得到解救，說到兩個混血兒子，說到回歸漢朝，說到母子生離死別，說到正月裡獲知左賢王遭仇家殺害的消息，朗朗和丹丹已成孤兒……蔡琬聽著，直覺得風狂雨惡，好幾次撲到姐姐懷裡，流著淚說：「姐，你太苦了！」文姬淒然一笑，說：「是啊！卞夫人也這樣說，說我太苦了，但凡女人所有的苦我幾乎都吃了。但是我要告訴你一次次苦難沒有把我壓垮，相反地它使我變得堅強和堅韌。在匈奴最屈辱最艱難的日子裡，我頑強地掙扎著始終沒有倒下。為什麼？因為我內心有一股力量，是我們的爹給我的力量。我常鼓勵自己說：『蔡琰，你是漢朝大儒蔡邕的女兒，血管裡流著爹的血，博學多才，精通音律。爹屈死，沒有子嗣，你有責任挺起腰杆充當子嗣繼承爹的事業，在文學和音樂創作方面有所建樹，這樣才能告慰爹的亡靈。』我曾詛咒天地神鬼，但從未尋死覓活過。我要活著，我要回歸漢朝，我要用詩歌和音樂敘寫人生，把自己的苦難融進國家、人民、民族的苦難之中。我花了快二十年時間，創作了兩篇長詩和一支琴曲，水準比不上爹，但我盡力了，問心無愧。」蔡琬說：「上黨有個文人參加詩樂大會，回去後逢人便誇，誇姐是個才女、大才女。」文姬搖頭，說：「可我不如你。你很務實也很能幹，是個出色的賢妻良母，而我不是。」

第二天夜間，文姬臥室裡一燈如豆，梳粧檯上供奉著爹和娘的靈位。徽瑜睡在土炕裡面，早入夢鄉。兩姐妹對坐說話，毫無睡意。蔡琬不時注視梳粧檯上的靈位，想說什麼卻欲言又止。文姬明白妹妹的心思，說：「琬妹，你長期來有個心結，總以為爹和娘生了你卻不愛你不管你，所以你從未提說過娘也不把爹叫爹，是不是？你大婚時，爹未回圉里參加婚禮你也耿耿於懷，是不是？」蔡琬微微點頭。文姬說：「往事刻骨銘心，說來讓人心碎。為了解開你的心結，我得跟你說一說。」她定了定神，理了理思緒，說起往事。說起她們的娘趙玉玉，那可是個長相很美、知書識禮、溫順善良的女人；說起娘生下蔡琬尚未滿月，老蔡家就遭橫禍，叔爺爺遭棄市，爹被流放朔方；說起娘因悲傷、勞累過度而回奶，蔡琬吃不到娘的奶餓得拚命啼哭，幸虧嬸娘葛蘭弄回一隻奶羊，蔡琬改吃羊奶；說起娘去朔方無法帶蔡琬同行，爹在朔方九死一生；說起娘在月子裡流淚太多，落下個風淚眼病，見風就落淚，日夜想念蔡琬，這才每月繡一幅小馬；說起娘隨爹「亡命江海，遠跡吳會」，還是無法帶蔡琬同行；說起娘在江南數年，經常生病，沒有一天不想蔡琬，沒有一月不繡小馬，到了光和七年（西元一八四年）正月，她已病得很重仍堅持繡完最後一幅小馬；說起娘交代的後事：『我再一個遺憾是生了琬兒，卻沒有哺育她撫養她，日後要跟她說我這個娘對不起她，並把我繡的小馬交給她』；說起娘在二月一日凌晨斷氣時的情景，輕輕呼喚著「琬兒，琬兒」，然後永遠閉上了眼睛；說起蔡琬八歲那年，爹、自己、巧姨返回圉里給娘建了個衣冠塚，蔡琬對娘的死無動於衷，閉口不把爹叫爹。蔡琬聽著聽著為年少時的無知而愧疚，淚流滿面。文姬接著說起初平三年（西元一九二年），爹原本定在四月二十日帶自己、巧姨回圉里參加蔡琬婚禮的，誰知四月十八日奸人王允把爹抓進大獄；說起五月四日，正是蔡琬和羊衜拜堂成親的日子，王允將爹殺死在獄中，獄吏通知家屬收屍……

「爹——！娘——！」蔡琬猛地哭出聲來，第一次叫親爹為爹，叫親娘為娘，撲到姐姐懷裡。文姬輕拍妹妹後背，說：「琬妹，那時世道黑暗，惡魔肆虐，爹和娘不是不愛你不管你，而是很愛很愛你卻沒法管你呀！如若管你，那是會要了你的小命的。你大婚時，爹也不是不回圉里而是身在大獄、死在大獄，沒法回了呀！」蔡琬放聲大哭，雙肩起伏。文姬趕忙遞給妹妹一條毛巾將嘴捂住，免得驚醒熟睡的徽瑜。蔡琬哭了許久，第一次對著爹和娘的靈位焚香祭祀行叩首禮，叫了很多聲爹很多聲娘。

三天像是電光一閃，瞬間即逝。第三天夜間，文姬、蔡琬姐妹歡聚的最後一夜，更是情深意切。文姬說起歸漢途中在圉里所見的景象，老蔡家家沒了，祖墳塋地充作公田了，香火斷了，很是傷心傷感。蔡琬忽然壓低聲音說：「姐，告訴你一個秘密：我們老蔡家香火沒有斷，還有個男人在！」文姬大驚失色，說：「誰？」蔡琬說：「蔡襲！」她接著說起一件曲裡拐彎的事情——

文姬和蔡琬共有四個堂兄，即蔡振、蔡興、蔡飛、蔡翔。蔡振、蔡興、蔡飛被官府抓兵，參加黃巾軍，死了。蔡翔離家出走，化名柴襄，投奔了一個叫黑山會的組織。黑山會屬於黃巾軍殘餘力量，堅持對抗朝廷多年，淪為草寇，最終散夥。柴襄和一個農家女子結婚，生了個兒子，取名柴彪。一家三口窮困不堪。後來，柴襄妻子死了，柴襄也病入膏肓。柴襄臨死前告訴兒子事實真相，說他本叫蔡翔，老家在陳留圉里，讓柴彪改姓蔡，設法到圉里認祖歸宗。柴彪即蔡彪，十三四歲，到過圉里打聽老蔡家人，得知只有蔡琬還活著，於是一路乞討尋到泰山南城，再尋到上黨郡，總算找到姑母蔡琬。蔡琬不敢認他，問了枝枝節節很多情況。蔡彪都能答對，說都是他爹給他講的。蔡琬因此斷定，蔡彪確實是堂兄蔡翔的兒子，但不敢收留他，給了他一些錢物，讓他改名叫蔡襲，找個地方落腳，娶個妻子成個家，安安生生過日子。蔡彪答應，從那以後再未出現過。

蔡琬最後動情地說：「姐，有蔡襲在，我們老蔡家的香火不是沒有斷麼？這事，我告訴過羊衜，現在再告訴姐，天底下只有我們三人知道啊！」事情雖然曲裡拐彎，但文姬還是聽明白了，相當激動，說：「好妹妹！有蔡襲在，老蔡家的香火確實沒有斷啊！這樣，我們的爺爺奶奶、叔爺爺叔奶奶、爹和娘睦叔叔和何芬嬸娘、谷叔叔和葛蘭嬸娘在九泉之下還不定怎樣高興呢！」

第四天，文姬、蔡琬姐妹揮淚告別。文姬答應妹妹，如有機會一定會去上黨住些日子。然而這一承諾未能如願，出乎意料的第三次婚姻不期而至，她又要當人妻了。

託命於新人，竭心自勖勵

甄宓給琰姐透露的消息是準確的。曹操和卞夫人果然在為文姬物色夫君。而且，曹丕和郗慮將這事當作一項官差辦理，把朝廷官員齊齊梳理一遍，還真物色到一人，條件出奇的理想。曹丕、郗慮把物色的人選報告曹操。曹操拍板說：「好！就是他了！」

這年春天，「五斗米道」教主張魯割據益州漢中郡（郡治南鄭，今陝西漢中），公開反叛朝廷。涼州（州治隴縣，今甘肅張家川）軍閥馬超、韓遂突然興兵東進，攻佔了包括長安在內的整個關中地區。凡是「不臣」勢力，曹操必定親自征討。因此七月，他又統兵十萬西征馬、韓，雙方兵馬對峙在潼關一帶。曹操行前讓卞夫人告訴文姬，他們已為她物色一位夫君人選，徵求她的意見。

品風院的曹憲、曹節、曹華三姐妹，崇拜「老師」琰姐，幾乎每天都到笑雲院，或學彈琴，或學寫字。她們聽說過焦尾琴的故事，如今發現焦尾琴又歸琰姐所有，且驚且喜，都想試著彈彈那張名琴。說來也怪，她們的琴藝都欠火候，但一旦用上焦尾琴，彈出的樂曲好像忽然提升了一個檔次似的格外優美動聽。三人不禁手舞足蹈，說：「呀！焦尾琴太神奇啦！」這一天，卞夫人由侍女書女、畫女陪同來到笑雲院。琴女、棋女趕忙通報。曹憲、曹節、曹華嚇得直吐舌頭，恭敬向卞夫人請安，躡手躡腳離去。文姬也向卞夫人請安，請她進入客廳落坐，親自為她斟茶。卞夫人笑著說明來意，前面說的跟甄宓透露的消息一樣，後面說的才是新鮮內容。卞夫人說：「丕兒和郗大人把物色的人選報告孟德，孟德高興，說：『好！就是他了！』孟德跟我一說，我也覺得合適。你知物色的人選是誰？告訴你，他叫董祀，陳留郡雍丘縣（今河南開封杞縣）人。雍丘縣和你老家陳留縣相鄰，你倆算是同鄉，你說巧不巧？」

文姬的臉紅紅的燒燒的，聽到董祀這個名字，好像熟悉，略一思索，想起來了：自己歸漢途中路過長安給爹掃墓，周近周大人說是一個名叫董祀的官員敬仰爹的人品和才學，所以率人整修了爹的墓，還在墓的北側栽植了松樹和柏樹。豈料曹公、卞夫人等為自己物色的夫君人選，竟是此人！卞夫人只當文姬對董祀一無所知，詳細介紹說：「董祀字公胤，今年四十五歲，任屯田都尉。人很正派。別的官員到了他這個地位，誰不好色？誰不是三妻四妾？他不，只娶了妻子汪氏，沒有納妾。汪氏生有一女，早已出嫁。大前年，汪氏患病，不治而亡。董祀懷念亡妻，再未續弦，長年忙碌，規劃屯田，把各州、郡、縣差不多都跑遍了。孟德常說：『所有官員若都能像董祀這樣，何愁百姓過不上好日子！』所以蔡琰呀，我們為你物色的這個夫君人選，應當說條件很好。你嫁過去就是夫人，沒有什麼負擔。我們把你託付給他，既放心又安心，這樣對你爹伯喈先生就算是有個交代了。哎！你說怎樣？」文姬有點羞有點窘，不知該怎樣表態，許久才說：「感謝曹公、夫人等這樣關心蔡琰。說實話，我的前兩次婚姻不堪回首，尤其是第二次，嫁了異族異國人，還生了兩個胡子。在很多人眼裡我是殘花敗柳，不貞不潔，哪還敢指望再有第三次婚姻？即便指望，隨便嫁個普通文人、農人足矣，哪還敢高攀董祀那樣的官員？」卞夫人笑著說：「瞧你說的！你蔡琰是蔡邕的女兒，是大漢派遣使臣從匈奴接回來的，是傑出的詩人、音樂家。你是有過兩次婚姻，那麼第三次婚姻就該隨便就該湊合？不！要叫我說，你再嫁個王侯將相也綽綽有餘，何況是他董祀！孟德說了，這事就這樣定了，等他西征凱旋，就讓你和董祀完婚。」

文姬心裡像是打翻了調料瓶，五味雜陳。她明白卞夫人所言實是曹操的意思，帶有強勢性質，是好心，是為她著想，是希望她有個好的歸宿。她只能同意，必須同意。奇怪的是，其後多日，董祀這個名字竟老在她腦海裡盤旋。她不由自主地會想，那人身材是高是矮？體態是胖是瘦？長相怎樣？性格如何？他會不在乎自己的過去嗎？他會接納一個已有過兩次婚史的女人嗎？她想過之後又自覺好笑，八字還沒一撇，哪兒跟哪兒呀？甄宓前來笑雲院又透露了一些消息，說董祀目前正在西征軍中，公爹跟婆母說西征回來就賜婚，所以琰姐的婚姻已是板上釘釘了。甄宓真誠希望琰姐婚後能留住許都，因為琰姐是她唯一能敞開心扉相處的知己和知音。

曹操西征，巧妙離間了馬超與韓遂的關係，一戰而擊退馬、韓，收復關中，十二月回師許都，歡慶勝利。在宴請文武百官的宴會上，他當眾賜婚，讓屯田都尉董祀娶蔡邕之女蔡琰為妻。丞相賜婚，這是莫大的榮耀。百官歡呼，紛紛祝賀董祀。董祀暗暗叫苦，卻不敢推辭，還得在眾目睽睽之下向丞相大人謝恩。當天，卞夫人就把賜婚一事告訴文姬。文姬心裡還是五味雜陳，且又多了一分疑惑，疑惑第三次婚姻來得太突兀，突兀得有些虛幻，好像不那麼真實，當然更不那麼踏實。

倏忽進入建安十七年（西元二一二年）。正月，漢獻帝頒詔，宣布曹操享有「贊拜不名，入朝不趨，劍履上殿」的特權。曹操因此威勢更甚，一言九鼎，命董祀和文姬在三月完婚。文姬方面，卞夫人既代表「父母之命」的父母，又代表「媒妁之言」的媒妁。董祀請示說，完婚日期定在三月十六日，因是丞相賜婚，所以禮儀上不敢疏慢，要不要舉行一個盛大的婚禮？卞夫人將董祀的話轉告文姬。文姬嚇得又是搖頭又是擺手，說：「不！董祀是二婚，我是三婚，兩人結合，沒有必要張揚和招搖，一切當從簡從儉。『六禮』程序全免，不稱新郎和新娘，到時候，董祀過來把我接到他家去就行，靜悄悄的，最好別驚動任何人。」卞夫人是崇尚節儉的，同意文姬的意見。董祀求之不丁廙說，早在長安期間，他和阮瑀、王粲等文學青年敬仰伯喈先生，經常登門討教，傳抄詩文，因而結識了昭姬。他發現昭姬是大家閨秀，姿容美豔，智慧靈妙，知書識禮，富於教養，所以開始醞釀作一篇《蔡伯喈女賦》，並寫出前八句，概寫昭姬青年時代（「華年之二八」）的各種優秀品質。後因動亂他離開長安失去昭姬訊息，作賦之事也就擱下了。直到最近，得知昭姬將再次走進婚姻殿堂，非常欣慰，於是把前八句找出來，又續寫八句，以表達對昭姬的祝福。丁廙說，子桓是讀到這篇賦的第一人，欣然題了小序，現作為禮物相贈，不成敬意，見笑見笑。阮瑀、王粲讀了賦文，稱讚說：「哎呀！這篇賦詞美意美，精彩絕倫。好個丁君，你真是不鳴則已，一鳴驚人哪！」文姬連聲表示感謝，高興地收下珍貴的禮物。

夜晚，文姬在燈下閱讀《蔡伯喈女賦》，覺得前八句言過其實，自己哪有那樣優秀，近乎完美？後八句寫自己在「三春之嘉月」將「歸于所天」（將婚）。她讀了第十一、十二句，不覺暗笑，自己已是第三次婚姻，平常衣飾就足夠了，哪敢哪會「曳丹羅之輕裳，戴金翠之華鈿」？第十三句寫「羨」，意謂目前境況甚好；第十四句寫「哀」，意謂「寒霜」般的時日不會再來。最末兩句是祝福語，即白頭偕老，歡度後半生的意思。古時禮教要女人「三從」，丈夫就是妻子的「天」。文姬把「時將歸于所天」這一句讀了多遍，想到自己即將歸於董祀這個「天」，有一種託命新人，終身有靠的感覺。同時，她又是清醒的，想到自己畢竟是一生三嫁，身「鄙」命「賤」，要得到丈夫的寬容與包容恐怕很難很難。這樣一想，她又滿心憂慮，眉頭緊鎖起來。在思想極度矛盾當中，她信手寫下這樣六句詩：「託命于新人，竭心自勖勵。流離成鄙賤，常恐復捐廢。人生幾何時，懷憂終年歲。」她將這六句詩又讀了多遍，忽然覺得它們恰好可以作為《悲憤詩》的結尾。

這個結尾，她苦思冥想三年多沒能寫出，而今卻意外得之，真是有心栽花花不發，無意插柳柳成蔭！文姬的《悲憤詩》，原先寫成一百零二句。加上這六句，長達一百零八句的五言敘事長詩最終定稿。她的詩歌、音樂創作至此告一段落。她將託命新人，去過另外一種生活。「豈偕老之可期，庶盡歡于餘年。」丁廙的祝福，正是她的心願。然而世事艱辛，命運乖舛。託命新人，沒有給她帶來美滿與幸福，相反，一度又攪得她心力交瘁，痛苦不堪。

尬尷，難堪，營救，苦盡甘來

蔡文姬歸漢三年多來，一直住在丞相府笑雲院，享受的生活待遇優越程度勝過曹操的女兒。三月十五日晚，她去松濤館向曹操和卞夫人辭行，行了叩首禮，說了無數感激的話，並把默寫的最後十多篇古籍孤本的作品敬呈給曹操。曹操看那些作品標題，有《天子筆》、《吉光裘》、《象牙簟》、《被中香爐》、《身毒國寶鏡》、《珊瑚高丈二》等，高興地說：「哎呀！珍貴呀！這些作品，我從未見過，從未見過！」卞夫人說：「蔡琰呀，你明日就要離開丞相府了，我還真有些捨不得。記住：這裡等同你的娘家，孟德和我等同你的親人。以後呀，定要常回家來走走、看看，哦？」曹操說：「董祀這個人是不錯的，你嫁他，我們放心。他若敢欺侮你，你回來告訴我，看我怎樣修理他！」卞夫人笑著說：「瞧你這個丞相，恃權仗勢，光想著整治下屬！」

十六日天濛濛亮，文姬就起床，先是沐浴，然後梳妝。她堅持一不化妝，二不穿鮮豔衣裙，三不戴貴重首飾，所以所謂梳妝，就是把自己收拾得乾乾淨淨、齊齊整整、俐俐落落而已。琴女、棋女伺候她吃了早點。曹憲、曹節、曹華到來，嫌琰姐的穿戴過於樸素不像個新娘。甄宓到來，硬讓琰姐把黑色長裙換成紫色長裙，把碧玉耳釘換成紅玉耳釘，這樣略略喜慶些。卞夫人到來，見蔡琰還是平日的蔡琰，素雅中顯文靜顯婉約，滿意地說：「這樣好！節儉，本色，才是真美和大美！」

已按照不張揚不招搖的原則，沒有披紅掛彩，沒有鼓吹樂隊，沒有迎親送親隊伍，就像親戚朋友串門一樣，董祀騎馬，僅領兩輛馬車便將堅決不罩面衣的文姬接到家中，也沒有拜堂儀式，沒有婚禮酒宴，二人遂成夫妻。董祀看文姬也就是個飽經風霜的女子，不像名氣很大的詩人、音樂家。文姬看董祀，中等身材，體格健壯，濃眉短鬚，目光犀利，一副精明幹練的樣子。董祀家境優裕，所住的院落不小，分前院和後院。董祀對文姬說的第一句話是：「走，我領你見見家人。」他領文姬進入後院的三間正房，正房裡共有五人：董祀母親周氏、女兒董香、女婿耿成、外孫苗苗和外孫女花花。董祀介紹說，周氏患風濕病，多數時間半臥在炕上，生活不能自理；董香的娘去世後，董香一家四口便回娘家居住，負責照料奶奶的飲食起居。文姬忙跪地，給周氏行叩首禮，親熱地叫婆母。周氏微笑點頭，說：「罷了罷了！」董香、耿成把文姬叫蔡姨，苗苗、花花把文姬叫姨奶，彼此招呼，一家人算是認識了。董祀再領文姬進入正房東側的三間廂房，說那是他和她的住處；正房西側的三間廂房，則是董香和丈夫、兒女的住處。文姬大約熟悉了環境，捲起衣袖，繫上圍裙，便和董香進了廚房。她多年沒進過廚房了，但烹飪的基本功在，不一會兒就烹製出好幾道特色菜肴。全家人圍桌吃飯。董香指著桌上的炸紫酥肉、溫拌腰絲、枸杞燉銀耳、糖醋軟溜鯉魚等菜肴，說：「這幾道菜都是蔡姨做的，我做不了。」眾人吃菜，都說好吃，讚不絕口。耿成開啟一罎酒，先敬蔡姨一杯，然後和岳父對飲起來。

文姬到董家頭一天，就成了董家的一員。天色黑定，董祀、文姬向周氏請過晚安，回到東側廂房，關了門窗，點亮油燈。文姬發現，廂房中間是個小客廳，南、北兩間都是臥室。南間以一張大床為主，所有用品、陳設全是新的，近乎奢靡；北間盤著土炕，所有用品、陳設都是舊的，但很整潔。董祀示意文姬在客廳落坐，看著她，坦誠地說：「蔡琰，對於你我的婚姻，我還沒做好足夠的準備，請你再給我一點時間，把思想彎子轉過來，行嗎？我和董香她娘汪氏結婚多年，情深意篤，互相曾以《上邪》詩表明心跡，沒料想一場大病奪走了她的性命。汪氏死後，我是無意再婚的，可曹丞相偏偏賜婚，命我娶你為妻，而且限定在三月完婚。丞相賜婚，對很多人來說是榮耀，可對我來說是強人所難，不得不從啊！我歷來崇拜、敬仰伯喈先生，但從沒想過要娶他的女兒為妻。我這樣說，絕不是嫌棄你、輕慢你，而是我心中還沒忘記董香她娘啊！從今天起，你我已是夫妻，這是不爭的事實。但恕我直言，我還不能和你同床共枕，請予原諒。你可先住南間，我住北間，要等我在思想上轉過彎來。這主要是我的問題，我只能說聲對不起！」董祀說罷，也不待文姬答話，起身給她行了個正規揖禮，逕直進了北間關緊了房門。

文姬獨自坐在客廳裡發怔，好不尷尬與難堪。她託命新人，設想過種種可能，唯獨沒設想過會出現這種狀況。她第一、二次婚姻的新婚之夜，不堪回首；而第三次婚姻的新婚之夜，更是匪夷所思，夫妻在同一個屋簷下卻咫尺千里，各睡各的，誰也不挨誰。她感到悲哀，同時感到羞恥與屈辱，反覆自問：「怎麼會這樣？怎麼會這樣？」她認定董祀是嫌棄自己的，嫌棄自己是殘花敗柳，不貞不潔；她埋怨曹操賜婚，致使自己陷入進不得退不得，而且說不得道不得的滑稽境地。她轉而又想，董祀這樣似乎也有他的理由。他的心中裝著前妻汪氏，一時還無法接納別的女人，也符合情理。阮瑀、丁廙、王粲曾盛讚他是正人君子，看來此言不虛。一個有地位有頭臉的男人，不好色不花心，忠實於婚姻與愛情，在這個世界上可不多見呀！她這樣一想，對董祀反而有了幾分好感與敬重。他不是說要轉思想彎子嗎？那就讓他轉，等著就是。因為自己已經進了董家的門，再無別的去路了。文姬起身，端著油燈進了南間也關緊房門。臥室裡的器物都是新的，新得富麗，新得乍眼。她淒然苦笑，自語道：「『流離成鄙賤，常恐復捐廢。』管它哩，先睡上一覺再說！」

文姬名義上已是董祀的妻子，且把尷尬、難堪、悲哀、羞恥與屈辱等放在一邊，權當演戲，先得演好自己的角色。董家從來不雇用侍女。文姬因此和董香共同承擔起家務，主要是掃除、做飯兩件大事。她和董祀相處，不見親熱，相當客氣，頗有點「舉案齊眉」、「相敬如賓」的味道。她侍奉周氏，恭敬孝順，無微不至。她甚至提出要教苗苗、花花學習書法和琴藝。周氏、董香、耿成原以為蔡琰乃蔡邕之女，名家閨秀，才藝超群，又是曹丞相賜婚來頭很大，必定驕忌倨傲、盛氣凌人。觀察數日，發現不是那樣的，她很樸實、平易、隨和、勤快、真誠、大度，全無架子。他們立刻都喜歡上了她，和她有說有笑，親密無間。至於東側廂房夜間的咫尺千里，他們是無從知曉的。

四月的一天，董祀從官署回家，說要出差，去安定郡（郡治美陽，今陝西扶風）規劃屯田，大約要半年時間。當晚，他和文姬又進行一次談話，主要是託付家事，尤請照顧好老娘，臨了又給她行了個正規揖禮。文姬有些氣惱，心想你把我當作你們家的女傭不是？可又想，董祀既然把家事託付給自己，那就等於說他是承認自己是這個家的主婦的，他正在轉思想彎子，等轉過來，夫妻間的關係或許會是另外的樣子。

董祀去了安定郡，文姬以主婦身分管起了這個家。她白天忙忙碌碌，覺得時間過得很快；夜晚獨處一室，又覺得時間格外漫長。她想念遠在匈奴的巧姨和兒子，取出他們的頭髮看了又看、摸了又摸，多半會熱淚盈眶。她歸漢時答應過，五年後派人去匈奴把巧姨接回來，可自己現在這種處境，到時候如何能做到啊？從夏季到秋季，文姬的每個夜晚都是在憂愁、焦慮、鬱悶、痛苦中度過的。但是，她畢竟是個經歷過多種苦難的女人，苦難使她堅強、使她堅韌、使她敢於面對殘酷的現實，昂昂而立。「人生幾何時，懷憂終年歲。」這是她從切身經歷和經驗中總結出的人生真諦。

董祀出差時說過大約要半年時間。全家人從十月起就天天等著，盼他歸來。文姬更有一種急切的期待，看他歸來怎樣對待自己？等呀盼呀，十一月中旬，等來盼來的卻是晴天霹靂：董祀犯了滔天大罪，曹丞相簽發文狀，命在安定郡處斬！凶信是屯田署一名官員前來報告的。文姬、董香、耿成嚇得魂飛魄散，忙把那名官員請到前院書房，詢問事情原委。那名官員搖頭，說：「具體情節，我也不甚清楚，好像與馬騰案有關。」天哪！馬騰案是謀逆大案，捲進那個大案如何得了？那名官員急急告辭。董香放聲大哭，耿成亂了方寸。文姬是見過世面的人，皺眉思忖，對董香說：「你先別哭！這事不可驚動婆母，否則她會嚇著的。我，我去找人，問明情況。」就在這時，阮瑀、丁廙、王粲匆匆前來，也是前來報信的。文姬顧不上什麼禮儀，急忙詢問到底怎麼回事？三人你一句他一句，勾勒出一個大概情況：馬騰字壽成，曾任涼州牧，很受當地人擁戴。曹操掌政，擔心他在涼州會形成氣候，所以將其召至京城任用為閒職衛尉，封槐里侯。馬騰長子馬超拒絕隨父親到許都，留在涼州招兵買馬漸成雄踞一方的軍閥。馬超、韓遂反叛朝廷，攻佔關中。曹操擊退馬、韓，懷疑馬騰參與謀逆，下令將其斬殺，夷滅三族。廷尉檢查馬騰文書，發現其中有董祀的一封信，呈給曹操。曹操據此認定董祀也參與了謀逆，也當處斬，故簽發文狀著人送達安定郡，命在當地行刑。

文姬急切地說：「請問三位，此事可有迴旋餘地？」丁廙說：「難，很難！」王粲說：「文狀已經發出，豈能追回？」阮瑀正患重病，面色蠟黃，說：「關鍵要弄清楚，公胤為何要寫那封信？信上寫了什麼內容？構不構成謀逆大罪？」文姬忙問董香說：「你可知你爹的文書放在何處？」董香忙去書架上取下一個棗紅色木匣，說：「放在這裡。據我所知，爹給人寫信通常都是留底稿的。」文姬忙打開木匣，翻看文書，迅速找出兩封信來：一是馬騰寫給董祀的，說他想在老家茂陵（今陝西興平）屯田，造福桑梓，特向董都尉請教屯田方法；一是董祀回復馬騰信的底稿，簡要介紹了屯田方法，特別說明屯田制度經曹丞相大力推行後，有效恢復和發展了生產，功在當代，利在千秋。文姬把兩封信的大意告訴阮、丁、王。三人同聲說：「這表明，公胤給馬騰寫信是真，但構不成謀逆大罪。」阮瑀又問：「兩封信是何年何月寫的？」文姬答：「建安十四年（西元二〇九年）七月。」阮瑀說：「好！那時馬超還沒反叛朝廷，公胤給馬騰寫信更構不成謀逆大罪。」文姬想了想，說：「救人如救火。三位請先回，我這就去見曹丞相，求他追回發出去的文狀，不然就來不及了。」

這天天色陰沉，北風呼嘯，雪花紛飛，非常寒冷。董香、耿成雇一輛馬車，急急送文姬去曹操官署所在地丞相府南院。文姬的身分已是將被處斬罪犯的家屬，所以只穿著夾衣、披散著頭髮、光著腳，自報姓名求見曹丞相。門衛立即通報。曹操當時正在官署大廳宴請公卿名士，大廳裡爐火熊熊，酒香肉香，人人紅光滿面。曹操聞報，笑著對賓客們說：「蔡邕的女兒蔡琰就在外面，今天不妨讓各位見她一見。」文姬由董香陪同，進入大廳，蹙蹐而行。董香哪見過那種場面？嚇得兩腿發軟，頭也不敢抬。文姬走至曹操座前，跪地行叩首禮，請求曹丞相寬恕董祀死罪。曹操說：「哎呀！董祀跟馬騰一樣，犯的可是謀逆大罪，豈可寬恕？」文姬辯解，說：「情況不是這樣的！」她將馬騰寫給董祀的信，以及董祀回覆馬騰信的底稿一併呈上，解釋雙方通信，所言只限於屯田未及其他內容，特別說明通信的時間是在建安十四年七月，那時馬騰和董祀都是朝廷官員，馬超尚未反叛，所以說董祀參與謀逆沒有道理更沒有證據。她說話的時候，條理清晰，神色哀痛，情意懇切而酸楚，使出席酒宴的公卿名士都為之動容。曹操將馬騰定為謀逆大罪，只是因為馬騰是馬超的父親，將董祀定為謀逆大罪更顯荒謬。他讀了那兩封信，自覺理虧，搖著頭說：「哎呀！誠實相矜，可降罪的文狀已經發出，怎麼辦呀？」文姬說：「曹公麾下猛士如林，馬廄裡駿馬萬匹，還吝惜一人一騎，不拯救一條垂死的生命嗎？」曹操被文姬的真情打動了，立命曹丕派一得力軍士，快馬馳往安定郡，宣布發出的文狀撤銷，董祀改為無罪釋放。文姬再次行叩首禮。董香跪在一邊，由悲傷流淚變成欣喜流淚。曹操見文姬穿得單薄且是蓬頭跣足，心中大為不忍，命她趕快起身回家去，並賜予頭巾、鞋襪等物。

曹丕派出的那名軍士，能否及時趕到安定郡，決定著董祀的生死。文姬、董香、耿成在家中焦急等待消息，形如熱鍋上的螞蟻。十餘日後，董祀回家了，一身疲憊與萎靡。他說他在安定郡已被打進死牢，郡吏告知他犯了謀逆大罪，三天後將行刑處斬。他問了無數個為什麼。郡吏只說是執行曹丞相的命令。他爭辯無用，萬念俱灰，乾坐著等死。誰知第二天，郡吏又告知他無罪釋放了。他問為什麼。郡吏仍只說是執行曹丞相的命令。他一頭霧水，懵懵懂懂上路，懵懵懂懂回家，歎息說：「唉！我是去鬼門關走了一遭啊！」董香又是哭又是笑，把蔡姨營救爹的經過敘說一遍，那個

第十六章

山林禪心

不是親娘勝過親娘的巧姨死在匈奴

董祀和文姬從名義上的夫妻變成真正的夫妻，恩恩愛愛，使文姬的精神和心靈都得到慰藉。董祀尚在壯年，除了從政外，還酷愛文史，通曉音律，更使文姬歡喜不盡，這樣夫妻間就有了常說的共同語言。可是問題緊接著就出現了。董祀雖然無罪釋放，朝廷卻將他的官職免了使他成了個平民百姓。文姬為丈夫打抱不平，要去找曹丞相理論，董祀止住妻子，說：「算啦！我為官多年，長年東跑西顛，累了，免去官職正合我意，那就徹底休息吧！」董祀徹底休息，周氏、董香、耿成最為高興。因為他在官場險些丟了性命，想來就讓人心悸，所以不當官最好，整天待在家中，四世同堂享受天倫之樂，那才是神仙過的日子。

董祀回家後次日，阮瑀之子阮籍前來報喪，說阮瑀患病數月，不治身亡。阮瑀是董祀的朋友，也是文姬的三個異性朋友之一。半個月前，他還和丁廙、王粲一起為營救董祀而奔走，突然之間就撒手人寰了。董祀和文姬都很難過，特意前往阮府弔唁，贈送輓帳。文姬平時是不出門的，上次營救丈夫和這次弔唁阮瑀是難得的兩次破例。

文姬知道丈夫敬仰她爹蔡邕，但敬仰的程度超出她的想像。一天，董祀取出一副裱褙在絹上的橫幅讓文姬看，文姬驚呼道：「呀！我爹的字！」只見橫幅上用漢隸書寫八個大字：「風清月朗，書香琴韻」；落款書寫小字：「同鄉董祀公胤求字，特書之，蔡邕，中平五年（西元一八八年）秋」。董祀說：「那年秋天，我去圉里向伯喈先生求字，他大筆一揮，就給寫了這八個大字。我要付潤筆費，他堅決不收，推來推去，最終只象徵性地收了我一文錢，真是！」文姬說：「凡鄉黨求字，我爹都是這樣的。」她算了算，中平五年秋，她十五歲，嫁給衛仲道約半年左右，那時正受著婆母張氏的虐待與折磨呢！

董祀又取出一副畫軸讓文姬看，畫軸名叫《蔡邕觀碑題字圖》，圖上暮色蒼茫，影影綽綽可見山巒、河流、松柏、曹娥廟等景物，中心部分是一位身材高大的文人，撫摸曹娥碑碑文，碑側寫有「黃絹幼婦，外孫齏臼」兩句話八個字。董祀說：「大前年，我出差去會稽郡，曾遊覽曹娥廟，當地賣畫人多賣這種畫軸。我見畫的是伯喈先生，所以買了一副收藏著，只是不知所題的字是何意思。」文姬細看畫軸，說：「畫軸上的人，身材和長相，還真有幾分像我爹。我爹亡命江南時遊歷過會稽山和曹娥廟。聽他說過，他所題的字是隱語，是用來評價曹娥碑碑文的，權當啞謎，供人揣摩。」董祀說：「哎呀！要破解這啞謎，也太難啦！」文姬說：「可不是？我閒暇時，經常嘗試著破解它，三十多年了，全無頭緒。」

文姬在丈夫跟前，坦坦蕩蕩，把自己第一、二次婚姻的原委毫無保留地如實相告。特別說到在匈奴生有兩個兒子，說到巧姨，巧姨為使自己歸漢，不得不留在匈奴替自己照顧兒子，當初說好的五年後要派人把巧姨接回來。她神色憂鬱地說：「到明年八月，我歸漢就滿五年。到時候能否接回巧姨？怎樣接回巧姨？我是一籌莫展啊！」董祀安慰妻子，說：「這好辦。我雖然不當官了，但在并州有多位朋友，到時候請朋友幫忙，請他們去匈奴南庭把巧姨接回來就是。接回來後就住我們家，我倆為她養老送終。」文姬聽後，異常感動和欣喜，說：「那再好不過了！這樣，我們家就有了兩位老人：婆母和巧姨。」然而，接巧姨回來的計畫未及實行，巧姨就死在匈奴了。

那是建安十八年（西元二一三年）三月的一天，董祀和文姬正在書房裡整理書籍。朝廷尚書左僕射周近陪同匈奴將軍諾斯登門造訪。文姬認識兩人，欣喜萬分。董祀只認識周近，不認識諾斯，文姬從中介紹。董祀和諾斯互行揖禮，都說：「幸會幸會！」文姬熱情招呼客人落坐，斟茶。諾斯在大前年十一月曾到過許都，報告左賢王遭仇家殺害的凶訊；他今天再次現身，又是什麼事呢？文姬有一種不祥預感。果然，諾斯將手提的一個不大的青布包裹放在桌上，稱文姬為夫人，說：「報告夫人一個不幸的消息：趙姨母上個月去世了。」文姬全身一震，感到一陣暈眩，淚水奪眶而出，許久才痛楚地說：「巧姨，我，我對不起你啊！你最終未能回來，我，我這輩子無法心安哪！」董祀取來毛巾讓妻子擦拭眼淚。周近說：「夫人節哀。」諾斯神情凝重，講述趙姨母之死。令文姬驚心揪心痛心寒心，難以置信的是，巧姨竟是被她的兒子赫朗氣死逼死的——

文姬歸漢那年，赫朗十一歲，赫丹三歲，由趙姨奶照顧，根據左賢王指令搬進一直空著的騰霄園居住。沙卡、花達牢記文姬的囑託，每天都到騰霄園幫忙照顧兩個小王子。烏雲珠不時前來看望趙姨奶，起初兩年倒也平平安安。赫朗十三歲時，騎馬射獵，摔跤鬥毆，身體已很強壯，性格漸趨凶悍。他意識到自己尊貴的身分，驟然變得驕縱狂傲起來，每每吹噓他日後將怎樣怎樣。他的同齡夥伴都是匈奴貴族子弟可不買帳，鄙夷地罵他是是「雜種」，日後不可能當儲君，更不可能當單于。赫朗因此很受刺激，既恨生父又恨生母，進而還恨起趙姨奶來。左賢王遇害，他一度暗暗高興，自以為已是東宮老大，承襲父爵理所當然。他去找爺爺，要求正式封他為左賢王，立為儲君。呼廚泉單于和諸王商量，一致認為他血統不純且未成年，無功無勳，絕對不可封為左賢王，立為儲君。這使赫朗受到更大的刺激，性格中又增加了凶狠與乖戾的成分。他把全部憤恨發洩到趙姨奶身上，罵道：「你個漢家老婆子，告訴我：我那個姓蔡的娘，當初為何要到匈奴來？為何要和匈奴人結婚？為何要生下我這個人嫌狗不愛的雜種？我那個娘生了我卻不管我，獨自回了漢朝。你個老不死的，留下做什麼？你能讓我封王嗎？你能讓我當儲君嗎？不能，那就給我滾！滾得遠遠的，別再讓我見到你！」趙姨母蒙羞受辱被趕出騰霄園，住進原先的氈包。她想帶領赫丹回氈包同住，遭到赫朗的嚴厲拒絕與喝斥。她病倒了，病中還常常自責，自責沒能照顧好朗朗和丹丹，無法向琰兒交代。沙卡、花達伺候湯藥，給她治病。她硬撐著，一針一線給赫朗、赫丹做了好多雙布鞋，讓烏雲珠送去騰霄園。赫朗嗤之以鼻，把布鞋全扔了，說：「老不死的沒事找事。我和赫丹都穿皮靴，誰稀罕這土玩意兒！」匈奴宮廷規定，東宮男孩年滿十五歲要遷至宮外居住。今年年初，赫朗十六歲，拒不遷居，大吵大鬧不說還殺死兩名侍女，又放了一把火把東宮主殿日華殿燒成灰燼。呼廚泉單于怒不可遏，給他定了個狂悖忤逆罪，按律當死。右賢王等為之求情，免其死罪，改為終生圈禁。趙姨母聽說此事，兩眼一黑，一頭栽倒在地上再未醒來。時間是上個月二十三日……

諾斯講完主要事實，看著文姬，接著說：「沙卡、花達、烏雲珠張羅，將趙姨母埋葬在南庭南郊。三人整理趙姨母遺物，遺物少得可憐，她們挑了幾件交給右賢王。右賢王遂命我前來許都向夫人報告消息，並送交趙姨母遺物。右賢王讓我轉告夫人，赫朗走上迷途，能否知返向好，現在還很難說；赫丹今年八歲，他作為叔父已將赫丹接到自己府中撫養，他會嚴格管教侄兒的，避免重蹈赫朗的覆轍。」周近解釋說：「諾斯將軍前來許都已見過曹丞相，是曹丞相命本官陪同前來見夫人的。」

文姬聽著，面色慘白，胸悶氣短近乎窒息，任由淚水順著臉頰流淌。她無法理解，更無法接受，她的兒子是吃她的奶長大的，她愛他如命，怎麼數年間竟變得這樣沒有人性！巧姨，不是親娘，勝過親娘，為老蔡家、為自己也為赫朗、赫丹付出了一切，怎麼到頭來竟落得這樣的結局！她悲傷至極、痛苦至極又後悔至極，自己那年歸漢，千不該萬不該，最不該把巧姨留在匈奴啊！她由悲傷、痛苦、後悔而生恨，早知赫朗會無情無義、喪盡天良，那麼當年在生下他時就該把他丟進馬桶裡溺死！文姬迷迷糊糊，文姬恍恍惚惚，精、氣、神好像全沒了，以致周近和諾斯怎樣告辭的，董祀怎樣送客的，她都不怎麼清楚。

文姬雙手顫抖，打開桌上的青布包裹，包裹裡包著的是巧姨的一件上衣、一條裙子、一雙布鞋、一把梳子、一副銅鐲、五枚銅錢。她睹物思人，伏在桌上泣不成聲。董祀體諒妻子，坐到她的身旁，輕拍她的後背，說：「小琰，放聲哭吧！把悲把痛把苦把恨都哭出來，這樣會好受些。」周氏、董香、耿成也都體諒文姬，為好人巧姨之死而感到難過。避開文姬，他們痛罵赫朗，罵他小小年齡良心叫狗吃了，那樣歹毒簡直就是一條狼！

文姬的梳粧檯上，除了爹、娘的靈位外，又供奉了巧姨的靈位。她牢牢記住三個忌日：二月一日娘的忌日，三月二十三日巧姨的忌日，五月四日爹的忌日。她在焚香祭祀叩頭行禮的時候，總愛說：「爹、娘、巧姨，你們是我最親最親的親人，然而卻死在三個不同的地方。這是為什麼，為什麼呀？幽幽冥國，恐怕也是山重水複，長路漫漫。你們能相見嗎？能相聚嗎？若能，我要跟你們說：來生來世，我還要你們做我的爹、我的娘、我的巧姨！」文姬就像為娘為爹守喪一樣，再次穿上簡樸的喪服，決意為巧姨守喪三年。她取出赫朗的那綹頭髮，斷然丟進火爐燒了。赫丹的那綹頭髮也不再珍藏。她通過此舉表明一種決裂，她與匈奴乃至兩個胡子不再有任何關係及瓜葛。她再一次告誡自己：要堅強。她以前經歷一次又一次苦難，所有悲傷和痛苦大多是獨自面對、獨自承受。

而這次不同，丈夫董祀就在身邊，能夠分擔她的部分悲傷和痛苦。她呢？努力不去想巧姨的死，更不去想赫朗那個畜牲，盡量幹活、幹活、不停地幹活。幹活分散了她的心思，消耗了她的精力和體力。這樣，她的悲傷和痛苦相對減輕了許多。董祀把妻子的一切看在眼裡有點心疼，也常幫妻子幹些重活。而且每當妻子滿頭大汗的時候，他會遞上一條擦汗的毛巾；每當妻子口乾舌燥的時候，他會送上一杯溫溫的茶水。夫妻之間，這就叫關心關愛，就叫知冷知熱。文姬深感欣慰，相信丈夫足以能和自己患難與共，成為可以依靠的精神支柱和力量，因此她會更加堅強。

歸隱山林，修煉禪心

董祀是在文姬從死神手中救他一命之後，才逐漸了解了妻子的。妻子經歷的苦難令他震驚和震撼；妻子在苦難面前選擇堅強，從事詩歌、音樂創作，取得卓越成就，又令他欽佩和折服。他想，自己已是文姬的丈夫，那麼就應該盡到丈夫的責任和義務，心疼妻子，關愛妻子，使她能從悲傷和痛苦中解脫出來，生活得輕鬆些和安逸些。為此，他能做些什麼呢？他思考多日，最終決定和妻子一起，奉老娘回雍丘老家去，歸隱山林，安度晚年。

夜晚睡覺時，董祀把他的決定告訴妻子。文姬當然贊同，但又有所猶疑，問：「公胤，你這樣做，是不是為了我的緣故？」董祀說：「是的，主要是為了你。小琰，你的前半生受的苦太多太多，多得讓人心酸心痛。從現在起，我這個做丈夫的要對你的後半生負責，不能讓你再受苦了，起碼也要讓你過上平平靜靜、安安寧寧的生活。」文姬說：「我，習以為常了，就是受苦的命。公胤，你可不能為了我而誤了前程，那樣我是很難平靜和安寧的。你今年才四十七歲，正年富力強，丟掉官職只是暫時的，過些時日朝廷定會重新起用，所以……」董祀說：「不！官場太過險惡，我是再不敢涉足了。想我董祀，十八歲時舉孝廉步入仕途，愛崗敬業，不貪不腐，建安年間專務屯田，從屯田司馬升至屯田都尉，各州、郡、縣幾乎都留下了我的足跡，誰都知道我對朝廷對百姓是有功勞有貢獻的。可是上年，曹丞相僅憑我和馬騰通過書信一事，就給我定了個參與謀逆大罪，若不是你蓬頭跣足營救，我怕是早成為黃泉路上的一個冤魂了。陰晴不定的官場使我寒心，冰淵惴惴的前程不要也罷。我快到知天命之年，男人處在這個年齡段安穩安寧為上、淡泊清淨為上，我可不想讓我的妻子以及老娘、女兒女婿、外孫外孫女因為我在官場而擔驚受怕，寢食難安。所以說，我決定歸隱山林固然是為了你，同時也是為了我自己，為了我們這個家。」

文姬把臉貼在丈夫胸前，充滿愛意地輕聲呼喚：「公胤！」董祀把妻子擁在懷裡，說：「歸隱山林實是一種生活態度，更是一種生活方式。自古以來，為官者仕途受挫，文化人失意落魄，往往選擇走這條路子。古代的許由、巢父、伯夷、叔齊等都是如此。就連孔子也說過：『邦有道，則仕；邦無道，則隱。』秦末漢初四位名人，東園公唐秉、甪里先生周術、綺里季吳實、夏黃公崔廣看透世事，長期隱居深藏在商山，都活到八九十歲，眉皓髮白，合稱『商山四皓』。他們以清貧安樂為信條，寫了一首《紫芝歌》以明志：『莫莫高山，深谷逶迤。曄曄紫芝，可以療饑。唐虞（堯帝、舜帝）世遠，吾將何歸？駟馬高蓋，其憂甚大。富貴之畏人兮，不如貧賤之肆志。』這歌的後四句看似平常，其實很發人深省。」文姬說：「古人出於各種原因，歸隱山林後多稱隱士。這構成一種文化現象，稱隱逸文化。我爹當年亡命江海，遠跡吳會，實際上也是隱逸，避禍的無奈的隱逸。」董祀說：「是這樣的。隱逸文化屬於中華本土道家文化。巧合的是，外來的佛教文化中的『禪』，也含有隱逸的意思。」文姬說：「是嗎？難怪好多寺院都修建在深山老林裡。」董祀說：「前些年，我在洛陽附近遇到一位高僧，向他請教佛教方面的問題。他說：『佛教文化博大精深，其要義和精髓若用一個字來概括，就是個禪字。』我著重請教修身養性問題。他說：『修身養性，關鍵在於修煉禪心。所謂禪心，就是清靜寂定的心境。人生在世，為何會有煩惱？心不靜、心不定使之然也。老想著功名利祿、富貴榮華、愛恨情仇、生老病死等，難取難捨，患得患失，陷入其中不能自拔，由此而生出種種悲哀、憂傷、痛苦、怨恨、憤怒，甚至尋死覓活、殺人放火，至於嗎？佛教認為，人生的諸多煩惱都是自找的，而要省卻煩惱唯一之法就是要把心靜下來定下來，這就是禪心。禪心是要讓人的心靈變得廣闊無邊，能夠包容萬物；變得像行雲流水，自然自如；變得像蓮花碧玉，質樸無瑕，回歸本真。人生不如意處十八九，禪心能使人把悲歡、窮達、得失乃至生死等看得輕些淡些，這樣就能活得超然怡然，安靜寧靜，祥和快樂。禪心說到底是要擁有一顆平常心，參透人生，遠離塵囂，寄情山水林泉，淡泊恬適，與世無爭，自己活出個自我來。』高僧的話有點玄奧，我不全懂，但最後幾句話我是懂的，實際上就是遁跡山林歸隱啊！我現在無官一身輕，攜妻奉母回雍丘老家去，回田園去，高蹈丘樊，修煉禪心，正當其時！你說是不是這樣？」

文姬這年四十歲，走過的地方很多，經歷的事情很多，也累了倦了，就像一隻疲憊的飛鳥，只想找一處枝頭或花叢停落棲息，最好再營造個沒有風雨威脅的安樂窩，因而歡喜地說：「公胤，我是你的妻子，夫唱婦隨，你不論怎樣選擇和怎樣決定我都絕對贊成。」董祀接著告訴文姬說，他任屯田都尉時，年俸為八百石穀米，現在不當官了，年俸沒了，幸虧在老家還有五十畝土地，十幾間房屋，依靠歷年來的積蓄，他和她及老娘三人安度晚年，衣食費用綽綽有餘；許都這個家留給董香和耿成開有一個糧肆，生意不錯，他們一家四口的生計也不成問題。文姬說，她的木箱裡還有些值錢的首飾和幾枚金餅都留給董香。

當年發生兩件事，更加堅定了董祀和文姬歸隱山林的信念與決心。一件事是曹操自立為魏公，由皇帝頒發策文，稱頌他的忠誠與功德，如「龍驤虎視，旁眺八維，掩討逆節，折衝四海」、「雖伊尹格于皇天，周公光于四海，方之蔑如也」等，詞語之華麗，可謂登峰造極。再一件事是曹操把曹憲、曹節、曹華三個剛滿十五歲的女兒，同日送進皇宮成了皇帝的貴人。這兩件事，加上上年董祀險遭斬殺的事，使曹操在文姬心目中的形象大打折扣。她意識到曹操一方面是非常之人、超世之傑，另一方面又是個唯我獨尊的權臣，權臣為使權勢最大化，什麼樣的事都會做得出來。官場險惡，因此她越發理解丈夫四十多歲就決定歸隱山林，安度晚年的用心。恰好，甄宓前來拜訪文姬。文姬不得不對這位長年憂鬱的好友說，自己將隨董祀回陳留雍丘去，二人今後見面的機會恐怕很少很少了。甄宓聽後更悵惘更憂傷，眼中含著淚花說：「琰姐有地方可去，而我是沒地方可去啊！」文姬無語，緊緊擁抱甄宓，算是給她一個同情式的寬慰。

金風送爽時節，董祀、文姬侍奉周氏由耿成相送回雍丘老家。耿成雇用了五輛馬車，一輛坐人，一輛裝衣物，其餘三輛裝的都是書籍。董祀在老家的土地和房屋是由本家一個堂兄代管的，堂兄收到董祀的信，早把房屋騰了出來進行修繕，粉刷牆壁，盤炕壘灶，打製傢俱，連柴米油鹽都給準備了，因此董祀等回到老家，吃的住的用的都是現成的。文姬當天就熟悉了環境，知道丈夫的老家叫董家灣，因有一條清澈的芙蓉河在這裡拐了個大灣，河畔住的幾十戶人家都姓董，故而得名。

從這天起，董家灣的這個家也就成了她的家。這個家地勢高敞，獨家獨院，院落是用樹枝和竹竿編織的籬笆圈成的，南向中央部位開有柴門供人出入。院落裡遍植石榴樹和棗樹，樹上結的石榴和大棗呈青、黃、紅色，鮮亮鮮亮，砂石小徑兩旁鳳仙花盛開、菊花含苞絢麗芬芳。董祀安排，正面三間大房當書房，老娘住左側廂房，自己和妻子住右側廂房。院落裡沒有水井，因為吃水用水都是河水，提一個水桶到芙蓉河裡去打就是了。

董祀回到老家的第二天，引領文姬去老董家祖墳塋地祭祀了父親，順便祭祀了汪氏。文姬很懂禮數，給從未見過面的公爹和汪氏都行了叩首禮。耿成幫助岳父、蔡姨安頓好了家事，將回許都。忽然，皇宮一名宦官由兩名侍衛陪同，到了董家灣傳達一道聖旨，大意說：經魏公曹丞相提議，著重新起用原屯田都尉董祀，升任典農中郎將，欽此。典農中郎將是屯田都尉的上司，年俸為一千石穀米。董祀剛剛決定歸隱山林，修煉禪心，豈能再進官場，作繭自縛？他跪地謝恩，但拒不接旨。傳旨宦官滿臉不快，說：「董祀，你敢抗旨嗎？」董祀雙手伏地，說：「草民不是抗旨，而是不敢接旨。原因有二：一、身體大不如前，略一勞累便心跳氣喘，昏昏欲睡；二、老母在堂，長年臥病需要侍奉以盡孝道。草民如果接旨，很難盡職盡責，尸位素餐，必誤大事。如此實情尚請公公代為轉告皇上和魏公，懇求鑑諒。」傳旨宦官第一次沒能完成傳旨任務，氣哼哼回許都覆命去了。

董祀的舉動等同抗旨。抗旨那是要殺頭，甚至誅家滅族的。文姬和耿成好生緊張與惶恐。董祀坦然地說：「沒事！我既沒違法，更沒犯法，只是拒絕接受官職任命，怕它做甚？」他硬讓耿成回了許都，繼和文姬一起著意布置起書房來。書房中間堂屋當客廳。客廳裡放置幾件古玩，幾盆花草，最顯眼的是正面牆上懸掛起一副橫幅和一副畫軸。橫幅為蔡邕的書法作品：「風清月朗，書香琴韻」；畫軸的名稱叫《蔡邕觀碑題字圖》，上面有蔡邕題的字：「黃絹幼婦，外孫齏臼」。文姬在布置書房的時候心裡老是慌慌的，生怕朝廷會降罪於董祀。她想，朝廷如果降罪，自己會毫不猶豫毫不畏懼地再次蓬頭跣足去見曹操，拚著性命也要營救丈夫。好在數月過去，這種情況並沒有發生，她的心漸漸靜了下來定了下來。心靜了心定了，直覺得天更高地更闊，世間萬物都是美好的。這，大概就是所謂的禪心吧？

曹操造訪，破解三十多年的啞謎

董祀和文姬回到董家灣，徹底放鬆了身心。最大的特點是環境清幽，生活寧靜，沒有什麼讓人感到害怕，感到驚心和煩心的事。夫妻二人的主要任務是侍奉、孝敬周氏。說來也怪，周氏回到老家後身體狀況大好，居然能自己下炕，拄著拐杖，坐到院落裡曬太陽了。轉眼就到年底，董香、耿成帶著兩個孩子，買了很多年貨，回老家過年。董香、耿成非常驚訝，說：「奶奶的身體為何變得這樣好？」周氏說：「多虧你們的爹和蔡姨的精心照料。」董祀、文姬說：「不！是老家的水土、陽光、空氣、糧食和蔬菜養人！」

新的一年是建安十九年（西元二一四年）。當時還沒有「世外桃源」一說，但董祀和文姬事實上是生活在世外桃源裡的。董家灣一帶，一年四季的綺麗風光，足以令人賞心悅目。比如春天，春風熙熙，春雨霏霏，楊柳垂下流蘇般的絲條，先是鵝黃色，幾天後便變成翠綠色。芳草萋萋。黃鶯、畫眉鳥在柳枝間穿行，脆脆甜甜的鳴叫，唱出一串串最美妙最動人的歌聲。比如夏天，桃花、杏花、李花、梨花剛剛開過，牡丹、芍藥、月季、薔薇、石竹、萱草、美人焦、向日葵花等又爭相綻放，五彩斑斕。尤其是芙蓉河裡的荷花，葉圓葉碧，花紅花豔，如火如霞，美不勝收。秋天是成熟的季節。稻穗金黃，高粱穗火紅，核桃樹、板栗樹、石榴樹和柿樹上掛滿果子。芙蓉河岸邊的蘆葦雄偉密集，宛若金色戰陣，雪白的蘆花被夕陽餘暉染成胭脂色，迎著晚風起伏，如詩如畫。冬天，冰封雪罩，銀妝素裹，放眼四望處處晶瑩、物物玲瓏，好一個閒靜、夢幻般的世界！董祀和文姬回到董家灣，實是回歸了大自然。大自然的風花雪月養心怡性，他倆儼然就是桃花源中人。

董祀和文姬堅持每天讀書、寫字、彈琴。董祀其實也是個文化人，喜愛讀書，書法和琴藝也有相當高的水準。文姬最愛和丈夫一起彈琴，那是她最歡愉最快樂的時光。夫妻並坐或對坐，彈同一支琴曲，一樣的旋律，一樣的節奏，和美和諧，珠聯璧合。有的琴曲是帶歌詞的，二人邊彈邊唱，男聲渾厚，女聲柔婉，配合得也是恰到好處。文姬徵得丈夫的同意，還在院落裡開闢出幾畦菜地，種上青菜、韭菜、辣椒、茄子、豆莢、黃瓜、南瓜、蘿蔔等。又去附近集市買回十幾隻雞雛，搭建了一個雞舍。適當的體力勞動使她的心情更加輕鬆，身體也強壯了許多。她的臉龐變得豐滿，膚色變得微黑，手上和腿上充滿力量。尤其是一雙丹鳳眼，光彩灼灼，顯示出一位飽經風霜的中年才女，在清靜寂定狀態下特有的氣質與風韻。

日出日落，花開花謝，日子過得飛快。董祀和文姬萬萬沒有料到，他倆在董家灣家中還接待了魏公曹操的一次造訪。那是建安二十年（西元二一五年）三月，曹操統兵十萬，征討漢中軍閥張魯，途經雍丘。忽然記起董祀和蔡琰來，一時興起，引領主簿楊修及近侍百餘人逕往董家灣一行。楊修字德祖，弘農華陰（今陝西華陰）人，時年四十一歲，學問淵博，才思敏捷，深得曹操的信任。春風豔陽，桃夭李穠。當董祀和文姬發現曹操金盔金甲，手執馬鞭，出現在自家柴門外時，驚訝驚駭驚奇，以為是一種幻覺。曹操笑著說：「怎麼？前來拜訪故人，不歡迎麼？」董祀、文姬反應過來，忙開柴門迎客，說：「歡迎歡迎！只是想也沒敢想，魏公大駕會光臨這裡。」曹操站在柴門前左顧右盼，說：「嗯！山林田園，風光宜人。你倆倒會享受，歸隱老家，怡然自得。只恨我曹某年過花甲仍戎馬倥傯，東篏西顛，不得安寧。唉！可憐哪！」董祀說：「魏公是大人物，胸懷天下；我們是小人物，井底之蛙。天壤雲泥，不可比的。」文姬說：「魏公以征討『不臣』勢力、維護國家統一為己任，仍是『老驥伏櫪，志在千里；烈士暮年，壯心不已』嘛！」曹操大笑，說：「嗯！這話，我愛聽，愛聽！」

曹操一面介紹楊修，一面在董祀、文姬陪同下進入客廳。他一眼就看到正面牆上懸掛的橫幅和畫軸，向前觀賞。楊修也向前觀賞。董祀招呼曹操、楊修落坐。文姬忙於給客人斟酒。她斟的酒是自釀的米酒，糯米蒸熟，密封發酵，飲用時加水煮沸，放少許糖，味道酸甜，爽口而有營養。曹操取下頭盔，飲酒，稱讚道：「好酒，好酒！」文姬問候卞夫人、曹丕和甄宓。曹操說：「他們都好！」他接著面向董祀，說：「公胤呀，我那年簽發文狀要殺你，幸虧蔡琰蓬頭跣足為你辯白，你才死裡逃生。事後查明，那是我偏聽偏信出的錯，我今天路過此地特登門致歉，尚請原諒。」董祀忙說：「沒事沒事，那事早過去了。」文姬說：「是啊！好在錯案並未形成，魏公無須致歉，不存在原諒不原諒的問題。」曹操又說：「公胤呀，我知道你心存芥蒂，所以拒絕接受朝廷的任命。典農中郎將一職我給你留著，歡迎你隨時出山，再在屯田事業上有所作為。」董祀說：「感謝魏公盛情。不過，我目前的狀況是身心均已懶散，絕無出山的意願了。」曹操微笑點頭，轉而面向文姬，說：「蔡琰呀，近年來可有什麼新作？」文姬搖手說：「沒有沒有！近年來太過安逸，一句詩一句曲也作不出來。」曹操說：「這是實話。文學藝術源於生活。生活安逸了，哪還會產生《胡笳十八拍》、《悲憤詩》那樣的佳作！」

文姬給曹操、揚修添斟熱酒。曹操飲酒，指著牆上的橫幅，說：「蔡琰呀，你爹伯喈先生是最懂得生活的人，活得很有境界。瞧這『風清月朗，書香琴韻』八個字，內蘊何等深厚！」他再指著牆上的畫軸，問：「這副《蔡邕觀碑題字圖》從何而來？」董祀講述了畫軸的來歷。曹操又問：「你可知畫軸上題字的意思？」董祀答：「不知。」文姬說：「我小時候聽家父說過，他所題的字是隱語，權當啞謎，供人揣摩。至於謎底，至今好像無人解得。」曹操再問楊修說：「楊主簿博學多識，想必解得了？」楊修微笑，說：「卑職想，謎底應當是……」曹操伸出右手，將他止住，說：「別！且別說破。你我不妨把謎底寫在紙上，看看是否一致？」文姬趕忙取來文房四寶。曹操先寫一語交與文姬。楊修繼寫一語也交與文姬。文姬將兩頁紙展開，讀出聲來，二人寫的同為「絕妙好辭」四字。曹操朗聲大笑，說：「哈哈！這次來董家灣，破解了蔡伯喈的一則啞謎，也算不虛此行。」董祀、文姬不解，說：「『黃絹幼婦，外孫齏臼』為何是『絕妙好辭』呢？」楊修說：「這樣的：『黃絹』者，有色之絲也；『絲』旁加『色』，是『絕』字。『幼婦』者，少女也：『女』旁加『少』，是『妙』字。『外孫』者，女兒之子也：『女』旁加『子』，是『好』字。『齏臼』者，受五辛之器（**用來盛放蔥、薑、蒜、韭等辛辣蔬菜，加以搗碎的石質罐狀容器**）也：『受』旁加『辛』，是『辤』（**「辭」字的異體**）字。總而言之，便是『絕妙好辤』，是伯喈先生對邯鄲淳作的曹娥碑碑文的讚語。」董祀、文姬恍然大悟，驚歎說：「呀！原來這樣呀！」文姬又說：「三十多年來，家父的隱語難倒了多少文人！今天，魏公和楊大人不費吹灰之力便解得謎底，蔡琰佩服！家父若地下有知，定當會含笑的。」她說著，向著曹操和楊修恭敬地行了個正規揖禮。

曹操依然大笑，說：「伯喈先生，真是個性情中人哪！」

魏公曹操登門拜訪董祀、文姬夫婦，在董家灣及整個雍丘縣引起轟動。董祀、文姬把此事卻看得很輕很淡，表明他倆在修煉禪心方面確實有了長進。建安二十一年（西元二一六年）五月，曹操由魏公進封為魏王，出入稱警蹕，設天子旌旗，冠冕十二旒，乘坐金根車，駕六馬，享受的待遇等同皇帝。建安二十二年（西元二一七年）六月，曹操選定接班人，將曹丕立為王太子。秋天傳來消息，說許都流行瘟疫，勢頭凶猛。文姬知道瘟疫厲害，她的舅舅趙正、舅母范荃一家人就是染上瘟疫而死的。因此，她讓丈夫通知董香、耿成關閉許都的糧肆，帶著苗苗、花花火速回到董家灣來。董香、耿成照辦。結果，許都的民眾遭了大難，兩個月裡死了四五萬人。文姬事後得知「建安七子」成員王粲、陳琳、徐幹、應瑒、劉楨五人，都死於這場大難中。文姬常和丈夫談論此事，非常傷感，說：「魏王引以為豪的建安文學與建安風骨風光不再，注定要成為歷史了。」董祀說：「豈止是建安文學與建安風骨？我看大漢朝恐怕也要成為歷史了。」

董祀和文姬在董家灣，靜觀世事的發展與變化。建安二十四年（西元二一九年），六十五歲高齡的曹操仍親率大軍征討劉備。劉備立足荊州，已取得益州，並把兵鋒指向漢中郡。幾經交戰，劉備最終奪得漢中郡，並自立為漢中王。曹操奈何劉備不得被迫撤軍，十月回到洛陽就病倒了。部屬紛紛進言，主張魏王順應天意民心，自立為帝，改朝換代。曹操恪守當初的承諾，沒有答應。建安二十五年（西元二二〇年）正月庚子日，這位一生忠於漢室的政治家、軍事家、文學家在洛陽病逝，享年六十六歲。曹丕襲位為魏王、丞相、冀州牧。十月乙卯日，他迫不及待地取代漢獻帝，登上皇帝寶座，改國號為魏；尊謚曹操為武皇帝，尊生母卞夫人為皇太后。一個王朝壽終正寢，一個王朝堂皇開張。董祀說：「我原以為曹操會篡漢，沒想到卻由曹丕出面改了朝換了代。」文姬說：「這就像歷史上的周朝（西周），曹操相當於周文王，曹丕相當於周武王。」

安詳辭世，名垂青史

曹丕禪漢稱帝，改元黃初，決定奠都洛陽。半年後，劉備亦稱帝，將國號定為漢（史稱蜀漢或蜀），奠都成都。孫權隨即稱吳王（六年後稱帝），奠都建業（今江蘇南京）。魏、蜀、吳三國三分天下，三足鼎立，中國歷史進入三國時期。這種局面是董祀和文姬不願看到的，但生米已成熟飯，他倆和普天下的平民百姓一樣，除了發些無奈的感慨感歎外，又能怎樣呢？

董祀和文姬志在歸隱，修煉禪心，但許都發生的事情，總會通過各種管道傳到董家灣，傳到他倆耳中。比如丁廙，在曹丕和曹植的權力鬥爭中，支持曹植；結果曹丕獲勝，登基一月後便將丁廙殺害。比如甄宓，在曹丕稱帝後備受冷落，寫了一首詩抒發怨情；曹丕讀詩大怒，居然下詔將她賜死；那個郭女王已封貴嬪，藉口「鎮邪」，鼓動皇帝污辱死者，「披髮覆面，以糠塞口」草草埋葬。比如曹植，曹丕容不了這個才高八斗的胞弟，殘加迫害，一次竟命他以「兄弟」為題，在七步之內作詩一首，但詩中不得出現「兄」、「弟」字樣；曹植滿腔悲憤，未滿七步，脫口吟道：「煮豆燃豆萁，豆在釜中泣。本是同根生，相煎何太急！」丁廙、甄宓、曹植，說來都是文姬的朋友，遭遇都很不幸。文姬不解地問丈夫說：「曹丕當皇帝之前還算開明，怎麼當皇帝之後就變了？為何對他的臣屬、妻子、弟弟這樣凶狠？」董祇說：「權勢使然，利益使然。這就是官場和政治，不足為怪。」

文姬深深體會到，歸隱修禪，說來容易，做來不易，要真正達到所謂禪的境界，恐怕比登天還難。這不？她腦子裡又在考慮一件事，自己和丈夫應當去上黨郡一趟，看看妹妹蔡琬和妹夫羊衜。文姬自數年前和琬妹見面之後，姐妹間交流信息都是通過書信。黃初二年（西元二二一年），蔡琬寫信告訴姐姐，她又生了個兒子，名叫羊祜。黃初四年（西元二二三年），蔡琬又寫信告訴姐姐，她的女兒羊徽瑜已十五歲，秋季大婚，男方是當朝大臣司馬懿的長子司與師。當年，文姬未能回里參加琬妹的婚禮，一直引以為憾事和恨事；現在，琬妹的女兒大婚，自己這個大姨無論如何也要去參加婚禮的。她把意思告訴丈夫，董祀滿心歡喜，答應陪妻子同去上黨，而且計畫把董香從許都叫回來照料老娘周氏。誰知就在這年夏末秋初，周氏忽然患病，求醫問藥，無濟於事，十餘天後便撒手人寰。耿成、董香接到喪報，帶著兩個孩子回家奔喪，協助辦理喪事。董祀和文姬一身喪服，而且要守喪三年。文姬不得不寫信告訴琬妹，自己和丈夫無法赴上黨郡參加外甥女的婚禮了，謹請體諒。

董祀和文姬為周氏守喪期滿的時候，已是黃初七年（西元二二六年）七月。魏國皇帝曹丕駕崩，史稱魏文帝。曹丕長子曹叡繼承皇位，史稱魏明帝。曹叡乃甄宓所生，登基後追謚生母為文昭皇后。這年，董祀六十歲，文姬五十三歲，歸隱修禪，早已不關心不過問紅塵世事了。大約又過了三五年，夫妻二人在同一年同一月病逝，夫前妻後，相隔的時間僅僅三天。董祀曾任屯田都尉，文姬更是大才女，但各種典籍對二人病逝卻沒有任何記載。這說明，董祀和文姬在人生的最後幾年已是地地道道的平民百姓，完全融入到芸芸眾生的汪洋大海之中，就像一滴水珠一朵浪花，或存在或消失，誰又會介意呢？

文姬在患病期間，將歷年來保管的爹的書稿文稿裝訂成冊，定名為《蔡邕文集》；另外整理一疊文稿，內容包括《胡笳十八拍》、《悲憤詩》、《無題》，以及爹的《筆賦》、《琴賦》、《女訓》三篇文章。取出裝有巧姨遺物的青布包裹，把貼身珍藏的巧姨一綹頭髮放進包裹裡。她在彌留之際，叮囑耿成、董香三件事：一、將她爹、娘、巧姨的靈位以及那疊文稿，裝進她的棺內，隨她埋葬；二、將《蔡邕文集》送去上黨郡，交給太守夫人蔡琬，意在借重羊衜的力量使更多的人傳抄文集裡的書稿文稿；三、將青布包裹掩埋在老董家祖墳塋地附近，權當是巧姨的衣冠塚。叮囑完三件事後又想起一事，說：「還有，那張焦尾琴其價無比，不必隨葬，留給你們。」她用完所有的力氣，說的最後一句話是：「公胤，等等我，我，我來了……」

文姬平靜地安詳地辭世，其後的諸多事情她就不得而知了。董香作主，將爹、娘和蔡姨合葬於一個墓穴，並給蔡姨的巧姨建了個衣冠塚。耿成去上黨郡，親手將《蔡邕文集》交給蔡琬。蔡琬的一生比姐姐幸運。她丈夫羊衜活了六十多歲病逝，所生的女兒羊徽瑜和兒子羊祜皆有出息。羊徽瑜，史載「聰敏有才行」，丈夫司馬師繼其父司馬懿之後，成為魏國第一權臣，四十八歲病逝。羊徽瑜孀居期間，司馬師弟弟司馬昭的兒子司馬炎，禪魏建立晉朝（西晉），是為晉武帝。晉武帝尊謚伯父司馬師為景皇帝，同時尊孀居的伯母羊徽瑜為弘訓太后。弘訓太后六十五歲病逝，謚曰景獻皇后。蔡琬死後因女兒榮顯而榮顯，被追贈為濟陽縣君，謚曰穆。羊祜字叔子，品行高尚，文武雙全，晉武帝時官至征南大將軍，封南城侯，五十八歲病逝。《晉書．羊祜傳》載：「祜當討吳賊功，將進爵土，乞以賜舅子蔡襲。詔封襲關內侯，邑三百戶。」文中的「舅」係指蔡翔，即蔡文姬和蔡琬的堂兄。晉朝時，蔡襲已公開露面。他是蔡邕的外孫，蔡文姬和蔡琬的侄兒。羊祜請求皇帝將爵號賜給這個表兄，實是有意提攜老蔡家人，也是對母親的一片孝心。蔡邕製作的焦尾琴，經蔡文姬、耿成、董香之手流傳於世。典籍記載，南朝齊代明帝曾命琴師王仲雄，用焦尾琴演奏琴曲，連續演奏了五天。五代十國時，焦尾琴傳到南唐皇帝李璟手中，作為禮物贈與周皇后。焦尾琴在明朝時由收藏家王逢年收藏，從那以後再未在典籍中出現過。

曹操生前預言：「本朝將會有兩位女性名垂青史，一是班昭，一是蔡琰。」實踐證明，這一預言是正確的。班昭名垂青史，在於她的史學成就；蔡琰名垂青史，在於她的苦難經歷以及文學、音樂成就。蔡琰死後約二百年，南朝宋代史學家范曄修《後漢書》，在《列女傳》部分用《董祀妻》的篇名，為蔡文姬立傳。傳的文字非常簡約，主要收錄了《悲憤詩》二章，第一章為五言體，第二章為騷體即那首《無題》。當時，《胡笳十八拍》是作為音樂作品流傳的，所以傳中沒有收錄。范曄給予蔡文姬很高的評價：「端操有蹤，幽閑有容。區明風烈，昭我管彤。」意思是：操守端正有蹤跡可尋，文靜嫻雅有風采可睹。區分彰明其遺風餘烈，光大我史筆所記。唐朝，《藝文類聚》收錄一本叫《蔡琰別傳》的書，那是個殘本，作者不詳。《胡笳十八拍》作為著名琴曲，盛唐時廣泛流傳。音樂家董庭蘭擅彈此曲。詩人李頎有詩讚道：「蔡女昔造胡笳聲，一彈一十有八拍。胡人落淚沾邊草，漢使斷腸對客歸。」（《聽董大彈胡笳聲兼語弄寄房給事》）北宋學者郭茂倩最早把音樂作品《胡笳十八拍》的歌詞分離出來，載入他所編輯的《樂府詩集》中，是為詩歌《胡笳十八拍》。南宋學者朱熹在《楚辭後語》中亦記載了詩歌《胡笳十八拍》。詩人徐鈞有詩吟詠蔡文姬及她的《胡笳十八拍》：「此生已分老沙塵，誰把黃金贖得身。十八拍笳休憤切，須知薄命是佳人。」（《董祀妻蔡琰》）

蔡文姬在《胡笳十八拍》和《悲憤詩》中，把個人苦難融進國家苦難、人民苦難、民族苦難加以描述，表達的悲憤之情屬於「浩然之悲」、「浩然之憤」。這種感情在南宋滅亡之際，在眾多漢族文人中引起強烈共鳴。愛國鬥士文天祥被元軍押至大都（今北京），關進大獄。詩人汪元亮前去探監，為之彈《胡笳十八拍》，抒發「無窮之哀」，並要文天祥「必以忠孝白天下」（《湖山類稿》）。明朝蔣克謙編輯《琴書大全》，收錄了包括《胡笳十八拍》在內的六十二支琴曲，介紹在元朝時，南宋遺民「怊悵悲憤，思怨昵昵，多少情，盡寄《胡笳十八拍》」，出現了如「拍拍《胡笳》中音節，燕山孤壘心石鐵」、「蔡琰思歸臂欲飛，援琴奏曲不勝悲」等詩句，壯懷激烈，震撼人心。羅貫中創作《三國演義》，在第七十回中描寫到了蔡文姬。陸時雍評價蔡文姬及其《胡笳十八拍》：「東漢風格頹下，蔡文姬才氣英英。讀《胡笳吟》，可令驚蓬坐振，沙礫自飛，真是激烈人懷抱。」（《詩鏡總論》）清朝學者張玉谷則評價蔡文姬及其五言詩：「文姬才欲壓文君（卓文君），《悲憤》長篇洵大文。老杜（杜甫）固宗曹七步（曹植），瓣香可也及釵裙。」（《古詩賞析》）這是說，蔡文姬的才華足以壓倒西漢才女卓文君，她的《悲憤詩》是一部偉大作品，杜甫詩作固然是以曹植詩作為範本，同時受到了蔡文姬五言詩的影響。眾多畫家以蔡文姬的故事進行創作，華岩的《文姬歸漢圖》、周慎堂的《文姬踏歌圖》等名畫應運而生。

近代特別是新時期以來，文姬歸漢是一個引人入勝的故事，成為影視、曲藝、連環畫創作的重要題材。京劇、評劇、越劇等劇種，都有《文姬歸漢》曲目。琴曲《胡笳十八拍》，入選「中國十大古典名曲」之列。一九五九年，郭沫若先生創作歷史話劇《蔡文姬》，並發表《談蔡文姬的〈胡笳十八拍〉》等多篇論文，滿腔熱情稱讚《胡笳十八拍》是「一首自屈原《離騷》以來最值得欣賞的長篇抒情詩」，「那像滾滾不盡的海濤，那像噴發著熔岩的活火山，那是用整個靈魂吐訴出來的絕叫」。由此引發一場關於《胡笳十八拍》問題的大討論，百花齊放，百家爭鳴，其成果體現在中華書局出版的《〈胡笳十八拍〉討論集》中。陝西西安藍田縣三里鎮鄉蔡王莊村建有蔡文姬墓及蔡文姬展覽館。展覽館裡陳列《胡笳十八拍》詩碑，用四種書體書寫，鐫刻在十八塊青色大理石上。蔡文姬還是一位世界文化名人。國際天文學聯合會一九七九年決定，將水星上的一座環形山命名為「蔡琰環形山」。

蔡文姬，一位多才多藝、意志堅強的女性。她生活在一個動亂的時代，經歷了種種苦難，堅持用淚水用心血用生命寫作，創作出《悲憤詩》、《胡笳十八拍》兩部豐碑式的經典作品，從而在中國文學史和中國音樂史上均享有崇高的地位。在男性處於絕對強勢的封建社會，這樣的女性可謂是鳳毛麟角。她為中華文代的發展作出了特殊的貢獻，所以理當名垂青史，世世代代受人景仰。

大地叢書介紹

作者：張雲風
定價：280 元

長篇歷史小說《蘭陵王傳奇》，講述了一個傳奇的悲劇故事，塑造了一個傳奇的悲劇人物形象。蘭陵王屬於皇族王子中的「另類」， 身上具有很多有別於其他皇族王子的優良品質。這個藝術形象，像是漆黑夜空的一顆流星，用耀眼的光芒在天宇劃出一條美麗的亮線，瞬間隕滅。流星很亮很美，但不能也不可能改變漆黑夜空的漆黑性質，給予人的只是剎那間的驚詫、驚異、驚奇，並留下美好的回憶、回想、回味。「悲劇將人生的有價值的東西毀滅給人看。」蘭陵王的悲劇在於生不逢時，濁世醉世，使他只活了三十二歲， 就被封建專制制度、北齊一夥丑類「毀滅」 了。人類社會發展進程，從總體上說是真善美不斷戰勝假惡醜的過程。但在一個特定時期裡，一個局部範圍內，假惡醜也是會戰勝真善美並壓制住真善美的。閱讀這部小說，可以得到這樣的警示。

大地叢書介紹

作者：張雲風
定價：320 元

《絕代名妓李師師》以南宋傳奇小說《李師師外傳》為基礎為線索，參閱正史，綜合運用野史中有價值的素材，展開合理想像和虛構，講述了一個紅顏薄命的動人故事，塑造了一個「下賤」而高尚的妓女形象，內容豐富，底蘊厚重，讀來有一種洋洋灑灑、迴腸盪氣之感。

小說中的李師師，前期是千嬌百媚的瓷娃娃，後期是驚豔無比的玉美人，色藝雙絕，一生牽扯到三個不同類型的知名男人：大宋皇帝宋徽宗、文學大家周邦彥、農民起義領袖宋江。其人其事相當傳奇，且有幾分神秘色彩。

李師師是一個理想化、完美化了的藝術形象，這一形象在異族入侵、國難當頭之時，放射出璀璨奪目的光彩。她同時又是個悲劇人物，是自古紅顏多薄命的又一例證。國家命運決定個人命運，時乖命蹇是為必然。她生活在宋徽宗、宋欽宗時代，親身經歷了亡國劫難，死在一個王朝覆滅時，死在一夥丑類邪惡裡。

大地叢書介紹

作者：張雲風
定價：320 元

在中國歷史上，漢武帝劉徹是西漢赫赫有名的皇帝。漢武帝雄才大略，在位五十四年，既重文治，又重武功，畢生致力於加強中央集權統治，北擊匈奴，平定四方，削弱諸侯，打擊豪強，通使西域，開疆拓土，正是在他的手中，完成了鞏固和發展中國統一的歷史任務，從而使中國封建社會進入第一個鼎盛時期。

大漢帝國的威名遠播中亞和西亞，大漢帝國的文明傳向四面八方。從此，中國人被稱為「漢人」，古華夏族被稱為「漢族」，中國的語言被稱為「漢語」，中國的文字被稱為「漢字」。作為皇帝，漢武帝劉徹為中國創造了輝煌，贏得了榮譽。他把他的名字、功績，和一個封建帝國的崢嶸氣象，一起寫進了光輝的史冊。

蔡文姬／張雲風著. -- 一版.-- 臺北市：大地,
2017.10
面：　公分. --（歷史小說：35）
ISBN 978-986-402-275-5（平裝）

857.7　　106016202

蔡文姬

歷史小說 035

作　者	張雲風
發行人	吳錫清
主　編	陳玟玟
出版者	大地出版社
社　址	114台北市內湖區瑞光路358巷38弄36號4樓之2
劃撥帳號	50031946（戶名：大地出版社有限公司）
電　話	02-26277749
傳　真	02-26270895
E-mail	vastplai@ms45.hinet.net
網　址	www.vastplain.com.tw
美術設計	普林特斯資訊股份有限公司
印刷者	普林特斯資訊股份有限公司
一版一刷	2017年10月

大地
定　價：320元